EIN BESCHÜTZER FÜR KALEE

SEALs of Protection: Legacy, Buch 7

SUSAN STOKER

Copyright © 2023 Susan Stoker

Englischer Originaltitel: »Securing Kalee: SEAL of Protection: Legacy, Book 7«
Deutsche Übersetzung: Noëlle-Sophie Niederberger für Daniela Mansfield Translations 2023

Alle Rechte vorbehalten. Dies ist ein Werk der Fiktion. Namen, Darsteller, Orte und Handlung entspringen entweder der Fantasie der Autorin oder werden fiktiv eingesetzt. Jegliche Ähnlichkeit mit tatsächlichen Vorkommnissen, Schauplätzen oder Personen, lebend oder verstorben, ist rein zufällig.
Dieses Buch darf ohne die ausdrückliche schriftliche Genehmigung der Autorin weder in seiner Gesamtheit noch in Auszügen auf keinerlei Art mithilfe elektronischer oder mechanischer Mittel vervielfältigt oder weitergegeben werden.
Titelbild entworfen von: Chris Mackey, AURA Design Group
ISBN Taschenbuch: 978-1-64499-366-8

Besuchen Sie Susan im Netz!
www.stokeraces.com
facebook.com/authorsusanstoker
twitter.com/Susan_Stoker
bookbub.com/authors/susan-stoker
instagram.com/authorsusanstoker
Email: Susan@StokerAces.com

EBENFALLS VON SUSAN STOKER

SEALs of Protection: Legacy
Ein Beschützer für Caite
Ein Beschützer für Brenae
Ein Beschützer für Sidney
Ein Beschützer für Piper
Ein Beschützer für Zoey
Ein Beschützer für Avery
Ein Beschützer für Kalee (1 Mar 2024)
Ein Beschützer für Jane (1 Apr)

Die SEALs von Hawaii:
Die Suche nach Elodie
Die Suche nach Lexie
Die Suche nach Kenna
Die Suche nach Monica
Die Suche nach Carly
Die Suche nach Ashlyn
Die Suche nach Jodelle

Das Bergungsteam vom Eagle Point

Ein Retter für Lilly
Ein Retter für Elsie
Ein Retter für Bristol
Ein Retter für Caryn
Ein Retter für Finley
Ein Retter für Heather
Ein Retter für Khloe

Die Zuflucht in den Bergen
Zuflucht für Alaska
Zuflucht für Henley
Zuflucht für Reese
Zuflucht für Cora
Zuflucht für Lara
Zuflucht für Maisy
Zuflucht für Ryleigh

Delta Team Zwei
Ein Held für Gillian
Ein Held für Kinley
Ein Held für Aspen
Ein Held für Jayme
Ein Held für Riley
Ein Held für Devyn
Ein Held für Ember
Ein Held für Sierra

Die Delta Force Heroes:
Die Rettung von Rayne
Die Rettung von Emily
Die Rettung von Harley
Die Hochzeit von Emily
Die Rettung von Kassie
Die Rettung von Bryn

EIN BESCHÜTZER FÜR KALEE

Die Rettung von Casey
Die Rettung von Wendy
Die Rettung von Sadie
Die Rettung von Mary
Die Rettung von Macie
Die Rettung von Annie

Mountain Mercenaries:
Die Befreiung von Allye
Die Befreiung von Chloe
Die Befreiung von Morgan
Die Befreiung von Harlow
Die Befreiung von Everly
Die Befreiung von Zara
Die Befreiung von Raven

Ace Security Reihe:
Anspruch auf Grace
Anspruch auf Alexis
Anspruch auf Bailey
Anspruch auf Felicity
Anspruch auf Sarah

SEALs of Protection:
Schutz für Caroline
Schutz für Alabama
Schutz für Fiona
Die Hochzeit von Caroline
Schutz für Summer
Schutz für Cheyenne
Schutz für Jessyka
Schutz für Julie
Schutz für Melody
Schutz für die Zukunft

SUSAN STOKER

Schutz für Kiera
Schutz für Alabamas Kinder
Schutz für Dakota

Eine Sammlung von Kurzgeschichten
Ein langer kurzer Augenblick

KAPITEL EINS

Phantom saß in seinem Zimmer im Casa Hinha, einer Herberge in Dili, der Hauptstadt von Timor-Leste. Er und sein Team hatten hier gewohnt, als sie Piper und ihre drei kleinen Mädchen aus dem Waisenhaus hoch oben in den Bergen gerettet hatten.

Er konnte nicht anders, als sich mit der Tatsache zu quälen, dass die arme Kalee Solberg wahrscheinlich durch die Hölle ging, während sie darauf gewartet hatten, dass Pipers Reisepass und die Adoptionspapiere zugeschickt wurden.

Er hätte sie nicht zurücklassen dürfen.

Egal was das Protokoll vorschrieb.

Sie war am Leben, und Phantom hatte sie im Stich gelassen.

Während er ins Leere starrte, schossen ihm Rückblenden durch den Kopf und er fühlte sich, als sei er in der Zeit zurückgereist, um den Moment noch einmal zu erleben.

. . .

Leichen. Mindestens zwei Dutzend. Sie lagen übereinandergestapelt in dem Loch. Dorthin geworfen, als seien sie Müll. Überall waren Fliegen.

Und das Schlimmste war ... die meisten der Toten waren Kinder. Kleine Mädchen, die erschossen worden waren.

»Ist das Kalee Solberg?«, fragte Rocco leise.

Phantom sagte kein Wort; er spannte den Kiefer an, während er verzweifelt versuchte, sich zusammenzureißen.

»Ziemlich sicher, ja«, antwortete Rex ebenso leise. »Es ist schwer zu sagen, aber die roten Haare passen und ihre Haut ist heller als die der Einheimischen.«

»Wir müssen sie da rausholen«, sagte Phantom in der Stille, die auf Rex' Worte folgte. »Wir haben versprochen, sie nach Hause zu bringen.«

Alle vier anderen Männer nickten. Es würde nicht angenehm werden, aber ihre Mission war es, Kalee aus dem Land zu bringen, und auch wenn sie bei dem Überfall auf das Waisenhaus getötet worden war, hatten sie noch einen Job zu erledigen.

»Wie wollen wir das machen?«, fragte Rocco.

Phantom öffnete den Mund, um zu antworten, als ein lauter Schuss aus dem Dschungel um sie herum ertönte.

»Scheiße!«, fluchte Rex, während Rocco seine Waffe entsicherte.

»Wir haben keine Zeit«, sagte Ace. »Wir müssen hier weg.«

»Wir können sie nicht zurücklassen«, widersprach Phantom. »Ich treffe euch im Dorf.«

Sie konnten Schreie in der Nähe hören. Die Rebellen waren verdammt nahe.

»Wir werden uns nicht trennen«, sagte Rocco und packte Phantom am Arm. »Wir müssen gehen.«

»Sie ist unsere Mission. Wir können sie nicht zurücklassen«, wiederholte Phantom, der an seinem Freund zerrte.

»Sie ist tot, Mann«, entgegnete Bubba eindringlich. »Wir können nicht mit ihrer Leiche den Berg hinunterkommen und

gleichzeitig Piper und die Kinder rausholen. Wir kommen zurück und holen sie, wenn die Rebellen erledigt sind.«

Phantom wollte weiter protestieren. Am liebsten wäre er in das Loch gesprungen und hätte sich Kalees Leiche geschnappt. Aber er war auch ein gut ausgebildeter Navy SEAL. Er wusste, wann die Chancen gegen sie standen.

Er drehte sich zum Loch zurück und starrte erneut auf Kalees leblose Gestalt hinunter. Sie lag mit dem Gesicht nach unten auf dem Haufen kleiner Leichen. Ihre Füße waren nackt und sie trug kein Hemd.

Wieder zuckte ein Muskel in Phantoms Kiefer, aber in diesem Moment hörten sie in der Ferne Männer reden. Bald würden sie Gesellschaft bekommen. Sie hatten keine Zeit mehr, darüber zu diskutieren, ob sie in das Massengrab gelangen und Kalee herausholen konnten, um sie nach Hause zu tragen. Die SEALs waren für den Kampf ausgebildet. Aber sie hatten keine Ahnung, wie viele Männer auf sie zukommen würden und welche Feuerkraft sie haben könnten, und sie mussten vier unschuldige Zivilisten beschützen. Sie mussten verschwinden. Sofort.

Phantom blinzelte. Er erinnerte sich ganz genau an diesen Moment. Aber es hatte Monate gedauert, bis er sich an den wichtigsten Teil der Szene erinnern konnte. Er war am Rande des Todes gewesen, in einem Hubschrauber in Afghanistan. Avery Nelson, Rex' Frau, hatte versucht, ihn von den Schmerzen in seinem Bein abzulenken. Sie hatte ihm befohlen, an irgendetwas anderes zu denken als an das, was gerade passierte – dass sie von Aufständischen beschossen wurden. Und natürlich war ihm Timor-Leste in den Sinn gekommen.

. . .

»Denk an etwas anderes«, befahl Avery. »Irgendetwas anderes. Dann erzähl es mir. Jedes kleine Detail.«

Phantom starrte zu Avery auf. Er nahm nichts anderes um sich herum wahr. Er konnte ihr nur in die Augen starren.

»Als wir in Timor-Leste waren und ich die Grube mit den Leichen fand ... konnte ich nicht wegsehen«, erzählte Phantom ihr.

Er glaubte nicht, dass Avery wusste, wovon zum Teufel er sprach, aber sie ließ sich nicht beirren. »Wie hast du dich dabei gefühlt?«, fragte sie.

»Wütend«, stieß Phantom zwischen zusammengebissenen Zähnen hervor. »Ich konnte nur kleine Beine und Arme sehen. Es war nicht fair, es gab keinen Grund für die Rebellen, all diese Kinder zu töten.«

»Was ist dann passiert?«, fragte Avery, als Phantom nicht weitersprach.

»Wir hörten die Rebellen kommen. Sie lachten und schossen auf wer weiß was, als sie auf das Waisenhaus zugingen. Ich war wütend, dass sie so unbeschwert klangen, während die Kinder in der Grube nicht mehr lachen konnten.«

»Hast du sie getötet?«, fragte Avery, wobei sie sich vorbeugte, sodass sie ihre Nase fast an Phantoms drückte.

»Nein. Wir mussten weg. Piper und die Kinder wegbringen. Ich habe aber noch einmal zurückgeschaut und – heilige Scheiße!«

»Was?«, fragte Avery. »Was hast du gesehen?«

Als Phantom diesmal antwortete, ließ er den Blick von Avery zu Rex wandern, der immer noch hinter ihm war und seine Schultern festhielt. »Kalee hat sich bewegt! Ihr Fuß war nicht mehr in derselben Position wie zuvor, als ich sie das erste Mal gesehen hatte.«

Phantom sah, wie Rex sich versteifte. Er wusste, dass sein Teamkamerad ihm sagen wollte, dass er sich irrte. Dass die ehrenamtliche Mitarbeiterin des Friedenskorps, die sie ursprüng-

lich in Timor-Leste hatten retten wollen, tot war. Aber was auch immer Rex in Phantoms Augen sah, ließ ihn schweigen.

»Kalee war am Leben«, sagte er gequält. »Das ist es, was mich an der Mission gestört hat. Es ging nicht darum zu scheitern, nicht ganz. Unterbewusst sah ich den Beweis, dass sie noch nicht tot war – und wir haben sie trotzdem dort gelassen.«

Jetzt war Phantom wieder in Timor-Leste. Es war Monate zu spät, aber er würde das Land nicht erneut ohne sie verlassen.

Nach all dieser Zeit hatte Tex den Beweis gefunden, dass sie noch lebte. Er hatte eine dicke Akte an Kommandant North geschickt, der sie wiederum Phantom vorgelegt hatte.

Jeder, der an der Mission zur Rettung der Friedenskorps-Mitarbeiter beteiligt gewesen war, hatte Schuldgefühle, weil sie sie den Rebellen überlassen hatten. Phantom wusste, dass dies der einzige Grund war, warum sein Kommandant ihm Einsicht in die Akten gewährt hatte.

Auch wenn alle ein schlechtes Gewissen hatten, war die Marine der Vereinigten Staaten nicht befugt, in Timor-Leste nach einer Frau zu suchen, die sich, wenn die Informationen stimmten, mit den Rebellen verbündet hatte und die einheimische Bevölkerung terrorisierte.

Die Bilder, die Tex irgendwie bekommen hatte, waren körnig und unscharf, aber Phantom wusste, dass er Kalee Solberg sah. Ihr schönes kastanienbraunes Haar war extrem kurz geschnitten, sie trug ein Gewehr und befand sich mitten in einer Gruppe von Männern, die als Rebellen identifiziert worden waren, die gegen die Regierung von Timor-Leste kämpften.

Phantom hatte sich so viele Informationen aus der Akte eingeprägt, wie er konnte. Er kannte Kalees Geburtstag, ihre Größe und ihr Gewicht, ihre Passnummer, ihre Sozialversicherungsnummer, wo sie zuletzt gesehen worden war und zahlreiche andere Details über sie.

Er wusste auch, dass ihr Vater immer noch glaubte, sie sei vor all den Monaten gestorben, dass er wie ein Einsiedler lebte und seine große Villa kaum verließ.

Er hatte seine Medikamente abgesetzt, nachdem Kalee für tot gehalten worden war, woraufhin er durchgedreht war und die kleine Rani entführt hatte, weil er sie für seine Tochter hielt. Piper und Ace hatten keine Anzeige erstattet, da sie wussten, dass seine Schizophrenie wegen der Nichteinnahme der Medikamente seinen Verstand übernommen hatte. Mit seiner Medikation ging es ihm wesentlich besser, aber er führte ein einsames Leben, nachdem er sich von seiner eigenen Firma zurückgezogen hatte und für sich blieb.

Phantoms Vorgesetzte hatten ihm befohlen, sich zurückzuhalten und nichts Unüberlegtes zu tun – zum Beispiel allein nach Timor-Leste zu fliegen, um Kalee zu retten. Er hatte zugestimmt und um einen Monat Urlaub gebeten. Sein Bein bereitete ihm hin und wieder immer noch Probleme, nachdem er in Afghanistan angeschossen worden war, als sie Avery vor Aufständischen retteten.

Phantom hatte einen SEAL-Freund angerufen, der in Hawaii stationiert war und eine kleine Strandhütte an der Nordküste gefunden hatte, die Phantom für einen Monat mieten konnte.

Kommandant North war misstrauisch gewesen, aber nachdem er mit Mustang, dem anderen SEAL, gesprochen und dieser bestätigt hatte, dass Phantom ihn wirklich kontaktiert hatte und die Unterkunft organisiert war, gab der ältere Offizier nach.

Mit einem schlechten Gewissen, da er weder mit Rocco noch mit den anderen Jungs aus dem Team gesprochen hatte, war Phantom eines Abends spät nach Hawaii geflogen. Er wusste, dass sein Team wütend auf ihn sein würde, aber das verdrängte er. Was geschehen war, war geschehen. Er würde sich mit den Konsequenzen auseinandersetzen, wenn er in einem Monat wieder in Südkalifornien ankam.

Im Moment saß Phantom in einer heruntergekommenen, aber sauberen Herberge in der Nähe der Küste in der Hauptstadt von Timor-Leste. Er hatte bereits die amerikanische Botschaft aufgesucht und eine Geschichte gesponnen, dass seine Freundin ihren Pass verloren hatte. Er hatte den Mitarbeitern alle ihre Daten gegeben und gesagt, dass er in ein oder zwei Tagen mit Kalee zurückkehren würde, damit sie das Ersatzdokument abholen konnte.

Phantom wusste, dass Kalee zuletzt im nordwestlichen Teil von Dili gesehen worden war. Die Rebellen waren von den Bergen heruntergekommen und hatten dort eine Art Lager errichtet. Die Bürger waren aus ihren Häusern vertrieben worden und die Rebellen verübten derzeit Raubzüge auf die Regierungsgebäude in diesem Teil der Stadt.

Zu diesem Zeitpunkt waren sie mehr ein Ärgernis als eine echte Bedrohung. Die Regierung von Timor-Leste hatte die Rebellion größtenteils niedergeschlagen und ignorierte die letzten Widerständler in der Hoffnung, dass sie aufgeben und verschwinden würden.

Phantoms Plan war es zu warten, bis es dunkel war, und dann dorthin zu gehen, wo sich die Rebellen versteckt hielten, um Kalee zu finden.

Danach war sein Plan ein wenig vage. Er hatte keine Ahnung, in welcher Verfassung Kalee sein würde. In Berichten wurde behauptet, dass sie freiwillig an Überfällen teilnahm, ein Gewehr trug und Bürger bedrohte. Aber Phantom glaubte das nicht.

Kalee war als ehrenamtliche Mitarbeiterin des Friedenskorps in das Land gekommen. Ihre ganze Freizeit hatte sie in dem Waisenhaus verbracht, in dem sie Piper und die drei kleinen Mädchen, die sie und Ace adoptiert hatten, gefunden hatten. Er glaubte nicht, dass eine Frau wie sie in den Monaten, in denen sie mit den Rebellen zusammen gewesen war, zu einer kaltblütigen Mörderin wurde.

Aber auch hier galt, dass Menschen in Extremsituationen unterschiedlich reagierten. Phantom wollte nicht daran denken, welche Qualen sie durchgemacht hatte. Er war nicht optimistisch genug, um zu glauben, dass sie von der gesetzlosen Gruppe von Männern, mit denen sie gesehen worden war, nicht verletzt worden war – körperlich, geistig und sexuell. Aber er hoffte, dass sie die innere Stärke hatte, darüber hinwegzukommen.

Phantom saß auf dem Boden in der Mitte des kleinen Zimmers, das ihm zugewiesen worden war, in dem Versuch, seinen Kopf freizubekommen, um sich auf das vorzubereiten, was kommen würde. Er war es nicht mehr gewohnt, allein zu handeln. Mittlerweile verließ er sich darauf, dass sein SEAL-Team ihm nicht nur bei Missionen den Rücken freihielt, sondern auch die Dinge mit ihm durchsprach und plante.

Auch wenn es seine Entscheidung gewesen war, allein nach Timor-Leste zu gehen, vermisste er sie. Aber er würde auf keinen Fall ihre Karrieren so ruinieren, wie er seine eigene ruinierte. An diesem Punkt gab es kein Zurück mehr. Er war die Karten immer wieder durchgegangen und wusste, dass er diese Mission allein bewältigen konnte. Das war der beste Weg. Es war viel unwahrscheinlicher, dass er gesehen wurde, als wenn die anderen SEALs auch dabei waren.

Es war stockdunkel, als Phantom leise aus der Herberge schlich und sich auf den Weg in den rauen Teil der Stadt machte, wo Kalee zuletzt gesehen worden war. Tex hatte dem Kommandanten Karten zur Verfügung gestellt, die Phantom einen genauen Anhaltspunkt für die Suche gaben.

Er hatte alle Informationen, die er brauchte, in seinem Kopf gespeichert. Er hatte zwar keine Pistole, aber er hatte sich bei seiner Ankunft in der Stadt ein scharfes Messer mit einer fünfzehn Zentimeter langen gezackten Klinge besorgt. Er brauchte keine Pistole; er konnte mit dem Messer genauso gut töten.

Aber sein Plan bestand darin, mit äußerster Heimlichkeit vorzugehen. Er wollte sich in die Höhle des Löwen schleichen und Kalee herausholen, ohne dass jemand etwas mitbekam. Phantom wusste, dass die Chancen dafür sehr gering waren, aber das war definitiv Plan A.

Dili war tagsüber eine belebte Stadt mit vielen Menschen, aber um drei Uhr morgens war es gespenstig ruhig. Phantom lief nicht, sondern ging einfach zielstrebig voran. Er wollte keine ungewollte Aufmerksamkeit auf sich lenken. Es waren zwar nicht viele Leute unterwegs, um ihn zu sehen, aber er wollte auf keinen Fall, dass jemand die örtliche Polizei anrief und sie auf seine Anwesenheit aufmerksam machte.

Es dauerte etwa dreißig Minuten, bis Phantom den Teil der Stadt erreichte, in dem Kalee und die Rebellen sich versteckten. Es dauerte nur weitere fünfzehn Minuten, um das Gebäude zu finden, in dem er sie vermutete.

Sein Herz schlug schnell und hart in seiner Brust. Phantom bedankte sich im Stillen bei Tex für seinen gründlichen Bericht. Ohne ihn hätte er niemals das genaue Gebäude ausfindig machen können, das er gerade beobachtete. Es war ein verfallener Betonbau, der sicherlich schon bessere Tage gesehen hatte. Phantom war sich nicht sicher, ob das zweistöckige Gebäude überhaupt noch ein intaktes Dach hatte.

Phantom bewegte sich so lautlos, wie sein Spitzname es vermuten ließ, blieb im Schatten und ging zur Westseite des Gebäudes. Vorsichtig spähte er hinein und sah mindestens zehn Männer, die auf dem Boden verstreut lagen. Sie schnarchten – oder waren vor Trunkenheit ohnmächtig geworden nach den ganzen herumliegenden Bierdosen zu urteilen.

Aber noch beunruhigender war die Anzahl der Gewehre, die im Raum verteilt waren. Er hatte keinen Zweifel daran, dass eine falsche Bewegung genügte, um sie aufzuschrecken und ihn innerhalb von Sekunden zu töten.

Als er sich umsah, bemerkte Phantom, dass er die Ranken, die sich an der Seite des Betongebäudes hochschlängelten, schon einmal gesehen hatte. Als sie mit Piper und den Kindern durch den Dschungel geflohen waren, waren die Ranken überall gewesen. Sie waren dick und fast unmöglich zu durchschneiden. Phantom musste es wissen; er hatte es versucht.

Ohne einen Laut von sich zu geben, griff Phantom nach einer und zerrte daran. Heftig. Die Blätter der Ranke raschelten, aber sie rührten sich nicht.

Lächelnd begann Phantom, langsam nach oben zu klettern, wobei er das Gewächs wie ein Seil benutzte. Innerhalb von Sekunden war er vor einem offenen Fenster im ersten Stock.

Als er hineinschaute, sah er, dass hier oben deutlich weniger Menschen waren. In dem schwachen Licht glaubte er, nur drei zu erkennen.

Die Wahrscheinlichkeit, gegen drei Männer zu kämpfen und als Sieger hervorgehen zu können, war wesentlich größer als bei den etwa ein Dutzend Männern im Erdgeschoss. Wenn einer der Männer hier oben auch nur einen Laut von sich gab, würden die anderen natürlich angelaufen kommen und er wäre im Arsch.

Mit der Kraft seines Oberkörpers schwang Phantom sich mühelos über die Fensterbank und betrat leise den Holzboden. Er blieb einen langen Moment in der Hocke. Wartete. Beobachtete.

Als sich niemand bewegte, schlich er langsam über den Boden.

Alle, die er im Haus und auf Tex' körnigen Fotos gesehen hatte, trugen schwarze Hosen und schwarze Hemden, die inoffizielle »Uniform« der Rebellen. Zwei Rebellen waren mit dem Rücken zu ihm, das Gesicht zur Wand, und ein dritter lag auf dem Rücken, einen Arm über den Kopf gestreckt, während er leise schnarchte.

Phantom wusste, dass jede verstreichende Sekunde eine Sekunde zu lang war, weshalb er auf die beiden Rebellen an der Wand zuging. Er wagte es nicht, ein Licht einzuschalten, und je näher er kam, desto heftiger schlug sein Herz.

Er war bereit, das ganze Haus zu durchsuchen, aber es sah so aus, als sei das Glück ausnahmsweise auf seiner Seite – er würde Kalee Solbergs rotes Haar überall erkennen.

Es mochte zwar kurz geschnitten sein, aber kein Einheimischer von Timor-Leste hatte diese Haarfarbe.

Kalee bewegte sich nicht, und für eine Sekunde hatte Phantom eine Rückblende auf all die Monate zuvor, als er von oberhalb des Massengrabs auf sie herabgeblickt hatte. Damals hatte er auch auf ihren Hinterkopf geschaut. Aber dieses Mal würde er sie nicht zurücklassen. Auf keinen Fall.

Phantom bewegte sich leise auf sie zu. Das würde knifflig werden. Er hatte keine Ahnung, wie sie reagieren würde. Phantom glaubte zwar nicht, dass sie freiwillig mit den Rebellen zusammenarbeitete, aber es bestand immer die Möglichkeit, dass er sich irrte. Und wenn er das tat, würde er es vielleicht nicht zurück in die Staaten schaffen, um sich den Konsequenzen seines Handelns zu stellen.

Kalee lag mit geschlossenen Augen auf dem harten Holzboden, aber sie schlief nicht. Sie schlief nie gut. Seitdem ihr Albtraum begonnen hatte, schlief sie nur noch selten durch. Die Rebellen hatten sie während der letzten Monate größtenteils in Ruhe gelassen, da es ihnen mehr Spaß machte, die Frauen in den von ihnen überfallenen Häusern zu vergewaltigen und zu foltern, als sich für Kalee zu interessieren, die sich nicht mehr wehrte. Das bedeutete jedoch nicht, dass sie ihnen vertraute. Auf gar keinen Fall.

Sie hatten von Anfang an gezeigt, dass sie keine Moral besaßen, und es machte ihnen großen Spaß, sie zu zwingen, alles zu tun, was sie verlangten.

Am Anfang hatte sie sich ihnen bei jeder Gelegenheit widersetzt. Nachdem sie zum fünften Mal versucht hatte wegzulaufen, wurde Kalee so heftig geschlagen, dass sie fast gestorben wäre.

Sie hatte im Dreck gelegen, unfähig, aufzustehen oder sich zu wehren, als der erste Mann mit einem sündhaften Blick voller Lust auf sie zukam. Kalee war kaum bei Bewusstsein, während der Mann sie vergewaltigte … und überraschenderweise kam niemand anderes zu ihr, als er fertig war.

Später erfuhr sie, dass der Mann nicht in der Lage gewesen war zu ejakulieren und ihr die Schuld gab. Er nannte sie wegen ihrer Haarfarbe den »roten Teufel«. Und niemand sonst hatte seine Männlichkeit riskieren wollen, um sie mit Gewalt zu nehmen. Sie wurde dankbar für diesen Spitznamen.

In diesem Moment waren die Schmerzen durch die Schläge jedoch so schlimm gewesen, dass sie einfach nur noch sterben wollte. Aber sie hatten sie natürlich nicht gelassen. Sie hatten sie hochgezogen und gezwungen, zu ihrem nächsten Lager zu laufen. Auf einem Auge hatte sie nichts mehr sehen können und das andere war fast ganz zugeschwollen gewesen. Ein Arm war definitiv gebrochen gewesen und sie hatte so starke Schmerzen am ganzen Körper, dass sie nicht sicher gewesen war, ob sie es schaffen würde.

Trotzdem hatte es noch ein paar Schläge gebraucht, bis Kalee ihre Lektion wirklich gelernt hatte.

Wenn sie jetzt still war und tat, was ihr befohlen wurde, wurde sie meistens in Ruhe gelassen. Die Männer, deren Gesellschaft sie ertragen musste, schlugen zwar immer noch gern zu, um sie dazu zu bringen, sich schneller zu bewegen oder leiser zu sein, aber es war fast so, als sei ihnen ihre Anwesenheit langweilig geworden. In letzter Zeit konnte sie den Tag meistens überstehen, ohne überhaupt angesprochen zu werden.

Sie dachte immer noch oft daran zu fliehen, besonders nachdem sie in der Hauptstadt angekommen waren, aber die Gedanken daran, was mit ihr passieren würde, sollte sie scheitern, hielten sie in Angst und Gehorsam. Sie konnte nicht noch mehr Prügel ertragen.

Und sie konnte nicht zulassen, dass jemand *anderes* ihretwegen starb. Eher würde sie sich selbst umbringen.

Aber jeden Tag betete sie, dass die Rebellen vom Militär von Timor-Leste gefangen genommen werden würden. Sicherlich würde sie dann von den Männern getrennt werden, und das gäbe ihr die Chance, ihre Seite der Geschichte zu erzählen. Vielleicht könnte sie jemanden davon überzeugen, dass sie in Wirklichkeit keine Rebellin war, und man würde sie nach Hause zurückkehren lassen.

Es war ein Wunschtraum, aber das war alles, wofür Kalee jetzt noch zu leben hatte.

Allerdings hatte sie immer noch die Möglichkeit, ihren eigenen Tod zu inszenieren. Das wäre nicht schwer. Wenn sie die Rebellen nur genug provozierte, würden sie sie sicher töten. Oder sie könnte sich bei einem Überfall vor eines der Gewehre stellen und sich erschießen lassen. Sie hatte auch darüber nachgedacht, aus dem Fenster dieses beschissenen Hauses zu springen, aber es war nicht hoch genug; sie würde sich nur verletzen und wäre gezwungen weiterzumachen, selbst mit einem gebrochenen Bein.

Außerdem wollte Kalee nicht sterben. Sie wollte leben. Nach Hause nach Kalifornien kommen. Um ihren Vater und Piper wiederzusehen. Sie hatte keine Ahnung, wie ihr Leben aussehen würde; in ihrem Kopf war mittlerweile eindeutig einiges nicht mehr ganz richtig. Aber sie wollte leben.

Während Kalee auf dem Boden lag, glaubte sie, ein Geräusch hinter sich zu hören. Jeder Muskel in ihrem Körper spannte sich an. Sie würde es den Rebellen zutrauen, sie mitten in der Nacht anzugreifen. Sie hatten sich gestern Abend alle volllaufen lassen, woraufhin sie gelegentlich geil wurden und Erleichterung wollten. Aufgrund ihres Rufs als »roter Teufel« und ihrer Bemühungen, in den Hintergrund zu treten, fanden sie normalerweise jemand anderen, dem sie sich aufdrängten, aber es bestand immer die Möglichkeit, dass ein Rebell betrunken oder verzweifelt genug war, sich zu nehmen, was er wollte.

Sie wollte sich gerade umdrehen, um denjenigen zu konfrontieren, der sich an sie heranschlich, aber Kalee hatte keine Gelegenheit dazu.

Ein schwerer Körper zwang sie von der Seite auf den Bauch und jemand presste ihr eine Hand auf den Mund. Heftig.

Sie bäumte sich auf, aber der Mann auf ihr rührte sich keinen Zentimeter. Sie spürte, wie er sich nach unten beugte und sie praktisch von Kopf bis Fuß bedeckte. Sein Körper war schwer und sie konnte kaum noch atmen. Kalee sog so viel Luft wie möglich durch die Nase ein und versuchte, ihre Arme unter ihrem Körper herauszuziehen.

Sie hatte gelernt, dass Widerstand alles nur noch schlimmer machte, aber sie würde auf keinen Fall daliegen und sich vergewaltigen lassen. Nicht ein weiteres Mal. Es war schon Monate her, dass jemand versucht hatte, sie zu missbrauchen, aber sie hatte nicht vergessen, wie hilflos sie sich jedes Mal gefühlt hatte.

Gerade als sie es schaffte, einen Arm zu befreien, beugte der Mann auf ihr sich herunter und flüsterte ihr ins Ohr. Sie spürte seinen warmen Atem auf ihrer Haut und bekam Gänsehaut auf den Armen.

»US-Marine. Ich bin hier, um Sie nach Hause zu bringen.«

Es dauerte einen Moment, bis sie seine Worte begriffen hatte, aber dann entspannte sich jeder Muskel in Kalees Körper sofort. Sie wusste, dass er lügen könnte, aber aus irgendeinem Grund glaubte sie das nicht. Erstens sprach er Englisch, und er hatte keinen Akzent wie die Rebellen. Zweitens roch er nicht wie die ekligen, schmutzigen, ungewaschenen Körper, an die sie sich schon fast gewöhnt hatte. Ein leichter Kieferduft wehte ihr bei jedem Einatmen in die Nase. Das musste seine Seife sein.

Der Mann nahm seine Hand nicht von ihrem Mund, als er fragte: »Haben Sie verstanden?«

Kalee nickte, so gut sie konnte, woraufhin er langsam seine Hand von ihrem Gesicht nahm. Sie glaubte zu spüren, wie er ihre Wange streichelte, aber sie vermutete, dass sie es sich nur einbildete.

Sie öffnete den Mund und holte tief Luft. Sie wollte aufspringen und zur Tür laufen, aber sie wusste, dass das extrem dumm wäre. Also blieb sie unter seinem schweren Körper und wartete. Ein Teil von ihr wollte glauben, dass sie wirklich gerettet worden war und endlich nach Hause zurückkehren würde, aber ein anderer Teil fragte sich, ob es das Ende war. Dies war ihr Tag zum Sterben.

Denn sie konnte sich nicht vorstellen, wie sie aus dem Haus herauskommen sollten.

Sie spürte, wie er sein Gewicht von ihr nahm, aber er ließ sie nicht ganz los. Langsam drehte sie den Kopf und sah zum ersten Mal den Mann an, der behauptete, er sei da, um sie zu retten.

Im Raum war es dunkel, aber nicht dunkel genug, um ihn völlig vor ihrem Blick zu verbergen. Er hatte dichtes braunes Haar, trug eine olivgrüne Cargohose und ein schwarzes Hemd. Er hatte einen kurzen Vollbart. Aber es war die Intensität in seinem Blick, die ihr auffiel. Die Männer, mit denen sie monatelang zu tun gehabt hatte, hatten nichts als das Böse in ihren Augen. Die verschiedenen Emotionen, die sie in den Augen dieses Mannes sah, waren fast überwältigend.

Mitgefühl, Respekt, Bewunderung ... aber auch Entschlossenheit und Vorsicht.

Er beugte sich zu ihr hinunter und Kalee konnte nicht anders, als zurückzuzucken, als sein Mund sich ihrem näherte. Innerhalb einer Sekunde war sie von Erleichterung über sein Erscheinen zu nackter Angst übergegangen. Wenn er dachte, sie würde sich von ihm küssen lassen, lag er falsch.

»Ganz ruhig«, flüsterte er und zog sich zurück. Er bewegte sich so, dass er immer noch über ihr war, sie aber nicht mehr berührte. Seine Stimme war so leise, dass sie sich anstrengen musste, um sie zu hören. »Ich wollte nur in Ihr Ohr sprechen.«

Kalee nickte, ohne sich auch nur einen Zentimeter zu rühren. Sie war sich nicht sicher, ob sie ihm glaubte oder nicht. Zu oft hatte einer der Rebellen so getan, als sei er nett zu ihr, nur um sich dann gegen sie zu wenden, wenn sie ihre Deckung fallen ließ.

»Wir müssen hier raus. Tun Sie, was ich sage, wenn ich es sage. Verstanden?«

Kalee stimmte nicht sofort zu. Sie kannte diesen Mann nicht. Sie hatte keine Ahnung, ob er wirklich ein Mitglied der US-Marine war. Er trug nicht einmal eine Uniform. Er könnte irgendjemand sein.

Als könnte er den Zweifel in ihren Augen lesen, sagte der Mann: »Ich bin ein Navy SEAL. Ich kann es beweisen, aber ich würde vorziehen, das erst zu tun, wenn wir hier raus und auf dem Weg nach Hawaii sind.«

Ein SEAL machte Sinn. Kalee wusste, dass ihr Vater Verbindungen zur Regierung hatte, und es wäre typisch für ihn, ein Navy-SEAL-Team zu ihrer Rettung zu schicken. Allerdings hatte sie außer diesem Mann noch niemanden gesehen. Vielleicht waren die anderen draußen.

Sie war sich nicht hundertprozentig sicher, ob er die Wahrheit sagte, aber im Moment hatte sie wirklich nichts zu verlieren. Sie nickte.

»Folgen Sie mir«, befahl der Mann.

Es verstand sich von selbst, dass sie leise sein sollte. Also setzte Kalee sich hin und stand leise auf. Sie schwankte einen Moment, zwang ihren Körper aber schnell zur Mitarbeit. Eine Ohnmacht konnte sie jetzt sicherlich nicht gebrauchen. Sie versuchte, sich daran zu erinnern, wann sie das letzte Mal etwas gegessen hatte, aber sie konnte es nicht. Die Rebellen scherten sich nicht darum, sie zu versorgen. Alles, was sie erbeuteten, aßen sie so schnell sie konnten. Sie kümmerten sich nicht darum, Nahrung oder Wasser zu lagern, sondern stahlen es einfach, wann und wo sie konnten. Das bedeutete, dass auch Kalee stehlen musste. Sie hasste das. Aber wenn sie essen wollte, hatte sie keine andere Wahl.

Sie hielt den Blick auf den Rücken des SEALs gerichtet, als er lautlos zum Fenster ging. Er war riesig. Größer als alle

Rebellen und die Einheimischen. Er überragte sie, aber aus irgendeinem Grund machte es ihr keine Angst. Es tröstete sie.

Dennoch wich Kalee zurück, als er eine Hand nach ihr ausstreckte. Er gab keinen Kommentar ab, aber sie hatte das Gefühl, dass ihm nicht viel entging.

Früher hatte Kalee keine Probleme damit gehabt, andere zu berühren. Sie liebte Umarmungen, kuschelte gern mit den Waisen und hielt manchmal mit Piper Händchen, wenn sie spazieren gingen, einfach weil es schön war, sich mit jemandem zu verbinden. Aber jetzt bekam sie Gänsehaut, wenn jemand sie berührte. Die Rebellen hatten ihr auch das genommen.

Der SEAL bedeutete ihr, näher ans Fenster zu kommen. Sie tat es, stellte sich neben ihn und schaute nach unten. Kalee zwang sich, nicht vor ihm zurückzuweichen, als er sich herunterbeugte, um ihr ins Ohr zu sprechen, und tat ihr Bestes, um seinen Anweisungen zuzuhören.

»Sie müssen auf meinen Rücken steigen. Ich klettere runter und wir verschwinden von hier.«

Noch bevor er fertig war, schüttelte Kalee den Kopf. Sich an ihm festhalten? Sich an seinen Rücken klammern? Das konnte sie nicht tun.

In diesem Moment murmelte einer der Rebellen, der sie über Nacht bewachen sollte, etwas vor sich hin. Kalee drehte den Kopf und sah, wie er sich umdrehte. Sie hielt den Atem an, bis er sich wieder beruhigt hatte.

Sie sah den SEAL an in der Erwartung, dass er ungeduldig und verärgert sein würde. Zumindest hätte sie erwartet, dass er den Rebellen anschaute, aber stattdessen waren seine Augen auf sie gerichtet. Für eine Sekunde dachte sie, er sei der inkompetenteste Navy SEAL aller Zeiten. Hatte er überhaupt gehört, wie der Mann sich bewegte?

Doch dann blickte sie nach unten und entdeckte ein gefährlich aussehendes Messer in seiner Hand.

Er hatte den Mann gehört und war bereit gewesen zu handeln, aber unter Druck war er geduldig und ruhig. Es gab keine Garantie, dass er den Mann töten konnte, bevor er die anderen Rebellen alarmierte. Und wenn das geschah, war die Chance, dass sie entkamen, gering bis gar nicht vorhanden.

Aber er hatte nicht handeln müssen, und obwohl er dazu bereit war, blieb seine Aufmerksamkeit auf sie gerichtet. Er sagte ihr nicht, sie solle sich beeilen, und zog sie auch nicht ungeduldig zu sich, um sie zum Gehorsam zu zwingen. Er stand einfach nur da und wartete darauf, dass sie sich entschied.

Etwas tief in Kalee erwachte zum Leben. Es war schon sehr lange her, dass sie als etwas anderes als eine dumme Frau behandelt worden war, die nur dazu taugte, Befehle auszuführen. Keiner hatte sie nach ihrer Meinung gefragt oder sich dafür interessiert, was sie dachte.

Aber dieser Mann gab ihr etwas, das sie seit Monaten nicht mehr gehabt hatte – eine Wahl.

Sie nickte ihm einmal zu.

Seine Augen leuchteten zustimmend auf, dann drehte er ihr den Rücken zu und ging in die Hocke.

Kalee nahm einen tiefen Atemzug. Sie wollte ihn nicht berühren. Sie wollte nicht berührt werden. Sie hatte keine Ahnung, wie er mit ihr aus dem Fenster kommen wollte, aber sie stellte ihn nicht infrage. Er war gekommen, als sie gedacht hatte, alle hätten ihre Existenz vergessen.

Unbeholfen legte sie die Hände auf seine Schultern und zuckte zusammen, als jede Bewegung ihre Kleidung fast obszön laut rascheln ließ.

»Halten Sie sich fest«, sagte der Mann in einem tonlosen Flüstern, das Kalee fast nicht hörte. Er packte sie nicht, legte seine Hände nicht auf ihren Hintern, um sie auf seinen Rücken zu hieven. Er wartete einfach, bis sie einen sicheren Griff gefunden hatte, bevor er sich in Bewegung setzte.

Kalee tat ihr Bestes, um ihn nicht zu würgen. Sie spannte die Knie um seine Taille an und hielt sich fest, als er ein Bein über die Fensterbank schwang. Kalee schloss die Augen und hielt den Atem an, als er schnell und effizient an einer scheinbar dünnen Ranke die Hauswand hinunterkletterte. Sie hatte diese Ranken schon unzählige Male gesehen, aber nie daran gedacht, dass sie stark genug sein könnten, um sie zu halten. Hätte sie das getan, hätte sie vielleicht schon früher versucht zu fliehen.

Wem wollte sie etwas vormachen? Nein, das hätte sie nicht getan. Sie hätte es vielleicht *gewollt*, aber sie hatte zu viel Angst vor den Konsequenzen.

Kaum hatte der SEAL seine Füße auf den Boden gesetzt, ging er in die Hocke und Kalee rutschte erleichtert von seinem Rücken.

»Folgen Sie mir«, sagte der SEAL, drehte sich ohne ein weiteres Wort um und ging los, ohne sich umzusehen, ob sie hinter ihm war.

Kalee drehte sich um und warf einen Blick auf das baufällige Haus, in dem sie sich in den letzten Wochen verkrochen hatte, dann sah sie dorthin, wo der Navy SEAL verschwunden war.

Sie hatte Angst zu gehen, aber auch schreckliche Angst zu bleiben.

Sie atmete tief durch und machte einen Schritt in die Richtung, in die der SEAL gegangen war.

Dann noch einen. Und noch einen.

Mit jedem Schritt wurde es leichter.

Es war fast unmöglich zu glauben, dass sie ihren lebenden Albtraum endlich hinter sich ließ. Aber sie wusste ganz genau, dass zu Hause nicht alles rosig sein würde. Sie war ein anderer Mensch als vor dem Angriff der Rebellen auf das Waisenhaus.

Sie hatte keine Ahnung, *wer* sie jetzt war und ob irgendjemand die Person mögen würde, die sie geworden war. Ob sie sich *selbst* überhaupt mögen würde.

Aber jetzt war nicht der richtige Zeitpunkt, um darüber nachzudenken.

Das Wichtigste zuerst. Sie musste herausfinden, ob dieser SEAL ehrlich war, und sich überlegen, wie sie das Land ohne Ausweis und Geld verlassen konnte, ohne zu wissen, was sie in Kalifornien erwartete.

KAPITEL ZWEI

Phantom ging das Risiko ein, Kalee den Rücken zuzukehren und sie in der Nähe des Hauses stehen zu lassen. Sie musste aus freien Stücken mit ihm kommen. Ihm war nicht entgangen, wie sie vor seiner Berührung zurückgewichen war. Es machte ihn wütend, denn er wusste, was das bedeutete.

Sie hatte kein Wort zu ihm gesagt, aber er hatte sie laut und deutlich verstanden. Sie war verunsichert und hatte große Angst. Sie wollte nicht, dass er sie berührte, und sie bezweifelte, dass er der war, für den er sich ausgab. Sobald sie sich in relativ sicherer Entfernung von der Rebellenhochburg befanden, würde er tun, was er konnte, um sie in dieser Hinsicht zu beruhigen.

Bisher hatten sie großes Glück gehabt, und er wollte es nicht herausfordern. Sobald die Botschaft geöffnet war, würden sie hingehen, hoffentlich ihren Pass abholen und den ersten Flug zurück nach Hawaii nehmen.

Phantom drehte sich schließlich um und sah zu, wie Kalee mit der Entscheidung rang, ob sie mit ihm mitkommen oder wieder ins Haus gehen sollte. Auf keinen

Fall würde er sie Letzteres tun lassen – aber er wollte, dass sie selbst die richtige Entscheidung traf.

Als sie sich schließlich umdrehte, um ihm zu folgen, hatte Phantom das Gefühl, als würde ihm eine riesige Last von den Schultern genommen.

Dann kehrte sie zurück. Er war so stolz auf sie, aber es war unwahrscheinlich, dass sie ihm vertrauen würde, wenn sie erfuhr, dass es seine Schuld war, dass sie in dieser Situation gewesen war.

Wenn sie erfuhr, dass er schon vor Monaten die Gelegenheit gehabt hatte, sie zu retten, es aber nicht getan hatte.

Er wartete, bis sie ihn eingeholt hatte, dann drehte er sich wieder um und ging in Richtung Herberge. Er hätte es in dreißig Minuten schaffen können, so wie auf dem Hinweg, aber es war offensichtlich, dass Kalee in keiner guten Verfassung war. Ihm war nicht entgangen, wie sie schwankte. Sie war dünn, viel zu dünn. Er hatte auch blaue Flecke in ihrem Gesicht gesehen, die sich in verschiedenen Stadien der Heilung befanden. Es machte ihn wütend und er hatte sich zwingen müssen, den beiden Männern, die mit ihr im Raum gewesen waren, nicht auf der Stelle die Kehle durchzuschneiden.

Es dauerte fast eine Stunde, um zurück zur Küste zu kommen – zum einen aufgrund ihrer Geschwindigkeit, zum anderen weil er besonders vorsichtig gewesen war. Er wollte auf keinen Fall, dass jemand sie sah und die örtlichen Behörden verständigte. Kalee trug immer noch Kleidung, die sie als Rebellin auswies.

Phantom seufzte erleichtert, als die Tür der Herberge hinter ihnen ins Schloss fiel. Er musste sich zwingen, nicht seine Hand auf Kalees Rücken zu legen, um sie zu führen. Er wollte sie instinktiv beschützen, wusste jedoch, dass sie es nicht begrüßen würde, berührt zu werden.

Zwischen zusammengebissenen Zähnen stieß er hervor: »Zu meinem Zimmer geht es da lang.«

Sie blieb abrupt stehen, presste den Rücken an die Wand und funkelte ihn an.

Phantom achtete darauf, Abstand zu halten, um sie nicht zu bedrängen. »Wir werden nicht lange hier sein«, informierte er sie. »Lange genug, damit Sie duschen und ein paar Klamotten anziehen können, die ich für Sie gekauft habe, und damit ich Ihnen beweisen kann, dass ich der bin, für den ich mich ausgegeben habe. Wir müssen zur amerikanischen Botschaft, wenn sie öffnet, damit wir einen vorläufigen Pass für Sie abholen und ein Flugzeug nehmen können.«

Verwirrung schimmerte in ihren Augen. Sie war immer noch misstrauisch, und all die Informationen, die er ihr gegeben hatte, waren offensichtlich zu viel und kamen zu früh.

»Bitte, ich werde Ihnen alles erklären, wenn wir in meinem Zimmer sind. Ich möchte nichts hier draußen besprechen, wo uns jemand belauschen kann. Ich schwöre bei meiner Ehre als Navy SEAL, dass ich Ihnen nichts Böses will. Ich werde Ihnen nicht zu nahekommen. Ich werde Sie nicht anfassen. Ich werde nicht zulassen, dass jemand anderes Sie anfasst. Sie können mir vertrauen.«

Sie sah ihn ein paar Sekunden lang an, dann nickte sie.

Phantom war erleichtert, mehr als er zugeben wollte, und bedeutete ihr, ihm in sein Zimmer zu folgen.

Es war nicht sehr groß und bestand aus einer breiten Matratze, einer kleinen Kommode, einem Waschbecken und nicht viel mehr. Die Duschen befanden sich am Ende des Flurs und wurden von allen Bewohnern der Etage genutzt. Phantom erinnerte sich daran, dass er von Ace gehört hatte, wie viel Freude Piper und die kleinen Mädchen an dem warmen Wasser gehabt hatten, und er hoffte inständig, dass sich nichts geändert hatte und Kalee immer noch eine heiße Dusche bekommen konnte. Aber er wusste, dass er erst beweisen musste, dass sie ihm vertrauen konnte, bevor sie einwilligte, sich zu waschen.

Sobald die Tür sich hinter ihm schloss, griff Phantom nach dem Rucksack, den er im Zimmer gelassen hatte. Er war mit leichtem Gepäck gereist in der Hoffnung, nicht lange im Land zu sein. Aus einer versteckten Innentasche zog er seinen Marine-Militärausweis und seinen Reisepass heraus. Beides streckte er Kalee entgegen. Sie schaute auf seine Hand, dann auf sein Gesicht und dann wieder auf die Dokumente.

Innerlich seufzend ging Phantom einen Schritt zur Seite und legte die Dokumente auf die Kommode, dann trat er zurück, damit sie sie aufnehmen konnte, ohne sich ihm nähern zu müssen. Als sie sich bewegte, begann er zu sprechen.

Er war jedoch noch nicht bereit, ihr zu erzählen, welche Rolle er bei dem gespielt hatte, was ihr passiert war.

»Als die Kämpfe in Timor-Leste ausbrachen, hat Ihr Vater seine Beziehungen spielen lassen und mein Team und ich wurden hierhergeschickt, um Sie zu evakuieren. Wir haben Piper und drei kleine Mädchen im Waisenhaus gefunden.«

Sie schnellte mit dem Kopf zur Seite, um ihn anzusehen. Ihre grünen Augen waren weit aufgerissen und sie starrte ihn so hoffnungsvoll an, dass es fast wehtat.

»Es geht ihnen gut, Kalee. Sie sind zurück in Kalifornien, gesund und munter.«

Sie schloss die Augen und Phantom sah, wie sie schwer schluckte. Dann fixierte sie ihn wieder mit ihrem Blick und öffnete den Mund. Er dachte, sie würde endlich mit ihm sprechen, aber es kam nichts heraus.

Er fuhr fort: »Rani, Sinta und Kemala waren bei Piper,

als wir sie fanden, genau dort, wo Sie sie versteckt hatten, und wir konnten sie nicht zurücklassen. Piper hat einen meiner Teamkameraden geheiratet, um es einfacher zu machen, sie alle aus dem Land zu bringen, und sie haben sich unsterblich ineinander verliebt. Sie wohnen in einem riesigen Haus in Riverton und sie bekommt bald ein weiteres Baby.«

Eine Träne kullerte aus Kalees Auge, aber sie wischte sie sofort weg und bedeutete ihm weiterzureden.

»Das Entscheidende ist, dass niemand dachte, Sie hätten den Angriff der Rebellen auf das Waisenhaus überlebt. Ihr Vater ... er hat Ihren Tod nicht gut verkraftet und seine Medikamente nicht mehr genommen.«

Kalee runzelte gequält die Stirn.

»Ja. Er hatte einen Anfall und dachte, Rani sei Sie. Er hat sie mitgenommen und wollte nach Mexiko fahren, um dort glücklich zu werden, aber er ist in letzter Minute zur Vernunft gekommen. Rani wurde nicht verletzt und Piper hat keine Anzeige erstattet. Ihm geht es jetzt gut, habe ich gehört. Er hat sich zur Ruhe gesetzt und verbringt die meiste Zeit zu Hause.«

Kalee sah äußerst besorgt aus, und Phantom hasste es. Schnell fuhr er fort: »Ich erzähle Ihnen das, damit Sie wissen, warum ich so lange gebraucht habe, um Sie zu finden. Alle dachten, Sie seien getötet worden. Ein befreundeter Computerexperte fand schließlich heraus, dass das nicht der Fall ist ... und ich kam so schnell ich konnte hierher.«

Phantom wusste, dass er verdammt viel ausgelassen hatte, aber jetzt war weder der passende Zeitpunkt noch der richtige Ort, um darauf einzugehen, wie sehr er es vermasselt hatte. Er wusste, dass sie ihm nie verzeihen oder vertrauen würde, wenn er es ihr jetzt gestand, und er musste sie in ein Flugzeug und zurück in die USA bringen, bevor sie seine Rolle in ihrem Albtraum herausfand. Aber er wusste auch, dass er mit dem nächsten Teil vorsichtig umgehen musste.

»Wie ich schon sagte, ist der Plan, dass Sie sich waschen, Zivilkleidung anziehen und wir dann aus Timor-Leste verschwinden.«

Sie nickte enthusiastisch.

»Wir fliegen für drei Wochen nach Hawaii, dann geht es weiter nach Riverton.«

Kalee runzelte verwirrt die Stirn.

»Ich weiß, dass Sie sofort nach Hause wollen, aber Sie müssen mir vertrauen, wenn ich sage, dass das nicht in Ihrem besten Interesse ist.«

Phantom merkte, dass sie protestieren wollte, aber sie legte nur den Kopf schief und musterte ihn.

»Sie müssen sich entspannen. Sie können es nicht gebrauchen, von Ihren Angehörigen bedrängt zu werden, weil sie wissen wollen, ob es Ihnen gut geht und was passiert ist, und weil Sie mit ihnen reden sollen. Kalee ... Ihr Wagen wurde verkauft. Ihre Wohnung ist weg. Piper hat ein paar Sachen zusammengepackt, von denen sie dachte, dass Sie sie gern behalten würden, Bilder, Erinnerungsstücke und so weiter, aber sie musste sie ausräumen und alles andere verkaufen oder verschenken. Sie sind durch die Hölle gegangen und müssen das erst einmal verarbeiten – oder zumindest damit *anfangen* –, bevor Sie versuchen, sich wieder in Ihr Leben zu stürzen. Ich weiß, ich bin sehr anmaßend und Sie kennen mich nicht, aber ich weiß, wovon ich rede.«

Sie starrte ihn weiterhin mit einem misstrauischen Stirnrunzeln an.

Phantom war kein sanfter Mann. Und er war auch nicht dafür bekannt, besonders taktvoll zu sein, aber es war wichtig, dass sie verstand, dass er das nur zu ihrem Nutzen tat.

»Ich habe ein kleines Haus direkt am Strand gemietet. Es liegt an der Nordküste von Oahu. Ein Navy SEAL, den ich kenne, hat es für mich gefunden. Sie werden ein Zimmer für sich allein haben, ich habe nicht vor, Sie zu stören. Ich habe in meinem Leben mehr als genügend Scheiße erlebt, und glauben Sie mir, wenn ich sage, dass es das Beste ist, dem Meer zu lauschen und sich Zeit zu nehmen, um sich zu sammeln. Wenn Sie gestärkt sind, wenn Ihre blauen Flecke verblasst sind und Sie etwas von Ihrem verlorenen Gewicht wieder zugelegt haben, können Sie mit einer besseren Einstellung nach Hause fliegen.

Ich sage nicht, dass Sie eine Gefangene sind. Wenn Sie wirklich nicht bleiben wollen, werde ich Sie nicht zwingen. Aber ich denke, wenn Sie dem Ganzen eine Chance geben, werden Sie feststellen, dass Sie wirklich Zeit brauchen, um sich zu entspannen. Es besteht keine Eile, jemandem zu sagen, dass Sie noch leben. Das klingt vielleicht kalt, aber ... alle denken, dass Sie tot sind, Kalee. Sie haben getrauert. Es schadet niemandem, wenn Sie sich ein paar Wochen Zeit nehmen, um zu sich selbst zu finden, sich zu entspannen und herauszufinden, was Sie als Nächstes tun wollen. Aber wenn Sie nach Hause kommen und merken, dass Sie mit den Leuten und den Menschenmassen nicht zurechtkommen, und versuchen, Ihr Leben inmitten des Chaos zu meistern, könnte *Ihnen* das schaden. Und Sie haben schon genug durchgemacht.«

Phantom hielt den Atem an und wartete auf ihre Reaktion. Wenn sie wirklich nicht mit ihm nach Hawaii wollte, würde er ihr ein Flugticket nach Kalifornien besorgen, aber er wäre nicht glücklich damit. Er spürte in seinen Knochen, dass sie die Ruhe des Ozeans und das Fehlen von Verpflichtungen brauchte, um ihr Gleichgewicht wiederzufinden, Zeit, um ihre Dämonen zu bekämpfen. Denn er wusste, dass sie sie hatte. Das musste sie.

Nach einer gefühlten Ewigkeit nickte Kalee einmal.

Erleichterung machte sich in Phantom breit. Er deutete auf die Dokumente in ihren Händen. Sie hatte sie noch nicht einmal angeschaut. »Mein Name ist Forest Dalton, aber niemand nennt mich so. Für meine Freunde und Teamkameraden bin ich Phantom, und wir können gern Du sagen. Ich gehöre zu einem Navy-SEAL-Team mit fünf anderen Männern, meinen besten Freunden. Rocco, Gumby, Ace, Bubba und Rex.«

Kalee schaute sich um, als wollte sie fragen: *Wo sind sie?*

»Sie konnten nicht kommen«, erklärte er ihr, wobei er die Wahrheit weit fasste. »Nur ich bin da. Dank meines Computerexperten wusste ich ziemlich genau, wo du bist, und mein Plan war es, dich zu holen und dann zu verschwinden. Du wirst sie früher oder später treffen, vor allem weil Piper mit Ace verheiratet ist.«

Kalee sagte nichts, aber sie schaute auf die Dokumente in ihren Händen. Sie ließ sich Zeit und untersuchte seine Ausweise, als könnte sie durch bloßes Hinsehen erkennen, ob sie gefälscht waren. Er hatte das Gefühl, dass sie sich so viele Informationen über ihn einprägte, wie sie konnte ... nur für den Fall, dass er doch nicht in ihrem Interesse handelte.

Sie ahnte gar nicht, wie sehr er sich *wirklich* um sie sorgte. Sie konnte nicht wissen, dass er ihr nicht wehtun würde. Dass er alles tun würde, um sie sicher und gesund nach Hause zu bringen.

Er war schon seit Monaten davon besessen, Kalee zu finden, aber seit Phantom in dem verfallenen Gebäude seine Hände auf ihren Rücken gelegt hatte, wusste er, dass er in Schwierigkeiten steckte.

Phantom hatte sein ganzes Leben damit verbracht, sich von Menschen zu distanzieren, besonders von Frauen. Nach dem, was seine Mutter und seine Tante ihm angetan hatten, hatte er nie eine Verbindung zu einer Frau gespürt.

Kalee war anders. Das hatte er schon gewusst, bevor er einen Fuß nach Timor-Leste gesetzt hatte. Und das Gefühl wurde mit jeder Minute stärker, die er in ihrer Nähe war.

Er sorgte sich um sie. Mehr als er sich jemals zuvor um eine Frau gesorgt hatte. Und es war nicht dasselbe Gefühl, das er für Avery, Zoey und die anderen hatte. Es ging tiefer. Er wollte zwischen Kalee und allem und jedem stehen, der es wagen könnte, sie zu verletzen.

Er atmete tief durch, verdrängte seine Gefühle und konzentrierte sich auf die anstehende Aufgabe – nämlich dafür zu sorgen, dass Kalee sich sicher genug fühlte, um zu duschen, sich umzuziehen und dann mit ihm nach Hawaii zu fliegen.

Als Phantom auf die Uhr schaute, sah er, dass sie nur noch etwa drei Stunden Zeit hatten, bis die Botschaft öffnete. Es war wichtig, dass sie den Flug nicht verpassten, der später am Nachmittag gehen sollte. Er musste sich bei Rocco und Kommandant North melden. Beweisen, dass er in Hawaii war, wie er gesagt hatte. Wenn sie die Flüge überprüften, würden sie natürlich sehen, dass er genau das getan hatte, was ihm verboten worden war, aber scheiß drauf. Kalee war bei ihm. In Sicherheit. Er würde hundertmal genau dasselbe tun, wenn das Ergebnis dasselbe wäre.

Phantom kramte noch einmal in seinem Rucksack und holte ein paar Klamotten heraus. Sie waren vermutlich etwas zu groß, da er ihre Größe anhand ihrer alten Kleidung geschätzt hatte, aber sie sollten ausreichen, bis sie nach Hawaii kommen und etwas anderes finden konnten.

Er ging zur Kommode – wobei er zu ignorieren versuchte, dass Kalee einen kleinen Schritt nach hinten machte –, um die

Kleidung abzulegen. Dann ging er zurück zum Bett und achtete darauf, ihr nicht den Weg zur Tür zu versperren. »Ich habe dir ein paar Sachen zum Umziehen mitgebracht. Je weniger Leute dich in den schwarzen Klamotten sehen, für die die Rebellen bekannt sind, desto besser. Es gibt eine Dusche am Ende des Flurs, es ist ein Gemeinschaftsbad, das tut mir leid. Aber es ist noch früh und es werden noch nicht viele Leute unterwegs sein. Ich werde draußen stehen und aufpassen, dass dich niemand stört, während du dich umziehst.«

Kalee starrte ihn aus ihren grünen Augen mit einer Intensität an, die fast schon beunruhigend war. Er hatte das Gefühl, dass sie unbedingt etwas sagen wollte, aber die Dämonen, die sie in sich trug, hatten sie noch immer fest im Griff und ließen es nicht zu.

Sie ging zu den Kleidern hinüber und hob sie auf. Phantom konnte sehen, wie ihre Hände zitterten, aber sie nickte ihm zustimmend zu.

Der Stolz, den er für sie empfand, wuchs ins Unermessliche. Er wusste nicht, was während der Gefangenschaft mit ihr passiert war, aber es konnte nicht einfach für sie sein, ihm zu vertrauen.

Phantom deutete auf die Tür, woraufhin sie diese durchschritt und den Flur betrat. Vor der Tür lehnte sie sich mit dem Rücken an die Wand und wartete, bis er an ihr vorbeiging. Phantom wusste, was sie tat. Es war immer besser, den Feind im Auge zu behalten. Sie würde einen Angriff praktisch einladen, wenn sie ihm den Rücken zukehrte und vor ihm ging.

Der Gedanke, dass jemand Kalee verletzen könnte, ließ Phantom die Fäuste ballen, aber er entspannte sich sofort, da er sich weigerte, der Frau einen Grund zu geben, ihm nicht zu vertrauen. Die Zeit, in der sie sich angewidert von ihm abwandte, würde noch früh genug kommen. Aber er wollte sie sicher auf amerikanischem Boden haben, bevor das passierte.

Er ging voran zum Badezimmer und drehte sich um, als er dort ankam. »Warte hier, ich sehe nach, ob es leer ist.«

Sie runzelte die Stirn und deutete auf das große Schild an der Tür, auf dem NUR FÜR FRAUEN stand.

Phantom lachte, ignorierte aber ihre Besorgnis. Er hörte drinnen niemanden und war sich relativ sicher, dass der Raum leer war. Aber er musste sich vergewissern.

Nach fünf Sekunden kehrte er in den Flur zurück. Sie hatte sich nicht bewegt. »Die Luft ist rein. Lass dir Zeit, Kalee«, sagte er leise. »Wir haben noch ein wenig Zeit, bevor wir zur Botschaft aufbrechen müssen. Du bist in Sicherheit. Ich bin gleich hier draußen im Flur. Keiner wird reinkommen, auch ich nicht. Darauf hast du mein Wort.« Er starrte ihr in die Augen, in der Hoffnung, dass sie ihm glaubte.

Er sah die Zweifel in ihrem Gesicht, aber sie nickte trotzdem. Phantom machte ein paar Schritte von der Badezimmertür weg, und sie ging schnell an ihm vorbei und verschwand im Bad.

Seufzend lehnte Phantom sich mit verschränkten Armen an die Wand. Ein finsterer Ausdruck breitete sich auf seinem Gesicht aus und er presste die Lippen aufeinander.

Eigentlich sollte er froh sein, dass er Kalee so leicht gefunden und keine Probleme gehabt hatte, sie von ihren Entführern zu befreien. Aber es war mehr als offensichtlich, dass Kalee, auch wenn er sie gerettet hatte, einen riesigen Berg zu überwinden hatte, wenn sie in ihr Leben in Kalifornien zurückkehren wollte.

Und Phantom war wahrscheinlich der am wenigsten qualifizierte Mensch, um ihr durch den emotionalen Sumpf zu helfen, in dem sie sich befand. Er war kaputter im Kopf als die meisten Menschen. Aber ... er konnte sie nicht verlassen. Er musste seinen Fehler wiedergutmachen. Ihn in Ordnung bringen. Selbst wenn sie ihn am Ende hassen würde.

Er hatte das Gefühl, dass ihn das mehr verletzen würde als der Schmerz, den sein eigenes Fleisch und Blut ihm zugefügt hatte.

Kalee war ihm unter die Haut gegangen. Vielleicht lag es an den Monaten, in denen er sich gefragt hatte, was sie durchmachte. Vielleicht lag es daran, dass er von Piper all die Geschichten über sie gehört hatte. Aber wahrscheinlich lag es einfach an Kalee selbst. Sie war einer der stärksten Menschen, die er je getroffen hatte ... und sie hatte noch kein einziges Wort gesagt.

Kalee Solberg konnte ihm das Herz brechen. Phantom wusste es. Er erwartete es sogar ... aber seine Entschlossenheit, dafür zu sorgen, dass sie in gesunder mentaler Verfassung nach Riverton zurückkehrte, wurde nicht schwächer.

»Du wirst das durchstehen, Kalee«, flüsterte er in der Hoffnung, dass die Worte wahr würden, wenn er sie laut aussprach.

Kalees Gedanken rasten. Es war so seltsam, dass sie noch vor einer Stunde auf den harten, kaputten Dielen des baufälligen Hauses gelegen hatte, das die Rebellen übernommen hatten, und sich fragte, was sie morgen früh tun müsste und ob sie etwas zu essen bekäme, und jetzt stand sie kilometerweit entfernt mit ihrem eigenen persönlichen Helden in einer Herberge.

Sein Ausweis sah echt aus, aber was wusste sie schon? Wenn er die Wahrheit sagte, hieß Phantom *wirklich* Forest Dalton. Er war dreiunddreißig, ein Jahr älter als sie. Er hatte braunes Haar, braune Augen und war mit einem Meter fünfundneunzig fast zwanzig Zentimeter größer als sie. Er lebte in Riverton und seinem Pass zufolge war er tatsächlich vor weniger als vierundzwanzig Stunden in Timor-Leste eingetroffen.

Sie hatte schon so oft um ihre Rettung gebetet, dass es ihr immer noch schwerfiel zu glauben, dass ihre Gebete tatsächlich erhört worden waren.

Kalee ging auf Zehenspitzen zur Tür und drückte ihr Ohr dagegen. Sie hörte nichts und geriet für einen Moment in Panik, da sie dachte, Phantom sei vielleicht weg.

Sie stieß die Tür auf und sah ihren Retter im Flur an der Wand lehnen, direkt neben der Tür. Er drehte sich zu ihr um und richtete sich auf. »Geht es dir gut? Was ist los?«

Kalee nickte, dann zuckte sie mit den Schultern.

Phantom entspannte sich und kehrte wieder in seine schlaksige Haltung zurück. »Ich bin noch hier«, versicherte er ihr mit viel zu viel Einsicht. »Ich gehe nirgendwo hin.«

Kalee nickte erneut, beschämt von ihrer eigenen Unsicherheit, und trat zurück, woraufhin die Tür sich wieder schloss.

Sie schloss die Augen, atmete tief ein und zuckte dann zusammen. Ihre Rippen schmerzten noch von den letzten Schlägen, die sie von den Rebellen erhalten hatte. Sie hatte ihnen nicht schnell genug gedient, weshalb einer der Männer sie zu Boden geworfen hatte und zwei andere sich einen Spaß daraus gemacht hatten, sie zu treten.

Kalee lenkte ihre Gedanken von ihren Entführern auf den Mann, der draußen stand. Phantom war gut aussehend. Fast zu gut. Zu selbstsicher. Er war riesig, und es war offensichtlich, dass er in Form war. Sie hatte keinen Zweifel daran, dass er es in der Hälfte der von ihnen gebrauchten Zeit zurück zur Herberge hätte schaffen können, aber er hatte dafür gesorgt, dass sie mithalten konnte, und besonders darauf geachtet, von niemandem gesehen zu werden, der vielleicht unterwegs sein könnte.

So perfekt der Mann nach außen hin auch wirkte, das war es nicht, was Kalee das Gefühl gab, ihm vertrauen zu können. Und widerwillig gab sie zu, dass sie ihn *tatsächlich* für vertrauenswürdig hielt.

Es war fast schon lächerlich, wie wenig sie sich jetzt um das Aussehen eines Mannes scherte. Sie hatte auf die harte Tour gelernt, dass die oberflächlichen Dinge an Männern, die Frauen normalerweise anziehend fanden, im Hinblick auf deren Persönlichkeit völlig belanglos waren. Es war viel wichtiger, wie sie sich verhielten. Taten sprachen wesentlich lauter als Worte.

Sie war eine gute Menschenkennerin. Das war sie schon immer gewesen. Daran hatten auch die Monate der Gefangenschaft nichts geändert. Phantom war ein guter Mann. Er würde sie genauso wenig schlagen, wie er es ignorieren würde, wenn jemand auf offener Straße verprügelt wurde. Er würde handeln. Eingreifen. Sich in die Situation einmischen.

Aber die Anziehung zu ihm war mehr als das. Sie war nicht sexuell, sondern eher ein Gefühl der Sicherheit ... etwas, das sie seit Monaten nicht mehr gespürt hatte. Kalee konnte auch Kummer und Schmerz in seinen Augen sehen. Er tat sein Bestes, um es zu verbergen, aber es war da. Sie vermutete, dass er in der Vergangenheit betrogen worden war. Auf schlimme Weise. Und verdammt, es gab Kalee das Gefühl, eine Art Verbindung zu ihm zu haben.

Kopfschüttelnd ging sie zum Waschbecken und holte tief Luft, als sie ihr Spiegelbild betrachtete. Sie wünschte sich sofort, sie hätte es nicht getan. Sie erkannte die Frau, die sie ansah, fast nicht wieder.

Ihr langes kastanienbraunes Haar war vor Monaten abgeschnitten worden. Jetzt hing es schlaff und fettig von ihrem Kopf und streifte kaum ihre Ohren. Ihr Gesicht war mit blauen Flecken übersät, die sich in verschiedenen Stadien der Heilung befanden, und sie war mit Schmutz bedeckt.

Als sie das schwarze Hemd zur Seite zog, konnte Kalee deutlich ihr Schlüsselbein sehen. Sie war so dünn wie noch nie in ihrem Leben, und anstatt sich darüber zu freuen, fühlte sie sich extrem unsicher.

Ihre grünen Augen waren stumpf und wachsam. Sie war noch nie eitel gewesen, aber der Gedanke, ihren Vater so zu sehen oder Piper oder überhaupt *irgendjemanden*, war äußerst beunruhigend. Sie hatte nicht verstanden, warum Phantom sie nicht schnell nach Hause bringen wollte, aber jetzt wurde es ihr langsam klar.

Wenn sie ihren Freundinnen und ihrer Familie gegenübertrat, wollte sie nicht die gebrochene Frau sein, die sie im Spiegel ansah. Sie wollte stark sein. Sie wollte, dass die anderen stolz auf sie waren. Im Moment war sie alles andere als das, denn sie zuckte bei jeder schnellen Bewegung von Phantom zusammen und konnte kein einziges Wort an dem Kloß in ihrem Hals vorbeibringen.

Mit zusammengebissenen Zähnen wandte Kalee sich vom Spiegel ab. Es gab nichts, was sie in dieser Sekunde an ihren Haaren ändern konnte. Oder den blauen Flecken. Oder ihren Knochen, die unter ihrer Haut hervortraten. Aber sie *konnte* sauber werden. Ihre letzte heiße Dusche war buchstäblich Monate her. Sie hatte keinem der Rebellen so weit getraut, dass sie sich in ihrer Nähe komplett ausgezogen hätte, also war sie meistens in einen Bach gewatet oder hatte mit ihren Klamotten im Regen gestanden, in dem Versuch, ihren Körper und ihre Kleidung gleichzeitig zu reinigen.

Trotz des Wissens, dass sie vorsichtig damit sein sollte, sich nackt auszuziehen, wenn Phantom vor der Tür stand, zögerte Kalee nur einen Moment, bevor sie die schwarzen Klamotten, die zu tragen sie gezwungen worden war, auszog und in einem Haufen auf dem Boden liegen ließ. Wenn Phantom sagte, er würde dafür sorgen, dass niemand ins Bad kam, während sie dort war, vertraute sie darauf, dass er genau das tun würde. Sie hatte keine Ahnung, woher sie das wusste. Sie schob es auf ihre angeborene Fähigkeit, Menschen zu lesen.

Kalee weigerte sich, an sich herunterzuschauen, drehte den Hebel an der Wand der Dusche und hielt den Atem an. Selbst wenn das Wasser kalt war, würde sie dennoch duschen. Zum Teufel, an kaltes Wasser war sie gewöhnt. Aber wenn es heiß war ... oder auch nur warm ... dann wäre es fantastisch.

Innerhalb von ein oder zwei Minuten erwärmte sich das Wasser langsam, bis es fast brühend heiß war.

Ohne sich darum zu scheren, dass der Druck mies war und es praktisch nur Sprühnebel war, trat Kalee unter den Strahl und neigte den Kopf nach hinten. Das heiße Wasser regnete über ihr Gesicht und ihren Kopf und floss ihren Körper hinunter. Mit jedem Tropfen, der den Abfluss hinunterwirbelte und den Schmutz und Dreck mitnahm, der sich über die Monate auf ihrem Körper angesammelt hatte, fühlte Kalee sich leichter und leichter.

Plötzlich wollte sie jeden Zentimeter ihrer Haut reinigen, um ihren Körper von dem Schmutz zu befreien, der wie ein Parasit an ihr klebte, und griff nach dem benutzten Seifenstück, das auf einem Sims in der Nähe lag.

Kalee war es egal, dass andere es benutzt hatten – es war erstaunlich, dass Dinge, vor denen sie sich vor einem Jahr noch geekelt hätte, sie jetzt nicht einmal mehr störten –, weshalb sie schnell die Hände aneinanderrieb, um Schaum zu bekommen. Dann fuhr sie mit den Händen über ihren

Körper und reinigte ihn von allen unerwünschten Berührungen. Sie war fast aufgeregt.

Die schmutzigen Blasen wirbelten an ihren Füßen herum, bevor sie im Abfluss verschwanden.

Doch dann verblassten die Freude und das Hochgefühl, frei zu sein, und die Erkenntnis, wovor sie entkommen war, drückte auf sie nieder. Was sie hatte ertragen müssen. Wozu sie gezwungen worden war.

Wieder bildeten sich Tränen in ihren Augen. Sie hatte schon ewig nicht mehr geweint, und jetzt weinte sie zum zweiten Mal innerhalb weniger Minuten. Es war, als hätte das Sauberwerden den Panzer weggespült, den sie angelegt hatte, um ihr Herz und ihren Verstand vor der Hölle ihrer Situation zu schützen, woraufhin sie verletzlich und funktionsunfähig zurückblieb.

Kalees Knie gaben nach und sie sackte zu Boden, ohne den Schmerz zu spüren, den der Aufprall auf den Fliesen verursachte. Das heiße Wasser regnete auf ihren Rücken, während sie sich vorbeugte, die Arme um den Bauch schlang und die Stirn auf den Boden legte.

Sie schluchzte. Die Ungerechtigkeit ihrer Situation traf sie mit einem Mal. Sie konnte nicht atmen, die Bilder von dem, was sie gesehen und getan hatte, schossen ihr durch den Kopf und machten sie krank.

In der einen Sekunde war sie in ihren Erinnerungen versunken, in der nächsten wurde das Wasser über ihr abgedreht und sie spürte, wie ein Handtuch über ihren Rücken gelegt wurde. Sie hätte erschrecken sollen, als sie spürte, wie sie gedreht wurde. Hochgehoben. Aber tief in ihrem Inneren wusste sie, dass es Phantom war. Er würde ihr nicht wehtun. Nicht so, wie die anderen es getan hatten.

Sie fand sich auf Phantoms Schoß sitzend wieder, ihr Gesicht an seiner Brust vergraben. Sein Bart kitzelte sie an der Wange.

Nach ein paar Minuten spürte sie kaum, wie ihr Körper angehoben wurde. Kalee klammerte sich an ihn und schaltete ihren Verstand ab. Sie konnte nichts mehr ertragen. Nicht eine einzige Sache. Alles war überwältigend. Ihre Haut, die sich vor einer Sekunde noch so sauber angefühlt hatte, kribbelte und brannte jetzt durch die Hitze des Wassers. Der von ihrem Körper abblätternde Schmutz hatte eine so tiefe Wunde aufgerissen, dass sie nicht sicher war, ob sie jemals heilen würde.

»Ich habe dich, Schatz. Gut so, lass es raus. Du bist jetzt in Sicherheit.«

Sie hörte seine Worte, aber sie drangen nicht wirklich zu ihr durch. Kalee spürte, wie er die Tür zum Badezimmer aufstieß und in Richtung seines Zimmers schritt. Die kalte Luft fühlte sich auf ihrer überhitzten Haut gut an und in diesem Moment war es ihr sogar egal, dass sie sich wahrscheinlich vor jedem entblößte, der zufällig den Flur entlangkam.

Phantom beugte sich vor und legte sie auf etwas Weichem ab, aber sie weigerte sich, ihn loszulassen. Auch die Tränen wollten nicht aufhören. Sie liefen ihr übers Gesicht, als hätte jemand einen Wasserhahn in ihr aufgedreht.

Phantom schien keine Pläne zu haben, sie zum Loslassen zu zwingen. Sie spürte, wie er sie bewegte, bis sie sich unter einer Decke befand und er darauf saß. Er richtete das Handtuch auf ihren Schultern und sie schmiegte sich an seine Seite, während er sich an das Kopfteil des kleinen Bettes in seinem Zimmer lehnte.

Sie kniff die Augen zu, aber das hielt ihre Tränen nicht auf. Auch nicht die Bilder, die wie ein Film im Schnelldurchlauf durch ihr Gehirn sausten.

Die Leichen der kleinen Mädchen, die sie im Waisenhaus kennengelernt hatte.

Der lüsterne Blick des ersten Mannes, der sie vergewaltigte, während sie sich mit aller Kraft gegen ihn wehrte, aber ohne Erfolg.

Die Schreie der Dorfbewohner, als die Rebellen in ihre kleinen Städte eindrangen und jeden erschossen, der sich bewegte.

Das betrunkene Gelächter der Rebellen, als sie die Tagesbeute mit Bier und Speisen feierten und dafür sorgten, dass sie nichts abbekam.

Die Bilder gingen immer weiter. Sie verhöhnten sie mit allem, was sie hatte ertragen müssen.

Wie lange sie an Phantom schluchzte, wusste Kalee nicht. Sie wusste nur, dass die Albträume sie nicht überwältigen konnten, wenn sie in seinen Armen lag. Sie sah alles, was ihr in den letzten Monaten widerfahren war, aber Phantom war da, um dafür zu sorgen, dass sie nicht wieder hineingezogen wurde.

Als sie schließlich wieder begriff, wo sie war und dass sie nicht mehr gefangen war, schaukelte Phantom sie langsam hin und her. Sie war immer noch nackt, aber das war in diesem Moment egal. Sie wurde berührt. Mehr noch, sie klammerte sich an Phantom, als würde sie wegfliegen, wenn sie losließe.

Aber es war ihr nicht peinlich, was vor allem an Phantom lag. Er sagte ihr nicht, sie solle still sein. Er flehte sie auch nicht an, mit dem Weinen aufzuhören, wie es die meisten knallharten Navy SEALs wahrscheinlich getan hätten. Stattdessen murmelte er ihr zu, es rauszulassen. So lange zu weinen, wie sie es braucht. Ihre Seele zu reinigen ... dass nichts, was sie tat, ihre Schuld war.

Kalee war erschöpft und versuchte, den Kopf zu heben. Sie versuchte, ihre Muskeln dazu zu bringen, zu gehorchen und den Mann unter ihr loszulassen. Aber Phantom hielt sie nur noch fester.

»Mach die Augen zu, Kalee. Ruh dich aus.«

Aber sie mussten gehen. Er hatte gesagt, sie müssten zur Botschaft und einen Flug erwischen.

Als könnte er ihre Gedanken lesen, sagte Phantom: »Wir haben Zeit. Ich habe dich. Schlaf. Nur ein bisschen. Ich wecke dich, wenn wir losmüssen. Du bist in Sicherheit, Kalee.«

Sie *fühlte* sich sicher. Für jemanden, der es hasste, berührt zu werden, fühlte es sich wirklich gut an, Phantoms Arme um sich zu haben.

In der einen Sekunde fragte sie sich noch, warum sie bei seiner Berührung nicht ausflippte, und in der nächsten war sie weg.

Als sie aufwachte, hatte Kalee keine Ahnung, wie viel Zeit vergangen war. Sie war nicht mehr an Phantom gekuschelt, sondern lag auf der Seite auf dem Doppelbett, wo sie ein Kissen umklammerte. Sie hatte die Decke bis zu den Schultern hochgezogen und fühlte sich überraschenderweise ziemlich gut. Nicht großartig, aber etwas weniger überwältigt als zuvor. Und sie schien jetzt auch besser denken zu können. Vorher war sie auf Autopilot gewesen. Sie reagierte einfach, ohne nachzudenken.

Als sie den Kopf drehte, sah sie Phantom am Ende des Bettes sitzen. Er hatte eine Hand auf ihre Wade gelegt und starrte ins Leere. Sie konnte sehen, wie sich die Muskeln seines Kiefers anspannten und seine Lippen aufeinandergepresst waren, als wäre er auf etwas oder jemanden wütend.

Doch anstatt sich vor ihm zu fürchten, entspannte Kalee sich weiter. Er hatte sie nicht verlassen. Selbst während sie fest schlief, wusste sie, dass er direkt neben ihr war und Wache hielt.

Langsam setzte sie sich auf und zerrte an der Decke, die sie bedeckte.

Phantom bewegte sich sofort. Er löste seine Hand von

ihrem Bein, stand auf und trat zurück. Er brachte mindestens eineinhalb Meter Abstand zwischen das Bett und sich. Er gab ihr Raum.

Er betrachtete sie einen Moment lang, bevor er sagte: »Du siehst besser aus.« Sein Blick wurde eine Sekunde lang sanfter, und Kalee war fasziniert von dieser Veränderung. Bis zu diesem Zeitpunkt hatte sie nur Schmerz und Entschlossenheit gesehen.

Aber direkt vor ihren Augen wurde er härter. Das hätte sie eigentlich beunruhigen müssen, aber stattdessen beschloss etwas tief in ihr, dass sie alles tun würde, um wieder sein wahres Ich zu sehen.

»Ich wollte dich in zehn Minuten wecken. Wir müssen los. Deine Klamotten liegen da drüben auf der Kommode, und auf dem Weg zur Botschaft halten wir an, um etwas zu essen zu besorgen. In meinem Rucksack habe ich einen Kamm, den du benutzen kannst, und aus meinem Rasierset darfst du dir alles nehmen, was du willst. Allerdings muss ich dich warnen, dass ich keinen Mädchenscheiß wie Blumenlotion dabeihabe und mein Deo aus der Männerabteilung stammt.

Wenn wir in dem gemieteten Haus auf Oahu ankommen, können wir einkaufen gehen und dir Rasierer, Makeup, Lotion besorgen ... und was Frauen ihrer Meinung nach sonst noch so brauchen, um gut auszusehen. Das ist alles Blödsinn, aber egal. Kommst du damit zurecht, dich allein anzuziehen? Ich kann die Besitzerin der Herberge suchen, damit sie dir hilft, wenn du das brauchst. Sie ist etwas ruppig und spricht kein Englisch, aber für ein nettes Trinkgeld hilft sie dir sicher gern.«

Kalee wollte Phantom sagen, dass es ihr nichts ausmachte, wenn sie wie er roch. Tatsächlich konnte sie sich im Moment nichts Beruhigenderes vorstellen als seinen Duft. Sie wollte ihm auch sagen, dass sie keinen Mädchenscheiß brauchte und ein wenig Make-up sie nicht auf magische Weise gut aussehen lassen würde – nicht mit ihren Haaren, ihrem Gewichtsverlust und ihren blauen Flecken. Sie wusste, dass sie nicht in der Lage sein würde, irgendetwas davon auszusprechen. Aber sie wollte wirklich, dass Phantom wusste, wie dankbar sie war.

Mit aufgewühltem Magen leckte sie sich über die Lippen und flüsterte: »Ich bin okay.«

Ihre Worte klangen seltsam in ihren eigenen Ohren. Es war schon so lange her, dass sie etwas gesagt hatte, aber hier war sie sicher. Er würde ihr keine Ohrfeige geben, wenn sie sprach. Er würde sie nicht bestrafen, wenn sie sich wehrte oder um etwas zu essen bettelte.

Und für eine Sekunde strahlten seine Augen mit demselben Glück und derselben Freude, die sie vorhin gesehen hatte.

Sie hatte das getan. Drei einfache Worte hatten das möglich gemacht. Fast sofort wurde das Licht in seinen Augen wieder schwächer, aber sie hatte es gesehen. Und das für ihn tun zu können war berauschend. Als hätte sie allein die Macht, ihn vergessen zu lassen, was auch immer auf seiner Seele lastete.

Dann schüttelte Kalee im Geiste den Kopf. Das war dumm von ihr. Auf keinen Fall hatte sie eine solche Macht über diesen Mann. Sie war nichts für ihn. Nur eine weitere Jungfrau in Nöten.

Er nahm ihre Worte nicht zur Kenntnis. Er machte auch keine große Sache daraus, dass sie gesprochen hatte. Er konnte nicht wissen, dass dies die ersten Worte waren, die sie seit langer Zeit gesagt hatte, aber irgendwie hatte sie das Gefühl, dass er sich dessen dennoch bewusst war.

»Ich werde nach draußen gehen. Lass dir Zeit. Wenn du etwas brauchst, klopf einfach an die Tür oder so. Ich bin gleich hier.« Dann drehte er sich um und verließ den Raum.

In dem Moment, in dem er weg war, schien der Raum ein paar Grad kühler zu werden. Kalee fröstelte unter der Decke. Sie schaute an sich herunter und stellte fest, dass sie keine Angst gehabt hatte, sich nackt und nur mit einer dünnen Decke bedeckt ins Phantoms Gegenwart aufzuhalten. Er hatte sie nackt in der Dusche gesehen, aber er hatte es nicht ausgenutzt. Er hatte sie nicht unangemessen berührt.

Aber plötzlich war es unerträglich, nackt zu sein. Sie warf die Decke zurück und stand langsam auf. Das Zimmer kippte für eine Sekunde, aber Kalee ignorierte es. Sie musste sich anziehen. Sich bedecken.

Phantom hatte ihr Leggings mit elastischem Bund besorgt. Sie saßen zwar etwas locker, aber sie rutschten ihr nicht über die Knöchel, wenn sie ging. Außerdem hatte er ihr ein praktisches Höschen und einen Sport-BH aus Baumwolle gegeben. Sie weinte fast wieder, als sie es endlich schaffte, ihn anzuziehen. Es war schon so lange her, dass sie einen BH getragen hatte. Die Rebellen hatten ihren im Waisenhaus abgeschnitten. Es fühlte sich an, als hätte sie eine Rüstung an. Dumm, aber wahr.

Sie zog sich das leuchtend gelbe T-Shirt über und lächelte zum ersten Mal seit einer gefühlten Ewigkeit. Gelb war nicht gerade ihre Farbe, nicht mit ihren roten Haaren, aber nach endlosen Monaten etwas anderes zu tragen als das düstere Schwarz fühlte sich fantastisch an.

Neugierig, was Phantom in seiner Übernachtungstasche hatte, setzte Kalee sich auf das Bett und wühlte in seinem Rasierset. Eine kleine Schere, Flüssigseife, Deo, Zahnpasta, eine Zahnbürste, Zahnseide, eine kleine Tube Antimykotikum, eine Sicherheitsnadel, Aspirin, ein paar Kondome, Wattestäbchen, eine Fingernagelschere und einen Tampon.

Einen Tampon? Sie hatte keine Ahnung, warum ein Mann wie Phantom so etwas mit sich herumtrug, aber sie zuckte mit den Schultern und griff nach der Seife. Sie schnupperte daran und lächelte. Kiefer. Sie hatte Phantom nicht für einen Mann gehalten, der wie ein Baum riechen wollte, aber sie konnte nicht leugnen, dass es zu ihm passte.

Sie war gerade damit fertig, seine Sachen zu inspizieren, als Phantom klopfte und den Kopf hereinsteckte. Als er sah, dass sie vollständig angezogen auf dem Bett saß, betrat er das Zimmer wieder.

Die Erleichterung, die Kalee verspürte, als sie ihn sah, war fast überwältigend. Um sie zu überspielen, hielt sie den Tampon hoch und runzelte fragend die Stirn.

Phantom lachte nicht, aber sie sah, wie seine Mundwinkel zuckten. »Die sind gut, um ein Einschussloch zu stopfen. Du weißt schon, um die Blutung zu stoppen.«

Anstatt vor dem Bild zurückzuschrecken, begrüßte Kalee es. Sie konnte sich zwar nicht vorstellen, wie jemand mit einer Tamponschnur am Arm herumlief, um ein Einschussloch zu stopfen, aber sie konnte nicht leugnen, dass es kurzfristig ein wirksamer Verband wäre. Sie lächelte ihn an.

Phantom schloss für eine Sekunde die Augen. Als er sie wieder öffnete, fixierte er sie mit seinem Blick und sagte: »Gott, du hast keine Ahnung, was dieses Lächeln für mich bedeutet. Bist du hier fertig?«

Kalee blinzelte. In der einen Sekunde war er sanft und in der nächsten war er ganz bei der Sache. Sie nickte.

Phantom sprach, während er den Reißverschluss seiner Tasche schloss. »Ich dachte, du würdest deine alten Klamotten nicht wollen, also habe ich sie weggeworfen. Ich hätte dir eine Zahnbürste besorgen sollen, aber ich habe nicht daran gedacht. Ich würde dir ja meine überlassen, aber ...« Er hielt inne und erschauderte. »Tut mir leid, beim Teilen habe ich meine Grenzen. Deodorant, meinetwegen. Zahnpasta, meinetwegen. Aber Zahnbürste? Ekelhaft.«

Kalee konnte sich ein weiteres Lächeln nicht verkneifen.

Sie wusste, dass Phantom es sah, denn auch seine Mundwinkel zuckten nach oben.

Er stand auf und zog seinen Rucksack auf. Dann fragte er: »Wie wäre es, wenn wir aus diesem Land verschwinden?«

Kalee nickte enthusiastisch. Sie hatte keine Taschen. Nichts, was sie mitnehmen konnte, aber das war egal. Hoffentlich war sie in ein paar Stunden sehr weit weg von hier. Was als lustiges Abenteuer mit dem Friedenskorps begonnen hatte, war zur absoluten Hölle geworden.

Sie hatte keine Ahnung, was die nächsten Stunden, Tage oder Wochen bringen würden. Aber wie sie es in den letzten Monaten gelernt hatte, würde sie die Dinge einen Tag nach dem anderen angehen.

KAPITEL DREI

Phantom lehnte sich im Sitz der ersten Klasse zurück und versuchte, sich zu entspannen. Im Großen und Ganzen war alles reibungslos verlaufen. Er hatte ihnen auf dem Weg zur Botschaft etwas zu essen besorgt und wäre beinahe umgefallen, als Kalee das Brot und das mysteriöse Fleisch praktisch inhaliert hatte. Sie hatte sogar ihren Körper so gedreht, um ihn daran zu hindern, ihr die Mahlzeit aus den Händen zu reißen, während sie aß.

Es machte ihn wütend. Nicht ihre Handlungen; die verstand er. Sie wollte nur ihre Mahlzeit schützen. Es war eine sehr primitive Reaktion. Und es zeigte, wie sehr sie um ihr Überleben hatte kämpfen müssen.

Ein weiterer schwarzer Fleck auf seiner Seele.

Mit dem Vorsatz, sie mit so viel Nahrung zu überhäufen, dass sie in hundert Jahren nicht alles aufessen konnte, zwang Phantom sich, ruhig zu bleiben und den Morgen wie geplant fortzusetzen.

Als sie in der amerikanischen Botschaft ankamen, hatten die Angestellten bereits einen vorläufigen Ersatz für Kalees Pass parat gehabt.

Er hatte am frühen Morgen, als Kalee noch schlief, zwei Flugtickets für die erste Klasse gekauft, und nun waren sie auf dem Weg nach Hawaii. Zum ersten Mal atmete er erleichtert auf.

Er hatte es geschafft.

Er hatte Kalee gefunden. Er hatte das Unrecht, das er ihr vor Monaten angetan hatte, wiedergutgemacht.

Es hatte ihn fast umgebracht, als er sie im Bad weinen hörte. Er hatte nicht darüber nachgedacht, sondern war einfach hineingestürmt, bereit, jemanden umzubringen, wenn er sie angerührt hatte, und fand sie zusammengekauert auf dem Boden der Dusche.

Ohne darüber nachzudenken, wie sie reagieren würde, wenn sie nackt angefasst wurde, hatte er ein Handtuch um sie gewickelt und sie zurück ins Zimmer gebracht. Zum Glück war sie nicht ausgeflippt.

Phantom konnte nicht leugnen, dass er es liebte, ihre Arme um sich zu spüren. Es hatte nichts Sexuelles an sich, aber es fühlte sich tief im Inneren gut an, sie beruhigen zu können.

Jede Träne, die aus ihren Augen kullerte, fühlte sich an, als sei sie in seine Seele eingebrannt. Er hatte sie verursacht. Er hatte all den Schmerz verursacht, den sie durchgemacht hatte. Es zerrte an ihm, aber er würde nicht davor zurückschrecken. Er musste sühnen.

Als er sie auf dem Sitz neben sich betrachtete, musste Phantom zugeben, dass er mit der Wahl des leuchtend gelben Hemdes einen Fehler gemacht hatte; es ließ die blauen Flecke auf ihrem Körper noch mehr hervorstechen. Aber die Farbe hatte so fröhlich ausgesehen, und die Auswahl war so begrenzt gewesen, dass er nicht widerstehen konnte.

Phantom dachte an die drei Worte zurück, die sie vorhin zu ihm gesagt hatte. *Ich bin okay.*

Sie war nicht okay, aber sie tat ihr Bestes, um diese Aussage wahr zu machen. Phantom war voller Ehrfurcht vor ihr. Mit jeder Minute, die er mit Kalee verbrachte, wollte er sie besser kennenlernen.

Zum ersten Mal wurde ihm klar, dass es ein Fehler sein könnte, drei Wochen mit ihr zu verbringen. Er hatte das Gefühl, dass er sich in sie verliebte, wahrscheinlich schon seit Monaten, und sie brauchte mehr, als er ihr je bieten konnte. Außerdem würde sie ihn hassen, sobald sie erfuhr, dass er sie in dieser Grube zurückgelassen hatte.

Es war sehr wahrscheinlich, dass er *endlich* eine Frau gefunden hatte, die er lieben konnte ... und sie ihm ins Gesicht spucken würde.

Phantom betrachtete Kalee erneut. Sie saß aufrecht, die Hände im Schoß. Er hatte ihr den Fensterplatz gegeben, damit niemand sie im Vorbeigehen versehentlich berührte. Sie hatte es toleriert, dass er sie in den Arm nahm, aber das bedeutete nicht, dass sie bereit war, sich von jemand anderem berühren zu lassen. Oder selbst noch mal von ihm.

»Du fliegst nicht gern, oder?«, fragte er.

Sie zuckte mit den Schultern.

Er verstand das als Zustimmung. »Um ehrlich zu sein, ich auch nicht«, sagte er.

Sie schaute ihn skeptisch an.

»Es ist wahr. Ja, ich bin öfter geflogen als die meisten Menschen, aber ich mag es nicht besonders, mein Leben in die Hände eines anderen zu legen.«

Das brachte ihm ein kleines Lächeln ein. Gott, er würde töten, damit dieser Ausdruck in ihrem Gesicht blieb.

»Ich weiß, ich weiß, das ist so klischeehaft, oder? Der große böse Navy SEAL kann die Kontrolle nicht aufgeben, um sich von jemand anderem fliegen zu lassen. Als mich das letzte Mal jemand geflogen hat, hatte ich am Ende ein Loch im Bein.« Das stimmte zwar nicht ganz, aber Phantom war sich nicht zu schade, ein wenig zu übertreiben, um sie von dem Flug abzulenken.

»Was ist passiert?«

Ihre Worte waren leise und er hörte sie kaum über die Gespräche in der Kabine, das Klirren der Gläser und das Summen der im Flugzeug zirkulierenden Luft, aber nichts hatte sich jemals besser angehört. Jedes Wort, das zu sagen sie entspannt genug war, war ein großer Sieg.

Das war der perfekte Zeitpunkt, um mit den Geschichten über seine Freunde und ihre Frauen zu beginnen. Sein Plan für die nächsten drei Wochen war es, ihr von Piper, Sidney, Caite, Zoey und Avery zu erzählen. Sie sollte das Gefühl haben, sie so gut wie jeder andere zu kennen, damit sie sich, wenn sie wieder in Riverton war, erlauben würde, in ihren Freundeskreis aufgenommen zu werden. Er hatte auch vor, ihr alles über seine SEAL-Kollegen zu erzählen.

Und schließlich wollte er ihr versichern, dass sie zwar Schlimmes durchgemacht hatte, aber trotzdem ein normales Leben führen konnte. Er war bereit, Dinge über sich selbst zu erzählen, die er noch nie jemandem mitgeteilt hatte. Wenn er überleben konnte, was er durchgemacht hatte, konnte sie das auch.

Bei dem Gedanken, intime Teile seines Lebens mit jemandem zu teilen, wurde ihm schlecht, aber er würde es für Kalee tun. Sie hatte das bestmögliche Leben verdient, und wenn er ihr das bieten konnte, indem er ihr einige der beschissenen Dinge erzählte, die er erlebt hatte, dann würde er es tun.

»Ich war in Afghanistan. Avery, sie ist Krankenschwester bei der Marine, war eine Kriegsgefangene. Sie wurde von Aufständischen gefangen genommen. Wir hatten sie gefunden und befreit, und Rex, Avery und ich waren auf der

Flucht. Ein Hubschrauber kam, um uns abzuholen, und während wir wegflogen, wurde ich angeschossen.«

Kalees Augen wurden groß und sie beugte sich ein wenig zu ihm vor.

Schon diese kleine Bewegung ließ Phantom innerlich schmelzen. Sie lehnte sich zu ihm *hin*, nicht weg. Es war ein Schritt. Ein kleiner, aber ein Schritt.

»Es tat verdammt weh. Und in meinem Kopf gab ich natürlich dem armen Piloten die Schuld, weil er nicht schnell genug geflogen war. Weil er nicht genügend Ausweichmanöver gemacht hatte. Als sie mich in den Hubschrauber zogen, wusste ich, dass ich in Schwierigkeiten steckte. In meinem Kopf drehte sich alles und ich verlor viel Blut. Es stellte sich heraus, dass die Kugel eine Arterie erwischt hatte und ich verblutete. Aber Avery wusste genau, was zu tun war. Sie hatte keinen Tampon zur Hand.« Er lächelte Kalee an, die das Lächeln erwiderte, und fuhr dann fort: »Also steckte sie ihre Finger in mein Bein, drückte auf die gerissene Arterie und redete weiter, als ob nichts wäre. Sie stoppte die Blutung und hielt die Arterie die ganze Zeit, bis wir landeten und ich in den Operationssaal kam.«

»Seid ihr miteinander ausgegangen?«

Er liebte es, ihre Stimme zu hören, vor allem weil sie so still gewesen war, aber Kalee sollte auf keinen Fall denken, er sei scharf auf Avery oder eine der anderen Frauen in ihrer Gruppe. Und er wollte keine große Sache daraus machen, dass sie sprach. Er wollte nicht, dass sie sich deswegen unwohl fühlte.

»Nein. Es war von Anfang an klar, dass sie und Rex eine Verbindung haben. Ich liebe die Frauen aller meiner Freunde, aber nicht im romantischen Sinne. Du musst verstehen, dass Rocco, Gumby, Ace, Bubba und Rex wie

Brüder für mich sind. Ich würde alles für sie tun. *Alles.* Aber bei den meisten anderen bin ich irgendwie ein Arsch.«

Kalee hob eine Augenbraue.

Phantom zuckte mit den Schultern. »Es ist wahr. Du kannst jeden von ihnen fragen. Meistens sage ich das Falsche zur falschen Zeit. Ich bin zu unverblümt. Ich bin nicht der Typ, mit dem man lange zusammen sein will, einfach weil ich den Leuten Unbehagen bereite.«

Sie antwortete nicht und Phantom versuchte, darüber nicht enttäuscht zu sein.

Die Flugbegleiterin kam vorbei, um sich zu erkundigen, was sie zum Abendessen wollten. Nachdem sie gegangen war, überlegte Phantom gerade, worüber er reden sollte, als er etwas an seinem Arm spürte.

Als er nach unten schaute, sah er, dass Kalee eine Hand auf seinen Unterarm gelegt hatte.

Sie sagte nichts, sondern starrte nur aus dem Fenster. Aber sie hatte die Hand ausgestreckt … um ihn zu beruhigen? Um ihm zu versichern, dass *sie* sich in seiner Nähe nicht unwohl fühlte? Um sich zu vergewissern, dass er noch da war?

Er hatte keine Ahnung. Aber das Warum war letztendlich egal. Wichtig war nur, dass sie ihn berührte. Aus freien Stücken.

Phantom wagte es nicht, sich zu bewegen. Nicht einen Zentimeter. Ihre Finger fühlten sich an, als wären sie in sein Fleisch eingebrannt. Er hatte noch nie etwas Besseres gespürt.

Kalee war sich nicht sicher, warum sie Phantom berührte. Der Ausdruck in seinen Augen hatte ihr nicht gefallen, als er sagte, dass er den Leuten Unbehagen bereitete. Es war kein Bedauern, sondern eher eine tiefe Anerkennung, dass er wusste, dass er anders war als die Menschen um ihn herum. Sie kannte seine Gründe nicht und war schockiert festzustellen, dass sie alles über den geheimnisvollen Mann neben ihr wissen wollte.

Aber sie konnte den Gedanken nicht ertragen, dass er nicht wusste, wie fantastisch er war. Es gab so viele Dinge, die sie sagen wollte, aber sie blieben ihr alle im Hals stecken. Sie konnte ihn nur berühren. Um ihm zu zeigen, dass sie keine Angst vor ihm hatte. Dass ihr Unverblümtheit nichts ausmachte.

Es war verrückt. Sie kannte diesen Mann nicht. Nicht so, wie die Gesellschaft dachte, dass eine Frau einen Mann kennen sollte, bevor sie anfing, Gefühle für ihn zu haben. Intime Gefühle.

Sie war sich nicht sicher, ob sie *wirklich* intime Gefühle für ihn hatte. Sie wusste nur, dass sie, wenn sie mit ihm zusammen war, keine Angst davor hatte, dass ein Rebell sie zurück in den Dschungel schleppen würde. Sie kannte sein Alter, seinen Namen, seine Adresse und wusste, dass er ein Navy SEAL war. Aber das waren alles nur oberflächliche Dinge. Sie wusste auch, dass er aufmerksam und sanft war und sein Geruch sie an Sicherheit erinnerte.

Während Kalee aus dem Fenster starrte, schüttelte sie im Geiste angewidert den Kopf. Sie benahm sich wie eine Idiotin. Sie kannte Phantom gefühlt erst zwei Sekunden. Sie war ein Job für ihn. Mehr nicht. Und natürlich wollte sie nichts mit Männern zu tun haben. Sie hatte am eigenen Leib erfahren, wie furchtbar sie sein konnten. Wie könnte sie jemals wieder etwas mit einem zu tun haben wollen?

Aber andererseits hatte sie sich vor weniger als einem Tag geschworen, nie wieder einen Mann anzufassen. Nie wieder in der Nähe den Mund aufzumachen, damit er ihre Worte nicht gegen sie verwenden und sie dadurch verletzen konnte. Und jetzt hatte sie Phantom nicht nur freiwillig berührt, sondern auch zehn Worte mit ihm gesprochen.

Zehn. Ja, sie zählte mit. Und sie war weder vom Blitz noch von einer Faust getroffen worden. Es war nichts Schlimmes passiert, und sie hatte Phantom sogar zum Lächeln gebracht, wovon sie das Gefühl hatte, dass er es nicht oft tat.

Sie musste nur ihre Gefühle unter Kontrolle halten. Phantom brachte sie nach Hawaii, damit sie wieder einen klaren Kopf bekam, bevor sie nach Hause zurückkehrte und ihr Leben wieder aufnahm. Das war alles. Mehr konnte sie nicht hineininterpretieren. Sie wollte sich nicht zu sehr an ihren Retter binden.

Kalee rollte mit den Augen, als sie feststellte, wie lächerlich sie sich verhielt. Sie und Phantom waren nicht zwei Menschen, die einander kennenlernten, bevor sie entschieden, ob sie miteinander ausgehen wollten. Außerdem konnte er sich wahrscheinlich jede Frau aussuchen. Selbst wenn sie sich in einer normalen Situation getroffen hätten, würde Phantom nicht mit ihr ausgehen wollen. Sie war kaputt. Verdorben.

Sie schüttelte den Kopf. Nein. Scheiß drauf. Sie war nicht verdorben. Das war ein Gedanke, den ein *Opfer* haben würde. Sie war kein Opfer. Sie war eine Überlebende.

Sie hatte nicht um das gebeten, was ihr widerfahren war. Sie hatte gekämpft wie der Teufel, bis das Kämpfen nicht mehr die beste Option gewesen war. Dann hatte sie sich zurückgezogen, gewartet und beobachtet. Sie hatte glauben wollen, dass sie irgendwann aus eigener Kraft entkommen würde. Daran musste sie glauben. Aber Phantom war aufgetaucht.

Zum ersten Mal dachte sie freiwillig an die Rebellen. Sie fragte sich, wie wütend sie waren, als sie aufgewacht waren und sie nicht mehr da war. Hatten sie nach ihr gesucht? Der

Gedanke an ihre Frustration und Wut begeisterte sie. *Scheiß auf sie.*

Sie war geflohen, und sie würden sich immer fragen, wie sie es geschafft hatte und wohin sie entkommen war.

Gut. Sollten sie sich doch fragen. Sie hoffte, dass es sie in den Wahnsinn trieb.

Lächelnd wandte Kalee sich an Phantom. Sie wollte ihm ihre Gedanken mitteilen, aber die Worte wollten nicht herauskommen.

Aber es stellte sich heraus, dass sie sich nicht mitteilen musste. Nicht wirklich.

»Ich weiß nicht, woher dein Lächeln kommt, aber es gefällt mir«, sagte Phantom leise zu ihr.

Er hatte sich keinen Zentimeter gerührt, seit sie ihre Hand auf seinen Arm gelegt hatte, und Kalee wusste, dass er versuchte, sie nicht zu bedrängen. Sie wusste es zu schätzen.

Sie drückte seinen Unterarm und griff dann nach der Zeitschrift in der Tasche vor ihr, einfach um etwas zu tun zu haben. Sie hätte sich lieber an Phantom festgehalten, aber sie wusste, dass sie alles in ihrer Macht Stehende tun musste, um sich nicht zu sehr auf ihn zu verlassen. Er würde gehen, in sein Leben zurückkehren, und sie musste herausfinden, wie sie auf eigenen Füßen stehen konnte.

Phantom führte den Weg durch den Flughafen auf Oahu zu den Taxiständen. Er hatte seinen Mietwagen am Haus gelassen, da er nicht gewusst hatte, wie lange er weg sein würde. Er hatte gehofft, dass es nur ein oder zwei Tage sein würden, aber in Wirklichkeit hätten die Dinge wesentlich schlimmer laufen können.

Er hörte Kalee nach Luft schnappen und hatte sich in Bewegung gesetzt, bevor sein Gehirn alles verarbeitet hatte.

Ein Mann ging hinter ihr, hatte seine Hand auf ihrem Arm und versuchte, ihr eine Blütenkette zu verkaufen. Er war harmlos, wollte nur seine Ware anbieten, aber er machte ihr Angst.

Phantom trat an ihre Seite und ließ eine Hand mit einer scharfen, plötzlichen Bewegung auf den Unterarm des Mannes schnellen. Der Mann schrie auf und drückte seinen Arm sofort an die Brust.

»Scheiße, Mann, das tat weh!«, rief er.

»Gut«, knurrte Phantom. »Vielleicht behalten Sie das nächste Mal Ihre Hände bei sich. Sie fassen niemanden ohne seine Erlaubnis an, schon *gar nicht* sie. Sie sollten froh sein, dass ich Ihnen den Arm nicht gebrochen habe.«

»Verrückter Scheißkerl«, murmelte der Mann, als er in der Menschenmenge um sie herum verschwand.

Phantom funkelte ihn kurz an, bevor er sich an Kalee wandte. »Tut mir leid. Ich habe die Aufmerksamkeit abschweifen lassen. Es wird nicht wieder vorkommen. Ich verspreche dir, wenn du vor mir gehst, werde ich dich nicht anfassen, aber so kann ich deinen Rücken schützen.«

Kalees Augen waren weit aufgerissen, und es half nicht, dass die langsam verheilenden blauen Flecke sie noch verletzlicher aussehen ließen. Phantom fühlte sich beschissen, dass er dieses Arschloch nicht davon hatte abhalten können, sie anzufassen.

Sie nickte, und er seufzte erleichtert. »Danke. Draußen auf der rechten Seite ist ein Taxistand. Wir nehmen ein Taxi zur Nordküste und ich mache uns etwas zu essen. Morgen kannst du im Haus abhängen und ich gehe einkaufen, oder du kannst mit mir kommen. Was immer du willst.«

Sie nickte wieder.

»Okay, Schatz. Lass uns von hier verschwinden, ja?«

Mit diesen Worten drehte sie sich um und ging in die Richtung, die er ihr gezeigt hatte. Ihre Schritte waren zögerlich und sie schaute immer wieder zu ihm zurück, aber sie bewegte sich in die Richtung, in die sie gehen mussten. Phantom funkelte jeden an, der dumm genug war, sich ihnen bis auf eineinhalb Meter zu nähern. Er wusste, dass er unvernünftig war, aber er bekam Kalees panisches Schnappen nach Luft nicht aus dem Kopf.

Sie schafften es ohne weitere Probleme zur Taxischlange, als Phantoms Handy zu klingeln begann. Er wollte nicht rangehen, aber er sah, dass es Rocco war.

In dem Wissen, dass er sich früher oder später darum kümmern musste, wischte er auf dem Display nach oben.

»Hey.«

»Warum zum Teufel hast du uns nicht gesagt, dass du Urlaub nimmst?«, fragte Rocco hitzig.

Phantom seufzte. »Weil ich wusste, dass ihr euch Sorgen machen würdet.«

»Damit liegst du verdammt richtig. Wo bist du?«

»Hawaii.«

»Blödsinn. Ich kenne dich besser als das. Du bist in Timor-Leste, stimmt's? Verdammt, Phantom, du wirst dir deine Karriere versauen!«

Phantom wusste, dass er genau das schon getan hatte, aber das war ihm scheißegal. Im Moment musste er einen seiner besten Freunde davon überzeugen, dass er wirklich in Hawaii war. »Ich bin wirklich in Hawaii, Rocco«, sagte er ruhig. »Ich habe Mustang angerufen – du weißt schon, den SEAL-Teamleiter, der hier stationiert ist – und er hat mir ein Haus an der Nordküste besorgt. Ich musste heute in die Stadt fahren, aber ich bin wirklich hier.«

»Beweise es.«

»Fick dich«, knurrte Phantom.

»Beweise mir, dass du wirklich in Hawaii bist«, befahl Rocco. »Wenn du das nicht kannst, werden ich und der Rest des Teams uns auf den Weg nach Timor-Leste machen.«

Phantom umklammerte das Handy. Genau deshalb hatte er seinen Freunden nicht erzählt, was er vorhatte. Er wusste, dass sie sich weigern würden zurückzubleiben. Dann wäre nicht nur seine Karriere ruiniert, sondern auch ihre. Und sie hatten Frauen, Kinder und Familien, um die sie sich kümmern mussten. Er nicht.

Phantom ließ den Blick unwillkürlich zu Kalee wandern. Wenn er keinen Job hatte, würde es schwer werden, eine Familie zu ernähren. Er würde aus Kalifornien wegziehen müssen; alles in diesem Staat war verdammt teuer. Er würde sich überlegen müssen, was er mit dem Rest seines Lebens anfangen wollte und auf welche Art von Job er sich bewerben sollte. Er hatte keine Ahnung, wer einen ehemaligen Navy SEAL haben wollte, der in seinem Leben nichts anderes getan hatte, als Feinde auszuschalten.

»Ich. Bin. In. Hawaii«, stieß er hervor.

»Wie gesagt, du wirst es beweisen müssen«, gab Rocco zurück.

»Und wie soll ich das tun?«, fragte Phantom.

»Überleg dir was. Und wehe, es ist nicht gut«, sagte Rocco, bevor er auflegte.

Phantom starrte kurz auf sein Telefon, überrascht, dass einer seiner besten Freunde einfach aufgelegt hatte, und seufzte dann.

Er spürte Kalees Hand auf seinem Bizeps, und genau wie im Flugzeug beruhigte ihn ihre Berührung.

Er schaute zu ihr hinunter. Sie starrte ihn mit besorgtem Blick an. Phantom zwang sich, sich zu entspannen, und versuchte es mit einem Lächeln. »Es ist okay. Das war Rocco. Er macht sich Sorgen um mich. Ich werde unsere Pläne für heute Abend ändern müssen. Es tut mir leid.«

Sie zuckte mit den Schultern und drückte seinen Arm.

»Ich muss ein paar Leute in das Haus einladen.« Er sprach schnell, damit sie nicht in Panik geriet. »Es ist okay, du musst nicht mit ihnen interagieren. Du kannst drinnen bleiben. Ich werde mich einfach draußen mit ihnen treffen. Rocco glaubt nicht, dass ich wirklich hier in Hawaii bin. Der schnellste Weg, es zu beweisen, besteht darin, Mustang und seine Freunde einzuladen. Er hat das Mietobjekt gefunden und Rocco kennt ihn. Er weiß, dass er hier stationiert ist. Wenn er sieht, dass wir alle am Meer sind und plaudern, wird er mich in Ruhe lassen. Du wirst jedoch drinnen bleiben müssen, während ich mit Rocco spreche; ich kann es nicht gebrauchen, dass er dich sieht. Er wird mit Sicherheit wissen, was ich getan habe.«

Phantom brauchte nicht die Zustimmung anderer für seine Handlungen. Er tat, was er wollte und was er musste, ohne Rücksicht auf die Konsequenzen. Aber er wollte Kalee auf keinen Fall noch mehr stressen, als sie es ohnehin schon war.

»Wenn du nicht damit klarkommst, ist das okay. Ich werde einen anderen Weg finden, um Rocco zu zeigen, dass ich hier bin«, fuhr er fort. »Eigentlich ist es dumm, Mustang und die anderen einzuladen.« Er schüttelte den Kopf. »Ich filme uns einfach, wie wir durch die Straßen fahren, dann sieht er die Straßenschilder und weiß, dass ich hier bin. Ja, das ist sowieso besser.«

»Nein. Lade deine Freunde ein.«

Phantom starrte Kalee an. Es schien, als würde sie sich mit jedem weiteren Kilometer zwischen ihr und Timor-Leste wohler fühlen.

»Bist du sicher?«, fragte er.

Sie nickte.

Phantom spannte die Hände an. Er wollte sie so gern an sich drücken. Wenn jemand eine Umarmung, eine sanfte menschliche Berührung brauchte, dann war sie es. Verdammt, *er* brauchte sie. Aber er schaffte es, seine Hände bei sich zu behalten.

»Danke.« Sie schlurften in der Schlange nach vorn. »Ich muss Mustang anrufen und es arrangieren, ist das in Ordnung?«

Sie nickte erneut.

Nachdem er auf Mustangs Namen getippt hatte, hielt Phantom das Handy an sein Ohr.

»Jo! Hier ist Mustang.«

»Hey, ich bin's, Phantom. Du musst mir noch einen Gefallen tun.«

»Alles, was du willst.«

Phantom mochte die meisten SEALs, die er kennengelernt hatte. Normalerweise würden sie alles für ihre Kameraden tun, auch wenn sie sich seit Monaten oder Jahren nicht mehr gesehen hatten und nicht offiziell zusammenarbeiteten.

»Könntest du, Midas, Pid, Aleck, Jag und Slate vielleicht auf einen Drink zu mir kommen?«

»Klar. Wann?«

»Äh ... jetzt?«

Mustang lachte. »Meine Güte, lass uns nur keine Zeit, uns zu entscheiden, ja?«

»Ich weiß, tut mir leid. Ich wollte mich nur bei dir bedanken, dass du mir während meines Urlaubs einen Platz zum Pennen besorgt hast.«

»Und?«, fragte Mustang.

»Und was?«

»Und was noch? Du glaubst doch nicht ernsthaft, dass ich dir diese lahmarschige Ausrede abkaufe.«

»Meinetwegen. Ich muss Rocco beweisen, dass ich wirklich hier in Hawaii bin, und ich dachte mir, der beste Weg, damit er keine Zweifel hat, bestünde darin, wenn er dich und den Rest deines Teams bei einem Bier mit mir sieht.«

Eine Weile herrschte Schweigen, dann sagte Mustang: »Brauchst du bei irgendetwas Hilfe?«

Und genau das war der Grund, warum Phantom Mustang mochte. Er war scharfsinnig und zögerte nicht, seine Hilfe anzubieten. »Nein. Es ist alles in Ordnung. Großartig, um ehrlich zu sein.«

Irgendetwas in Phantoms Stimme musste Mustang überzeugt haben, denn er sagte in einem etwas entspannteren Tonfall: »Gut. Den Durchsagen im Hintergrund nach zu urteilen bist du wohl am Flughafen. Ich trommle die Jungs zusammen und wir treffen uns in ein paar Stunden bei dir zu Hause. Der Verkehr ist beschissen, aber das sollte sich bald legen. Sollen wir etwas mitbringen?«

Phantom wollte gerade Nein sagen, besann sich dann aber eines Besseren. »Warte mal kurz«, sagte er, drückte das Handy an seine Brust und sah zu Kalee hinunter. »Mustang und seine Freunde haben gesagt, sie würden vorbeikommen. Sollen sie irgendetwas mitbringen?«

Sie schüttelte den Kopf, woraufhin Phantom die Stirn runzelte.

»Im Ernst, denk darüber nach. Es muss doch etwas geben, das du gern essen oder trinken würdest. Etwas, für das du töten würdest, um es zu bekommen. Als ich einmal in Kriegsgefangenschaft war, musste ich ständig an saure Gurken denken.« Als sie schockiert dreinschaute, lächelte er. »Ich weiß. Es ist dumm. Ich meine, ich hätte von einem großen, saftigen Steak oder einem eiskalten Bier träumen können, aber stattdessen war alles, woran mein Gehirn denken konnte, eine verdammte saure Gurke.«

Eigentlich hatte er damit nicht herausplatzen wollen, aber er wollte Kalee alles geben, was ihr in der Gefangenschaft verwehrt geblieben war.

»Erdnussbutter. Mit Stücken. Und dunkle Schokolade.«

Phantom lächelte und hob, ohne nachzudenken, eine Hand, um ihr eine Haarsträhne hinter das Ohr zu streichen.

Erst als sie mit dem Kopf zurückzuckte, wurde ihm klar, was er getan hatte.

»Scheiße, tut mir leid, Schatz.« Wütend über sich selbst, sie erschreckt zu haben, holte Phantom tief Luft und hielt sein Handy wieder an sein Ohr. »Ein großes Glas Erdnussbutter mit Stücken und ein Haufen dunkler Schokolade«, sagte er knapp.

»Geht klar. Ich werde auch gleich ein paar saure Gurken besorgen, wenn ich schon dabei bin«, scherzte er. »Bis dann.«

Phantom hatte nicht einmal die Gelegenheit, seinem Freund zu sagen, dass er sich ins Knie ficken solle. Er hatte offensichtlich sein Gespräch mit Kalee mitgehört. Er legte auf und steckte sein Telefon wieder ein.

»Es tut mir wirklich leid«, sagte er zu Kalee. Sie sah immer noch etwas verängstigt aus, und das gefiel ihm nicht. Er versuchte, sich zu erklären. »Ich war einfach so verdammt stolz auf dich und habe, ohne nachzudenken, gehandelt. Du hast eine süße kleine Locke direkt neben deinem Ohr, die immer wieder deine Wange streift, und ich wollte sie einfach aus deinem Gesicht streichen. Ich weiß, du magst es nicht, wenn man dich anfasst. Ich werde mein Bestes tun, um meine Hände in Zukunft für mich zu behalten.«

Sie sah zu ihm auf und biss sich auf die Lippe. Sie öffnete und schloss den Mund wieder. Dann nahm sie einen tiefen Atemzug. Ihre Pupillen weiteten sich und es sah so aus, als würde sie gleich etwas sehr Beängstigendes tun. Bungeespringen. Fallschirmspringen. Nicht einfach *sprechen*. Aber sie nahm ihren Mut zusammen und sagte: »Ich sah deine Hand auf mich zukommen und dachte, du würdest mich schlagen.«

Phantom wusste, dass sie das gedacht hatte, aber es tat weh, die Worte zu hören. Er beugte sich hinunter und sagte mit sanfter Stimme, nur für ihre Ohren: »Ich werde dich nie schlagen, Kalee. Niemals. Egal wie frustriert oder verärgert ich bin, ich werde dich nie aus Wut anrühren. Ich möchte zurückkehren und jeden einzelnen Wichser in diesem Haus umbringen, der es gewagt hat, dich anzufassen. Es macht mich wütend, wenn jemand meint, er hätte das Recht, jemand anderem zu schaden. Ich weiß, dass es Zeit braucht, aber ich hoffe, dass du dich bei mir irgendwann wirklich sicher fühlen wirst.«

»Das tue ich«, flüsterte sie.

Phantom schüttelte den Kopf. »Noch nicht, aber das wirst du. Ich schwöre es.« Er schaute auf und stellte fest, dass sie am Anfang der Taxischlange standen. »Wir sind die Nächsten.«

Dann schockierte Kalee ihn zu Tode, als sie nach seiner Hand griff und sie an die Seite ihres Gesichts führte. Sie streifte ihre Wange, und Phantom verstand den Hinweis, legte seine Finger um die verirrte Haarsträhne und strich sie sanft hinter das Ohr.

Sie starrten sich einen Moment lang an, bevor der Mann, der für die Taxischlange zuständig war, rief, dass sie an der Reihe seien und in den nächsten Wagen einsteigen sollten.

Phantom atmete erleichtert auf, als er die Tür für Kalee aufhielt. Er hatte schon gedacht, alles vermasselt zu haben, aber ihr Verhalten hatte ihm gezeigt, dass das nicht der Fall war ... noch nicht.

Ihm graute vor dem Tag, an dem er mit ihr über seine Rolle in ihrer Gefangenschaft sprechen musste. Aber zuerst brauchte sie Zeit, um zu heilen. Er wusste, dass er ein Feigling war, aber er war froh, es noch eine Weile aufschieben zu können. Er konnte es nicht ertragen, dass Kalee ihn mit Abscheu und Hass ansah.

KAPITEL VIER

Phantom schüttelte kräftig Mustangs Hand. Er und der Rest seines Teams waren nicht lange nach ihm und Kalee am Haus aufgetaucht. Der Verkehr war beschissen gewesen, aber das war auf der Insel meistens der Fall. Kalee hing im Haus ab, bis er mit Rocco telefoniert hatte. Dann hoffte er, dass sie sich zu ihnen nach draußen auf die kleine Terrasse gesellen würde.

Das Haus war nicht groß, es war sogar winzig, aber es lag direkt am Strand, was genau das war, was Phantom wollte. Er hatte seinen Kommandanten nicht angelogen, als er sagte, er brauche eine Pause. Er brauchte sie. Er und der Rest seines Teams waren ununterbrochen im Einsatz gewesen, und die schwierigen Situationen, in denen sie sich in letzter Zeit befunden hatten, sowie die mentale Qual des Versuchs, sich daran zu erinnern, was er in Timor-Leste übersehen hatte – und sich dann auch noch daran zu erinnern, dass er gesehen hatte, wie Kalees Fuß sich bewegte, als sie in der Grube lag –, waren extrem anstrengend gewesen.

Tatsächlich freute er sich darauf, Zeit im Paradies zu verbringen ... und mit Kalee.

Er verdrängte diesen Gedanken – er war nicht hier, um sie zu überreden, mit ihm auszugehen; er musste dafür sorgen, dass sie psychisch stabil war, um in ihr Leben zurückzukehren – und begrüßte den Rest des SEAL-Teams, das in Hawaii stationiert war.

Mustang war mit sechsunddreißig Jahren der Älteste und der Anführer des Teams. Er war eins achtzig groß und hatte dunkelbraunes Haar. Midas war zweiunddreißig, der Größte der Gruppe, etwa so groß wie Phantom, und hatte goldblondes Haar. Aleck war noch nicht ganz dreißig, aber Phantom wusste, dass er der Klügste im Team war. Mustang hatte ihm viele Geschichten darüber erzählt, wie Aleck seinen Verstand eingesetzt hatte, um sie aus brenzligen Situationen zu befreien.

Pid war mit achtundzwanzig Jahren der Jüngste, aber es war offensichtlich, dass hinter seinen Augen einige Dämonen lauerten, die über sein Alter hinwegtäuschten. Jag war der Ruhigste der Gruppe, was nicht bedeutete, dass er nicht klug oder tödlich war. Phantom hatte von der Fähigkeit des stoischen Mannes gehört, ohne zu zögern eine ganze Gruppe von Feinden auszuschalten.

Die Truppe wurde von Slate vervollständigt. Er war ähnlich mürrisch wie Phantom und stand aktuell mit verschränkten Armen und einem Stirnrunzeln im Gesicht abseits von ihnen.

Normalerweise störte Phantom sich nicht an Slates unwirschem Verhalten, da er selbst meistens nicht die beste Gesellschaft war ... aber wenn der Mann etwas sagte, das Kalee erschreckte, würde er es bereuen.

»Also gut, wir sind alle da«, sagte Mustang. »Na los, ruf deinen Mann an und lass uns loslegen.«

»Ich verstehe nicht, warum Rocco dir nicht glauben

will«, fügte Midas hinzu. »Meiner Meinung nach sollte er dir glauben, wenn du nicht irgendetwas völlig vermasselt hast.«

»Oder?«, fügte Aleck hinzu. »Was hast du getan, das dich so unglaubwürdig macht?«

Phantom ignorierte die Fragen und tippte auf Roccos Namen. Er wollte die Sache schnell hinter sich bringen, damit er Kalee nach draußen einladen konnte. Der Abend war wunderschön und er wollte, dass sie den Sonnenuntergang sah und das Rauschen der Wellen am Ufer genoss.

»Ich bin's«, sagte Phantom zu Rocco, als dieser abnahm.

»Gut. Also beweise mir, dass du in Hawaii bist«, entgegnete Rocco, ohne zu zögern.

Phantom tippte auf die Taste für ein Videotelefonat und drehte das Handy zum anderen SEAL-Team. »Ich bin hier am Strand. Und ich wusste, dass der Strand allein dich nicht überzeugen würde, also habe ich auch ein paar Freunde eingeladen.«

»Ich fasse es nicht«, rief Rocco, als er die anderen Männer sah. »Mustang! Wie zum Teufel geht es euch?«

Mustang lachte und hob ein Bier in Richtung des Handys. »Uns geht es gut, wie du sehen kannst. Wie ich höre, sind Glückwünsche angebracht. Du hast eine Frau gefunden, die deinen wertlosen Arsch gerettet hat. Clever.«

»Scheiße ja, das habe ich. Caite ist fantastisch. Sie kann mir jeden Tag der Woche das Leben retten. Wie geht es dem Rest von euch?«

Die anderen Männer des Teams begrüßten Rocco und sie tauschten ein paar Minuten lang Nettigkeiten aus.

Dann fragte Pid: »Was hat Phantom getan, um dein Misstrauen zu verdienen?«

Phantom knurrte und drehte das Telefon, aber Slate trat an seine Seite und packte ihn am Handgelenk. »Nein. Wir müssen es hören«, beharrte er.

Phantom funkelte Slate an, riss sich jedoch nicht aus seinem Griff los. Er hatte das verdient. Das wusste er. Es gefiel ihm nicht, aber wenn einer dieser Männer nach Kalifornien käme und ihn sowie sein Team um ein Alibi bäte, würde er wissen wollen warum.

»Vor einiger Zeit ging eine Mission in Timor-Leste schief«, erklärte Rocco. »Phantom hat beschlossen, dass er dafür verantwortlich war und dass er es wiedergutmachen muss. Vor Kurzem erhielten wir Informationen, die nach Timor-Leste führten, und ihm wurde befohlen, sich zurückzuhalten. Wir dachten alle, er würde die Befehle ignorieren und trotzdem zurückgehen.«

Phantom stand starr vor Mustang und den anderen. Jeder von ihnen hätte Rocco mitteilen können, dass mit Phantom hier in Hawaii nicht alles so war, wie es schien, aber Gott sei Dank sagten sie nichts, was seinen Teamleiter hätte misstrauisch machen können.

»Dein Freund ist offensichtlich im Land des Hula und des Sonnenscheins«, sagte Midas.

»Gut. Passt auf, dass er dort bleibt, ja?«, entgegnete Rocco. »Wir brauchen ihn im Team, und wir wollen definitiv nicht, dass er etwas Dummes tut.«

»Du musst mehr Vertrauen in deinen Teamkameraden haben«, sagte Slate.

»Es geht nicht darum, dass wir kein Vertrauen in ihn haben«, argumentierte Rocco. »Wir wissen nur, dass er zu rechtschaffen ist und alles tun würde, um einen Fehler zu korrigieren.«

»Das ist keine schlechte Eigenschaft«, sagte Jag.

»Wenn er dadurch seine Karriere in Gefahr bringt, schon«, erwiderte Rocco.

»Ich werde Hawaii nicht verlassen, bis ich nach Kalifornien zurückkehre«, schwor Phantom, was keine Lüge war.

»Gut. Vergiss nicht, Ace in etwa einer Woche anzurufen, wenn Piper ihren Kaiserschnitt hatte.«

Phantom hatte vergessen, dass Piper einen Termin für die Geburt ihres Kindes gemacht hatte. Er war ein wenig beschäftigt gewesen. »Danke. Ich werde anrufen.«

»Scheiße, Babys?«, rief Pid. »Nein danke.«

Rocco lachte. »Merk dir meine Worte ... wenn du eine Frau findest, mit der du den Rest deines Lebens verbringen willst, wirst du dich nicht mehr so sehr an Babys stören. Phantom, nimm mich aus dem Videoanruf raus.«

Phantom tippte auf eine Taste und hielt das Handy an sein Ohr. »Du hast mich und nur mich«, sagte er zu Rocco.

»Tut mir leid wegen der Sache mit dem Beweis«, erklärte er. »Wir machen uns alle nur Sorgen um dich. Wir wollen nicht, dass du allein losziehst, um Kalee zu retten. Ich habe dir vor einiger Zeit versprochen, dass wir sie nach Hause bringen werden, und ich werde dieses Versprechen nicht brechen. Wir haben mit dem Kommandanten geredet. Keinem von uns gefällt es, dass sie dort drüben allein ist und sich wahrscheinlich zu Tode fürchtet. Wir werden sie nach Hause bringen, und wenn es das Letzte ist, was wir tun.«

Phantom hatte ein schlechtes Gewissen und war gleichzeitig überwältigt von dem Respekt für seinen Freund. »Danke«, war alles, was er sagen konnte, ohne damit herauszuplatzen, dass Roccos Sorge unberechtigt war. Kalee war keine sechs Meter von ihm entfernt und in Sicherheit.

»Ich bin sicher, die anderen werden dich anrufen«, fuhr Rocco fort. »Rex sagte, dass Avery sich große Sorgen um dich macht, und Piper natürlich auch. Ich weiß, dass du die Pause brauchst, aber bitte lass von dir hören, okay?«

»Das werde ich«, versprach Phantom. Er war nicht gerade ein gefühlsbetonter Mensch, aber er wollte nicht, dass seine Freunde sich Sorgen um ihn machten.

»Viel Spaß mit Mustang. Lass dich nicht von ihm und den anderen überreden, dich zu besaufen und in der Kneipe eine Braut aufzureißen.«

»Seit wann kennst du mich als jemanden, der in der Kneipe Frauen aufreißt?«, fragte Phantom.

»Nun, da war dieses eine Mal im *Aces*, und wenn ich mich recht erinnere, hast du deine Lektion gelernt. Aber wenn du mit Mustang und seinem Team rumhängst, kann man nie wissen. Bis dann.«

Phantom schaltete das Display seines Handys aus, nachdem Rocco aufgelegt hatte.

»Hast du uns etwas zu sagen?«, fragte Mustang ohne eine Spur von Humor in seinem Ton. »Du bist vor ein paar Tagen in Hawaii angekommen, und doch warst du vor ein paar Stunden noch am Flughafen.«

Phantom seufzte. Er hatte sich nicht darauf einlassen wollen, aber er konnte Kalee unmöglich nach draußen bringen, ohne eine Erklärung abzugeben.

»Vor fast einem Jahr wurde das Team nach Timor-Leste geschickt, um eine ehrenamtliche Mitarbeiterin des Friedenskorps zu evakuieren, weil die Aktivitäten der Rebellen eskalierten. Als wir ankamen, war es zu spät. Wir dachten alle, sie sei tot. Aber vor Kurzem haben wir herausgefunden, dass sie noch lebt und für die Rebellen arbeiten muss.«

»Scheiße«, murmelte Jag.

»Ja«, stimmte Phantom zu.

»Du hattest also den Befehl, dich zurückzuhalten, und hast dich entschlossen, hier in Hawaii Fronturlaub zu machen, was?«, sagte Mustang mit einem Zwinkern.

»Ja«, erwiderte Phantom.

»Aber du bist trotzdem hingeflogen, oder?«, warf Pid ein.

Phantom stimmte weder zu noch widersprach er.

»Du wirst am Arsch sein, wenn du nach Hause kommst«, bemerkte Midas.

»Aber Kalee lebt«, sagte Phantom mit leiser Stimme.

»Wird das reichen, wenn du wegen Befehlsverweigerung aus dem Team geworfen wirst?«, fragte Slate.

Phantom drehte sich zu Slate um. »Ja«, antwortete er schlicht. Und ihm wurde klar, dass das wirklich der Fall war. Er würde es hassen, kein SEAL zu sein, aber er würde alles noch einmal genauso machen, wenn es darum ging, Kalee aus den Händen der Rebellen zu befreien.

Mustang musterte Phantom einen Moment lang. »Und du hast es deinen Teamkameraden nicht erzählt, weil du wusstest, dass sie dich nicht allein hätten gehen lassen und dann auch *ihre* Karrieren auf dem Spiel gestanden hätten. Richtig?«

Wieder blieb Phantom stur und schwieg.

»Scheiße. Du bist ein guter Mann«, sagte Mustang kopfschüttelnd. »Verrückt, aber gut.« Dann trat er einen Schritt vor und schlug Phantom auf den Rücken.

»Also ... lernen wir sie jetzt kennen?«, fragte Pid.

»Wenn ihr euch benehmt, ja«, sagte Phantom.

»Natürlich werden wir uns benehmen«, entgegnete Aleck mit einem Lächeln.

Phantom verdrehte die Augen. »Ich meine es ernst. Sie ist verdammt schreckhaft, und das zu Recht. Und was auch immer ihr tut, fasst sie auf keinen Fall an, das mag sie nicht.«

Alle sechs Gesichter vor ihm verhärteten sich. Sie wussten, dass es einen wichtigen Grund gab, warum eine Frau nicht angefasst werden wollte, und das machte sie alle wütend.

»Gebt ihr einfach Raum«, bat Phantom die anderen. »Sie ist verdammt stark. Oh ... und sie redet nicht viel. Wenn ihr sie etwas fragen wollt, dann formuliert es so, dass sie mit Ja oder Nein antworten kann, okay?«

Alle nickten.

»Gut. Und ... danke, dass ihr Rocco nichts gesagt habt. Natürlich werden sie alle herausfinden, was ich getan habe, wenn ich zurückkomme. Ich will Kalee nur ein paar Wochen Zeit geben, um sich zu entspannen. Um an nichts anderes zu denken als daran, das zu verarbeiten, was ihr widerfahren ist«, erklärte Phantom.

»Wir verstehen schon«, sagte Pid ernst.

»Sie hat Glück, dich an ihrer Seite zu haben«, fügte Midas hinzu.

Phantom wusste, dass *das* nicht stimmte. Er war der Grund, warum sie überhaupt dort gelandet war, aber er sagte nichts. Seine eigenen Teamkameraden machten ihm keinen Vorwurf, sich nicht daran erinnert zu haben, was er an dem Tag im Waisenhaus gesehen hatte, dass er die Bewegung ihres Fußes bemerkt und keinen Alarm geschlagen hatte, um sie aus der Leichengrube zu holen, aber er machte sich selbst Vorwürfe.

Er war einmal in ihrer Lage gewesen. Nicht ganz. Aber er hatte sich darauf verlassen, dass andere ihn aus einer absolut schrecklichen Situation herausholen würden ... und niemand hatte es getan. Damals hatte er sich beschissen gefühlt.

Er hatte die Macht gehabt, Kalee bei dieser ersten Mission zu retten, und er hatte es nicht getan. Damit musste er für den Rest seines Lebens klarkommen.

»In Ordnung, ich werde sie holen. Denkt dran ... benehmt euch«, warnte Phantom sie mit grimmiger Miene.

Die anderen lachten, als er sich umdrehte und ins Haus ging, um Kalee mitzuteilen, dass sie herauskommen konnte, wenn sie wollte.

Kalee stand am Fenster und beobachtete, wie Phantom mit seinen Freunden sprach. Sie waren alle groß und sahen stark aus. Sie wusste, dass sie sie mit einer schnellen Rückhand mühelos verletzen könnten.

Früher wäre sie da hinausgegangen und hätte mit den gut aussehenden Männern gelacht und geflirtet. Sie hätte über ihre abgedroschenen Anmachsprüche gelächelt und vielleicht sogar in Erwägung gezogen, mit einem von ihnen nach Hause zu gehen. Nicht dass sie jemals in ihrem Leben einen One-Night-Stand gehabt hätte, aber sie hatte ein- oder zweimal darüber nachgedacht.

Sie wollte die Frau sein, die sie einst gewesen war.

Jetzt versteckte sie sich hinter einem verdammten Vorhang und hatte Todesangst, auch nur hinauszugehen und Hallo zu sagen. Sie wusste, dass sie schrecklich aussah. Ihr Haar war ein einziges Durcheinander und die blauen Flecke in ihrem Gesicht verrieten laut und deutlich, dass sie durch die Hölle gegangen war.

Kalee atmete tief durch und schüttelte den Kopf. Sie würde sich nicht schämen. Zumindest würde sie versuchen, es nicht zu tun. Sie hatte sich nicht *selbst* geschlagen. Sie hatte nicht gewollt, dass ihr die Haare geschnitten werden. Das hatten andere getan. Es war schwer, ihre Denkweise zu ändern, aber sie würde es tun.

Als sie sich umdrehte, sah sie eine Baseballkappe auf dem Tisch neben der Küche. Sie war marineblau und hatte das SEAL-Dreizack-Logo auf der Vorderseite. Sie ging hinüber und setzte sie auf, um ihre schreckliche Frisur und hoffentlich einige der blauen Flecke in ihrem Gesicht zu verbergen.

Sie hatte die Krempe gerade heruntergezogen, als die Hintertür aufging und Phantom hereinkam.

»Hey«, sagte er leise. »Meine Mütze steht dir gut.«

Einen Moment lang wollte Kalee sich dafür entschuldigen, dass sie sie, ohne zu fragen, aufgesetzt hatte, aber sie straffte die Schultern. Es war eine Mütze. Er war offensichtlich nicht sauer darüber, also gab es für sie keinen Grund, sich Sorgen zu machen oder sich dafür zu entschuldigen, ihn ausgeliehen zu haben. Sie musste aufhören zu denken, dass ihr jede Kleinigkeit eine Ohrfeige oder einen Tritt in die Rippen einbringen würde.

Sie schenkte Phantom zur Begrüßung ein kleines Lächeln.

»Bist du bereit, rauszukommen und mit den Jungs abzuhängen? Sie müssen nicht lange bleiben und sie werden nicht erwarten, dass du etwas anderes tust, als dazusitzen und hübsch auszusehen. Aber ignoriere etwa fünfundneunzig Prozent von allem, was sie sagen. Sie reden nur Scheiße.«

Kalee lächelte wieder. Es war schon erstaunlich, dass sie überhaupt noch etwas lustig finden konnte. Es war noch gar nicht so lange her, dass sie deprimiert und verängstigt gewesen war und sich nicht traute, sich ohne Erlaubnis auch nur einen Zentimeter zu rühren. Tatsächlich war es erst wenige Stunden her. Und jetzt war sie hier und würde mit einer Gruppe von Männern *abhängen*, von denen sie ohne Zweifel wusste, dass sie tödlich sein konnten. Aber sie wusste auch, dass Phantom nicht zulassen würde, dass sie etwas Bedrohliches taten oder sagten.

Sie trug immer noch die Leggings und das T-Shirt, das Phantom ihr in Timor-Leste gegeben hatte, aber sie verspürte kein großes Bedürfnis, sich umzuziehen. Schließlich hatte sie monatelang dieselben schmutzigen Klamotten getragen; diese waren im Vergleich dazu sauber.

Mit einem Nicken folgte sie Phantom aus dem kleinen Haus auf die Terrasse. In dem Moment, in dem sie auftauchte, standen alle sechs Männer auf.

Erschrocken wich Kalee einen Schritt zurück und sog

den Atem ein. Aber sie merkte sofort, dass sie nur höflich waren und sich ihr nicht näherten. Sie tat ihr Bestes, um zu atmen und ihren Herzschlag zu verlangsamen, zog den Kopf ein, um sich unter dem Schirm der Kappe zu verstecken, und trat zur Seite, um sich auf einen der beiden leeren Stühle rechts von ihr zu setzen.

Niemand sagte etwas zu ihrer ungewöhnlichen Reaktion, und schon bald unterhielten sich alle wieder.

Ohne ein Wort nahm Phantom ein Glas Erdnussbutter und eine Tafel Schokolade und reichte sie ihr. Sie lächelte, als sie bemerkte, dass er das Glas bereits für sie geöffnet hatte. Sie beobachtete die Männer, die sich wieder hingesetzt hatten und sich nun leise unterhielten, brach ein Stück Schokolade ab und löffelte damit ein wenig Erdnussbutter heraus.

Die Geschmacksknospen in ihrem Mund explodierten, als sie kaute. Noch nie hatte sie etwas so Köstliches wie das hier gegessen.

Als sie zu Phantom hinüberschaute, sah sie, wie er sie lächelnd beobachtete. Aber er sagte nichts dazu, sondern wandte sich einfach wieder seinen Freunden zu. Ihr war nicht entgangen, dass er ihre beiden Stühle ein Stück von den anderen entfernt platziert und sich zwischen sie und seine Freunde gesetzt hatte. Sie hasste es, dass er ihr den Rücken freihalten musste, aber sie war ihm trotzdem dankbar.

Kalee beobachtete die SEALs, während sie sich unterhielten. Wie sie schon von drinnen bemerkt hatte, waren sie alle muskulös und gut in Form. Phantom war der Größte, obwohl der Mann, den die anderen Midas nannten, fast so groß wie er zu sein schien.

Zuerst versuchte Kalee, auf alles zu achten, was gesagt wurde, aber schon bald schweiften ihre Gedanken ab. Sie blickte über die Terrasse hinaus auf den Ozean. Die Sonne war gerade untergegangen und es war schwer, etwas zu erkennen, aber sie konnte das rhythmische Rauschen der Wellen am Strand hören. Eine erfrischende, warme Brise wehte und machte die Temperatur perfekt, um dazusitzen und sich zu entspannen.

Sie stellte fest, dass sie zum ersten Mal seit langer Zeit tatsächlich entspannt war, obwohl sie von Männern umgeben war. Sie hatte keine Angst, dass sie sich gegen sie wenden könnten. Es war ein seltsames Gefühl, aber sehr willkommen.

Der warme Abend, das Essen in ihrem Bauch und das Rauschen des Meeres machten es Kalee bald unmöglich, die Augen offen zu halten. Sie beteiligte sich sowieso nicht an der Unterhaltung und bezweifelte, dass es jemanden interessierte, dass sie die Augen geschlossen hatte.

Als sie anfingen, über sie zu reden, in der Annahme, dass sie döste, öffnete sie die Augen nicht, um sie wissen zu lassen, dass sie wach war.

»Sie sieht gar nicht so schlimm aus, wie ich dachte«, sagte Pid leise.

»Sie sieht fantastisch aus«, konterte Phantom. Seine Worte brachten Kalee beinahe zum Weinen. Sie war nicht dumm, sie wusste, dass sie beschissen aussah, aber Phantom klang so aufrichtig, dass sie ihm fast glaubte.

»Ich hatte schon immer eine Schwäche für rothaarige Frauen«, sagte Midas.

»Halte dich von ihr fern«, knurrte Phantom.

»Entspann dich. Meine Güte«, beschwerte Midas sich. »Welche Laus ist dir denn über die Leber gelaufen?«

»Sie kann deine Lüsternheit nicht gebrauchen. Sie hat die Hölle durchgemacht und ist hier, um sich zu entspannen und die Dinge zu verarbeiten, nicht um geile Arschlöcher abzuwehren.«

»Entspann dich, Phantom«, wiederholte Mustang.

»Midas hat sie nicht angebaggert. Es ist mehr als offensichtlich, dass du deine Ansprüche angemeldet hast.«

»So ist es nicht«, protestierte Phantom sofort.

Kalee konnte nicht umhin, sich verletzt zu fühlen. Das war lächerlich. Grotesk. Sie war nicht auf der Suche nach einem festen Freund. Auf gar keinen Fall. Aber ein Teil von ihr konnte nicht anders, als von Phantoms Antwort enttäuscht zu sein. Sie wusste, dass sie ... nicht gut aussah. Niemand, der bei Verstand war, würde sie im Moment auch nur im Entferntesten attraktiv finden.

»Du fühlst dich also nicht zu ihr hingezogen?«, fragte Aleck.

Sie hörte, wie Phantom sich in seinem Stuhl neben ihr bewegte, und konnte sich fast vorstellen, wie er sich nach vorn beugte und die anderen SEALs anfunkelte.

»Das habe ich nicht gesagt«, sagte Phantom leise.

Kalee war schockiert. Sie konnte ihn nicht richtig verstanden haben.

»Ich war so darauf konzentriert, nach Timor-Leste zurückzukehren und sie zu finden, dass ich nicht darüber nachgedacht habe, wer sie als Mensch ist. Es spielte keine Rolle. Sie war eine Mission. Aber ich schwöre bei Gott, in dem Moment, in dem ich sie berührte ... änderte sich etwas. Sie ist der zäheste Mensch, den ich je getroffen habe. Wir haben nicht darüber gesprochen, was ihr zugestoßen ist, aber ich kann es mir denken, und es ist nicht schön. Aber verdammt, sie hat alles getan, worum ich sie gebeten habe. Es ist ihr zu verdanken, dass alles so glatt gelaufen ist. Ich bewundere sie. Ich bin stolz auf sie. Und ich bin voller Ehrfurcht vor ihr.«

Kalee spürte, wie ihr die Tränen in die Augen stiegen, aber sie hielt sie zurück. Es sollte niemand wissen, dass sie wach war. Dann würden sie aufhören zu reden und sie würde das Beste, was sie seit Langem gehört hatte, nicht mehr hören. Phantoms freundliche Worte waren wie Balsam für ihre Seele. Monatelang hatte sie sich wie ein Feigling gefühlt und sich selbst gehasst. Was sie jetzt hörte, trug viel dazu bei, dass sie sich besser fühlte.

»Sie erinnert mich an einen Hund, den ich hatte, als ich klein war.«

Kalee wollte am liebsten schnauben und mit den Augen rollen. Gerade als er so viele tolle Sachen sagte, musste Phantom sie mit einem Hund vergleichen. Sie überlegte, ob sie so tun sollte, als würde sie wach werden, aber sie entschied, dass sie sich in ihrer Position wohlfühlte ... und sie wollte Phantoms Analogie wirklich hören.

»Ich war ungefähr zehn. Mein Leben zu Hause war beschissen. Meine Mutter und meine Tante waren schreckliche Menschen, und ich tat mein Bestes, um so oft wie möglich von zu Hause wegzubleiben. Eines Tages fand ich eine streunende Hündin. Eine Art Terrier. Sie hatte Todesangst vor Menschen und versteckte sich unter einem leer stehenden Haus nicht weit von meinem entfernt. Ich machte es mir zur Aufgabe, sie dazu zu bringen, mir zu vertrauen. Ich stahl oft Essen aus den Brotdosen meiner Klassenkameraden und fing an, etwas für den Heimweg aufzuheben. Ich ließ Nahrung für die kleine Hündin liegen, und langsam fasste sie Vertrauen zu mir. Einer der schönsten Tage in meinem Leben war, als sie sich von mir streicheln ließ.

Als der Sommer kam, verbrachte ich viel Zeit mit ihr in dem verlassenen Haus. Es gefiel mir nicht, sie jede Nacht dort zu lassen, aber ich wusste, dass ich sie nicht würde behalten dürfen. Als es anfing, kalt zu werden, hasste ich den Gedanken, dass sie in diesem Haus zitterte. Ich liebte diese Hündin, aber ich wusste, dass ich ihr nicht das Leben bieten konnte, das sie verdient hatte.

Es gab eine alte Dame, die in einem Haus in der Nähe

der Schule wohnte. Sie saß immer auf ihrer Veranda und winkte den Kindern zu, die vorbeikamen. Sie war nett. Eines Morgens bin ich besonders früh losgegangen und habe der Hündin ein Seil umgebunden. Ich nahm sie mit zum Haus der alten Dame und ließ sie auf der Veranda zurück. Die restliche Zeit, die ich zur Schule ging, sah ich die Frau und den Hund zusammen auf ihrer Veranda sitzen.«

»Du vergleichst Kalee also mit einem streunenden Hund? Das kapiere ich nicht«, sagte Slate.

»Ich konnte nicht der Mensch dieses Hundes sein. Ich wollte es sein, aber es hätte nicht funktioniert. Also half ich, sie wieder gesund zu pflegen, und gab sie jemandem, von dem ich wusste, dass er sich um sie kümmern konnte. Der ihr alles gab, was ich nicht konnte«, erklärte Phantom emotionslos.

Kalee wollte wieder weinen, aber nicht um sich selbst. In ihrem Kopf konnte sie sich Phantom als Jungen vorstellen, der den Hund gesund pflegte und ihn dann selbstlos an jemand anderen weitergab. Es war herzzerreißend, aber es erklärte so viel über diesen Mann. Wahrscheinlich mehr, als ihm lieb wäre.

»Das ist Blödsinn«, schnaubte Pid. »Nicht die Geschichte mit dem Hund, sondern das, was es deiner Meinung nach bedeutet. Nur weil du Kalee gerettet hast, heißt das nicht, dass ihr zwei keine tiefere Verbindung eingehen könnt.«

Phantom antwortete nicht, woraufhin Kalee das Herz schwer wurde.

»Du magst sie. Warum tust du nicht, was du kannst, um zu sehen, wohin die Sache mit euch führen könnte?«, fragte Pid.

»Sie ist außerhalb meiner Liga«, antwortete Phantom. »Ihr Vater ist stinkreich. Sie ist wunderschön. Und überhaupt, ich weiß nicht, was mich in Riverton erwartet. Wahrscheinlich werde ich bald auf einen anderen Stützpunkt verlegt. Das ist ihr gegenüber nicht fair, und sie ist hier, um zu heilen.«

Kalee wusste nicht, warum Phantom den Stützpunkt wechseln sollte, aber dass ihr Vater Geld hatte, war ein dummer Grund für ihn, nicht mit ihr ausgehen zu wollen.

Dann wurde ihr die andere Sache bewusst, die er gesagt hatte.

Er hielt sie für wunderschön? Das war lächerlich.

»Sie sieht ein bisschen mitgenommen aus«, bemerkte Mustang.

»Das würdest du auch, wenn du das durchgemacht hättest, was sie durchgemacht hat«, sagte Phantom hitzig. »Diese Mistkerle haben ihr die Haare abgeschnitten. Sie geschlagen. Sie haben sie auf die schlimmste Weise missbraucht, auf die ein Mann einer Frau wehtun kann, und trotzdem ist sie noch hier. Jeder blaue Fleck sagt mehr darüber aus, was für Männer diese Kerle sind, als darüber, wer *sie* ist. Außerdem werden sie verblassen. Sie wird an Gewicht zunehmen, fülliger werden. Ihr Haar wird nachwachsen. Die Typen werden immer hässliche Arschlöcher sein, innen und außen.

Indem sie das ihr bestmögliche Leben führt, kann sie es ihnen heimzahlen und ihnen zeigen, dass sie sie nicht gebrochen haben. Sie hat eine Familie und Freundinnen, die sie lieben und alles tun werden, um ihr wieder auf die Beine zu helfen. Ich weiß ohne den geringsten Zweifel, dass sie sich davon erholen wird. Und zwar schneller, als alle denken. Sie hat einen Kern aus Stahl, und *das* macht sie so wunderschön.«

Kalee konnte die Tränen nicht mehr zurückhalten. Sie hatte sich so lange so schrecklich gefühlt, aber sie hatte nie aufgegeben. Sie hatte gekämpft, um am Leben zu bleiben. Um ihren Vater wiederzusehen. Piper. Ihre anderen Freundinnen. Phantom sagen zu hören, dass es ihr gut gehen würde, war wie eine warme Decke, die ihr um die Schultern gelegt wurde. Es fühlte sich gut an. Wirklich gut.

Und er hatte recht. Sie würde ihre Entführer nie wiedersehen. Wenn sie ihr Leben damit verbrachte, verbittert zu sein und sie zu hassen, würde sie es niemals hinter sich lassen können.

In diesem Moment schwor sie sich, das glücklichste Leben zu führen, das ihr möglich war. Das würde ihre Rache sein. Sie hatten versucht, sie zu brechen, aber sie hatten es nicht geschafft.

»Kalee?«

Phantoms Stimme durchbrach ihre Gedanken. Sie wusste, dass sie mit Tränen auf den Wangen nicht so tun konnte, als schliefe sie, also öffnete sie die Augen. Phantom bedrängte sie nicht, aber er war eindeutig besorgt. Er hob eine Hand, fing sich jedoch und packte die Armlehne seines Stuhls, anstatt sie weiter zu ihrem Gesicht zu führen.

»Geht es dir gut?«

Sie nickte.

»Die Träume werden verblassen, versprochen.«

Sie nickte erneut, dankbar, dass er dachte, sie hätte nur einen Albtraum gehabt. Wenn er wüsste, dass sie sein Gespräch mitgehört hatte, wäre es ihr peinlich.

»Die Jungs und ich werden noch eine Weile aufbleiben. Warum gehst du nicht schon mal rein? Du hattest einen sehr langen Tag. Wenn du etwas brauchst, bin ich hier. Wenn du dich damit besser fühlst, kannst du die Schlafzimmertür abschließen, aber ich werde nicht reinkommen, das verspreche ich. Du bist hier sicher.«

Kalee nickte. Sie wusste, dass sie sicher war. Es lauerten keine Rebellen im Dschungel und niemand würde sie erwischen, nicht wenn Phantom da war. Sie stand auf – und blinzelte überrascht, als der Rest der SEALs es auch tat.

Sie beugte sich vor, hob die Erdnussbutter und die übrig gebliebene Schokolade auf und hielt sie an ihre Brust, winkte ihnen zu und ging zurück ins Haus.

Nachdem sie die Tür geschlossen hatte, lehnte sie sich mit dem Rücken dagegen und lauschte einen Moment lang.

»Ich kenne deine Geschichte nicht, Phantom, aber du bist ein großartiger Mann. Jede Frau wäre froh, dich an ihrer Seite zu haben«, sagte Midas.

Sie konnte Phantom nicht sehen, aber sie konnte sich gut vorstellen, wie er mit den Schultern zuckte. Er antwortete nicht auf die Worte seines Freundes, sondern fragte stattdessen, ob er während seines Urlaubs ein paar Trainingseinheiten mit ihnen absolvieren könne.

Kalee wartete ihre Antwort nicht ab. Sie stieß sich von der Tür ab und ging in eines der beiden kleinen Schlafzimmer im Haus. Sie wusste, dass Phantom ihr das Zimmer mit dem größeren Bett und dem angeschlossenen Bad gegeben hatte. Auf dem Heimweg hatte er an einem kleinen Laden angehalten und ihr ein paar wichtige Dinge besorgt ... Zahnbürste, Zahnpasta, eine Bürste und eine nach Blumen duftende Seife. Morgen würden sie ihr mehr Kleidung und Toilettenartikel besorgen, aber was sie jetzt hatte, war mehr, als sie in den letzten Monaten besessen hatte.

Das Zähneputzen fühlte sich himmlisch an, und sie schrubbte sie mindestens fünf Minuten. Kalee hatte Phantoms Angebot abgelehnt, einen Arzttermin zu vereinbaren. Sie wusste, dass sie ihn irgendwann brauchen würde, aber im Moment wollte sie sich einfach nur vor der Welt verstecken.

Das Bett hatte saubere Bettwäsche und eine Decke, und nachdem Kalee ihre Leggings ausgezogen und ein graues T-Shirt der Marine angezogen hatte, das Phantom ihr zum Schlafen gegeben hatte, schlüpfte sie unter die Decke.

Sie war völlig erschöpft, aber sobald sie die Augen

schloss, schossen ihr Erinnerungen durch den Kopf und ließen sie nicht zur Ruhe kommen.

Frustriert öffnete sie die Augen und starrte an die Decke. Phantom fand sie hübsch.

Er war stolz auf sie und hielt sie für stark.

Sie fühlte sich nicht wirklich als eines dieser Dinge, aber sie hatte das Gefühl, dass Phantom das nicht gesagt hätte, wenn er nicht wirklich an seine eigenen Worte glauben würde. Er kam ihr nicht wie ein Mann vor, der log. Er war ein aufrichtiger Typ.

Sie warf die Decke zurück, drehte sich und stellte die Füße auf den Boden. Auf Zehenspitzen schlich sie zum Fenster im Zimmer und schloss es auf. Sie öffnete es einen Spaltbreit, dann ging sie zurück zum Bett.

Als sie dieses Mal die Augen schloss, konnte sie die frische Luft riechen, die ins Zimmer wehte. Sie konnte auch die Wellen hören, die an den Strand schlugen. Und schließlich konnte sie das Gemurmel der Männer auf der Terrasse hören. Sie konnte nicht ausmachen, was sie sagten, aber das Wissen, dass sie da waren, dass Phantom da war, beruhigte sie. Er würde nicht zulassen, dass ihr jemand etwas antat. Dessen war sie sich sicher.

In der einen Sekunde war sie wach, in der nächsten fiel sie in den Schlaf der völlig Erschöpften. Es war der beste Schlaf, den sie seit dem Angriff der Rebellen auf das Waisenhaus gehabt hatte. Ihr Verstand wusste ohne den geringsten Zweifel, dass sie in Sicherheit war und sich ausruhen konnte.

KAPITEL FÜNF

Die nächsten Tage vergingen relativ schnell. Phantom achtete darauf, Kalee Freiraum zu lassen, aber jeden Tag machten sie sich auf den Weg, um irgendeine Besorgung zu machen. So sehr sie sich auch vor der Welt verstecken wollte, sie musste anfangen, sich einzugewöhnen.

Am ersten Tag nahm Phantom Kalee mit in den Supermarkt und in einen der großen Läden, um ihr ein paar Dinge zu besorgen. Er kaufte protein- und kalorienreiche Lebensmittel, damit sie an Gewicht und Muskeln zulegen konnte. Auch Erdnussbutter und viel Schokolade standen auf der Liste. Er hatte ihr mit Freude dabei zugesehen, wie sie den Schokoriegel in das Erdnussbutterglas tauchte, das Mustang ihr mitgebracht hatte.

Sie war zurückhaltend gewesen, Kleidung für sich selbst auszusuchen, weshalb Phantom darauf zurückgreifen musste, die hässlichsten Sachen auszuwählen, die er im Laden finden konnte, und sie in den Einkaufswagen zu legen. Glücklicherweise hatte sie schließlich angewidert mit den Augen gerollt und sich das ausgesucht, was sie wollte.

An den Nachmittagen saßen sie faul auf der Terrasse.

Die meiste Zeit saßen sie schweigend da, was Phantom sehr gefiel. Wenn die Stille zu lange dauerte, tat Phantom sein Bestes, um sie mit Geschichten über seine SEAL-Kameraden zu unterhalten. Er versuchte, sich an die unfassbarsten Geschichten zu erinnern, nur damit er Kalee lächeln sehen konnte.

Aber am vierten Tag wusste er, dass es an der Zeit war, seinen Plan zu ändern. Er hatte nicht viel darüber hinaus nachgedacht, Kalee aus Timor-Leste in Sicherheit zu bringen, aber jetzt, da sie hier war, verspürte er das tiefe Bedürfnis, ihr sowohl mental als auch körperlich zu helfen.

»Mustang hat gesagt, dass wir uns ihnen morgen früh bei ihrem Training anschließen könnten.«

Kalee schaute ihn stirnrunzelnd an. Sie war bisher nicht gerade eine Plaudertasche gewesen, aber hin und wieder stellte sie ihm eine Frage oder antwortete auf eine der seinen. Phantom war nicht beunruhigt, dass sie nicht redete. Er nahm an, wenn sie etwas zu sagen hatte, würde sie es tun. Wenn es ihr lieber war zu schweigen, würde er sie nicht drängen.

»Wenn ich nach dem Urlaub übergewichtig und außer Form zurückkomme, wird Rocco mir in den Arsch treten. Er wird mich wahrscheinlich dazu zwingen, seinen Namensvetter herumzutragen. Er hat das verfluchte Ding in seinem Haus. Ich weiß, dass es ihm einen Riesenspaß machen würde, wenn ich diesen verdammten Stein herumtrage. Ich muss also trainieren. Ich dachte mir, dass es mit Mustang und seinem Team mehr Spaß machen würde. Du musst nicht mitkommen, aber ich hätte nichts gegen deine Gesellschaft.«

Sie schnaubte.

»Wirklich nicht«, beharrte er. »Du hast den Verkehr hier gesehen. Er ist ätzend. Ich brauche dich, damit du mich davon abhältst, einen dieser verdammten Touristen umzubringen, die keine Ahnung haben, wohin sie wollen oder wie man fährt.«

Ihm gefiel das Lächeln, das sich auf ihrem Gesicht ausbreitete. »Wer weiß, vielleicht bekommst du ja Lust, mit uns zu trainieren.«

Daraufhin rollte sie mit den Augen.

»Wirst du mitkommen?«

Er war erleichtert gewesen, als sie nickte.

In den letzten zwei Tagen waren sie zur Westseite der Insel gefahren, hatten sich mit Mustang getroffen und sie hatte im Sand gesessen, während er und die anderen liefen, Sit-ups machten, schwammen und Nahkampf übten.

Es war fast beängstigend, wie sehr er es liebte, dass sie da war und ihn beobachtete. Es schien ihm, als hätte sie ein wenig zugenommen, und die blauen Flecke in ihrem Gesicht waren fast verschwunden. Sie zuckte auch nicht mehr so oft vor Menschen zurück, wenn sie unterwegs waren. Phantom war kein Idiot, er wusste, dass sie immer noch Dämonen hatte, aber er freute sich, dass sie sich gut wieder in die Gesellschaft einzufügen schien.

Heute würde er sie ein wenig weiter antreiben.

Sie waren zurück im Strandhaus und aßen gerade ihr zweites Frühstück des Tages – zumindest Kalee. Er hatte sie dazu ermuntert, etwas zu essen, bevor sie zum Training aufbrachen, und als sie nach Hause kamen, hatte er ihnen ein herzhaftes Frühstück mit Eiern und Speck zubereitet.

»Ich dachte, wir machen heute mal etwas anderes«, sagte er in die gesellige Stille hinein, während sie aßen.

Kalee legte den Kopf schief – ihre Art zu fragen, was er geplant hatte.

Es war fast unheimlich, wie er ihre nonverbale Kommunikation lesen konnte. Es war auch irgendwie amüsant, dass Phantom sich völlig wohl dabei fühlte, in ihrer Beziehung der Gesprächige zu sein.

Moment – Beziehung?

Er zwang seinen Verstand von diesem Wort weg und zurück zum eigentlichen Gespräch.

»Mustang hat heute Morgen erwähnt, dass es in der Nähe eine Schule gibt, die Freiwillige für ihren monatlichen Ausflugstag braucht. Einmal im Monat versuchen sie, die Kinder den ganzen Tag draußen zu halten, um zu spielen und sich zu bewegen. Sie glauben, dass sie so besser lernen können. Sie legen Wert auf Sportlichkeit und Kameradschaft, aber auch auf die Hand-Augen-Koordination und die allgemeine körperliche Fitness. Die Einheiten auf dem Marinestützpunkt helfen, wo sie nur können, aber heute waren keine Einheiten verfügbar. Er dachte, dass wir vielleicht bereit wären, uns für ein paar Stunden freiwillig zu melden.«

Kalee starrte ihn an, das Unbehagen war in ihren ausdrucksstarken grünen Augen deutlich zu erkennen. Phantom wollte seine Hand auf ihre legen und ihr versichern, dass alles in Ordnung war, aber sie war noch nicht so weit, dass sie spontane Berührungen genoss.

»Es wird schon gut gehen, Kalee. Ich werde die ganze Zeit direkt neben dir sein.«

Das entsprach nicht ganz der Wahrheit. Er würde nicht *direkt* neben ihr sein, aber er würde auf jeden Fall auf sie aufpassen.

»Wie alt?«

»Die Schule hat Kinder vom Kindergarten bis zur sechsten Klasse«, erklärte Phantom.

Die Farbe wich aus ihrem Gesicht.

Phantom konnte sich nicht zurückhalten, sie zu trösten, also schob er seinen Stuhl zurück und ging zu ihr hinüber. Er wollte sie in die Arme nehmen, wie in der Herberge in Timor-Leste, aber er tat es nicht. Er hockte sich neben ihren Stuhl und sah zu ihr auf. »Du schaffst das«, sagte er sanft.

»Glaubst du, ich würde es vorschlagen, wenn ich dachte, dass du es nicht schaffen würdest? Ich sage nicht, dass es leicht sein wird, das wird es nicht. Ich bin kein Idiot, ich weiß, dass sie dich an die Mädchen im Waisenhaus erinnern werden ... aber du bist nicht dort, und diese Kinder sind nicht sie. Du wirst in Sicherheit sein. Das verspreche ich dir.«

Er beobachtete, wie sie tief einatmete. Sie sah nicht im Geringsten begeistert aus, aber sie nickte.

»Darf ich dein Bein berühren?«, fragte Phantom.

Es dauerte eine Sekunde, aber schließlich nickte sie wieder.

Er legte sanft eine Hand auf ihr Knie und beugte sich vor. »Wenn du wieder in Kalifornien bist, wirst du viel mit Piper zusammen sein. Das wissen wir beide. Und das bedeutet, dass du auch Rani, Sinta und Kemala sehen wirst. Ihnen geht es fantastisch, und sind laut und erregbar, genau wie andere Kinder in ihrem Alter. Es ist besser, das hier und jetzt zu tun – und wenn du schlecht reagierst, werde ich da sein, um dir zu helfen –, als zu warten und das erste Mal mit Kindern zu interagieren, wenn du nach Hause kommst. Du willst doch nicht die Gefühle von Rani, Sinta und Kemala verletzen, oder?«

Phantom wusste, dass er sie drängte. Hart. Und er würde nicht so tun, als wüsste er nicht, dass er sie in eine Situation schubste, in der schlechte Erinnerungen in ihr wachgerufen werden könnten.

»Ich will niemanden erschrecken.«

»Ich weiß, dass du das nicht willst«, sagte Phantom. »Deshalb werde ich da sein, um dich zu erden. Wenn du merkst, dass du in deine Erinnerungen zurückfällst, sag mir Bescheid und ich helfe dir, dich zurückzubringen.«

»Warum?«

Phantom wusste, was sie wissen wollte. »Weil du nicht

verdient hast, was dir passiert ist. Weil diese Rebellen dir Monate deines Lebens genommen haben, die sie dir nicht hätten nehmen dürfen. Weil du stark und mutig bist und ich *weiß*, dass du das schaffen kannst.«

Sie holte tief Luft, schloss die Augen und nickte.

»Ich lasse dich sogar meine Kappe tragen«, scherzte Phantom.

Sie öffnete die Augen und er sah, wie sich ein wenig Humor in ihren Blick schlich. Gut. Das war sein Plan. Er hatte am Morgen, nachdem sie sie zum ersten Mal getragen hatte, angefangen, sie mit seiner Kappe zu necken. Sie sah verdammt süß an ihr aus und es machte ihm nichts aus, wenn sie damit ihre Haare verdeckte. Wenn sie sich dadurch in der Öffentlichkeit selbstsicherer fühlte, konnte sie das verdammte Ding haben. Aber er scherzte, dass es seine Glücksmütze war, die er sie erzwungenermaßen tragen ließ.

Er schaute ihr in die Augen. »Ich bin sehr stolz auf dich, Kalee. Ich weiß, dass das nicht einfach ist. Aber du machst das so gut. Da würde ich nicht lügen.«

»Ich war mir nicht sicher, ob ich hierherkommen wollte«, sagte sie leise.

»Das weiß ich auch. Ich fühle mich geehrt, dass du mir genügend vertraust, um meinen Urlaub mit mir zu verbringen.«

»Es ist ja nicht so, dass ich eine Wahl hatte oder habe«, entgegnete sie.

»Falsch«, sagte Phantom schärfer als beabsichtigt. »Du hast immer eine Wahl. Wenn du jetzt nach Hause zurückkehren willst, sitze ich mit dir im nächsten Flugzeug nach Kalifornien. Aber ich glaube immer noch zu hundert Prozent, dass du diese Zeit brauchst. Du wirst wieder zu dir selbst finden. Du bist nicht mehr dieselbe Kalee, die gegangen ist, um ehrenamtlich beim Friedenskorps zu arbeiten, aber das ist nicht unbedingt etwas Schlechtes. Du hast dich verändert, genau wie Piper, genau wie wir alle. Jede Erfahrung berührt uns auf irgendeine Weise, im Guten wie im Schlechten. Du brauchst nur ein bisschen mehr Zeit, um herauszufinden, wer die neue Kalee ist. Und ich fühle mich geehrt, dass du mich auf dieser Reise mitkommen lässt. Willst du nach Hause fliegen? Du musst es nur sagen.«

Phantoms Herz schlug ihm bis zum Hals, als er auf ihre Antwort wartete. Er log nicht – wenn sie wirklich nach Kalifornien zurückkehren wollte, würde er das ermöglichen, aber er wusste bis ins Mark, dass sie mehr Zeit brauchte. Sie war bereits viel stärker als zu dem Zeitpunkt, an dem sie nach Hawaii gekommen war, aber er wusste, dass sie noch einen weiten Weg vor sich hatte. Sie musste sich noch mehr ihrer Dämonen stellen. Sie besiegen. Der heutige Ausflug war nur einer von vielen, denen sie sich stellen musste.

»Ich bin mir sicher, dass sie in der Schule Freiwillige brauchen.«

Phantom stieß den Atem aus, den er angehalten hatte. »Das tun sie.« Er stand auf und setzte sich wieder auf seinen Platz. »Iss deine Eier auf. Und du bist mit dem Abwasch dran. Sobald wir fertig sind, fahren wir los. Oh ... und du fährst.«

Sie sah ihn stirnrunzelnd an, und Phantom tat sein Bestes, um sein Grinsen zu verbergen. Er hatte ihnen schon am ersten Morgen Aufgaben im Haushalt zugewiesen. Kalee musste nicht den ganzen Tag herumsitzen und absolut nichts tun. Wenn er kochte, räumte sie auf. Er fegte die Böden, wenn sie vom Strand kamen und Sand mit hineinbrachten, sie wischte die Anrichten und Tischplatten ab. Er machte die Wäsche, sie machte die Betten. Bis jetzt klappte es, und sie schien froh zu sein, dass sie helfen konnte.

Gestern hatte er versucht, sie zum Fahren zu überreden, aber sie hatte sich geweigert. Phantom wusste, dass sie sich früher oder später wieder hinters Steuer setzen sollte. Die Schule war nicht weit von ihrem Haus entfernt und sie mussten nicht auf die Schnellstraße fahren. Das war ein idealer Zeitpunkt, um sich wieder ans Fahren zu gewöhnen. Sie hatte zwar ihren Führerschein nicht dabei, aber es wäre nicht das erste Mal, dass Phantom das Gesetz umgangen hatte. Wenn sie angehalten wurden und der Beamte sie überprüfte, würde er immer noch einen gültigen kalifornischen Führerschein finden, also war es nicht so, als würde sie das Gesetz komplett brechen.

Sie beendeten das Frühstück und Kalee wechselte ihre Kleidung zu Shorts und einem T-Shirt. Phantom wartete geduldig, und als sie aus ihrem Zimmer kam, übergab er ihr den Schlüssel zu seinem Mietwagen.

Sie wollte protestieren, das wusste er, aber sie tat es nicht. Sie holte tief Luft, straffte die Schultern und nahm den Schlüssel entgegen.

»Braves Mädchen«, sagte Phantom. Erst als er die Worte ausgesprochen hatte, merkte er, dass er vermutlich ein wenig herablassend klang. Es war nicht seine Absicht. Er war einfach so stolz auf sie. Glücklicherweise machte sie ihn nicht dafür fertig, sondern schüttelte nur den Kopf und ging zur Tür hinaus.

Kalee fuhr ein wenig langsam, aber sicher. Phantom wusste, wenn ihre Zeit auf der Insel vorbei war, würde sie ein Profi sein. Es schien, dass sie jedes Mal, wenn er ihre Grenzen verschob, seine Erwartungen nicht nur erfüllte, sondern übertraf.

Sie fuhr auf den Parkplatz der Grundschule und er konnte sehen, dass sie das Lenkrad im Todesgriff umklammerte. Er wartete, bis sie den Motor abstellte, dann sagte er: »Atme tief durch, Kalee.«

Sie tat es.

»Gut. Jetzt noch mal. Sehr gut. Sieh dich um. Du bist

nicht in Timor-Leste. In der unmittelbaren Umgebung der Schule gibt es keinen Dschungel. Die Rebellen werden nicht angreifen. Du bist hier sicher. Die Kinder sind sicher. Wir gehen da rein, treffen ein paar Kinder, lassen sie eine Weile um uns herumlaufen, und dann gehen wir zu einem späten Mittagessen. Verstanden?«

Sie sah zu ihm hinüber und nickte.

»Ich werde dich jetzt anfassen«, warnte Phantom sie. Er wartete, bis sie ihm grünes Licht gab, dann hob er langsam eine Hand zu ihrem Gesicht. Er legte seine große Handfläche an die Seite ihres Kopfes in die Nähe ihres Ohres. Mit dem Daumen strich er sanft über ihren Wangenknochen. »Ich weiß, dass das schwer für dich ist. Manche Leute würden mich wahrscheinlich als unsensibel bezeichnen, weil ich dich so früh hergebracht habe. Scheiß auf sie. Weißt du, warum ich dich heute hergebracht habe?«

Sie schüttelte leicht den Kopf.

»Weil ich weiß, dass du damit umgehen kannst. Es ist in Ordnung, wenn du nervös wirst. Es ist sogar in Ordnung, wenn du ausflippst. Aber wenn man vom Fahrrad fällt, steigt man sofort wieder auf. Die Sache ist, dass niemand außer *dir* das für dich tun kann. Ich wünschte, ich könnte dir deine Erinnerungen nehmen. Ich wünschte, ich könnte zurückgehen, jeden einzelnen dieser Wichser töten und sie für das bezahlen lassen, was sie dir angetan haben. Aber ich kann es nicht. Wir können nur weiter nach vorn gehen. Glücklich sein. Lass dir von ihnen nicht das Leben wegnehmen, verstehst du?«

Phantom sah, wie die Angst aus ihren Augen wich und durch Entschlossenheit ersetzt wurde.

»So ist es gut. Ein Schritt nach dem anderen, und dies ist dein erster Schritt. Er ist beängstigend, aber jeder weitere Schritt wird leichter und leichter werden. Wirst du mich heute meine Kappe tragen lassen?«

Er hatte die Frage absichtlich gestellt, um die Stimmung aufzulockern. Kalee runzelte die Stirn und schüttelte den Kopf.

Phantom würde sie ihr nicht abnehmen, selbst wenn sie es anbot. Sie brauchte sie, um die Sonne von ihrem Gesicht abzuschirmen. »Gut«, grummelte er gespielt mürrisch. Er nahm seine Hand nicht von ihrem Kopf, während er ihr in die Augen sah. »Du schaffst das, Schatz«, flüsterte er. »Daran habe ich keinen Zweifel.«

Phantom war kein Mann, der Kosenamen benutzte. Er hatte noch nie eine ausreichende emotionale Verbindung zu einer Frau gespürt, um sich die Mühe zu machen. Aber fast von Anfang an hatte er für Kalee sowohl Beschützerinstinkt als auch eine Verbundenheit gefühlt. Das hätte ihn eigentlich stören müssen. Aber stattdessen fühlte er sich vollkommen.

Phantom wusste, dass sie sich nicht für ihn entscheiden würde, sobald sie wieder in der »echten Welt« waren, aber im Moment würde er alles tun, um ihr Selbstvertrauen zu stärken und sie wieder auf die Beine zu bringen. Auch wenn das bedeutete, dass er zusehen musste, wie sie wegging, wenn sie nach Hause kamen.

Als Kalee sich so weit entspannte, dass sie ihren Kopf in seiner Hand ruhen ließ, schwebte Phantom auf Wolke sieben. »Komm, lassen wir uns von einer Ladung Kinder über den Haufen rennen, ja?«

Kinder waren nicht Phantoms Stärke. Er mochte sie, aber er hatte keine Ahnung, wie er mit ihnen reden oder was er mit ihnen machen sollte. Wenn er mit Rani, Sinta und Kemala zusammen war, tat er einfach das, was alle anderen auch taten. Er musste sie selten allein unterhalten. Aber sich heute den Kindern zu stellen war das Mindeste, was er für Kalee tun konnte. Außerdem war sie diejenige, die einen echten Grund hatte, Angst zu haben. Als sie das letzte Mal in der Nähe von Kindern gewesen war, waren diese ermordet worden, wahrscheinlich vor ihren Augen.

Er konnte es durchstehen. Für sie.

Phantom ließ seine Hand sinken und tat sein Bestes, um zu verbergen, wie sehr er den Kontaktverlust zu ihr hasste. Er hatte nie verstanden, warum Frauen Händchen halten, kuscheln und ihn ständig berühren wollten, wenn sie zusammen gewesen waren, aber jetzt verstand er es. Es gab keine Minute am Tag, in der er Kalee nicht berühren wollte. Gott musste über ihn lachen. Das war ganz sicher Karma.

Er stieg aus und traf Kalee vorn am Wagen. Er nahm ihr den Schlüssel ab und steckte ihn in seine Tasche. Er widerstand dem Drang, nach ihrer Hand zu greifen, als sie Seite an Seite zum Eingang der Schule gingen.

Zwei Stunden später schaute Kalee zu Phantom hinüber und ihr Herz hörte fast auf zu schlagen. Er saß bei einer Gruppe der jüngsten Kinder. Er hatte zwei auf seinem Schoß und vier weitere hockten im Schneidersitz vor ihm. Er hatte ein Buch in der Hand, aus dem er seinen aufmerksamen Zuhörern vorlas.

Sie war sich gar nicht sicher gewesen, heute hierherzukommen, aber als Phantom ihr gesagt hatte, dass er stolz auf sie sei, konnte sie nicht widerstehen. Und er hatte recht. Sie würde sich ihr Leben nicht von den Rebellen wegnehmen lassen. Sie könnte den ganzen Tag im Bett liegen und sich selbst bemitleiden, und ihre Freundinnen und Familie würden es ihr wahrscheinlich nicht übel nehmen. Aber das war nicht das, was sie wollte.

Sie wollte leben.

Sich verabreden.

Heiraten.

Eine Familie gründen.

Und wenn sie zuließ, dass das, was ihr passiert war, ihren Verstand und ihr Leben beherrsche, würde sie nichts von alledem bekommen.

Also hatte sie den Schlüssel genommen, den Phantom ihr gegeben hatte, und sie aus freiem Willen zur Schule gefahren. Beim Hineingehen hatte sie schreckliche Angst gehabt. Aber Phantom hatte sein Wort gehalten. Er war nicht von ihrer Seite gewichen.

Als sie in die Turnhalle gegangen waren, um den Kindern vorgestellt zu werden, hätte sie fast eine Panikattacke bekommen. Aber Phantom hatte es irgendwie gewusst. Er hatte ihre Hand ergriffen und seine Fingernägel in ihre Haut gegraben. Nicht so fest, dass es wehgetan hätte, aber fest genug, um ihren Fokus von den winzigen Gesichtern, die sie so sehr an die Mädchen erinnerten, die sie nicht hatte retten können, auf seine Berührung zu lenken.

Erst als er sie losließ, da er sah, dass sie sich zusammengerissen hatte, wurde Kalee klar, dass er sie berührt – eigentlich gepackt – hatte und sie nicht ausgeflippt war.

Sie hatte die letzte halbe Stunde damit verbracht, mit den beiden vierten Klassen *Der Kaiser schickt seine Soldaten aus* zu spielen, und dabei so viel gelacht und gelächelt wie seit Monaten nicht mehr. Als sie Phantom das letzte Mal gesehen hatte, hatte er mit einigen älteren Jungen auf dem Fußballplatz gespielt.

Ein Lehrer kam vorbei und sammelte die Viertklässler ein, um sie zum Mittagessen nach drinnen zu bringen, also ging Kalee zu Phantom hinüber. Er hob den Blick, um den ihren zu erwidern, und sie blinzelte über das, was sie darin sah.

Phantom war einer der kompetentesten und selbstbewusstesten Männer, denen sie je begegnet war. Aber in diesem Moment sah er definitiv unbehaglich aus. Als sie genauer hinsah, konnte sie erkennen, dass sein Körper steif war, und wenn sie es nicht besser gewusst hätte, hätte sie angenommen, dass er gezwungen worden war, den Kindern das Bilderbuch vorzulesen.

Da sie etwas tun wollte, damit er sich wohler fühlte, setzte sie sich neben ihn, sodass ihr Knie seins berührte, und nahm eines der kleinen Mädchen auf den Schoß. Sie lächelte Phantom an, streckte eine Hand aus und legte sie auf sein Knie.

Erstaunlicherweise schien er sich durch ihre Berührung sofort zu entspannen. Er las die Geschichte weiter, machte niedliche Tiergeräusche, wenn es nötig war, und veränderte seine Stimme, damit sie zu den Figuren in der Geschichte passte.

Als er fertig war, eilte eine Lehrerin zu ihnen. »Vielen Dank, dass Sie die Kleinen unterhalten haben. Es tut mir leid, dass ich Sie so lange allein gelassen habe. Ich musste auf die Mutter eines kleinen Mädchens warten, die eine saubere Hose bringen wollte. Kommt, bedankt euch bei Mr. Dalton fürs Vorlesen, und dann gehen wir rein und essen zu Mittag.«

Die Kinder sprangen alle auf, bedankten sich bei Phantom und hüpften hinter ihrer Lehrerin her in das nahe gelegene Gebäude.

Phantom seufzte erleichtert und fuhr sich mit einer Hand durch die Haare.

Kalee konnte sich ein Lächeln nicht verkneifen. »Magst du keine Kinder?«, fragte sie.

Phantom holte tief Luft und ließ sich dann nach hinten fallen, bis er auf dem Rücken im Gras lag und zu den Ästen über ihm hinaufstarrte. »Es ist nicht so, dass ich sie nicht mag. Ich fühle mich nur nicht wohl in der Nähe von Kindern, die ich nicht kenne. Ich weiß nie, was ich sagen oder tun soll.«

Kalee runzelte die Stirn. »Und trotzdem bist du heute hergekommen?«

Er drehte den Kopf und fixierte sie mit seinem Blick. »Ja. Du hast das gebraucht.«

Ihre Brust fühlte sich eng an. Sie konnte sich nicht erinnern, wann jemand sie das letzte Mal so in den Mittelpunkt gestellt hatte wie Phantom. Und er tat es bei *allem*. Sie aß zuerst. Er ließ sie zuerst duschen. Neulich hatte er ihr das größere Stück des Kuchens gegeben. Er stellte sich zwischen sie und die Leute hinter ihnen in der Schlange an der Kasse. Es war fast so, als sei es für ihn ein Instinkt. Und dass er diesen Besuch für sie arrangiert hatte, obwohl er sich in der Nähe von Kindern nicht wohlfühlte, war nur ein weiterer Schritt in einer langen Reihe von Dingen, die er getan hatte.

»Geht es dir gut?«, fragte er, womit er ihre Gedanken unterbrach.

Sie nickte.

»Du sahst aus, als hättest du Spaß gehabt.«

»Zuerst habe ich nur an die kleinen Mädchen im Waisenhaus gedacht. Eine Erstklässlerin hatte ein rotes Band im Haar, genau wie ein Mädchen namens Amivi in Timor-Leste. Aber je länger ich heute mit den Kindern zusammen war, desto weniger schmerzten die Erinnerungen. Ich erinnerte mich daran, wie glücklich die Waisenkinder immer waren, wenn sie mich sahen ... Sie haben nicht verdient, was mit ihnen geschah, aber ich konnte nichts tun, um sie zu retten.«

Das waren die meisten Worte, die sie seit ihrer Rettung von sich gegeben hatte. Aber seltsamerweise verspürte Kalee nicht das Bedürfnis aufzuhören. »Du hattest recht. Ich habe das gebraucht«, sagte sie zu Phantom. »Ich wollte nicht mitkommen, aber sobald ich hier war, fühlte es sich gut an. Danke.«

»Gern geschehen«, erwiderte Phantom schlicht. Dann

fügte er hinzu: »Du wirst eines Tages eine wunderbare Mutter sein.«

Kalee sah ihn schockiert an.

»Ich meine, du weißt schon ... Scheiße. Tut mir leid. Wahrscheinlich ist das weder der richtige Zeitpunkt noch der richtige Ort, um das zu sagen. Aber ich habe dich heute beobachtet, Schatz. Die Kinder haben dich auf den ersten Blick geliebt. Und es war mehr als offensichtlich, dass du sie auch geliebt hast. Nicht jeder ist dafür geschaffen, Mutter zu sein. Wenn meine Mutter auch nur halb so fürsorglich gewesen wäre wie du mit Kindern, die du nicht einmal kennst, wäre meine Kindheit ganz anders verlaufen.«

Kalee ließ sich neben Phantom nieder und griff gleichzeitig nach seiner Hand. Bei seiner Geschichte über den streunenden Hund hatte sie den Eindruck gewonnen, dass er keine gute Kindheit gehabt hatte, und das hasste sie.

»Ich will Kinder«, erklärte sie, nachdem ein oder zwei Minuten vergangen waren. Es war einfacher, darüber zu reden, wenn sie ihn nicht ansehen musste. Und jetzt, da sie angefangen hatte zu reden, hatte sie keine Angst mehr weiterzumachen. Irgendetwas an Phantom ließ ihre Ängste verschwinden, besonders nachdem er zugegeben hatte, dass er sich in der Nähe der Kinder unwohl fühlte.

»Es ist ein Wunder, dass ich nicht schwanger geworden bin, als ich in Timor-Leste war. Meine Periode ist ausgeblieben und der Arzt, zu dessen Besuch du mich diese Woche überredet hast, meinte, das läge wahrscheinlich an dem Gewicht, das ich verloren habe, und daran, dass wir so viel gewandert und gelaufen sind ... und am Stress. Aber selbst nach allem, was ich durchgemacht habe, habe ich keine Angst vor Sex. Ich bin froh, dass ich keine Jungfrau mehr war, bevor ich gefangen genommen wurde. Und ich kenne den Unterschied zwischen einem Gewaltakt und Liebe machen. Ich will Kinder. Ein Mädchen und einen

Jungen. Ich will ihnen beibringen, keine Arschlöcher zu sein. Andere mit Respekt zu behandeln. Gute Menschen zu sein.«

Sie spürte, wie Phantom ihre Hand drückte.

»Keine Tyrannen zu sein, sondern sich für das seltsame Kind in ihrer Klasse einzusetzen, das vielleicht komisch riecht und dessen Kleidung nicht passt«, überlegte Phantom.

»Ja. Und Autorität zu respektieren, aber nicht, wenn sie missbraucht oder dazu benutzt wird, sie zu zwingen, etwas Gefährliches oder Illegales zu tun«, fügte Kalee hinzu.

»Tiere zu lieben.«

»Fehler zu machen und keine Angst zu haben zu scheitern.«

Phantom sah zu ihr hinüber, aber Kalee hielt den Blick zum Himmel gerichtet.

»Hoffentlich werden sie rote Haare und grüne Augen haben, genau wie ihre Mutter«, sagte Phantom leise.

Kalee konnte sich nicht davon abhalten, den Kopf zu drehen. Auf ihren Armen bildete sich Gänsehaut, als sie Phantom in die Augen sah. Sie berührten sich nur an den Händen, aber sie spürte die Elektrizität, die zwischen ihnen floss.

Gott. Sie konnte doch nicht die Einzige sein, die diese intensive Chemie spürte, oder?

»Du verdienst die Welt. Und du wirst es schaffen«, versprach Phantom ihr. Dann setzte er sich abrupt auf und löste sich aus ihrem Griff. »Komm, du musst etwas essen. Ich schwöre, ich habe deinen Magen schon von hier drüben knurren hören, als du gespielt hast.«

Enttäuscht und ein wenig verwirrt über Phantoms plötzlichen Sinneswandel stand Kalee langsam auf. Sie überließ es Phantom, sich zu verabschieden und sie an der Rezeption abzumelden, dann reichte er ihr den Schlüssel und stieg auf der Beifahrerseite des Mietwagens ein.

Seufzend ließ sie sich klaglos auf den Fahrersitz fallen; ihr war nicht danach, sich mit ihm über das Fahren zu streiten.

Zwischen ihnen war etwas passiert, aber Kalee war sich nicht sicher, ob es gut oder schlecht gewesen war.

Zuerst hatte sie gedacht, es sei gut. Sie waren auf einer Wellenlänge, aber dann hatte sich etwas Dunkles in Phantoms Augen gelegt, alle Emotionen waren aus seinem Gesicht gewichen und er hatte sie ausgeschlossen.

Kalee straffte die Schultern. Sie mochte im Moment ein wenig durcheinander sein, aber sie war entschlossen, ihre Dämonen zu besiegen – ebenso wie die, die auf Phantoms Schultern saßen. Ein Mann wie er sollte sich nicht unwohl fühlen oder von irgendetwas niedergedrückt werden. Er war ein Held. *Ihr* Held.

Er half ihr, über das Geschehene hinwegzukommen, und im Gegenzug würde sie ihm helfen, auch seine Geister zu vertreiben. Das war das Mindeste, was sie tun konnte.

Und so sehr sie sich auch wünschte, Phantom würde in ihr nicht nur die arme Jungfrau in Nöten sehen, sondern eine begehrenswerte Frau, hatte sie das Gefühl, dass das nicht möglich sein würde. Aber ein Mädchen konnte träumen.

KAPITEL SECHS

Eine weitere Woche war vergangen, und Kalee wurde immer selbstbewusster. Außerhalb ihres kleinen gemieteten Hauses redete sie nicht viel, aber mit Phantom war sie zu einer richtigen Plaudertasche geworden. Abends sprachen sie über alles Mögliche. Über Politik, ihren Vater und ihre Kindheit, über Piper, Kalees Erinnerungen an die Mädchen im Waisenhaus und darüber, was sie vielleicht würde tun wollen, wenn sie nach Hause kam.

Zu Letzterem sagte sie, sie habe keine Ahnung. Phantom wollte ihr helfen, wollte ihr Vorschläge machen, aber letztendlich lag es an ihr. Sie musste herausfinden, wie ihre neue Normalität aussehen sollte. Dann konnte sie entscheiden, was sie mit dem Rest ihres Lebens anfangen wollte.

Eines Nachmittags hatte er sie in den berühmten Matsumoto Shave-Ice-Laden an der Nordküste gebracht und sie hatten gelacht, als sie sich mit dem klebrigen Sirup verschmiert hatte. Am Mittwoch waren sie nach Honolulu zum Aloha Stadium Swap Meet and Marketplace gefahren. Dort gab es Stände mit allem, was das Herz begehrte – Kleidung, Accessoires, hawaiianische Souvenirs, einheimische

Gerichte, Schmuck, Elektronik und viele handgemachte Produkte. Es war überfüllt, laut und heiß, aber Kalee schien sich gut zu amüsieren.

Sie hatte Phantom erlaubt, einen Arm um ihre Taille zu legen, aber er wusste, dass es mehr daran lag, dass sie sich in seiner Nähe sicherer fühlte, als daran, dass sie sich mit Berührungen wohlfühlte.

Es hatte nur einen Zwischenfall gegeben – ein wütender Mann hatte einen der Verkäufer direkt vor Kalee angeschrien. Sie war unter seiner Hand erstarrt und Phantom hatte den Mann gerade zusammenstauchen wollen, weil er Kalee Angst machte, als sie tief Luft geholt hatte und wieder zu sich gekommen war. Sie ließ sich von ihm zu einem Picknicktisch am Rande des chaotischen Flohmarkts führen.

»Es geht mir gut«, beruhigte sie ihn. »Für eine Sekunde war ich wieder dort und dachte, dass ich gleich geschlagen werde. Aber dann spürte ich deine Hand an meiner Taille und wusste, dass er kein Rebell ist und du das nicht zulassen würdest.«

»Ganz genau«, hatte Phantom ihr versichert.

Er war auch mit Kalee im Meer schwimmen gegangen. Eines Tages hatte er einen Badeanzug mit nach Hause gebracht, um sie zu überraschen, und ihr gesagt, sie solle ihn anziehen. Dass sie rausgehen würden. Er hatte ihre Hand genommen und sie zur Hintertür hinausgeführt, über den Sand und direkt ins Meer.

Es war ein wenig kurzsichtig gewesen, denn er hatte sie nicht einmal gefragt, ob sie schwimmen konnte, aber zum Glück konnte sie es, und seitdem verbrachten sie jeden Nachmittag mindestens eine Stunde im Meer.

Heute hatten sie etwas anderes vor, das ihr wahrscheinlich schwerfallen würde. Aber Phantom wusste, sie würde es schaffen. Seit Timor-Leste waren fast zwei Wochen vergangen, und er war sich bewusst, dass seine Zeit mit ihr ablief. Er hatte noch zwei Wochen Zeit, dann würden sie nach Riverton zurückkehren und die Kacke wäre am Dampfen. Sie würde bei ihrem Vater einziehen und er würde die Konsequenzen seines Handelns tragen müssen.

»Mustang und die Jungs kommen in etwa dreißig Minuten vorbei und nehmen uns mit auf eine Wanderung«, informierte Phantom Kalee.

Sie zog eine Augenbraue hoch.

»Ich weiß, aber sie schwören, dass es eine der besten Wanderungen auf der Insel ist und wir nicht abreisen können, ohne sie gemacht zu haben. Der Weg heißt Ka'au Crater Trail und wie du dir vorstellen kannst, geht es hinauf zu einem Vulkankrater.«

»Ist das eine Wanderung, die eine durchschnittliche zweiunddreißigjährige Frau machen kann, oder eine, die nur knallharte Navy SEALs schaffen?«, fragte Kalee.

Phantom lachte. »Erstens bist du beim besten Willen nicht durchschnittlich. Und zweitens, wie ich sie kenne, wird es wahrscheinlich hart werden, aber jede Sekunde wert sein. Obwohl ... ich vermute, dass es ein paar nicht so gute Erinnerungen wecken wird. Du hast eine Menge Zeit im Dschungel von Timor-Leste verbracht. Wenn du wirklich nicht gehen willst, musst du das auch nicht.«

Phantom log wie gedruckt. Sie würde mitgehen. Sie brauchte das. Aber seine Sorge war unbegründet gewesen. Sie war eine Kämpferin durch und durch.

»Ich kann es schaffen.«

»Natürlich kannst du das«, versicherte Phantom ihr. »Wenn du nervös wirst oder in Panik gerätst, sag mir einfach Bescheid und ich helfe dir da durch.« Da er nicht dabei verweilen wollte, fuhr er fort: »Mustang hat gesagt, dass wir ungefähr sechs Stunden unterwegs sein werden. Es gibt Wasserfälle, steile Abhänge, Matsch und wir müssen an einigen Stellen Seile hochklettern.«

Kalees Augen wurden groß. Phantom lachte. »Ja, das habe ich mir auch gedacht. Aber ich habe gehört, dass die Aussicht von dort oben absolut atemberaubend und die Wanderung wert ist. Ich werde ein paar Snacks für dich mitnehmen, und wenn es zu anstrengend wird, lassen wir dich einfach von einem der Jungs tragen, um es ihnen heimzuzahlen.«

Auch das würde nicht passieren, aber wieder einmal war Phantom sich nicht zu schade, etwas zu sagen, um Kalee zu beruhigen. Nicht dass es sie beruhigen würde, sich von einem der anderen SEALs anfassen zu lassen, aber ein Scherz darüber schon.

Außerdem, wenn jemand sie tragen würde, dann wäre er es.

»Am Anfang des Weges sind viele Touristen unterwegs, aber gegen Ende kehren die meisten um, bevor sie das Ziel erreichen. Ich schätze, dass wir den ganzen Weg gehen werden. Wir können so oft anhalten und Pause machen, wie du willst oder brauchst. Oh, und ich habe das hier für dich besorgt.« Phantom reichte ihr eine Papiertüte.

Sie schüttelte den Kopf. »Du hast schon so viel für mich getan, Phantom.«

»Los, schau nach«, sagte er mit einem Nicken.

Sie schaute hinein – und atmete scharf ein. Sie zog eine kleine Schachtel mit einer wasserdichten Kamera heraus.

»Ich dachte mir, wenn ich dich schon auf einen Berg schleppe, solltest du es wenigstens für deinen Vater und Piper dokumentieren können.« Phantom wusste nicht, was ihn dazu getrieben hatte, die Kamera zu kaufen. Er nahm an, er wollte einfach, dass sie ein paar schöne Erinnerungen an ihre gemeinsame Zeit in Hawaii hatte. Er glaubte nicht, dass er sie viel sehen würde, wenn sie wieder zu Hause waren, und schon gar nicht, wenn er nach einem Disziplinarverfahren auf einen anderen Marinestützpunkt versetzt wurde.

»Ich ... Ich weiß nicht, was ich sagen soll«, sagte Kalee.

»Sag Danke«, scherzte Phantom. »Und mach auf jeden Fall viele peinliche Fotos von Mustang und den anderen, damit ich sie später erpressen kann.«

Sie rollte mit den Augen und lachte prustend.

Gott, Phantom liebte es, sie so entspannt zu sehen. Sie hatte in zwei Wochen verdammt viel erreicht. Ihr dabei zuzusehen, wie sie aufblühte, war eine fantastische Sache.

Und es wurde immer schwieriger, seine Anziehung zu ihr zu verbergen.

Sie war buchstäblich alles, was er sich je von einer Frau gewünscht hatte. Klug, hübsch, bodenständig, stark und positiv. Sie hatte sich nicht in den Karten gesuhlt, die ihr das Leben ausgeteilt hatte, und war nicht in einer »Warum ich«-Mentalität stecken geblieben. Sie hatte sich aufgerappelt und war fest entschlossen zu leben.

Phantom schüttelte innerlich den Kopf. Er musste aufhören, darüber nachzudenken, wie großartig Kalee war, und sich auf die Wanderung konzentrieren und dafür sorgen, dass sie in Sicherheit war.

»Ich denke, du kannst deine Turnschuhe anziehen. Sie werden zwar am Ende der Wanderung voller Matsch sein, aber sie sind am bequemsten. Mustang hat mir erzählt, dass wir an drei Wasserfällen vorbeikommen und den dritten hinaufklettern werden, also werden wir uns unterwegs abkühlen können. Zieh deinen Badeanzug unter deiner Kleidung an. Ich nehme einen Rucksack mit unserem Mittagessen, einem kleinen Handtuch und zusätzlichen Socken mit. Ich bin sicher, dass Mustang ein Satellitentelefon dabeihat; er geht nirgendwo ohne hin. Ich weiß, dass er und sein Team ab und zu gestrandete und vermisste Wanderer retten müssen, und sie müssen auch für ihren

Kommandanten erreichbar sein, falls sie zu einem Einsatz gerufen werden.«

Kalee nickte. »Phantom?«

»Ja, Schatz?« Verdammt, schon wieder dieser Kosename. Zum Glück hatte sie ihn nie darauf angesprochen.

»Danke.«

Phantom trat näher, berührte sie aber nicht. Er beugte sich vor und sagte: »Du brauchst mir nicht zu danken, Kalee. Ich hätte früher da sein sollen. Ich hätte mehr tun sollen.«

Er merkte, dass sie ihn aufmerksam musterte, in dem Versuch, den tieferen Sinn seiner Worte zu verstehen.

»Los, zieh dich um. Die Jungs werden bald hier sein«, drängte Phantom.

Er musste ihr immer noch gestehen, dass er der Grund dafür war, dass sie diese ganze Zeit mit den Rebellen verbracht hatte. Er war egoistisch. Er wollte so viel mit ihr zusammen sein, wie er konnte, bevor sie die Wahrheit herausfand.

Mit einem letzten Blick auf ihn drehte sie sich um und ging in ihr Zimmer, um sich fertig zu machen.

Kalee war frustriert. Es schien, als würde Phantom etwas vor ihr verheimlichen.

Es schien ihn nicht zu stören, dass sie nicht viel redete. Er plauderte über seine Freunde und hatte angedeutet, dass seine Kindheit nicht gerade idyllisch gewesen war. Er war geduldig mit ihr, wenn sie gedanklich abschweifte, und hatte kein Problem damit, anderen Leuten deutlich zu machen, wenn sie etwas taten, durch das sie sich unwohl fühlte.

Aber je mehr Zeit sie mit dem Mann verbrachte, desto

mehr merkte sie, dass ihn etwas bedrückte. Meistens erkannte sie Schuldgefühle in seinen Augen, wenn er sie ansah. Sie hatte keine Ahnung, was es damit auf sich hatte, aber es wurde immer beunruhigender. Wenn es um sie ging, wollte sie, nein, *musste* sie wissen, was es war. Sie musste die Kontrolle über ihr Leben zurückgewinnen und sie hatte Angst, dass er etwas Großes verheimlichte.

Sie wollte ihn direkt fragen, was zum Teufel los war, aber sie war auch ein großer Feigling. Sie war sich nicht sicher, ob sie es wissen wollte.

Phantoms Freunde trafen ein und sie machten sich auf den Weg zum Ka'au Crater Trail. Sie war von dieser Sache nicht allzu überzeugt. Es hörte sich sehr beängstigend an. Pid und Midas fuhren mit ihnen, und während der Fahrt plapperte Midas ununterbrochen darüber, wie cool die steilen Pfade waren und wie viel Matsch es bei seiner letzten Wanderung gegeben hatte. Kalee fühlte sich zwar hundert Prozent stärker als bei ihrer Ankunft in Hawaii, aber sie war sich nicht sicher, ob sie mit sieben durchtrainierten Navy SEALs mithalten konnte.

Phantom folgte mit seinem Mietwagen hinter Mustangs Fahrzeug und parkte. Sie waren in eine normal aussehende Gegend eingebogen und hatten einfach am Straßenrand geparkt. Ein kleines Schild wies auf den Beginn des Wanderweges hin und etwa ein Dutzend anderer Fahrzeuge waren ebenfalls am Straßenrand geparkt.

Kalee war optimistisch gewesen, dass die Wanderung sie mental nicht beeinträchtigen würde. Sie hatte sich mehr Sorgen um die körperlichen Aspekte gemacht, aber nach nur etwa einem Dutzend Schritten auf dem Pfad wusste sie, dass es viel schwieriger werden würde, als sie sich vorgestellt hatte.

Phantom und einige der anderen waren hinter ihr, was eine gute Idee zu sein schien, als sie sich auf den Weg gemacht hatten, aber schon nach einer Minute auf dem Pfad, mit den Männern vor und hinter ihr, wurde sie viel zu sehr an ihre Zeit in Timor-Leste erinnert.

Als sie aus dem Waisenhaus entführt worden war, hatte sie mit den Rebellen viel Zeit im Dschungel verbracht. In den ersten Monaten hatten sie ihr ein Seil um die Taille gebunden, um sicherzustellen, dass sie nicht entkommen konnte. Gelegentlich überfielen sie sie nachts, verweigerten ihr meist das Essen und trieben sie von morgens bis abends durch den Dschungel, der diesem hier schrecklich ähnlich sah.

Schon nach wenigen Minuten blieb Kalee stehen, unfähig, auch nur einen weiteren Schritt zu machen. Ihre Atmung ging zu schnell und ihr war schwindelig. Verloren in ihren Erinnerungen starrte sie vor sich hin, während die Szenen aus der Hölle, in der sie sich befunden hatte, wie eine kaputte Schallplatte in ihrem Kopf abliefen.

Sie hörte undeutlich Flüche um sich herum und eine Stimme rief immer wieder ihren Namen.

»Kalee! Komm zurück zu mir. Konzentriere dich. Ich bin's. Du bist in Sicherheit. Ehrenwort.«

Blinzelnd richtete Kalee den Blick auf den Mann vor ihr. Phantom.

Sie nahm einen tiefen Atemzug.

»So ist es gut. Atme, Schatz. Dir geht es gut. Wir sind nicht die Rebellen, wir sind hier nicht in Timor-Leste, und du bist in Sicherheit.«

Ohne nachzudenken, machte Kalee einen Schritt nach vorn, schlang die Arme um Phantoms Taille und vergrub ihr Gesicht an seiner Brust.

Sie wusste, dass sie ihn schockiert hatte, sie hatte auch sich selbst überrascht. Es war mehr als offensichtlich, dass er alles getan hatte, um sie in die Gegenwart zurückzubringen, ohne sie zu berühren, da er wusste, wie sie sich dabei fühlte. Aber als sie merkte, wo sie war und mit wem sie zusammen war, war ihr einziger Gedanke gewesen, seinen starken und festen Körper an ihrem eigenen zu spüren. Sie brauchte ihn, um sich zu erden.

Er zog sie sofort näher an sich heran, und Kalee atmete seinen vertrauten und beruhigenden Kiefernduft ein. Sie hatte im Laden eine Flasche der Flüssigseife gekauft, die er benutzte, anstatt etwas Weiblicheres, weil sein Duft sie daran erinnerte, dass sie frei war. Sicher.

Mit tiefen Atemzügen tat Kalee ihr Bestes, um sich unter Kontrolle zu bringen. Es war ihr peinlich, dass sie es nicht einmal fünf Minuten auf dem Pfad ausgehalten hatte, bevor sie durchdrehte. Die anderen Jungs mussten sie für das größte Weichei aller Zeiten halten.

»Ich bin stolz auf dich«, murmelte Phantom an ihrem mit der Kappe bedeckten Kopf.

Sie schnaubte gegen seine Brust.

»Im Ernst«, sagte er. »Ich wusste, dass das passieren würde, aber ich war mir nicht sicher, ob du dich würdest rausholen können. Ich schwöre dir, es wird leichter werden. Die Dämonen scheinen jetzt groß und Furcht einflößend zu sein, aber irgendwann sind sie nur noch lästige kleine Plagegeister, die du verscheuchen kannst.«

Kalee wollte für den Rest ihres Lebens genau dort bleiben, wo sie war. Sie wollte niemanden mehr sehen oder mit jemandem reden müssen. Aber das war nicht wirklich eine Option. Sie wusste, dass das SEAL-Team in der Nähe war und sie wahrscheinlich neugierig sowie ängstlich beobachtete, um zu sehen, ob sie wieder durchdrehen würde. Vielleicht waren die Jungs frustriert, dass ihre Wanderung unterbrochen wurde, und bereuten es, sie und Phantom eingeladen zu haben.

»Kalee«, schimpfte Phantom streng. »Was auch immer du denkst, hör auf damit.«

Sie blinzelte ihn an und zog die Stirn in Falten.

»Du denkst viel zu viel. Das merke ich. Du musst nur daran denken, wo du deine Füße platzierst und wie du nicht ausrutschst und hinfällst. Das ist alles.«

»Vielleicht solltet ihr ohne mich gehen«, sagte sie leise.

»Nein«, entgegnete Phantom streng. »Du brauchst das. Und ich will hier sein, um zu sehen, wie du deine Erinnerungen besiegst. Diese Arschlöcher können nicht noch mehr von dir haben.«

»Es ist mir peinlich.«

»Es muss dir nicht peinlich sein«, knurrte Phantom. »Glaubst du, ich hätte nicht auch schon mit Flashbacks zu kämpfen gehabt? Das habe ich. Und die anderen auch. Sie verstehen es. Besser als so ziemlich jeder andere. Es spielt keine Rolle, ob die Wanderung vier, acht oder zwölf Stunden dauert. Wir werden alle hier sein und dich bei jedem Schritt anfeuern.«

Kalee blickte nach rechts und sah Mustang, Midas, Pid, Aleck, Jag und Slate in der Nähe stehen. Sie wirkten nicht verärgert über die Unterbrechung der Wanderung, die noch nicht einmal richtig begonnen hatte. Sie wirkten besorgt. Und verständnisvoll.

»Ich weiß, dass das schwer für dich ist«, fuhr Phantom fort, »aber wenn ich nicht glauben würde, dass du es schaffst, hätte ich dich nicht hergebracht.«

Und einfach so wurde es ihr klar.

Alles, was sie in den letzten zwei Wochen getan hatten, hatte er vorgeschlagen und organisiert, um ihr bei der Heilung zu helfen.

Der Flohmarkt mit all den Leuten, das Schwimmen, um ihr zu helfen, sich zu entspannen und Kraft zu schöpfen, das Abhängen mit seinen Freunden, die Freiwilligenarbeit in der Schule, sogar das Luau, zu dem er sie eines Abends mitgenommen hatte – wo sie prompt ausflippte, weil das gebratene Schwein in der Grube sie zu sehr an die Grube neben dem Waisenhaus erinnert hatte, in der sie aufgewacht war –, all das hatte ihr geholfen, sich ihren Erinnerungen zu stellen und sie zu verarbeiten.

Ihr fiel kein einziger Grund ein, warum dieser Mann Wochen seines Lebens opfern würde, um ihr so sehr zu helfen.

Sie hatte ihn in ihrem »früheren Leben«, wie sie ihre Zeit vor Timor-Leste zu nennen begann, nicht gekannt. Sie hatte ihn nie getroffen. Sie hatte nicht viel über sein Angebot nachgedacht, bei ihm in Hawaii zu bleiben. Anfangs war sie verärgert gewesen, dass er sie nicht direkt nach Hause brachte, dann hatte die Erleichterung eingesetzt, sich noch nicht mit ihrem alten Leben auseinandersetzen zu müssen.

Aber während sie mitten im Dschungel in seinen Armen stand und sich von einer weiteren Panikattacke erholte, fragte sie sich unweigerlich ... Warum? Warum war dieser fantastische Mann so versessen darauf, ihr zu helfen?

Doch diesem Gedanken folgte ein weiterer.

Das Warum war ihr eigentlich egal. Sie war einfach so dankbar, dass er da war.

»Wenn du wirklich zurück zum Haus willst, bringe ich dich hin. Aber ich verspreche dir, es wird leichter. Mustang hat mit Absicht eine schwierige Wanderung ausgesucht. Der Matsch und das Klettern werden dich von der anderen Scheiße ablenken. Ich gebe dir mein Wort, dass ich dich zurückbringe, wenn du irgendwann nicht mehr kannst.«

Kalee atmete noch einmal tief ein, saugte seinen Duft zur Stärkung in ihre Lunge und sagte: »Ich bin bereit weiterzugehen.«

Der bewundernde Blick in seinem Gesicht war Balsam für ihre Seele. »Braves Mädchen«, sagte er. Dann umarmte er sie erneut und wandte sich an seine Freunde. »Okay, dann wollen wir mal loslegen.«

Und ohne jeglichen Kommentar machten sie sich wieder auf den Weg. Kalee war die Zweitletzte in der Reihe der Wanderer, mit Phantom im Rücken. Und ausnahmsweise brachte es sie nicht zum Ausflippen. Sie mochte es sogar, ihn hinter sich zu haben. Er würde dafür sorgen, dass sich niemand an sie heranschleichen konnte, und er wäre da, wenn die Erinnerungen sie wieder überwältigten.

Ein Bach floss entlang des Weges und glitzerte in den Sonnenstrahlen, die durch das Dach aus Ästen und Ranken über ihren Köpfen schienen. Noch bevor sie zwanzig Minuten gewandert waren, waren ihre Schuhe mit dem weichen Matsch überzogen, der den Weg säumte. Kalee stürzte mehrmals auf dem rutschigen Weg, aber sie fühlte sich nicht schlecht, da die anderen ebenfalls ausrutschten.

Der Weg führte allmählich bergauf und Kalee stellte fest, dass Phantom recht gehabt hatte. Sie konnte an nichts anderes denken, als darauf zu achten, wo sie ihre Füße platzierte, um nicht in dem dicken Matsch auf die Nase zu fallen. Sie liebte es, den Männern beim Scherzen zuzuhören. Sie neckten sich ständig und machten sich übereinander lustig, aber sie merkte, dass es auf eine freundliche Art und Weise geschah, nicht boshaft oder erniedrigend.

Das Rauschen von Wasser vor ihr war Musik in Kalees Ohren. Der Weg öffnete sich zu einem gewaltigen Wasserfall, der in ein kleines Becken mit kühlem Wasser stürzte. Es war der perfekte Ort, um den Matsch abzuwaschen, der auf ihren Beinen gelandet war, und für das SEAL-Team, um Blödsinn zu machen, indem die Jungs sich gegenseitig bespritzten.

Es waren noch ein paar andere Touristen unterwegs und Kalee konnte die bewundernden Blicke nicht übersehen, die die Jungs ernteten.

Erst als sich eine Frau Mitte zwanzig zu Phantom gesellte und ihn fragte, ob er diesen Weg schon einmal gegangen und wie lange es noch bis zum Gipfel sei, merkte Kalee, dass sie sich verkrampft hatte.

Scheiße, war sie etwa *eifersüchtig*?

Die Frau trug einen Sport-BH, der ihre üppigen Kurven und ihren flachen, gebräunten Bauch zur Geltung brachte. Ihr langes blondes Haar hatte sie zu einem unordentlichen Dutt am Hinterkopf hochgesteckt und die Shorts zeigten ihre durchtrainierten Beine. Sie war einfach umwerfend, und Kalee fühlte sich plötzlich völlig unzureichend. Sie zog Phantoms Baseballkappe tiefer über ihre Stirn und zwang sich, den Blick abzuwenden.

Phantom und der Rest der Jungs *waren* heiß. Daran gab es keinen Zweifel. Es war so lange her, dass sie an einen Mann auf sexuelle Art und Weise gedacht hatte, dass sie kaum gemerkt hatte, wie gut sie aussahen. Aber als sie dort mitten im Regenwald stand, war ihre Anziehungskraft offensichtlich – und ihre eigenen Unzulänglichkeiten erschienen ihr plötzlich nur allzu deutlich.

Es war ein unangenehmes Gefühl, zu erkennen, dass das, was sie für Phantom empfand, nicht einfach nur Dankbarkeit war. Dass sie ihn mochte, wie eine Frau einen Mann mochte. Besonders nach allem, was sie durchgemacht hatte. Aber es war so.

Kalee schaute wieder zu Phantom hinüber und sah ihn mit anderen Augen. Er war groß. Sehr groß, was ihr gefiel. Sie fühlte sich nicht bedroht, wenn er sie überragte; er hatte ihr schon kurz nach ihrer Rettung ein Gefühl der Sicherheit gegeben. Sein gut gestutzter Bart ließ ihn noch männlicher aussehen, wenn das überhaupt möglich war. Seine dunklen Augen enthielten alle möglichen Geheimnisse, aber sie gaben ihr auch Halt, wenn sie sich mitten in einem ihrer

Flashbacks befand. Seine Nase war leicht schief, als wäre sie einmal gebrochen gewesen.

Sie hatte ihn mit nichts als einer roten Badehose bekleidet gesehen, als er mit ihr ins Meer ging, und sie erinnerte sich daran, dass er kein Gramm Fett am Körper zu haben schien. Seine Bauchmuskeln waren klar definiert und seine Schultern breit. Sogar die Adern an seinen Armen ließen ihr Herz schneller schlagen.

Alles in allem war Forest Dalton ein verdammt gut aussehender Mann. Sein Stoizismus und sein stets ernster Blick machten ihn nur noch geheimnisvoller und attraktiver.

Am liebsten wäre Kalee zu der hübschen Blondine hinübergestapft und hätte ihr erklärt, dass Phantom *ihr* gehörte und sie weiterziehen solle. Aber Tatsache war, dass er *nicht* ihr gehörte.

Phantom lächelte die Frau an – und Kalee spürte, wie ihre Brustwarzen unter ihrem Sport-BH sofort hart wurden. Überrascht schnappte sie nach Luft.

Sie hatte seit Monaten kein einziges Mal auch nur annähernd so etwas wie sexuelles Verlangen verspürt.

Da Phantom sie offensichtlich gehört hatte, drehte er der Blondine den Rücken zu und kam direkt auf sie zu. Kalee spürte Nässe zwischen ihren Beinen, und die kam nicht von der Hitze des Tages. Phantom war wie eine geschmeidige Katze, die sich mit einer Intensität an sie heranpirschte, die ihre Atmung beschleunigte und in ihr den Wunsch auslöste, ihre Hände unter sein T-Shirt gleiten zu lassen, um ihn zu streicheln, bis er schnurrte.

»Atme, Schatz«, sagte er, als er näher kam.

Ihr Magen krampfte sich zusammen, als sie den Kosenamen hörte. Sie schloss die Augen. Verdammt, sie steckte in riesigen Schwierigkeiten.

»Kalee? Ich bin hier, es geht dir gut. Du bist in Sicherheit.«

Sie nickte, da sie nicht wusste, wie sie ihm sagen sollte, dass sie weder eine Panikattacke noch einen Flashback hatte; sie hatte gerade zum ersten Mal gemerkt, wie sehr sie sich zu ihm hingezogen fühlte, und sie versuchte, ihn nicht zu bespringen.

»Ich werde dich jetzt berühren, keine Panik«, sagte Phantom, Sekunden bevor seine schwielige Hand auf ihrer Wange landete. »Öffne die Augen und sieh mich an«, befahl er sanft. »Sieh, dass du hier in Hawaii bei mir bist.«

Als wären seine Worte Gesetz, öffnete sie die Augen und begegnete Phantoms dunkelbraunem Blick.

Sie sah sofort, dass seine Besorgnis sich in etwas anderes verwandelte. Als könnte er ihre Gedanken lesen, indem er ihr einfach in die Augen schaute.

Alles um sie herum verschwand. Die anderen SEALs, die Blondine, der Wasserfall. Sie waren die einzigen beiden Menschen auf der Welt. Die Verbindung zwischen ihnen war intensiv und unmittelbar, so als wäre ein Teil ihrer Seele über die wenigen Zentimeter zwischen ihnen gesprungen und in seine eigene gesickert.

»Kalee?«, flüsterte er mit tiefer, heiserer Stimme.

Sie leckte sich über die plötzlich trockenen Lippen und spürte, wie er seine Hand von ihrer Wange zu ihrem Nacken wandern ließ. Er übte sanften Druck aus, und sie bewegte sich mit Freuden auf ihn zu. In letzter Sekunde löste sie den Blick von ihm und lehnte sich mit ihrem ganzen Gewicht an seinen Oberkörper.

Er legte seinen freien Arm um ihre Taille, woraufhin sie zufrieden seufzte. Die morgendlichen Aktivitäten hatten den frischen, sauberen Kieferduft, den sie vorhin gerochen hatte, fast ausgelöscht, aber er war noch da. Schwach unter dem erdigen Schmutz und dem moschusartigen Schweiß, der jetzt seinen Körper bedeckte.

Kalee bewegte ihre Arme, ohne darüber nachzudenken. Aber anstatt seine Taille zu umfassen, wie sie es vorhin getan hatte, schob sie die Hände unter die Rückseite seines T-Shirts und legte sie flach auf die nackte Haut an seinem Kreuz. Sie streichelte ihn dort eine Sekunde lang, dann rutschte sie weiter, bis sie seine Seiten berührte. Eine Hand ließ sie zwischen ihnen hindurchwandern und fuhr über die feuchten Furchen sowie die harten Muskeln seines Bauches.

»Scheiße«, murmelte Phantom leise.

Kalee erstarrte, als sie spürte, wie sich sein Schwanz an ihrem Bauch versteifte. Er löste die Hand, die an ihrer Taille gelegen hatte, und drückte ihre Handfläche gegen seinen Bauch. Er lehnte sich zurück und schaute auf sie herab. Sie sah, wie er den Blick von ihrem Gesicht hinunter zu ihrer Brust und dann wieder hoch zu ihren Augen wandern ließ.

Sie wusste, dass ihre Brustwarzen hart waren und er sie wahrscheinlich deutlich auf dem nassen Trägerhemd erkennen konnte, das sie trug.

Keiner von beiden sagte ein Wort, während sie einander anstarrten. Das brauchten sie auch nicht. Es war offensichtlich, was Kalee dachte – und dass Phantom ihre Gefühle erwiderte.

»Das habe ich nicht erwartet«, sagte Phantom nach einer gefühlten Ewigkeit.

»Ich auch nicht«, flüsterte Kalee.

»Kommt ihr jetzt oder nicht?«, rief Slate von der anderen Seite des kleinen Teiches und ließ damit die intime Blase platzen, in der sie sich befunden hatten.

Mit Bedauern zog Kalee ihre Hände unter Phantoms Hemd hervor. »Tut mir leid«, murmelte sie.

Phantom ergriff eine ihrer Hände und führte sie an

seinen Mund. Er küsste sanft ihre Handfläche und schüttelte dann den Kopf. »Du brauchst dich nicht zu entschuldigen«, erwiderte er.

Er hielt ihre Hand fest und wandte sich an die SEALs. »Bleibt locker, wir kommen.«

Kalee hörte, wie Jag etwas murmelte wie: »Das ist offensichtlich«, als er sich umdrehte, um wieder auf den Pfad zu gehen.

Sie konnte sich ein Grinsen nicht verkneifen.

Als Phantom es sah, schüttelte er den Kopf und lächelte sie an. »Gott, ich liebe diesen Ausdruck auf deinem Gesicht«, sagte er zu ihr.

»Welchen Ausdruck?«, fragte sie.

»Zufriedenheit.« Dann ließ er ihre Hand los und gab ihr einen kleinen Schubs, wobei seine Finger auf ihrem Rücken Funken zwischen ihren Beinen sprühen ließen. »Wie ich gehört habe, wird der Weg ab hier schwieriger. Sag mir Bescheid, wenn du zurückgehen willst.«

Kalee presste die Lippen fest aufeinander. Früher hatte sie Herausforderungen immer geliebt, und es war beruhigend, die alte, vergessene Entschlossenheit tief in sich zu spüren. Sie würde nicht vorzeitig aufgeben. Auf keinen Fall.

Phantom hatte recht, je weiter sie auf dem Pfad kamen, desto schwieriger wurde es. Je weiter sie aufstiegen, desto weniger Touristen sahen sie. Der zweite Wasserfall war nicht weit vom ersten entfernt und tauchte aus heiterem Himmel auf. In der einen Sekunde waren sie von Bäumen umgeben, und in der nächsten rauschte das Wasser über die Felsen direkt vor ihnen. Sie hielten sich nicht lange auf, sondern blieben nur so lange, bis Kalee ein Foto von allen Jungs gemacht hatte, bevor sie zum Pfad zurückkehrten.

Der dritte Wasserfall hatte keinen schönen ruhigen Teich am Boden. Er stürzte über scheinbar dreißig Meter hohe Felsen an der Seite eines Berges hinunter. Oben hatte jemand ein Seil befestigt, das offensichtlich dazu diente, den Wanderern den steilen Berg hinaufzuhelfen.

Es dauerte mindestens fünfundzwanzig Minuten, und Kalee dachte mehrmals, sie müsse aufgeben. Ihre Arme zitterten vor Anstrengung und die rutschigen Felsen neben dem Wasserfall machten den Weg extrem tückisch. Aber jedes Mal, wenn sie das Gefühl hatte, keinen Schritt mehr tun zu können, war Phantom oder einer der anderen SEALs zur Stelle, um ihr zu helfen. An einer Stelle hielt Slate ihr Handgelenk fest und Kalee spürte Phantoms Hand auf ihrem Hintern, die sie von unten schob.

Als sie schließlich oben ankam, fühlte Kalee sich, als hätte sie den Mount Everest oder Ähnliches bestiegen. Die Luft schien dort oben sauberer zu sein. Klarer. Sie schaute zu Phantom hinüber und errötete angesichts der Bewunderung in seiner Miene.

»Okay, wir müssen eine Entscheidung treffen«, verkündete Midas. »Zu unserer Rechten gibt es einen Pfad, der zum Anfang der Wanderung zurückführt, zurück zu den Fahrzeugen. Wir können für heute Schluss machen und nach Hause fahren, wo wir uns ein leckeres Abendessen und ein Bier gönnen. Oder …« Er verstummte.

Kalee rollte angesichts seiner Dramatik mit den Augen.

»Oder wir könnten den gefährlich schmalen Grat hinaufgehen, um einen Blick auf den Ka'au Krater zu werfen.«

Kalees Beine zitterten, und sie war sich nicht sicher, ob sie es schaffen würde. Aber verdammt, sie wollte es. Sie fühlte sich in dieser Sekunde lebendiger, als sie es seit jenem schicksalhaften Tag im Waisenhaus vor so langer Zeit getan hatte. Sie wollte die Welt erobern.

Sie deutete auf den aufsteigenden Pfad.

»Bist du sicher?«, fragte Pid. »Keiner wird schlecht von dir denken, wenn wir Schluss machen.«

»Ich schon«, entgegnete Kalee schlicht.

Alle sieben Männer nickten anerkennend. Ohne ein weiteres Wort begannen sie, den anspruchsvollen Pfad hinaufzugehen. Je weiter sie nach oben kamen, desto mehr veränderte sich die Landschaft. Statt von Bäumen und Laub umgeben zu sein, öffnete sich das Land, und immer mehr vom Krater wurde sichtbar. Sie begegneten keinem anderen Wanderer, als sie den rauen Pfad entlangkletterten.

Es gab einen fast senkrechten Seilkletterpfad zum Gipfel des Bergrückens, und Kalee war es etwas peinlich, als Phantom seinen Arm um sie legen und sie praktisch hochziehen musste. Aber als sie schließlich oben ankam, stockte ihr der Atem.

Die Sonne brannte auf ihre Schultern, aber Kalee spürte sie kaum. Der alte Vulkankrater war üppig und grün, und überall um sie herum waren Berggipfel.

»Siehst du das?«, fragte Aleck, der in die Ferne deutete. »Das ist Waikiki mit Diamond Head an der Küste.«

Kalee atmete schwer von der Anstrengung, sich auf die Spitze des Berggrats hinaufzukämpfen, aber sie bemerkte es kaum. Von hier oben sah die Welt friedlich und wunderschön aus. Sie fühlte sich, als hätte sie keine Sorgen. Als könnte nichts ihr etwas anhaben.

Es fühlte sich fast so an, als sei sie wiedergeboren worden.

Die Wanderung war nicht einfach gewesen; es war eine der schwierigsten Sachen, die sie je bewältigt hatte, sowohl mental als auch körperlich, aber wenn sie es nicht getan hätte, hätte sie diese Schönheit nie mit eigenen Augen gesehen.

Und so verstand sie, dass die Wanderung und die Belohnung durch die Aussicht, die sie jetzt vor sich hatte, ein gutes Gleichnis für ihr Leben waren. Es gab Höhen und Tiefen. Enttäuschungen und Schmerzen. Und doch gab es immer noch etwas Schönes zu entdecken. Sie war durch die Hölle gegangen. Sie hatte Dinge gesehen und getan, von denen sie wusste, dass sie ihr für den Rest ihres Lebens Albträume bescheren würden, aber sie war immer weiter geklettert und hatte die andere Seite erreicht.

Sie war nicht mehr dieselbe Kalee wie früher, aber sie war am Leben. Und es gab so viel mehr, was sie mit ihrem Leben anfangen wollte.

Mindestens fünf Minuten lang sagte niemand ein Wort. Der Wind wehte und die Vögel zwitscherten. Kalee fühlte sich, als sei sie der letzte Mensch auf Erden, doch dann drehte sie den Kopf. Sie war nicht allein. Es gab Männer wie diese, die immer bereit waren, dorthin zu gehen, wo sie gebraucht wurden, um für das zu kämpfen, was richtig war. Um für Menschen wie sie zu kämpfen.

Sie legte einen Arm um Phantoms Taille und lehnte sich dann an seine Seite. Er legte einen Arm um ihre Schultern, und so standen sie lange Zeit. Sie bewunderten die Schönheit, die vor ihnen lag.

»Ich weiß nicht, wie es euch geht, aber ich bin bereit für einen Snack«, erklärte Mustang.

In diesem Moment knurrte Kalees Magen und alle lachten.

Sie setzten sich alle in den Matsch – es war nicht so, als könnten sie noch schmutziger werden – und aßen die Nüsse, Proteinriegel und ein paar Süßigkeiten, die sie mitgebracht hatten. Nachdem sie reichlich Wasser getrunken hatten, machten sie sich bereit für den Abstieg.

Der *Abstieg* mit dem Seil war einfacher, aber wesentlich chaotischer als der Aufstieg. Kalee setzte sich einfach auf den Hintern und benutzte das Seil, um sich mit einer Hand über der anderen sinken zu lassen. Als sie unten ankam, lachte sie so sehr, dass sie kaum noch atmen konnte.

Als sie sich der Spitze des dritten Wasserfalls näherten,

lächelte Kalee, als sie eine große Gruppe von Menschen sah. Es waren ungefähr zwanzig Leute, angefangen bei jungen Teenagern bis hin zu Erwachsenen Mitte vierzig. Sie waren offensichtlich gemeinsam unterwegs. Auf den ersten Blick schien die Gruppe wie alle anderen auf dem Weg zu sein, aber als sie näher kamen, war klar, dass etwas nicht stimmte. Niemand lächelte und alle sahen sehr besorgt aus.

Auch die Stimmung der Männer um Kalee änderte sich, als sie näher an die Menschen herankamen. Ihre entspannte Art wandelte sich. Sie waren jetzt angespannte, einsatzbereite Navy SEALs.

»Was ist los?«, fragte Mustang, als er sich der Gruppe näherte.

»Meine Tochter ist verschwunden!«, rief eine Frau verzweifelt.

»Wann haben Sie sie zuletzt gesehen?«, fragte Jag. Er sagte nicht viel, aber wenn er es tat, zählten seine Worte.

»Ich glaube, am zweiten Wasserfall. Wir standen darunter, um uns abzukühlen, dann sind wir alle zu diesem hier gegangen. Niemand bemerkte, dass sie nicht bei uns war, bis wir alle oben ankamen. Ich nahm an, sie sei vorn, und die Leute dort dachten, sie sei hinten bei mir.«

»Keine Panik«, entgegnete Pid. »Wie alt ist sie?«

»Dreizehn.«

»Wie lange ist es her, dass Sie am zweiten Wasserfall waren?«, fragte Aleck.

»Ich weiß es nicht. Vielleicht eine Stunde?«

Kalee beobachtete, wie die SEALs Informationen über das vermisste Mädchen sammelten.

»Wir haben versucht, Hilfe zu rufen, aber unsere Handys funktionieren nicht«, erklärte einer der Männer in der Gruppe.

Mustang zog sein Satellitentelefon heraus und entfernte sich von der Gruppe.

»Er hat ein Satellitentelefon und wird weitere Hilfe anfordern. In der Zwischenzeit müssen Sie alle diesen Weg weitergehen. Er führt Sie zurück zum Parkplatz. Gehen Sie *nicht* allein los. Bleiben Sie zusammen. Wir werden den Pfad zurückgehen und nach Ihrer Tochter suchen. Wie heißt sie?«, fragte Slate.

Kalee konnte nicht anders, als einen Schritt zurückzutreten. Slate klang sehr imposant und gefährlich, und wenn er seine sachliche Tut-was-ich-sage-Stimme benutzte, war es unmöglich, auch nur daran zu denken, ihm nicht zu gehorchen.

»Lisa.«

Kalee hatte sich so sehr auf die arme verzweifelte Mutter konzentriert, dass sie nicht bemerkte, wie Phantom neben ihr auftauchte. Sie zuckte zusammen, als er ihren Rücken berührte.

»Tut mir leid.« Er ließ seine Hand sinken und Kalee spürte sofort den Verlust. »Ich denke, du solltest mit der Gruppe zurück zum Parkplatz gehen. Wir treffen dich dann dort.«

»Nein«, antwortete Kalee sofort und drehte sich zu Phantom um. »Ich komme mit euch mit.«

»Es wird nicht einfach sein, den Weg zurück zu gehen«, warnte er.

Sie zögerte. Sie wollte die SEALs nicht aufhalten, aber sie wollte auch nicht von Phantoms Seite weichen. Sie war erstaunt, wie gut sie die Wanderung durch den Wald gemeistert hatte, aber sie war sich nicht sicher, ob sie es ohne ihn genauso gut schaffen würde.

»Bitte?«

Er musterte sie einen Moment lang, bevor er nickte. »Okay, aber du musst dir dieses Mal von mir und den anderen mehr helfen lassen. Wir müssen schneller vorankommen und sehen, ob wir eine Spur des Mädchens finden, bevor sie zu weit vom Weg abkommt.«

Kalee nickte wieder. Sie verstand. Auf dem Weg nach oben hatten sie sich zurückgehalten und ihr erlaubt, ihren eigenen Weg in ihrem eigenen Tempo zu gehen. Aber jetzt hatten sie eine Mission.

Innerhalb weniger Minuten waren sie auf dem Weg den rutschigen Pfad hinunter. Den steilen Abhang mit dem Seil hinunter, vorbei an dem dritten Wasserfall, den sie auf dem Weg nach oben erklommen hatten. Sie schafften den Abstieg in einem Bruchteil der Zeit, die sie für den Aufstieg gebraucht hatten.

Als sie alle unten angekommen waren, sagte Mustang: »Die Such- und Rettungseinheit ist auf dem Weg, aber ich hoffe, dass wir sie zurückrufen können und das Mädchen schon bald finden werden. Die Mutter sagte, sie sei mit ihnen am zweiten Wasserfall gewesen, also haltet Ausschau nach Anzeichen, wo sie vom Weg abgekommen sein könnte.«

Und damit zogen sie los. Keiner sprach, während sie gingen, denn sie konzentrierten sich auf das Blattwerk um sie herum in dem Versuch herauszufinden, wo das Mädchen vom Weg abgekommen sein könnte.

Je länger sie unterwegs waren, desto mehr fiel Kalee in ihre Erinnerungen zurück. Es hatte eine Zeit gegeben, nicht allzu lange nachdem sie im Waisenhaus gefunden worden war, als die Rebellen von Dorf zu Dorf zogen, auf der Suche nach Menschen, die sie terrorisieren und töten konnten, als sie auf eine kleine Ansammlung von Hütten gestoßen waren. Drei Familien lebten zusammen im Wald und die Rebellen zögerten nicht, einfach zu schießen. Ein Junge, wahrscheinlich um die zehn Jahre alt, war in den Wald gelaufen, um zu fliehen, und das konnten die Rebellen natürlich nicht zulassen. Sie wollten den Jungen zwangsrekrutieren, ihn zwingen, für sie zu kämpfen, so wie sie es mit ihr getan hatten.

Sie verfolgten den armen Jungen tagelang. Kalee hatte genau beobachtet, wie die Männer sich gegenseitig Hinweise gaben, wohin der Junge gegangen war. Sie hatte viel über Fährten gelernt, indem sie ihre Entführer bei der Suche nach unschuldigen Zivilisten beobachtet hatte. Zertrampelte Äste hier, ein Laubhaufen dort, jeder harmlose Hinweis war ein Leuchtfeuer für ihre erfahrenen Augen. Ihre Entführer prahlten damit, dass der Junge ihnen nicht entkommen würde.

Und am Ende hatten sie recht behalten. Sie waren wie ein Rudel Hunde, das einem Fuchs hinterherjagte. Eines Tages wurde der kleine Junge in die Enge getrieben, und die Rebellen sagten ihm, er müsse entweder mit ihnen kommen oder sterben.

Kalee verstand nicht, was das Kind auf Tetum gesagt hatte, aber die Rebellen hatten das Feuer eröffnet und mit ihren Kugeln das Leben des armen Jungen beendet, bevor es überhaupt richtig begonnen hatte.

Das war nur ein weiterer Grund, warum sie nicht versucht hatte zu fliehen. Die Rebellen konnten den Dschungel viel besser lesen als sie, und sie hätten sie sicher genauso leicht gefunden und getötet wie das unschuldige Kind.

Es fiel ihr immer schwerer, in der Gegenwart zu bleiben und nicht in ihre Zeit in Timor-Leste zurückgezerrt zu werden, aber Kalee tat ihr Bestes. Auf keinen Fall wollte sie Phantoms Aufmerksamkeit von der anstehenden Aufgabe ablenken.

Sie waren etwa eine Viertelstunde gewandert, als Kalee etwas links vor ihnen sah. Sie war sich nicht sicher, was es war, aber es musste nichts gewesen sein. Einer nach dem anderen gingen die SEALs vor ihr auf dem Pfad daran vorbei.

Doch als Kalee näher kam, kniff sie die Augen zusammen und legte den Kopf schief. Sie blieb in der Mitte des Weges stehen, direkt neben der kleinen Änderung im Blattwerk.

»Was ist los?«, fragte Phantom eindringlich von hinten, vermutlich in der Annahme, sie hätte wieder einen Flashback.

Sie deutete auf einen kleinen Baum neben dem Weg. Die Äste hingen wie bei allen anderen Bäumen um sie herum zu Boden ... aber die Blätter *dieses* Baumes hatten keine Wassertropfen. Es hatte in der Nacht zuvor geregnet und alle Bäume hatten noch Wasser auf ihren Blättern. Bis auf diesen einen.

Phantom fragte nicht weiter. Er trat neben dem Baum vom Weg ab, schaute auf den Boden und pfiff dann lange und laut. Fast sofort waren die anderen Jungs da.

»Ein Fußabdruck«, sagte Phantom, der auf den Matsch direkt hinter dem Baum deutete.

»Scheiße. Wir sind direkt daran vorbeigegangen«, sagte Aleck.

»Wie hast du ihn gesehen?«, fragte Pid Phantom.

»Das habe ich nicht«, entgegnete er. »Das war Kalee.«

Sechs Augenpaare richteten sich auf sie und Kalee konnte nur mit Mühe verhindern, dass sie zusammenzuckte und vor ihnen zurückwich.

»Was hast du gesehen?«, fragte Slate in seiner schroffen Art.

»Die Blätter sahen anders aus als die anderen«, sagte sie und dachte gar nicht daran zu schweigen. »Keine Regentropfen.«

»Ich will verdammt sein!«, rief Mustang. »Du hast recht.

Lisa muss das Wasser von den Blättern abgeschüttelt haben, als sie hier vom Weg abkam.«

»Sie musste wahrscheinlich pinkeln oder so«, warf Midas ein.

»Gutes Auge«, lobte Jag.

»Gott sei Dank ist der Matsch weich. Kommt, mal sehen, ob wir sie finden«, erklärte Pid.

Es war anstrengend, sich einen Weg durch das Blattwerk zu bahnen, aber jedes Mal, wenn sie Lisas Fußspuren entdeckten, war es belebend. Kalee schaute etwa drei Meter vom Pfad entfernt zurück und war erstaunt, als sie keine Spur von dem Weg sah, den sie gekommen waren. Es war, als hätte der Wald sie in dem Moment verschluckt, in dem sie vom Pfad abgewichen waren.

Sie kämpften sich noch zehn Minuten lang durch die Bäume und Kalee dachte schon, sie hätten die Spur des Teenagers verloren – als sie Pid rufen hörte.

Sie hörte, wie eine hohe weibliche Stimme antwortete, und ihre Knie gaben vor Erleichterung fast nach.

In Sekundenschnelle standen sie um einen sehr verängstigten, sehr erleichterten Teenager herum.

»Gott sei Dank!«, sagte sie. »Ich hatte schon Angst, dass ich die Nacht hier draußen verbringen muss! Ich habe versucht, den Weg zurück zum Pfad zu finden, aber ich konnte es nicht. Als ich merkte, dass ich mich verlaufen hatte, blieb ich stehen und habe mich hingesetzt, um auf jemanden zu warten, der mich findet.«

»Klug«, sagte Jag.

»Mein Vater hat mir beigebracht, dass ich an Ort und Stelle bleiben soll, egal wo ich bin, wenn ich mich verlaufen habe. Ich erinnere mich an eine Geschichte, die wir im Fernsehen gesehen haben, in der sich eine Frau auf dem Appalachian Trail verlaufen hat und schließlich dreißig Kilometer in die falsche Richtung gelaufen ist, bevor sie angehalten hat. Aber sie war zu weit weg von dem Ort, an dem die Leute nach ihr suchten, und sie starb dort draußen tatsächlich. Ist meine Mutter sauer?«, fragte sie.

»Nicht im Geringsten«, beruhigte Midas sie. »Sie macht sich große Sorgen, aber sie ist nicht sauer.«

»Ihr wart ja schnell hier!«, sagte Lisa erstaunt.

»Wir sind zufällig in der Gegend gewandert«, erklärte Mustang. »Du hattest Glück. Es hätte noch lange dauern können, bis die Sucheinheit eingetroffen wäre.«

»Und du hattest noch mehr Glück, weil Kalee hier bemerkt hat, wo du vom Weg abgekommen bist«, fügte Phantom hinzu.

Lisa drehte sich zu Kalee um. »Danke!«, sagte sie.

Wieder einmal musste Kalee sich eingestehen, dass sie ohne ihre Zeit bei den Rebellen im Dschungel von Timor-Leste direkt an der Spur von Lisas Abzweigung vorbeigegangen wäre. Es war seltsam, für die Hölle dankbar zu sein, die sie durchgemacht hatte, aber es war so.

»Okay, Leute, wir müssen umdrehen und den Weg zurückgehen, den wir gekommen sind«, sagte Slate. »Kalee, willst du uns anführen?«

Sie blinzelte den ruppigen SEAL überrascht an.

»Ich?«, fragte sie.

»Mir scheint, du bist von uns allen am besten qualifiziert«, erwiderte Slate.

Sie wusste, dass das nicht ganz stimmte. Sie bezweifelte nicht, dass jeder einzelne der Männer um sie herum einen Kompass bei sich hatte und genau wusste, wie man zum Weg zurückkam, aber Slates Vertrauen in sie fühlte sich gut an.

Mit einem Nicken drehte sie sich um und stieß fast mit Phantom zusammen, der hinter ihr stand. »Ist es für dich in Ordnung voranzugehen? Uns alle im Rücken zu haben?«, fragte er leise.

Und wieder kehrte das warme, glibberige Gefühl in ihr zurück, dass er ständig auf sie aufpasste. Sie nickte.

»Okay. Ich werde genau hier zwischen dir und den anderen sein. Wenn du nicht weiter weißt, sag mir Bescheid.«

Und genau das bestätigte, was sie schon die ganze Zeit gewusst hatte. Sie brauchten sie nicht als Anführerin, aber sie ließen sie es trotzdem tun. Kalee trat vor – und musste fast lachen über das, was sie sah.

Es wäre nicht schwer, zum Pfad zurückzukehren. Sie hatten eine Spur hinterlassen, der ein Vierjähriger folgen könnte. Abgesehen von den tiefen Furchen, die ihre Füße in den Boden gedrückt hatten, lagen überall abgebrochene Äste und Blätter auf dem Weg, den sie genommen hatten.

Sie erreichten den Pfad in der Hälfte der Zeit, die sie gebraucht hatten, um dorthin zu gelangen, wo Pid Lisa gefunden hatte. Sie beschlossen, den Weg wieder hinunterzugehen, anstatt zum dritten Wasserfall hinaufzuwandern und von dort aus weiter. Das wäre zwar nicht unbedingt einfacher, aber vielleicht schneller.

Mustang benutzte sein Satellitentelefon, um die Such- und Rettungseinheit zurückzupfeifen, und ihm wurde gesagt, die Retter würden sich mit Lisas Eltern und dem Rest der Gruppe auf dem Parkplatz treffen.

Als sie wieder bei den Fahrzeugen ankamen, war Kalee erschöpft. Nach den Strapazen, den mentalen Zusammenbrüchen und den emotionalen Höhen und Tiefen war sie mehr als bereit, zurück zu ihrem gemieteten Haus an der Nordküste zu fahren und zu schlafen.

Nachdem Lisas Eltern sich hundertmal bedankt hatten und Phantom Pid und Midas abgesetzt hatte, konnte Kalee kaum noch die Augen offen halten, als sie sich endlich auf den Weg nach Norden zu ihrem Haus machten.

»Hast du morgen noch mehr tolle Pläne für uns?«,

scherzte Kalee, die zu müde war, um den Mund zu halten. »Ich meine, vielleicht können wir einen Rundflug machen und müssen mit dem Fallschirm abspringen, wenn das Flugzeug abstürzt. Oder wir könnten auf einen Schießstand gehen und sehen, ob ich damit zurechtkomme. Oh, ich weiß, wir könnten uns für einen Ironman anmelden, wo man vier Kilometer schwimmt, eine Million Kilometer Rad fährt und einen Marathon läuft.«

Phantom lachte. Dann wurde daraus schallendes Gelächter. Er warf den Kopf zurück und hatte Mühe, den Wagen auf der Straße zu halten.

So müde Kalee auch war, sie konnte ihn nur anstarren. Sie hatte sich schon vorher zu Phantom hingezogen gefühlt, aber als sie ihn in dieser Sekunde so offen und unbeschwert sah, verliebte sie sich Hals über Kopf.

»Ich denke, wir werden morgen zu Hause abhängen und einen faulen Tag am Strand verbringen. Wie hört sich das an?«, sagte er, als er sich wieder unter Kontrolle hatte.

»Himmlisch«, erwiderte Kalee ehrlich.

Phantom legte einen Arm auf die Konsole zwischen ihnen und drehte seine Handfläche so, dass sie nach oben zeigte. Kalee schaute sie einen Moment lang an, bevor sie seine Hand in die ihre nahm.

»Du warst heute unglaublich«, sagte Phantom.

»Oh, sicher, du musstest nur ein halbes Dutzend Mal anhalten, um mir den Kopf zurechtzurücken«, gab sie sarkastisch zurück.

»Ich habe erwartet, es doppelt so oft tun zu müssen«, sagte Phantom, ohne zu zögern.

Sie starrte ihn mit deutlicher Skepsis an. »Wirklich?«

»Wirklich. Ich habe die Erfahrung gemacht, dass es meistens der beste Weg ist, sich dem zu stellen, was einem Angst macht, um es zu besiegen. Und jedes Mal, wenn du dich in deinem Kopf verloren hast, brauchte es immer weniger, bis du es überwunden hattest. Und dass du Lisas Spur gefunden hast, war einfach unglaublich. Wir hätten sie alle übersehen. Wir wären direkt daran vorbeigegangen. Aber du nicht. Ich bin mir nicht sicher, ob Lisa oder ihre Familie genau wissen, wie dankbar sie sein können, dass du heute da warst.«

Seine Worte fühlten sich gut an, aber sie war mehr an dem ersten Teil seiner Aussage interessiert. »Wovor hast du Angst?«

Er zögerte nicht. »Dass ich so werde wie meine Mutter.«

Kalee drückte seine Hand. »Wie das?«

Phantom seufzte. »Das ist eine lange Geschichte. Und keine, die ich erzählen sollte, wenn wir beide müde sind und eine lange, heiße Dusche brauchen.«

»Okay. Aber, Phantom?«

»Ja?«

»Ich nehme an, deine Mutter war nicht nett. Und wenn das der Fall ist, kann ich dir bedenkenlos sagen, dass du in keiner Weise wie sie bist.«

»Danke, Schatz«, entgegnete Phantom. Dann seufzte er. »Aber ... wir müssen reden.«

Sie versteifte sich. Das hörte sich nicht gut an.

»Nicht heute Abend, aber bald. Es gibt Dinge, die du wissen musst, bevor wir nach Kalifornien zurückkehren. Und leider wird dieser Zeitpunkt bald kommen. Du hast keine Ahnung, wie sehr ich diese Pause gebraucht habe.«

Die hatte sie nicht. Und jetzt war Kalee äußerst neugierig. Sie hatte nicht verstanden, wie sehr sie selbst die Auszeit gebraucht hatte. Wenn es nach ihr gegangen wäre, wäre sie direkt nach Riverton und zu ihrem Vater geflogen. Aber sie war sich nicht sicher, wie ihr geistiger Zustand jetzt aussähe, wenn sie das getan hätte. Sie wusste, dass sie noch einiges aufzuarbeiten hatte, aber dass sie einfach fühlen durfte, was sie fühlte, und dass Phantom da war, um ihr über ihre Tiefpunkte hinwegzuhelfen, war etwas, das sie ihm niemals zurückzahlen konnte.

Der Rest der Fahrt zum Haus verlief schweigend. Kalee schloss die Augen und genoss einfach das Gefühl von Phantoms Hand in ihrer. Es war noch gar nicht so lange her, dass sie die Berührung von anderen gescheut hatte. Sie glaubte zwar nicht, dass sie jemals wieder die körperbetonte Frau werden würde, die sie vor Timor-Leste gewesen war, aber zumindest würde sie nicht mehr heftig zurückschrecken, wenn jemand im Supermarkt an ihr vorbeiging oder versuchte, sie zu umarmen.

Später am Abend, als sie im Bett lag, warm, sauber und sicher, dachte Kalee an Phantom. Sie stellte sich vor, wie er am Meer stand und nur seine rote Badehose trug. Sie stellte sich seinen steinharten Körper vor und erinnerte sich daran, wie es war, in seinen Armen zu liegen. Wie sein Lob ihr das Gefühl gab, die Welt erobern zu können.

Sie drehte den Kopf und sah seine Navy-SEAL-Baseballmütze auf dem Nachttisch. Sie atmete tief ein und roch seine nach Kiefer duftende Seife, die sie vorhin unter der Dusche benutzt hatte.

Sie bewegte die Hand ohne bewusste Gedanken ihren Bauch hinunter und unter den Bund ihres Slips.

Sie berührte sich selbst und dachte an die Hitze, die zwischen ihnen entstanden war, als sie an dem kühlen Teich mitten im Wald gestanden hatten.

Sie streichelte ihre Klitoris, während sie sich vorstellte, wie er sie küsste, sie in den Armen hielt und ihr versicherte, dass er ihr nie wehtun würde.

Kalee spreizte die Beine und stellte sich vor, wie sie rittlings auf ihm saß und Phantom ihr sagte, sie solle sich nehmen, was sie wollte. Er wäre rücksichtsvoll und liebevoll, ganz anders als die Erfahrungen, die sie in letzter Zeit mit Männern gemacht hatte.

Als sie sich selbst zum Orgasmus brachte – das erste Mal seit langer Zeit –, seufzte sie erleichtert. Ein Teil von ihr hatte Angst gehabt, dass sie nie wieder sexuelle Lust erleben könnte. Dass sie in dieser Hinsicht gebrochen war.

Ein Gefühl der Euphorie überkam sie, als sie sich auf die Seite drehte und ein Kissen an ihre Brust drückte. Scheiß auf die Rebellen. Sie würde ein normales Leben führen, trotz allem, was sie ihr angetan hatten. Trotz ihrer besten Versuche, sie zu brechen, hatte sie gewonnen.

Sie schlief mit einem kleinen Lächeln im Gesicht und einem Optimismus ein, den sie schon lange nicht mehr verspürt hatte. Sie und Phantom würden vielleicht nie mehr als Freunde sein, aber sie würde ihn bis zu ihrem letzten Atemzug lieben. Er hatte sie nicht nur vor der absoluten Hölle auf Erden gerettet, sondern ihr auch Zeit gegeben, das Geschehene zu verarbeiten und sich an ihre Freiheit zu gewöhnen, und er hatte ihr geholfen, ihren Selbstwert wiederzufinden.

KAPITEL SIEBEN

Am nächsten Morgen saß Phantom mit Kalee auf der hinteren Terrasse. Sie hatte sich von ihm die Haare schneiden lassen, um sie ein wenig zu richten. Es würde eine Weile dauern, bis ihr wunderschönes rotes Haar wieder so lang war, wie es gewesen war, bevor einer der Rebellen es rücksichtslos abgeschnitten hatte, aber selbst mit kurzem Haar war sie die schönste Frau, die er je in seinem Leben gesehen hatte.

Ein Teil der Dunkelheit hinter ihren Augen war heute Morgen verschwunden, aber er wusste, dass sie nie ganz verblassen würde. Das Erlebte würde immer ein Teil von ihr sein, aber er hatte keinen Zweifel daran, dass sie irgendwann in Ordnung wäre.

Sie hatten noch einige Tage in Hawaii vor sich, bevor er nach Hause zurückkehren und sich den Konsequenzen seines Handelns stellen musste, und sie würde das emotionale Wiedersehen mit ihrem Vater und Piper durchleben müssen. Er hatte vor, das Beste aus ihrer gemeinsamen Zeit zu machen, denn wenn sie erst einmal die Wahrheit über die Geschehnisse vor dem Waisenhaus erfahren hatte, würde sie ihn wahrscheinlich nie wieder sehen oder mit ihm reden wollen.

Sein Handy klingelte und Phantom griff danach. Als er den Namen auf dem Display sah, erstarrte er. Scheiße.

Phantom setzte sich aufrecht hin und nahm das Gespräch entgegen. »Hallo?«

»Hier ist Kommandant North. Ihr Urlaub wurde beendet. Sie werden sich morgen Nachmittag um vierzehn Uhr in meinem Büro melden. Verstanden?«

Phantom schluckte schwer. »Ja, Sir.«

»Und Miss Solberg wird Sie begleiten und gleichzeitig befragt werden.«

Phantom versteifte sich. »Sie ist nicht bereit«, sagte er zu seinem Kommandanten.

»Wie dem auch sei, die Entscheidung liegt nicht in meinen Händen. Ich bin enttäuscht von Ihnen, Phantom«, entgegnete der Kommandant. »Sie haben nicht nur mein Vertrauen gebrochen, sondern auch Ihr Team und die gesamte Bruderschaft mit Ihren Lügen und Ihrem Ungehorsam enttäuscht. Konteradmiral Creasy wurde angewiesen, so schnell wie möglich ein Disziplinarverfahren einzuleiten, um über Ihre Strafe zu entscheiden. Einige haben argumentiert, dass Sie aufgrund Ihrer eklatanten Missachtung eines direkten Befehls und der Gefährdung des guten Rufs der US Navy sofort vor ein Kriegsgericht gestellt werden sollten, aber der Konteradmiral und ich haben stattdessen auf eine außergerichtliche Bestrafung gedrängt.«

»Ja, Sir«, wiederholte Phantom.

»Es gibt einen Flug, der heute Abend um neunzehn Uhr startet. Nehmen Sie ihn, Phantom. Sie haben schon genug Ärger am Hals.«

»Ja, Sir.«

»Wir sehen uns morgen.«

Dann legte der Kommandant ohne ein weiteres Wort auf.

Phantom drehte sich der Magen um und er schloss die Augen, als Bedauern seine Seele füllte. Er hatte keine Zeit mehr mit Kalee. Er musste ihr hier und jetzt die Wahrheit sagen.

All seine Fantasien, ihre Gefühle für ihn zu wecken, bevor er mit ihr sprechen musste, lösten sich in Luft auf.

Irgendwie hatte sein Kommandant herausgefunden, dass er entgegen seines ausdrücklichen Befehls nach Timor-Leste gereist war und Kalee gefunden hatte. Er musste dankbar sein, dass er ihr so viel Zeit zur Erholung gegeben hatte, bevor sein Handeln entdeckt worden war. Er hatte gewusst, dass sein Geheimnis gelüftet werden würde, sobald er mit Kalee im Schlepptau wieder in Kalifornien landete, aber er ärgerte sich, die verbleibenden Tage nicht mit ihr verbringen zu können.

»Was ist los?«, fragte sie besorgt neben ihm.

Er atmete tief durch und drehte sich zu ihr um.

Sie trug Shorts und ein Trägerhemd. Ihre Haut glänzte und Sommersprossen waren auf ihrem Gesicht erschienen. Sie hatte während der letzten zwei Wochen ordentlich an Gewicht zugelegt und ihre Schlüsselbeine ragten nicht mehr aus der Haut heraus. Ihre blauen Flecke waren verschwunden, ebenso wie einige der Schatten in ihren Augen.

Kurz gesagt, die zwei Wochen in Hawaii hatten ihr sehr gutgetan. Sie war nicht länger Kalee Solberg, Kriegsgefangene. Sie war auf dem Weg, wieder die starke Frau zu werden, die sie gewesen war, bevor das Leben ihr ins Gesicht geschlagen hatte.

Phantom blinzelte, und alles, was er vor seinem geistigen Auge sah, war Kalee, wie er sie zuletzt in Timor-Leste gesehen hatte. Regungslos auf einem Haufen Leichen in der

Grube vor dem Waisenhaus. In seinem Albtraum drehte sie den Kopf, blickte zu ihm auf und sagte mit gequälter Stimme: »Warum hast du mich zurückgelassen?«

»Phantom!«

Sein Name in dringlichem, besorgtem Tonfall riss ihn aus seinen Gedanken.

»Was ist los?«, wiederholte sie. »Sind es deine Freunde? Ist alles in Ordnung mit ihnen?«

»Ihnen geht es gut«, beruhigte er sie. »Aber die Zeit für unser Gespräch ist gekommen. Wir müssen heute Abend einen Flug nach Hause nehmen.« Phantom wusste, dass seine Worte ausdrucks- und emotionslos klangen, aber er konnte es sich nicht leisten, jetzt etwas zu fühlen. Nicht wenn er wusste, dass sie ihn durch das, was er ihr zu sagen hatte, hassen würde.

»Heute Abend? Warum das? Ich dachte, wir hätten noch ein paar Tage Zeit.«

Phantom seufzte und lehnte sich in seinem Stuhl zurück. Er starrte hinaus auf die Wellen, die an den Strand rollten. Er konnte Kalee nicht ansehen, während er dieses Gespräch führte. Alle sagten immer, Navy SEALs seien mutig. Dass sie vor nichts Angst hätten. Aber das stimmte nicht. Phantom hatte große Angst davor, Kalee den wahren Grund mitzuteilen, warum sie von den Rebellen festgehalten worden war.

Aber er war auch kein Mann, der um den heißen Brei herumredete. Er hatte dieses Gespräch so lange wie möglich hinausgezögert, aber es war an der Zeit, dass sie die Wahrheit erfuhr.

»*Ich* bin der Grund, warum du von den Rebellen gefangen genommen und so lange festgehalten wurdest«, erklärte er unverblümt.

Als er keine Reaktion von der Frau neben ihm bekam, riskierte er einen Blick in ihre Richtung.

Sie weinte nicht und starrte ihn auch nicht wütend an. Sie hatte die Augenbrauen zusammengezogen, den Kopf schief gelegt und sah völlig verwirrt aus.

Seufzend blickte Phantom zurück auf den Ozean. Er musste von vorn anfangen. Am Anfang. Sie hatte es verdient zu erfahren, was für ein Mann er war.

»Ich habe meinen Vater nie gekannt. Ich hatte nie einen guten männlichen Einfluss in meinem Leben. Meine Mutter lebte mit ihrer Schwester zusammen, und als ich ein Baby war, war alles gut, schätze ich. Aber als ich alt genug war, um mich zu wehren und selbst zu denken, änderte sich alles. Meine Mutter und meine Tante *hassten* Männer. Ich weiß nicht genau warum; ich vermute, dass sie keine guten Beziehungen zu ihnen hatten. Und da ich männlich war, ließen sie ihre Verbitterung an mir aus, emotional und körperlich. Sie verprügelten mich und sperrten mich ohne Abendessen in mein Zimmer.

Es ging so weit, dass sie mich bestraften, wenn ich nicht alles perfekt machte – den Tisch decken, staubsaugen, Hausaufgaben machen. Ich bekam fast einen Nervenzusammenbruch, wenn ich nur eine Frage in einem Test nicht beantworten konnte, weil ich wusste, dass ich hart bestraft werden würde. Und sie hatten großen Spaß daran. Am liebsten ließen sie mich nichts essen oder trinken, wenn ich Mist baute. Also musste ich Essen von den Kindern in der Schule klauen. Am Ende haben *die* mich auch gehasst.«

Kalee sagte nichts, aber er spürte, wie sie eine Hand auf seinen Unterarm legte und ihn leicht drückte. Phantom umklammerte mit aller Kraft die Armlehnen des Stuhls, nur in dem Versuch, sich zu erden. Er hasste es, über seine Kindheit und seine Mutter zu sprechen, aber er war es Kalee schuldig, ihr zu erklären, wie er zu dem Mann geworden war, der er heute war. »Als ich dreizehn war, bekam ich eine Blinddarmentzündung und sowohl meine

Mutter als auch meine Tante sagten mir, ich solle aufhören, über die Schmerzen zu jammern. Ich landete im Krankenhaus, ohne ihre Hilfe, und als ich nach Hause kam, änderten sich die Dinge.«

Phantom holte tief Luft, dann fuhr er fort.

»Ich beschloss, dass ich mit ihrer Scheiße fertig war. Ich habe ihnen unmissverständlich gesagt, dass sie es bereuen würden, wenn sie mich noch einmal anrührten. Ich war schon damals groß, und ich glaube, sie wussten, dass ich es ernst meinte. Von diesem Zeitpunkt an ignorierten wir uns alle gegenseitig. Ich wohnte in ihrem Haus, aber wir sprachen nie miteinander. Ich fand einen Job und fing an, mein eigenes Geld zu verdienen. Ich versorgte mich selbst und kaufte alle meine Kleider. Ich wusste, dass ich ein SEAL werden wollte, also lernte ich wie ein Verrückter. Am Tag nach meinem Schulabschluss bin ich der Marine beigetreten.«

»Hast du deine Mutter oder deine Tante jemals wiedergesehen?«, fragte Kalee sanft.

»Nein. Und ich will es auch nicht. Ich hasse sie. Aber sie haben mich zu dem Mann gemacht, der ich heute bin. Zynisch. Unverblümt. Ein Realist. Und jemand, der es hasst zu versagen.« Er zwang sich, zu der fantastischsten Frau hinüberzusehen, die er je getroffen hatte. »Am meisten bereue ich in meinem Leben, wie sehr ich bei *dir* versagt habe, Kalee.«

Sie blinzelte überrascht.

Er ließ ihr keine Gelegenheit zu fragen. Er legte es ihr offen dar. »Ich war da, Kalee. Vor dem Waisenhaus. Ich habe dich in diesem Massengrab gesehen. Ich habe dir bereits gesagt, dass mein SEAL-Team und ich dort waren, um dich nach Hause zu bringen. Dein Vater hat dich so sehr geliebt, dass er auf die richtigen Leute eingewirkt hat, und da du theoretisch eine Regierungsangestellte warst, wurden wir beauftragt, dich aus dem Land zu holen. Während Ace und die anderen Piper und die Kinder in dem Loch im Boden fanden, in dem du sie versteckt hattest, stand ich draußen und sah mir an, was ich für deine Leiche in dem Loch im Boden hielt.«

Kalees Augen waren groß, als er seine Geschichte erzählte.

»Ich wollte da runterklettern und dich mitnehmen, aber wir hörten die Rebellen kommen und wussten, dass wir von dort verschwinden mussten. Mit Piper, Rani, Sinta und Kemala waren die Chancen, dass wir unentdeckt entkommen konnten, umso kleiner. Aber das war mir egal. Ich wollte deine Leiche trotzdem nach Hause bringen. Das war die Mission. Dich zu finden und zurück nach Kalifornien zu bringen.

Wir sind gegangen. Okay ... wir sind nicht einfach *gegangen*, wir waren gezwungen, uns wegen der herannahenden Rebellen zurückzuziehen. Ich habe versucht, einen Weg zu finden, wie wir dich aus dem Loch holen und mitnehmen könnten, aber die seelischen Qualen, die das für Piper und die Mädchen bedeutet hätte, ganz zu schweigen von den Schwierigkeiten, eine Leiche zu transportieren, machten es unmöglich. Aber irgendetwas stimmte mit der Szene in der Grube nicht. Ich konnte nicht genau sagen, was es war. Ich habe mir monatelang den Kopf zerbrochen, um es herauszufinden. Ich hatte bei der Mission versagt, und das ärgerte mich, aber es war mehr als das. Erst vor Kurzem habe ich mich daran erinnert, was mein Gehirn verdrängt hatte.«

Phantom lehnte sich nach vorn, stützte die Ellbogen auf die Knie und ließ den Kopf sinken.

»Ich hatte gesehen, wie du dich bewegt hast. Nur deinen Fuß – aber du warst nicht tot. Du warst am Leben. Und ich hatte dich dort *zurückgelassen*. Ich habe dich der Gefangenschaft der Rebellen überlassen. Um vergewaltigt und geschlagen zu werden. Um gezwungen zu werden, die schrecklichen Dinge zu tun, die du tun musstest. Es ist *meine* Schuld, Kalee. Aus welchem Grund auch immer habe ich es verdrängt. Du hast *meinetwegen* monatelang gelitten.«

Er hörte, wie sie einen Laut von sich gab, und Phantom konnte nicht anders, er musste den Kopf drehen und sie ansehen.

Tränen glitzerten in ihren schönen grünen Augen und sie wirkte entsetzt.

Gott, es tat weh, sie so zu sehen.

Phantom schloss die Augen und beendete die Geschichte. »Mein Computergenie-Freund, von dem ich dir erzählt habe? Er nutzte seine Fähigkeiten, um Geschichten über eine rothaarige Amerikanerin aufzuspüren, die mit den Rebellen zusammenarbeitet. Seine Quellen behaupteten, du seist genauso korrupt wie sie, doch ich habe es nicht geglaubt. Aber das spielte keine Rolle; ich wollte die Mission auf jeden Fall zu Ende bringen.

Meine Vorgesetzten wussten, wie besessen ich von dir war, und aus beruflicher Höflichkeit ließen sie mich die Akte sehen, die Tex mit allen Informationen über deine Zeit in Timor-Leste zusammengestellt hatte. Ich bat um einen Monat Urlaub und versprach, nicht nach dir zu suchen. Ich bin in Hawaii gelandet, habe mich mit Mustang getroffen, meine Sachen hier in diesem Haus abgelegt und bin am nächsten Tag nach Timor-Leste geflogen.

Es war mir egal, ob du zu den Rebellen übergelaufen bist und mit ihnen zusammengearbeitet hast. Du würdest auf jeden Fall mit mir kommen, egal was passiert. Ich hatte mir deine Passnummer und all deine anderen Informationen gemerkt. Ich wusste, wo du zuletzt gesehen wurdest. Den Rest kennst du ja. Ich habe dich gefunden und dich hierhergebracht, um zu heilen. Ich wusste, wenn ich mit dir in Riverton auftauchen würde, wüssten alle, was ich getan hatte, aber das war mir egal. Ich –«

Seine Worte wurden abrupt unterbrochen, als Kalee ihm eine Hand auf die Schulter legte und ihn aufrichtete.

Überrascht lehnte Phantom sich in seinem Stuhl zurück – dann riss er ungläubig die Augen auf, als Kalee sich auf seinen Schoß setzte, indem sie ihre Knie rechts und links neben seinen Hüften auf dem Stuhl platzierte und sich direkt auf seine Oberschenkel plumpsen ließ. Er hatte keine Zeit, die Tatsache zu verarbeiten, dass die Frau, die er vor zwei Wochen kennengelernt und die nicht gewollt hatte, dass jemand sie berührte, auf seinem Schoß saß.

Sie legte ihre Hände an seine Wangen und zwang ihn, ihr in die Augen zu sehen. »Es ist *nicht* deine Schuld, Phantom«, sagte sie nachdrücklich.

Er presste bestürzt die Lippen zusammen. Sie hatte nicht verstanden, was er ihr zu sagen versucht hatte. »Doch, das ist es«, beharrte er.

Kalee schüttelte den Kopf. »Ist es nicht. Hör mir zu. Erstens, deine Mutter ist ein Miststück. Sie hat es nicht verdient, einen so wunderbaren Sohn zu haben. Ich bin froh, dass du ihr so schnell wie möglich entkommen bist, und ich hoffe, dass du sie nie wiedersiehst.

Zweitens, ich weiß, dass du ein knallharter SEAL bist, der in seinem Leben schon viele schreckliche Dinge gesehen hat, aber ich kann mir nicht vorstellen, wie es sich angefühlt hat, auf dieses Grab zu stoßen. Du bist nicht Superman und es muss traumatisierend gewesen sein, all diese schönen kleinen Mädchen so zu sehen, abgeschlachtet und weggeworfen. Du bist ein Mann, der alles tut, was er kann, um Menschen zu retten, und das Wissen, dass du diese Kinder nicht retten konntest, hat dich offensichtlich mehr getroffen, als du dir je eingestehen würdest. Dein Verstand hat getan, was er tun musste, um dich zu schützen. *Es war nicht deine Schuld, Phantom.*«

Er starrte sie an und legte langsam die Hände auf ihre Hüften, bereit, sie loszulassen, sollte er auch nur das kleinste Zeichen von Unbehagen in ihrem Blick sehen. Niemals konnte sie ihm so einfach verzeihen, was er getan hatte ... oder was er *nicht* getan hatte.

»Ich habe dich im Stich gelassen, Kalee«, flüsterte er. »Auf die schlimmste Weise, auf die ein Mann eine Frau im Stich lassen kann. So wie meine Mutter mich im Stich gelassen hat.«

»Nein, das hast du nicht«, erwiderte sie hartnäckig. »Wie bald, nachdem dir eingefallen war, dass mein Fuß sich bewegt hatte, hast du etwas gesagt?«

»Nun, ich wurde kurz davor angeschossen und für die Operation betäubt, in der ich geflickt werden sollte, sobald der Hubschrauber gelandet war, aber als ich wieder bei Bewusstsein war, sagte ich es meinem Team und die Jungs sorgten dafür, dass ich mit meinem Kommandanten sprechen konnte.«

»Genau«, sagte sie. »Und sobald du Details darüber hattest, wo ich war, hast du mich geholt. Weißt du, was ich dachte, als ich aufwachte und du mir die Hand auf den Mund gelegt hast?«

»Dass du wieder angegriffen wirst?«, fragte Phantom, wobei der Selbsthass in seinem Tonfall deutlich zu hören war.

»Nein«, erwiderte Kalee. »Ich meine, ja, zuerst dachte ich, dass sich einer von ihnen schließlich daran erinnert hat, dass ich eine Frau bin ... aber als ich dich gerochen habe, war ich so erleichtert.«

»Mich gerochen?«, fragte Phantom.

Sie lächelte. »Ja. Es ist verrückt, aber ich werde nie wieder diese Kiefernseife riechen können, ohne an dich zu denken. Ich ging davon aus, dass mich niemand retten würde. Ich dachte, ich würde den Rest meines Lebens in Angst verbringen. Ich war mir ziemlich sicher, dass ich durch einen Schuss sterben würde. Aber die Erleichterung, die ich verspürte, als du dich zu mir hinuntergebeugt und mir gesagt hast, dass du aus den USA kommst und da bist, um mich zu retten, war so groß, dass ich dachte, ich würde ohnmächtig werden. *Nichts*, was mir passiert ist, war deine Schuld. Du bist nicht Gott, egal wie viele Frauen dir das in der Vergangenheit vielleicht gesagt haben.« Sie grinste ihn an, aber Phantom war noch nicht bereit, über irgendetwas zu lächeln.

Das Grinsen verblasste und sie beugte sich vor, bis ihre Nase fast seine berührte. »Du warst genauso traumatisiert wie ich, aber du hast dich nicht davon abhalten lassen zu handeln. Ich erinnere mich nicht daran, dass du und dein Team am Waisenhaus wart. Aber ich mache dir keine Sekunde lang einen Vorwurf wegen deiner Entscheidungen. Du musstest Piper und die Mädchen von dort wegbringen. Du hattest keine Zeit, runterzuklettern und meinen Puls zu überprüfen. Das wäre einfach nur dumm gewesen, denn alle Anzeichen deuteten darauf hin, dass ich bereits tot war. Und meine Leiche herumzutragen wäre für Piper und die anderen traumatisch gewesen. Du hast das Richtige getan, Phantom.«

»Ich habe dich zurückgelassen«, murmelte er leise.

»Das hast du. Aber das hat der Rest deines Teams auch getan. Und du bist zu mir zurückgekommen, sobald du konntest.« Dann schlich sich langsam Sorge in ihren Blick. »Oh, Phantom ... du bist meinetwegen in Schwierigkeiten geraten!«

Er konnte seine Hände nicht länger von ihr lassen. Langsam legte er sie um ihren Rücken und zog sie näher zu sich. Ihr Körper war nachgiebig, und sie sackte an ihn und vergrub die Nase an seinem Hals. Ihre Arme waren zwischen ihnen eingeklemmt und ihre Finger gruben sich in die Muskeln seiner Brust. Er konnte ihre aufgewühlten Atemzüge auf seiner Haut spüren und tat sein Bestes, um sie zu beruhigen.

»Es ist okay, Kalee.«

Sie schüttelte den Kopf, wobei ihr kurzes Haar an seinem Bart kitzelte. »Du hattest den Befehl, dich zurückzuhalten und nichts zu tun, und trotzdem bist du zu mir gekommen.«

»Ich werde immer für dich da sein«, schwor Phantom. »Egal wie viele Jahre vergehen oder wie die Lage ist, wenn du mich brauchst, ich bin da.«

Die Worte kamen, ohne nachzudenken, und doch wusste Phantom bis ins Mark, dass sie wahr waren.

Vor zwei Wochen war sie nur eine Mission gewesen. Eine Möglichkeit, ein Unrecht wiedergutzumachen. Um sein Versagen rückgängig zu machen. Aber jetzt? Sie war so viel mehr als das. Er hatte die fantastische Frau hinter den seitenlangen Berichten über sie kennengelernt. Sie war Kalee Solberg – und er liebte sie verdammt noch mal mehr, als er irgendjemand anderen in seinem ganzen Leben geliebt hatte.

Er würde Berge versetzen, seine Karriere bei der Marine aufgeben und jeden töten, der es wagte, ihr wehzutun.

Es war eine verblüffende Erkenntnis, aber noch mehr, weil er merkte, dass sie ihm keine Angst machte.

Sein ganzes Leben lang hatte er einen Schutzschild errichtet und sich geweigert, jemanden zu nahe an sich heranzulassen. Er liebte seine SEAL-Brüder, aber nicht auf diese Weise. Das hier war überwältigend. Und es fühlte sich so richtig an, bis hinunter zu seinen Zehen. Er kannte sie vielleicht erst seit zwei Wochen, aber sie war schon viel länger in seinem Kopf.

Er hatte keine Ahnung, was sie für ihn empfand, aber das war auch egal. Sie war die Richtige für ihn. Er würde nie eine andere Frau so lieben, wie er Kalee Solberg liebte.

Sie hob den Kopf. »Wenn ich mit deinem Kommandanten spreche, lässt er vielleicht davon ab.«

Phantom freute sich über ihr Angebot, aber er wusste, dass die Dinge so nicht funktionieren würden. Er war nach Timor-Leste gereist in dem vollen Wissen, was es für Folgen haben würde, und er würde es wieder genauso machen, wenn er die Chance dazu hätte. »Du wirst eine Aussage machen müssen, wenn wir dort ankommen«, erklärte er ehrlich.

Sie nickte entschlossen, als glaubte sie, dass sie ihm aus der Patsche helfen könnte, indem sie ihre Seite der Geschichte erzählte. Kalee kuschelte sich wieder an ihn und Phantom schloss zufrieden die Augen. Dies würde wahrscheinlich das einzige Mal sein, dass er sie so in seinen Armen halten konnte, und er wollte sich jede Sekunde einprägen.

Nach einer Weile sagte er: »Du hast keine Angst davor, dass ich dich berühre.«

Sie schüttelte den Kopf und murmelte an seinem Hals: »Du wirst mir nicht wehtun.«

Phantom schloss erstaunt die Augen. »Niemals«, schwor er.

Kalee bewegte sich an ihm – und die Erregung traf Phantom wie ein Haufen Ziegelsteine. Sein Schwanz versteifte sich und er spürte, wie seine Brustwarzen hart wurden. Er konnte an nichts anderes denken als an die Tatsache, dass ihre Beine weit gespreizt waren und nur ein paar Baumwollschichten sie voneinander trennten.

Er versuchte, ihre Hüften nach hinten zu drücken, damit er sie nicht zu Tode erschreckte, aber das ließ sie nicht zu.

Sie wackelte hin und her, bis sie noch fester gegen ihn gepresst war.

Phantom konnte nicht anders, er stöhnte. »Kalee –«, begann er, aber sie unterbrach ihn.

»Ich habe keine Angst vor dir. Vor dem hier«, sagte sie entschlossen. Dann hob sie den Kopf und fixierte ihn mit ihren grünen Augen. »Ich wurde vergewaltigt. Wir wissen es beide. Aber ich werde nicht zulassen, dass diese Arschlöcher mir das wegnehmen. Ich mag dich, Phantom. Und zwar sehr. Ich fühle mich zu dir hingezogen. Ich mochte früher Sex und ich bin entschlossen, ihn wieder zu mögen. Ich vertraue dir. Wenn es jemand anderes wäre, der mich so anfasst, würde ich wahrscheinlich ausflippen und schreckliche Angst haben ... aber du bist es. Und ich habe keine Angst vor dir.«

Verdammt, sie machte ihn fertig.

Leider hatte er den starken Verdacht, dass seine Karriere als SEAL vorbei war. Er würde auf einen anderen Stützpunkt versetzt werden und sie nie wiedersehen. Aber er war nicht stark genug, um sie jetzt zurückzuweisen. Vielleicht niemals.

Er bewegte sich langsam, legte eine Hand in ihren Nacken und hielt sie still. Er spürte, wie das Blut durch seinen Schwanz pulsierte, aber er ignorierte es, so gut er konnte. »Du bist die fantastischste Frau, die ich je getroffen habe«, sagte er ehrlich. »Du solltest mich hassen.«

»Das tue ich nicht«, erwiderte sie. »Ich bin voller Ehrfurcht vor dir, Phantom. Niemand hat je so etwas getan, was du für mich getan hast. Du hast deine Karriere und sogar dein Leben aufs Spiel gesetzt, nur für mich. Wie könnte ich dich hassen?«

»Meine Mutter hat es getan.«

»Scheiß auf sie. Phantom, du bist ein Mensch. Du

machst Fehler. Wenn du perfekt wärst, würde ich dich nicht so sehr mögen.«

Phantom hielt ihren Blick so lange wie möglich, während er sich langsam zu ihr hinunterbeugte, um ihr Zeit zu geben, sich zurückzuziehen oder ihm zu zeigen, dass sie seinen Kuss nicht wollte. Aber sie tat nichts von beidem. Stattdessen lehnte sie sich vor, während sie eine Hand in seinem Haar vergrub.

Ihre Lippen trafen sich – und Phantom hätte schwören können, dass er Sterne sah.

In diesem Moment änderte sich sein ganzes Leben.

Er gehörte *ihr*.

Insgeheim hatte er sich immer über seine Teamkameraden lustig gemacht, weil er dachte, dass sie viel zu sehr auf alles ihrer Frauen eingingen, aber jetzt verstand er es. Alles, was Kalee wollte, würde er ihr geben, ohne Rückfragen.

Ihre Lippen waren warm und Phantom konnte nicht nahe genug an sie herankommen. Er tastete sich mit seiner Zunge vorsichtig in ihren Mund und sie öffnete sich ihm sofort. Anstatt sich zu nehmen, was er wollte, ließ Phantom sie die Führung übernehmen. Zuerst war sie schüchtern, aber innerhalb von Sekunden neigte sie den Kopf, griff fester in sein Haar und verschlang ihre Zunge aggressiv mit seiner.

Der Kuss war perfekt und Phantom wusste, dass er Kalee den ganzen Morgen hätte küssen können, aber sie hatten keine Zeit. Leider hatte sich das echte Leben eingemischt und er hatte eine Menge zu tun, wenn sie an diesem Abend noch ins Flugzeug steigen wollten.

Widerstrebend beendete er den Kuss und zog sich zurück. Aber er ging nicht weit. Er legte seine Stirn auf ihre und streichelte mit einem Daumen ihren Nacken. Sie atmeten beide schwer und er konnte spüren, wie die Hitze zwischen ihren Beinen seine Erektion fast verbrannte. Ihre

Brustwarzen waren steinhart unter ihrem Trägerhemd und er wünschte, er hätte die Zeit – und das Recht –, ihr Oberteil auf der Stelle herunterzuziehen, um sich an ihren Brüsten zu weiden.

»Es ist nicht deine Schuld«, wiederholte Kalee. »Und wenn du das noch einmal sagst, werde ich etwas Drastisches tun müssen.«

Phantom grinste. »Ach ja?«

»Ja.«

»Okay.« Phantom wusste, dass es nicht so einfach sein würde, seine Schuldgefühle beiseitezuschieben, aber sie klang so aufrichtig, dass er ihren Mut und ihre Entschlossenheit, das Geschehene zu überwinden, nicht schmälern wollte, indem er auf etwas anderem bestand.

»Also, was passiert jetzt?«

Er wusste, worauf sie hinauswollte. »Wir fliegen zurück nach Kalifornien. Ich treffe mich mit meinem Kommandanten, während du mit den Marinebehörden sprichst und den Angestellten dort so viel wie möglich über die Ereignisse in Timor-Leste erzählst. Sie werden wahrscheinlich deinen Vater anrufen. Das wird ein Schock für ihn sein«, warnte Phantom.

»Ich weiß. Du hast mir erzählt, was passiert ist, als er dachte, ich sei tot. Ich hasse, was er getan hat, aber es überrascht mich nicht, dass Piper ihm verziehen hat. So ein Mensch ist sie eben.«

Phantom nickte und zog sich zurück. Es tat fast körperlich weh. »Ace wird Piper wahrscheinlich zu dir auf den Stützpunkt bringen, um dich zu sehen.«

Kalee nickte eifrig. »Ich bin so froh, dass es ihr gut geht. Ich habe mir ständig Sorgen um sie gemacht und mich gefragt, ob die Rebellen sie getötet oder so wie mich als Geisel genommen hatten. Ich habe mich so schuldig gefühlt, weil sie mich dort besucht hat.«

»Und sie hat sich schuldig gefühlt, weil sie sich versteckt hat, als du sie dazu aufgefordert hast«, entgegnete Phantom. »Es gab schon genügend Schuldgefühle für mehrere Leben.«

Sie nickte zustimmend. »Phantom?«

»Ja, Schatz?«

»Danke, dass du mir die letzten zwei Wochen geschenkt hast.«

»Gern geschehen.«

»Du wusstest, dass ich das brauche, weil du etwas Ähnliches durchgemacht hast, oder?«

Phantom nickte. »Am Anfang meiner Karriere bei der Marine war es noch schlimmer. Wenn wir eine besonders schlimme Mission hatten, brauchte ich eine Auszeit, um mich zu entspannen. Ich dachte mir, wenn es bei mir funktioniert hat, wird es bei dir wahrscheinlich auch funktionieren.«

»Würdest du ...« Sie verstummte.

»Ja«, antwortete Phantom entschlossen.

Kalee kicherte. »Du weißt doch gar nicht, was ich fragen wollte«, protestierte sie.

»Das ist egal. Was auch immer es war, die Antwort ist ja.«

Sie starrten sich einen Moment lang an, verständnisvoll und mit einem tieferen Gefühl, das sich zwischen ihnen aufbaute.

»Ich wollte dich fragen, ob du mich besuchen wirst, wenn wir wieder in Kalifornien sind«, sagte Kalee.

»Nachdem du dich bei deinem Vater eingelebt hast und wenn du es willst, werde ich das natürlich tun«, versicherte Phantom ihr. Er glaubte allerdings nicht, dass sie ihn besonders brauchen würde. Ihr Vater konnte ihr die Welt bieten. Piper würde ohne Frage für sie da sein. So wohl sie sich hier im Paradies auch miteinander gefühlt hatten, er hatte das

Gefühl, sie würde feststellen, dass sie ohne ihn so viel besser dran war. Auch wenn er glaubte, dass sie ihm immer dankbar sein würde, weil er sie gerettet hatte, wäre er irgendwann nur noch ein Mensch aus ihrer Vergangenheit.

Sie sah ihn stirnrunzelnd an und lehnte sich etwas zurück. Phantom betrauerte den Verlust ihres Körpers an seinem.

»Wenn du nicht willst, ist das auch nicht schlimm«, sagte sie zu ihm.

Da sie nicht denken sollte, er wolle sie nicht sehen, konnte Phantom sich nicht davon abhalten, noch einmal in ihren Nacken zu greifen und sie an sich zu ziehen. »Ich will es«, versicherte er ihr. »Wenn es nach mir ginge, würdest du mit mir in meine Wohnung kommen und nie wieder gehen.«

Auf seine Aussage folgte Schweigen und Phantom wurde klar, dass er mit diesem einen Satz viel mehr verraten hatte als beabsichtigt. *Scheiße.*

Kalee schluckte schwer und starrte Phantom an. Eine Gänsehaut bildete sich auf ihren Armen und sie fühlte sich so ruhig wie seit mindestens einem Jahr nicht mehr. Phantom würde sie nicht einfach bei ihrem Vater abladen, und das war's dann. Sie hatte gespürt, wie Panik in ihr aufstieg, als er ihr erklärte, dass sie den Behörden ihre Version der Geschichte erzählen und ihr Vater sie dann abholen würde.

Sie dachte, er würde sagen, dass sie fertig waren. Dass er seinen Job erledigt hatte und sie auf sich allein gestellt sei. Die Vorstellung, Phantom nicht mehr zu sehen, machte ihr mehr Angst, als sie zugeben wollte. Hing sie an ihm, weil er sie gerettet hatte, oder ging es um mehr?

Sie dachte daran, wo sie in dieser Sekunde war. In seinem Schoß. In seinen Armen. Sie konnte seine Erektion spüren und es machte ihr keine Angst. Sie hatten sich geküsst, und es hatte ihr gefallen. Sie hatte mehr gewollt.

Nein, die Sorge, ihn nicht wiederzusehen, kam nicht daher, dass sie Phantom als ihren Retter betrachtete. Sie kam daher, dass sie gern in seiner Nähe war. Bei ihm fühlte sie sich wohl und sicher. Und sie fühlte sich zu ihm hingezogen.

Das hörte sich so lahm an. Sie war zweiunddreißig, hatte das Schlimmste und das Beste der Menschheit gesehen.

Kalee hatte gedacht, sie sei schon einmal verliebt gewesen. Aber bei keiner ihrer früheren Beziehungen hatte sie so empfunden wie bei Phantom. Er war unverblümt, manchmal fast zu unverblümt. Er war mürrisch und distanziert im Umgang mit Menschen. Aber er hatte ein gutes Gespür für ihre Gefühle. Wenn sie Freiraum brauchte, sorgte er dafür, dass sie ihn bekam. Wenn sie jemanden in ihrer Nähe brauchte, war er immer da. Er war rücksichtsvoll und beschützend. Er sagte ihr, dass er stolz auf sie sei, aber er hatte auch keine Angst, sie zu korrigieren, wenn sie etwas falsch machte. Er gab ihr mit einem Blick das Gefühl, hübsch zu sein, auch wenn sie genau wusste, dass sie alles andere als das war.

Kalee war sich nicht sicher, ob sie ihn liebte, aber sie *wusste*, dass ihr der Gedanke daran, dass er sie absetzte und nie wieder zurückblickte, schreckliche Angst machte.

Zu hören, wie er zugab, dass er sie wiedersehen wollte, löste großartige Gefühle in ihr aus. Aber zu hören, dass sie, wenn es nach ihm ginge, bei ihm einziehen und nie wieder weggehen würde ... das ließ ihre Brustwarzen hart werden und Schmetterlinge in ihrem Bauch flattern.

»Ich kann nicht bei dir einziehen«, sagte sie leise.

»Ich weiß«, knurrte er.

»Aber ich würde gern Zeit mit dir verbringen. Ich habe keine Ahnung, was ich jetzt mit meinem Leben anfangen soll, und das macht mir verdammt viel Angst«, gab sie zu.

»Was auch immer du entscheidest, du wirst es schaffen«, erwiderte Phantom mit Nachdruck. Dann seufzte er. »Ich weiß auch nicht, was mit mir passieren wird.«

»Glaubst du, sie werfen dich aus der Marine raus?«

Er schüttelte den Kopf. »Nein. Aber sie könnten mich degradieren und mir möglicherweise die Sicherheitsfreigabe entziehen, was mich aus dem Team werfen würde. Sie könnten mich auch auf einen anderen Stützpunkt versetzen.«

Kalees Augen füllten sich mit Tränen. Sie kannte seine Teamkameraden nicht, aber von seinen Geschichten über Rocco, Gumby, Ace, Bubba und Rex wusste sie, dass sie sich sehr nahestanden. Und dass Phantom von den SEALs ausgeschlossen wurde und wegziehen musste, würde sie alle verletzen.

»Es tut mir leid. Was kann ich tun, um zu helfen?«

Er lächelte sanft. »Nichts«, sagte er.

Sie schüttelte hartnäckig den Kopf. »Das akzeptiere ich nicht. Es muss doch *etwas* geben, was ich tun kann. Ich meine, du bist meinetwegen in Schwierigkeiten.«

»Nein, bin ich nicht. Ich bin in Schwierigkeiten, weil ich einen direkten Befehl missachtet habe. Wenn ich nicht bestraft werde, ist das ein schlechtes Beispiel für alle. Ich habe die Konsequenzen meines Handelns akzeptiert, als ich in das Flugzeug nach Dili gestiegen bin. Ich wusste, dass ich dafür geradestehen muss.«

Kalee bewunderte ihn noch mehr.

»Aber es ist wahrscheinlich nicht in unser beider Interesse, zu tief in das einzusteigen, was auch immer das hier ist«, fuhr er fort, wobei er mit dem Kopf auf sie deutete, wie sie in seinem Schoß saß. »Ich kann damit umgehen, versetzt und aus meinem Team geworfen zu werden, weil ich weiß, dass du lebst und wieder bei deinen Liebsten bist. Aber ich glaube nicht, dass ich damit umgehen könnte, *dich* zu verlassen, wenn wir noch näher zusammenkommen.«

»Ich könnte mit dir gehen«, schlug Kalee zögernd vor.

Phantom schüttelte sofort den Kopf und ihr wurde das Herz schwer. Bis seine nächsten Worte ihr wieder Hoffnung gaben.

»Ich werde dich nicht noch einmal deinem Vater und Piper wegnehmen«, sagte er mit Nachdruck. »Du hast schon genügend Zeit mit ihnen verpasst, und ich werde weder dir noch ihnen noch mehr Schmerzen bereiten.«

Kalee runzelte die Stirn. »Das ist nicht fair«, flüsterte sie.

»Ich weiß«, stimmte Phantom zu. »Aber du wirst klarkommen. Daran habe ich keinen Zweifel. Du wirst jemanden kennenlernen und Kinder bekommen, die du abgöttisch lieben wirst. Du wirst bei allem, was du tust, großartig sein.«

Kalee wäre bei seinen Worten am Boden zerstört gewesen, wenn sie nicht einen Anflug von Verzweiflung in seinen Augen gesehen hätte. Er spannte seine Hand in ihrem Nacken an und ein Schauer durchfuhr sie, als sie spürte, wie er sie mit dem Daumen streichelte.

Ohne nachzudenken, beugte sie sich vor und küsste ihn erneut.

Nein, sie würde ihn nicht gehen lassen.

Ihr wurde klar, dass er noch nie jemanden gehabt hatte, der um *ihn* gekämpft hatte. Ganz bestimmt nicht seine Mutter und seine Tante. Wenn einer seiner Lehrer jemals gedacht hatte, dass zu Hause etwas nicht stimmte, hatte er sich nicht um Hilfe bemüht.

Sie hatte keine Ahnung, was sie tun konnte; sie war nicht bei der Marine und sie glaubte nicht, dass jemand auf sie hören würde. Aber das Entscheidende war, dass er ihretwegen in Schwierigkeiten steckte. Er war nicht bereit gewesen, sie auch nur einen Tag länger als nötig in den Händen der Rebellen zu lassen, was mehr war, als sie von seinen vorgesetzten Offizieren behaupten konnte. Sie *wussten*, wo sie war und was mit ihr geschah, aber sie hatten verdammt noch mal nichts unternommen, um ihr zu helfen.

Phantom spannte seine Hand in ihrem Nacken an, als sie sich küssten, und das Gefühl der Richtigkeit, das sie in seinen Armen verspürte, verzehnfachte sich. Sie würde mit allen ihr zur Verfügung stehenden Mitteln dafür kämpfen, die Dinge für diesen Mann in Ordnung zu bringen.

Dieses Mal war sie diejenige, die sich zurückzog. Es war nicht leicht, nicht wenn sie mehr von ihm wollte, aber er hatte recht, sie hatten etwas zu erledigen. Sie durften den Flug heute Abend nicht verpassen, das würde ihn nur noch mehr in Schwierigkeiten bringen, und Kalee wollte ihm auf keinen Fall weiteren Kummer bereiten.

Sie starrten sich einen Moment lang an, bevor Phantom seufzte. Er streichelte ein letztes Mal ihren Nacken und ließ dann seine Hand sinken. »Ich muss dir einen Koffer besorgen, das wollte ich diese Woche sowieso machen. Dann muss ich Mustang anrufen und ihm sagen, dass wir abreisen. Ich werde unsere Tickets online reservieren, dann können wir zum Flughafen fahren. Es ist noch früh, also haben wir noch Zeit, auf dem Weg nach Süden bei der Dole Plantage anzuhalten. Dort gibt es ein lustiges Labyrinth, durch das wir gehen können. Hast du schon mal einen Dole Whip gegessen?«

Kalee schüttelte den Kopf.

»Nun, heute ist dein Glückstag. Das ist milchfreies Ananas-Softeis.«

Sie lächelte ihn an und verliebte sich noch mehr in ihn, weil er versuchte, ihren letzten Tag in Hawaii lustig zu gestalten.

»Du musst aufstehen, Schatz«, sagte er leise.

Sie bewegte sich nicht.

»Bitte«, flehte Phantom.

Kalee seufzte in dem Wissen, dass das Unvermeidliche gekommen war. Langsam löste sie sich von seinem Schoß und stellte sich vor ihn. Phantom stand auf, überragte sie und spielte mit einer Strähne ihres kurzen Haares. Er sah ihr in die Augen und sagte: »Ich habe keine Ahnung, was passieren wird, wenn wir wieder in Riverton sind, aber egal was passiert, wenn du mich brauchst, brauchst du nur anzurufen oder eine SMS zu schreiben, und ich werde da sein. Wenn du Angst hast, dir Sorgen machst oder jemanden zum Reden brauchst, werde ich für dich da sein, egal wo ich bin oder was ich tue.«

Sie nickte.

»Ich muss wissen, dass du es verstehst«, sagte Phantom. »Das ist wichtig.«

»Ich verstehe es«, antwortete Kalee gehorsam und schwor insgeheim, dass Phantom sich irrte, wenn er dachte, er würde sie einfach absetzen und nie wiedersehen. Da war etwas zwischen ihnen, und sie wollte sehen, wohin es führen könnte. Das Timing hätte besser sein können, aber sie erkannte einen guten Mann, wenn sie einen sah, wahrscheinlich mehr als die meisten Frauen, und Phantom war einer der besten.

»Okay. Komm, lass uns einen Koffer für dich besorgen. Und keinen schwarzen. Er muss leuchtend orange oder gelb oder so sein, damit man ihn nicht übersieht. So ist es unwahrscheinlicher, dass die Angestellten der Fluggesellschaft ihn verlieren und dass ein Fremder ihn mit seinem eigenen verwechselt. Ich möchte auch anhalten und dir ein Handy besorgen.«

Sie schüttelte den Kopf. »Phantom, das ist zu viel.«

Er fixierte sie mit einem so intensiven Blick, dass sie sich fast dafür entschuldigte, protestiert zu haben.

»Ich werde dir ein Handy besorgen. Ich habe es bisher nicht getan, weil ich wusste, dass ich dir nicht von der Seite weichen würde, solange wir hier in Hawaii sind. Aber jetzt, da du nach Hause fliegst, möchte ich, dass du die Sicherheit hast, die ein Handy mit sich bringt. Wenn du dir wegen der Kosten Sorgen machst, musst du das nicht. Ich kann es mir leisten.«

Er holte tief Luft und sein Tonfall wurde sanfter, als er fortfuhr: »Ich weiß, dass ich viel voraussetze, und wenn du nach Hause kommst und dein Leben wieder aufnimmst, werden sich die Dinge zwischen uns wahrscheinlich ändern, du wirst merken, dass ich ein verschlossener Mistkerl bin, aber ich möchte, dass du eine Möglichkeit hast, mich zu erreichen. Ich bin auf deiner Seite, Schatz. Ich werde immer auf deiner Seite sein. Wenn du überfordert bist, rufst du an. Wenn du über die Scheiße reden willst, die dir passiert ist, rufst du an. Wenn du mich verfluchen willst, weil ich dich in der Hölle gelassen habe, rufst du an. Wir sorgen dafür, dass du eine Taxi-App und ein paar Essenslieferdienste da drauf hast. Du wirst auch Piper und deine anderen Freundinnen erreichen können. Du bist nicht mehr allein, Kalee. Und du *brauchst* ein Handy. Bitte wehre dich nicht gegen mich.«

Wie konnte sie da Nein sagen? Sie leckte sich über die Lippen, dann nickte sie.

»Danke.« Er klang erleichtert.

Kalee wollte am liebsten weinen, als Phantom sich abwandte und in Richtung des Hauses ging. Doch dann drehte er sich um, griff nach ihrer Hand und zog sie hinter sich her. Es war verrückt, dass noch vor zwei Wochen der Gedanke, dass er sie berührte, abstoßend gewesen war, und jetzt gab es nichts, was sie sich sehnlicher wünschte.

KAPITEL ACHT

Phantom war nicht überrascht, als am Flughafen in Kalifornien niemand auf sie wartete. Er sollte eigentlich erleichtert sein, dass Kommandant North den Rest des Teams nicht darüber informiert hatte, was vor sich ging. Er wusste, dass Rocco und die anderen stinksauer sein würden, wenn sie hörten, dass er ohne sie nach Timor-Leste geflogen war.

Er hielt Kalees Hand, als sie den Flughafen verließen und zum Taxistand gingen. Es fühlte sich ein wenig wie ein Déjà-vu der Zeit an, als er mit ihr in Honolulu angekommen war, aber besser. Sie war weniger nervös und er mochte es, dass sie so nahe wie möglich bei ihm blieb.

Auf dem Rückflug hatte er sich für die erste Klasse entschieden, und sie war mit ihrer Hand in seiner eingeschlafen. Phantom hatte überhaupt nicht geschlafen, da er jede Minute mit Kalee auskosten wollte. Er wusste, dass sie in der Sekunde, in der er den Marinestützpunkt betrat, getrennt werden würden und er versuchen müsste, sein ungerechtfertigtes Handeln vor seinen Vorgesetzten zu erklären.

»Denk dran, wenn sie mit dir anfangen, ist das kein Verhör, du hast nichts falsch gemacht«, erinnerte Phantom Kalee zum vierten Mal. »Wenn du dich unwohl fühlst oder eine Pause brauchst, sag es ihnen einfach. Sie sind keine schlechten Menschen, sie müssen nur verstehen, was mit dir passiert ist.«

»Ich weiß«, sagte Kalee leise.

Phantom hasste es, dass es so aussah, als würde sie sich wieder in ihr Schneckenhaus zurückziehen. Er hatte fast vergessen, wie wenig sie bei ihrer Rettung gesprochen hatte. Er hatte sich so sehr an ihre Gespräche gewöhnt, dass es ihm jetzt seltsam vorkam, dass sie anderen gegenüber wortkarg sein könnte.

»Ich dachte, ich schaue noch bei meiner Wohnung vorbei, bevor ich zum Stützpunkt fahre, wenn das für dich in Ordnung ist«, sagte er. »Ich kann meinen Wagen holen und muss mir keine Sorgen machen, dass ich nach dem Treffen mit meinem Vorgesetzten ein Taxi nehmen oder mir eine Fahrt nach Hause erschnorren muss.«

Kalee sah erleichtert aus, als sie nickte.

Er vermutete, dass sie das Unvermeidliche genauso gern hinauszögern wollte wie er.

Phantom bot ihr nicht an, sie nach ihrem Treffen nach Hause zu fahren. Er ging davon aus, dass jemand ihren Vater anrufen und sie mit ihm fahren würde. Außerdem hatte er keine Ahnung, wie lange ihre Nachbesprechungen dauern würden. Er hatte das Gefühl, dass der Kommandant es ihm nicht leicht machen würde und dass er über jede Minute seiner Zeit in Timor-Leste und sogar in Hawaii Rechenschaft ablegen müsste.

Die Fahrt zu seiner Wohnung verlief glücklicherweise schnell, da der Verkehr ausnahmsweise kooperierte. Er bezahlte den Taxifahrer, stieg aus und schnappte sich seine sowie Kalees Taschen.

Phantom hatte sich noch nie wirklich für seine Wohnung interessiert. Sie lag in einem relativ sicheren Teil von Riverton in der Nähe des Stützpunktes und die Leute kümmerten sich um ihre eigenen Angelegenheiten. Das Gebäude war drei Stockwerke hoch und die Türen waren an der Vorderseite. Die Treppe war überdacht, lag aber an der Außenseite des Gebäudes. Er hatte sich noch nie unsicher gefühlt, aber jetzt, als er Kalee die Treppe hinaufführte, dachte er daran, wie sie sich eventuell fühlen würde, wenn sie nachts herkäme und die Treppe zu seiner Wohnung hinaufgehen müsste.

Er wusste zwar nicht, warum er überhaupt daran dachte, da es unwahrscheinlich war, dass sie viel Zeit dort verbringen würde, aber es beunruhigte ihn trotzdem. Er schloss seine Wohnungstür auf und hielt sie Kalee auf, damit sie eintreten konnte. Er war ihr dicht auf den Fersen und schloss die Tür hinter sich ab.

Er zuckte zusammen, als er den kleinen Wohnbereich betrat. Normalerweise war er recht ordentlich. Das hatte ihn die Marine gelehrt. Aber nachdem er in Afghanistan verletzt worden war, hatte er die Wohnung nicht mehr so sauber gehalten, wie er es für gewöhnlich tat. Als er dann gehört hatte, dass Kalee noch lebte, hatte er sich um *nichts* anderes geschert als darum, so viele Informationen wie möglich darüber zu sammeln, wo sie sein könnte, und zu ihr zu gelangen.

Auf dem kleinen Tisch neben der Küche lagen Karten von Dili und dem umliegenden Land. Tex hatte ihm in seinem Bericht die Informationen gegeben, die er brauchte, um herauszufinden, wo die Rebellen sich aufhielten, aber Phantom hatte so viel wie möglich über die Gegend wissen wollen, bevor er einen Fuß dorthin setzte.

»Tut mir leid wegen der Unordnung«, sagte er leise. »Ich

bezweifle, dass viel im Kühlschrank ist, aber du kannst dich gern bedienen, während ich mich umziehe.«

Er wartete nicht auf eine Antwort von ihr, sondern machte sich schnell auf den Weg durch den kleinen Flur in sein Schlafzimmer. Es war verunsichernd, Kalee in seinem Bereich zu sehen. Vor allem weil es sich so richtig anfühlte. Er wollte auf seiner Couch sitzen und mit ihr fernsehen. Mit ihr in seiner winzigen Küche kochen. Mit ihr auf seinem winzigen Balkon etwas trinken, von dem aus er in der Ferne nur einen Hauch des Meeres sehen konnte.

Kalee Solberg war so weit außerhalb seiner Liga, dass es nicht einmal lustig war. Er liebte sie. Er wusste es ohne Zweifel. Wenn er es nicht täte, wäre es nicht so schmerzhaft zu wissen, dass sie mit ihrem Vater nach Hause fahren würde und er nicht wusste, wann er sie wiedersehen würde.

Sie war genau die Art von Frau, von der er geträumt hatte. Lustig, rücksichtsvoll und verdammt stark. Aber er war nicht der Richtige für sie. Sie brauchte jemanden mit einem normalen Job. Jemanden, der nicht auf gefährliche Missionen nach wer weiß wohin ging. Natürlich hatte er keine Ahnung, ob er nach dem heutigen Tag noch einen Job als SEAL haben würde.

So sehr er Kalee auch in seinem Leben und in seinem Bett haben wollte, es sollte nicht sein. Er hatte sie gerettet, aber er war auch derjenige gewesen, der sie überhaupt erst in die schreckliche Situation in Timor-Leste gebracht hatte. Er glaubte nicht, dass sie wirklich verstand, was passiert war. Aber nachdem sie befragt worden war und Zeit gehabt hatte, darüber nachzudenken, würde sie es sicher verstehen, daran hatte er wenig Zweifel ... und er würde nie wieder etwas von ihr hören.

Mit finsterer Miene zog Phantom sein Hemd aus und griff nach seiner Marineuniform. Wenn er sich mit seinem Kommandanten traf, musste er professionell aussehen. Er brauchte nur zehn Minuten, um sich umzuziehen, seinen Bart zu stutzen und sich zu vergewissern, dass er gut genug aussah, um den Blicken seines befehlshabenden Offiziers standzuhalten.

Als Phantom in den Wohnbereich seiner Wohnung zurückkehrte, sah er zu seiner Überraschung Kalee, die sich über die Karten auf seinem Tisch beugte und sie studierte, als würde sie später einen Test schreiben.

»Kalee?«

Als sie den Kopf hob, sah Phantom die Tränen in ihren Augen bereits von der anderen Seite des Raumes. In der einen Sekunde starrte er sie mit mehreren Metern Abstand zwischen ihnen an, und in der nächsten war er an ihrer Seite. »Was ist los?«, knurrte er, während seine Augen versuchten, alles um ihn herum aufzunehmen, um herauszufinden, was sie so aufgeregt hatte.

»Ich ... All das nur für mich?«, fragte sie.

Phantom entspannte sich nicht, obwohl ihm klar war, dass es keine physische Bedrohung gab. Sein Herz schlug wie wild und er merkte, dass der Anblick von Kalees Tränen einen Schalter in ihm umgelegt hatte. Sie weckten seinen Beschützerinstinkt sowie seine Bereitschaft, denjenigen zu töten, der sie verärgert haben könnte.

»Ich musste genau wissen, womit ich es zu tun hatte«, erklärte er. »Der Geheimdienst meldete, dass sich die Rebellengruppe, bei der man dich vermutete, in der Stadt verschanzt hatte, aber ich war mir nicht sicher, ob du noch dort sein würdest, wenn ich ankomme. Ich musste versuchen herauszufinden, wohin sie als Nächstes gehen würden. Zurück in den Dschungel? Zurück in die Berge? Weiter in Richtung Küste? Ich brauchte so viele Informationen wie möglich, wenn ich dich von dort wegbringen wollte.«

»Ich dachte nur ... Ich weiß nicht, was ich dachte«, flüsterte Kalee. »Ich weiß, du hast mir gesagt, dass Tex dir Informationen gegeben hat, um mich zu finden, aber ich schätze, mir war nicht klar, was das wirklich bedeutet.«

»Ich bin nicht zufällig auf dich gestoßen«, sagte Phantom ruhig. Er bewegte sich langsam, um sie nicht zu erschrecken, und legte einen Finger unter ihr Kinn. Er hob ihr Gesicht an, bis er ihr in die Augen sah. »Und ich hätte Timor-Leste kein zweites Mal ohne dich verlassen. Ich hoffte, dass es nicht lange dauern würde, dich aufzuspüren, aber ich war bereit, Tage, Wochen oder Monate zu investieren, wenn es sein musste.«

Sie atmete scharf ein. »Aber dein Job«, sagte sie verwirrt.

»Du warst wichtiger als mein Job. Wichtiger als *alles* andere«, entgegnete Phantom hartnäckig.

»Phantom ...«, hauchte sie, bevor sie verstummte.

Zu ihr hingezogen und unfähig, sich zurückzuhalten, beugte Phantom sich nach unten, wobei er ihr Zeit gab, zu protestieren und sich zurückzuziehen. Aber sie stellte sich auf die Zehenspitzen, hob eine Hand und vergrub ihre Finger in seinem Haar, genau wie in Hawaii, und zog kräftig daran, um seine Lippen grob auf ihre eigenen zu drücken.

Keiner von beiden zögerte. Kalee stürzte sich auf seinen Mund, als würde sie sterben, wenn sie ihn nicht kostete. Und Phantom gab die Kontrolle an sie ab. Ihre Zunge drang in seinen Mund ein und duellierte sich mit seiner. Sie krallte ihre Finger in sein Haar und Phantom spürte, wie sein Schwanz zum Leben erwachte. Verdammt, sie war so schön, wenn sie so aussah. Verdammt, sie war schön, egal was sie tat, aber wenn sie sich nahm, was sie wollte, was sie brauchte? Es war verdammt heiß.

Er zog sie an sich heran, sodass sie von der Hüfte bis zur Brust aneinandergepresst waren, und drehte den Kopf, um einen besseren Winkel zu bekommen.

Wie lange sie küssend in der Mitte seiner Wohnung standen, wusste Phantom nicht. Er wusste nur, dass er nicht genug bekommen konnte. Er kam zur Besinnung, als er Kalees Hände spürte, mit denen sie versuchte, die Knöpfe seiner Cargohose zu öffnen. Mit jeder streifenden Berührung ihrer Finger an seinem Schwanz zuckte er.

Eine von Phantoms Händen lag an Kalees Hinterkopf, die andere war unter ihrem Hemd, wo er grob eine ihrer Brüste über dem Sport-BH drückte. Plötzlich zog er stöhnend den Kopf zurück.

Kalee wimmerte frustriert und versuchte, seinen Kopf wieder zu sich herunterzuziehen, aber Phantom blieb wie erstarrt, eine Hand auf ihrem Hinterkopf und die andere bewegungslos auf ihrer Brust. Er spürte, wie ihre Brustwarze in seine Handfläche presste, und er wollte nichts lieber, als ihr den BH herunterzureißen und ihre Haut zu berühren. Aber er konnte nicht.

Widerwillig zog er seine Hand unter ihrem Hemd hervor und griff nach ihrer, mit der sie immer noch versuchte, seine Hose zu öffnen. Er führte sie zwischen ihnen hoch und küsste ihre Handfläche, bevor er sie in seine Umarmung zog. Er spürte ihren schweren Atem an seiner Brust, der mit seinem übereinstimmte.

»*Schhhhh*«, beruhigte er sie. Er spürte, wie sie tief einatmete, dann bewegte sie langsam ihre Arme, bis sie um seine Taille lagen und sie ihren Kopf auf seiner Brust ruhen ließ.

Sie standen einen Moment lang so da in dem Versuch, ihr Gleichgewicht und ihre Ruhe wiederzufinden. Phantoms Schwanz war immer noch steinhart und drückte gegen ihren Bauch, aber er konnte im Moment nichts dagegen tun. Er wollte sie nicht loslassen, also musste sie mit dem Beweis seiner Erregung zurechtkommen.

Schließlich sagte sie an seiner Brust, ohne aufzublicken: »Ich war so allein. Ich wusste, dass niemand nach mir sucht. Dass ich wahrscheinlich durch ihre Hand sterben würde. Du kanntest mich nicht einmal, aber du warst bereit, alles aufzugeben, um mich zu finden. Ich ... das ist schwer zu verarbeiten.«

Phantom wusste nicht, was er sagen sollte. Er hatte ihr bereits mitgeteilt, dass es seine Schuld war, dass sie von den Rebellen gefangen genommen worden war. Es war seine Schuld, dass sie durch die Hölle gegangen war. Er hatte sie nicht gekannt, nur das, was er aus zweiter Hand von Piper und ihrem Vater erfahren hatte. Sie war nur ein Job gewesen, eine Möglichkeit, offene Dinge zu erledigen.

Aber in dem Moment, in dem ihm diese Gedanken durch den Kopf gingen, wusste Phantom, dass er sich selbst belog. Sie war nicht einfach ein Job gewesen. Niemals. Irgendwie hatte er gewusst, dass sie etwas Besonderes war. Wahrscheinlich hatte er deshalb den Verstand verloren, als ihm einfiel, dass sie nicht tot gewesen war, wie sie alle dachten, als sie sie in der Grube am Waisenhaus zurückgelassen hatten.

Er war kein Mann der Poesie und auch kein Romantiker, aber es war, als hätte seine Seele *gewusst*, dass sie ihm gehörte. Dass seine andere Hälfte litt und er etwas dagegen tun musste.

»Du warst nie allein«, sagte Phantom nach einem Moment. »Ich habe nicht aufgehört, an dich zu denken, seit ich mich von der Grube abgewandt habe. Ich konnte es nicht. Und als ich mich daran erinnerte, dass du dich bewegt hast, dass du noch lebst, wusste ich, dass ich nie aufhören würde zu suchen, bis ich dich gefunden habe, bis du sicher und gesund zu Hause bist.«

»Ich danke dir«, sagte Kalee an seinem Hemd.

»Du bedankst dich nicht bei mir«, erwiderte Phantom schroff und zog sich zurück, um sie anzusehen. »Du solltest mich lieber fragen, warum ich so verdammt lange gebraucht habe.«

Ihre Mundwinkel zuckten. »Ich danke dir, wenn ich es verdammt noch mal will.«

Phantom starrte sie an, frustriert darüber, dass sie sich nicht so verhielt, wie sie es seiner Meinung nach tun sollte. »Du solltest mich hassen«, sagte er schließlich.

Sie zuckte mit den Schultern. »Tue ich aber nicht.«

Phantom schüttelte verzweifelt den Kopf. Er strich ihr noch einmal mit der Hand über das kurze Haar und trat dann widerwillig zurück. »Wir sollten gehen.«

Kalee nickte.

Keiner von beiden bewegte sich.

»Scheiß drauf«, murmelte Phantom, beugte sich hinunter und beanspruchte ihre Lippen ein weiteres Mal mit seinen eigenen. Er konnte nicht genug bekommen und wusste, dass er, sobald sie seine Wohnung verließen, wahrscheinlich keine Gelegenheit mehr bekommen würde, sie zu kosten. Sie würde in ihre Welt zurückkehren und er würde in eine ungewisse Zukunft gehen.

Der Kuss war kurz, aber so verdammt heiß, dass Phantom wusste, es wäre ein Wunder, wenn sein Schwanz sich genügend beruhigte, damit er seinen Kommandanten anständig begrüßen konnte. Als Kalee an seiner Unterlippe knabberte, zwang er sich, einen Schritt zurückzutreten – und stellte sicherheitshalber einen Stuhl zwischen sie.

»Egal was heute passiert, wo ich vielleicht lande und was du mit deinem Leben anfängst. Eine Stunde, eine Woche, ein Jahr oder zehn Jahre. Wenn du mich brauchst, rufst du an. Ich werde für dich da sein, Kalee. Ohne Fragen zu stellen. Hast du das verstanden?« Er wusste, dass er ihr das immer wieder gepredigt hatte, aber er musste wissen, dass sie ihn verstand und wusste, dass er es ernst meinte.

Wieder standen ihr Tränen in den Augen, aber sie blinzelte sie weg. »Ich habe verstanden«, bekräftigte sie.

Phantom nickte. »Gut. Komm schon, wir müssen zum Stützpunkt.«

Er drehte sich um und wartete nicht darauf, ob sie ihm folgte. Das musste er nicht. Er konnte sie spüren. Er wusste, dass sie ihm dicht auf den Fersen war. Sie beugte sich vor, hob seine Navy-SEAL-Baseballmütze auf, die sie für sich beansprucht hatte, und zog sie sich auf den Kopf. Sie hatte sie bis nach Hause getragen und sie erst abgenommen, als sie seine Wohnung betrat.

»Ich bin bereit«, sagte sie, aber es lag keine Begeisterung in ihrer Stimme.

»Die brauchst du nicht.« Phantom konnte sich die Worte nicht verkneifen. »Du bist schön, so wie du bist.«

Ihre Augen leuchteten, aber sie zuckte mit den Schultern. »Ich mag sie.«

Phantom drängte sie nicht. Er war zwar keine Frau, aber er dachte sich, dass sie sich aufgrund der schrecklichen Arbeit der Rebellen unwohl fühlen würde, bis ihr Haar nachgewachsen war. Das war ein weiterer Grund, warum er hoffte, dass sie alle einen langsamen, schmerzhaften Tod sterben würden.

Mit diesem fröhlichen Gedanken hob Phantom ihren brandneuen, leuchtend gelben Koffer auf und bedeutete ihr, ihm aus der Tür zu folgen. Er schloss hinter sich ab und sie gingen die Treppe hinunter zu seinem Wagen, der an seinem üblichen Platz auf dem Parkplatz stand. Er hatte einen alten Honda Accord, der ihm sehr zupasskam. Er kümmerte sich gut um ihn und er lief wunderbar.

Phantom verstaute Kalees Koffer im Kofferraum und setzte sich hinter das Steuer. Er drehte den Schlüssel und seufzte erleichtert, als der Wagen ansprang. Bevor er aus der Lücke fahren konnte, legte Kalee eine Hand auf seinen Unterarm.

»Phantom?«

»Ja, Schatz?« Er zuckte zusammen, als er den Kosenamen aus seinem Mund hörte. Er musste damit aufhören. Es schien sie nicht zu stören, aber trotzdem.

»Ich möchte mit deinem Kommandanten sprechen. Vielleicht bekommst du keinen Ärger, wenn er meine Seite der Geschichte hört.«

Phantoms Herz schmolz dahin. Für einen Mann, der dachte, er hätte überhaupt kein Herz, war das ein ziemlich seltsames Gefühl. Er nahm ihre Hand und küsste ihre Handfläche. »Ich weiß das zu schätzen. Aber das wird nicht nötig sein. Ich habe mich einem direkten Befehl widersetzt, egal aus welchem Grund, und ich muss die Konsequenzen dieser Entscheidung tragen.«

»Aber –«

»Ich finde es toll, dass du mir helfen willst, aber das wird nichts ändern«, sagte er nachdrücklich, womit er unterbrach, was auch immer sie sagen wollte. »Du musst den Ermittlern nur erzählen, was dir passiert ist, dann wirst du mit deinem Vater wiedervereint und ihr könnt glücklich bis ans Ende eurer Tage leben.«

Sie sah ihn einen Moment lang an und Phantom hatte den Eindruck, dass sie noch etwas hinzufügen wollte, aber schließlich nickte sie nur.

Da es nicht mehr viel zu sagen gab und er es hinter sich bringen musste, fuhr Phantom rückwärts aus der Parklücke und machte sich auf den Weg zum Stützpunkt.

Mona Saterfield schaute ohne großes Interesse auf ihre Uhr, als sie vibrierte. Sie hatte erwartet, eine E-Mail-Benachrichtigung für weitere Spam-Mails zu sehen. Sie blinzelte überrascht und traute ihren Augen kaum, als sie stattdessen eine

Benachrichtigung von dem Peilsender sah, den sie an Forests Wagen angebracht hatte.

»Er ist zurück!«, flüsterte sie und ignorierte die seltsamen Blicke, die sie von den Leuten in ihrer Nähe erntete. Sie verließ die Schlange im Café und eilte zurück zu ihrem Fahrzeug.

Wieder einmal dankte sie ihren Glückssternen, dass sie einen flexiblen Zeitplan hatte. Als Model hatte sie genügend Zeit, Forest zwischen ihren Jobs im Auge zu behalten.

Sie freute sich unbeschreiblich, dass er wieder da war. Es war Wochen her, dass sein Wagen bewegt worden war. Sie hatte sich große Sorgen gemacht, da sie keine Ahnung hatte, wo er hingegangen war. Seine blöden Freunde waren immer noch in der Stadt; sie war zum Strand gefahren, um den einen Freund auszuspionieren, der dort wohnte. Und wenn *sie* in der Stadt waren, hätte Forest auch dort sein müssen. Er ging nie ohne sie weg, also wusste sie einfach, dass etwas Schlimmes passiert war.

Vielleicht waren seine Eltern krank geworden und er musste sich um sie kümmern. Oder ein Verwandter war gestorben. Ihr fielen noch ein Dutzend anderer Gründe ein, warum Forest die Stadt ohne jegliche Spur verlassen haben könnte.

Aber er war zurück! Sie war so glücklich!

Als sie zu ihrem Wagen kam, tippte sie auf die Karte in ihrem Handy, die Forests Fahrzeug verfolgte, und sah schnell, dass er auf dem Weg zum Stützpunkt war. Da sie wusste, dass es schwierig – aber nicht unmöglich – war, auf den Stützpunkt zu kommen, beschloss sie, nach Hause zu fahren, sich umzuziehen, sich vorsichtshalber zu schminken und sich dann zu seiner Wohnung zu begeben, um zu warten. Sie wollte sich selbst davon überzeugen, dass es ihm gut ging.

Mona war so glücklich wie seit Wochen nicht mehr und

beschloss in diesem Moment, dass sie Forest keinen Freiraum mehr geben wollte. Sie hatte ihn ewig beobachtet und gewartet. Über ein Jahr lang. Und ihr Verlangen nach ihm wurde jeden Tag größer.

Es war an der Zeit, Forest klarzumachen, wie sehr sie ihn liebte. Mit seinen Einsätzen konnte sie zurechtkommen, sie würde nicht daran zerbrechen.

Sie würde es ihm sagen, und er würde erkennen, dass sie füreinander bestimmt waren, und sie würden glücklich bis ans Ende ihrer Tage leben.

Voneinander getrennt waren sie beide todunglücklich, und es war an der Zeit, dass er zur Vernunft kam und aufhörte, sie wegzustoßen. Forest Dalton war ihr Mann, und nichts würde sie davon abhalten, zusammen zu sein. *Nichts.*

KAPITEL NEUN

Kalee saß in dem gepolsterten Bürostuhl und tat ihr Bestes, um nicht die Flucht zu ergreifen. Sie fühlte sich eingeengt. Sie saß an einem runden Tisch, so weit von der Tür entfernt, wie es den Männern, die sie dorthin geführt hatten, möglich gewesen war, sie zu platzieren. Sie saßen ihr gegenüber und tippten auf ihren Computern herum, während sie sprach.

In der Gegenwart dieser Männer fühlte sie sich unwohl und war nervös. Sie hatte sich an Phantom gewöhnt und daran, dass sie sich bei ihm immer sicher fühlte, egal wo sie waren. Aber nachdem sie das große Gebäude betreten hatten, in dem sich das Büro seines Kommandanten befand, war sie von diesen beiden Offizieren weggeführt worden. Sie hatte einmal zurückgeschaut und gesehen, dass Phantom sich nicht bewegt hatte. Er stand in der Mitte des Flurs und starrte sie an.

Ein Mann, der ungefähr so groß war wie sie, braunes Haar hatte und mindestens zwanzig Jahre älter aussah, stand neben Phantom und sah ihn stirnrunzelnd an. Er ließ sich auch nicht von der Tatsache einschüchtern, dass

Phantom um einiges größer war als er. Sie konnte den Mann reden sehen, aber Phantoms Augen waren auf sie gerichtet.

Sobald sie um eine Ecke bog, spürte Kalee den Verlust von Phantoms Blick ganz deutlich. Sie hatte gezittert und Zweifel hatten sich in ihren Kopf eingeschlichen. Sie war eine Treppe hinaufgegangen, war einen weiteren langen Flur hinuntergeführt und in diesen Raum geleitet worden.

Sie fror; die Klimaanlage war viel zu kalt eingestellt. Kalee wusste, das lag wahrscheinlich daran, dass sie so viel Zeit in tropischem Klima verbracht hatte, dass ihr Körper nicht an die kühle Luft gewöhnt war, aber das war nur ein weiterer Grund, warum sie sich unwohl fühlte.

»Danke, dass Sie heute bei uns sind«, sagte einer der Männer, und Kalee wollte am liebsten die Augen verdrehen. Sie hatte nicht wirklich eine Wahl, aber sie hielt den Mund ... Phantom zuliebe. Sie war nicht gerade begeistert davon, jemandem zu erzählen, was mit ihr passiert war, aber wenn es Phantom half, würde sie es tun.

»Können Sie ganz vorn anfangen und uns erzählen, was Ihnen in Timor-Leste passiert ist?«

Ganz vorn anfangen? Kalee hatte keine Ahnung, was das bedeutete, aber sie nahm an, dass der Mann vom Angriff der Rebellen sprach. Kalee atmete tief durch, konzentrierte sich auf einen schwarzen Fleck auf dem Tisch vor ihr und begann zu erzählen.

»Piper und ich haben das Waisenhaus besucht. Ich wollte ihr die kleinen Mädchen vorstellen, mit denen ich meine Freizeit verbrachte. Wir hörten Schüsse und alle gerieten in Panik. Die Mädchen rannten überall hin, und den Erwachsenen ging es nicht viel besser. Wir waren in der Küche und warteten darauf, dass das Mittagessen serviert wurde, als alles passierte. Ich schickte Piper und die drei Mädchen, die mit uns in der Küche waren, in den Keller unter der Küche und sagte ihr, dass ich gleich mit weiteren Kindern zurückkommen würde.

Ich lief nach draußen, um noch mehr Waisen einzusammeln, aber ich lief direkt in eine Gruppe von schwarz gekleideten Männern mit Gewehren. Sie sammelten uns alle ein und hielten uns ein paar Tage lang fest. Sie vergewaltigten einige der älteren Mädchen und hatten großen Spaß daran, uns zu quälen. Dann wurde ich in den Wald verschleppt und obwohl ich mich wehrte, wurde ich ebenfalls vergewaltigt.«

Kalee wusste, dass ihre Stimme flach und emotionslos war, aber das war die einzige Möglichkeit, dies zu überstehen, ohne zusammenzubrechen.

»Ich schätze, es wurde ihnen langweilig oder sie wollten weiter plündern, aber sie brachten die Mädchen paarweise von dem Ort im Dschungel weg, an dem sie uns festgehalten hatten. Wir hörten Schüsse und jeder wusste, was los war. Ein Mädchen, etwa zehn Jahre alt, versuchte zu fliehen, aber einer der Rebellen lachte, zielte und schoss auf sie, noch während sie weglief.

Ich wurde als Letzte aus dem Dschungel geführt. Ich stand vor dem Loch, das sie für die Leichen gegraben hatten, und drehte mich um, um den Mann anzustarren, der mich gleich erschießen würde. Ich weiß noch, dass ich den Schuss hörte, aber das war es auch schon.

Als ich aufwachte, lag ich auf einem Haufen von Leichen, die einmal kluge, liebevolle kleine Mädchen gewesen waren. Ich kroch aus dem Loch heraus, direkt in eine neue Gruppe von Rebellen. Ich erkannte keinen von ihnen, aber das war auch egal. Sie schlugen mich und zwangen mich, mit ihnen zu gehen.«

»Wie haben sie Sie gezwungen?«, unterbrach einer der Männer sie.

Kalee schloss die Augen und versuchte, sich zu beruhigen. Sie stellte sich Phantom vor. Seinen finsteren Blick, wenn ihr jemand zu nahe kam. Sein Lächeln, wenn sie ihn damit aufzog, seine Kappe gestohlen zu haben. Der besorgte Blick in seinen Augen, wenn er dachte, dass sie nicht hinsah. Alles an ihm beruhigte sie.

»Ich spreche zwar nicht fließend Tetum, aber es ist nicht schwer zu wissen, was sie wollen, wenn sie einem eine Waffe an den Kopf halten, den Arm packen und einen zwingen zu marschieren«, sagte sie hitzig. »Wir sind ein paar Monate im Dschungel geblieben, soweit ich das beurteilen kann. Irgendjemand war immer mit einer verdammten Waffe an meiner Seite. Ich habe ein paarmal versucht zu fliehen, aber sie haben mich immer erwischt und zurückgebracht. Ich wurde jeden Tag mit dem Tod bedroht, wenn ich nicht tat, was sie sagten. Sie liebten es, mich zu schlagen, und wechselten sich oft damit ab, bevor sie einschliefen.

Jeden Morgen zogen wir los, um ein Dorf zu finden, das wir überfallen konnten. Sie zwangen sich mir nicht mehr sexuell auf, nicht nachdem einer der Männer es versucht hatte und ... nicht fertig wurde, wenn Sie verstehen, was ich meine. Sie nannten mich den ›roten Teufel‹. Ich glaube, danach haben sie versucht, das Böse aus mir herauszuprügeln. Aber natürlich waren *sie* die Bösen, nicht ich.«

Kalee erschauderte. Sie wollte nicht weiter darüber reden. Sie wollte sich nicht daran erinnern. Aber wenn sie Phantom helfen wollte, musste sie dafür sorgen, dass alle wussten, wovor er sie gerettet hatte.

»Eines Tages hatte ich genug. Ich wollte fliehen, egal was passiert. Ich war am Verhungern, hatte Schmerzen, weil ich in der Nacht zuvor verprügelt worden war, und hatte die Nase voll. Sie fanden ein anderes Dorf und in dem Chaos des Angriffs gelang es mir, mich von dem Mann wegzuschleichen, der auf mich aufpassen sollte. Ich dachte, ich hätte es endlich geschafft. Ich war der Hölle entkommen, in der ich bisher gelebt hatte, als ich auf einen der Rebellen und eine junge Mutter aus dem Dorf traf. Sie hatte ein Baby an die Brust geschnallt; es konnte nicht älter als ein paar Monate sein. Wahrscheinlich war sie noch nicht einmal achtzehn Jahre alt. Der Rebell sah mich allein und erkannte, dass ich versuchte zu fliehen. Er bedeutete mir, zu ihm zu kommen. Ich weigerte mich.

Er bedeutete es mir erneut, und ich wich zurück, bereit zu fliehen. Dann hob er sein Gewehr, richtete es auf die Frau und erschoss sie. Er warnte sie nicht, sondern hob einfach das Gewehr und blies ihr den Kopf weg. Ihr Baby schrie, wahrscheinlich weil es ihm wehtat, als sie fiel. Der Rebell gestikulierte wieder, dass ich an seine Seite kommen solle, während er sein Gewehr auf das Baby richtete.« Sie zuckte mit den Schultern. »Also ging ich.«

»Und er hat den Säugling verschont?«, fragte einer der Männer im Raum.

Kalee schüttelte den Kopf. »Nein. Als ich an seiner Seite war, legte er einen Arm um meine Brust, sodass ich mit dem Rücken zu ihm stand, richtete sein Gewehr aus und erschoss das Baby. Dann prügelte er die Scheiße aus mir heraus, bis ich kaum noch etwas sehen konnte. Er hielt mir das Gewehr an die Stirn. Ich spürte die Hitze der letzten beiden Kugeln, die er abgefeuert hatte, und obwohl ich seine Worte nicht verstehen konnte, wusste ich, dass er mir sagte, dass er noch mehr Frauen töten würde, wenn ich noch einmal versuchen würde zu fliehen. Mehr Babys.«

»Heilige Scheiße«, murmelte der andere Mann leise.

Kalee ignorierte seinen Schock. Nachdem sie so lange bei den Rebellen gelebt hatte, konnte sie nichts mehr schockieren. »Ich habe seine Botschaft laut und deutlich verstanden. Ich beschloss auf der Stelle, dass meinetwegen keine Babys mehr sterben sollten. In dieser Nacht bezahlte ich noch mehr für meine Flucht; jeder einzelne Rebell schlug mich. Das war das letzte Mal, dass ich versuchte zu fliehen. Der Preis war zu hoch. Irgendwann hörten sie auf, mich so genau zu beobachten. Ich hatte meine Lektion gelernt und war eine Mustergefangene. Ich gab keine Widerworte. Ich zog keine Aufmerksamkeit auf mich. Ich ließ sie tun, was sie wollten, ohne mich zu beschweren, obwohl sie nach einer Weile nicht einmal mehr zu bemerken schienen, dass ich eine Frau war. Sie schnitten mir die Haare ab, gaben mir ein Gewehr, das ich bei Überfällen benutzen konnte, und wir zogen weiter durch den Dschungel in Richtung Hauptstadt.«

»Haben Sie es je benutzt?«

»Was? Das Gewehr?«, fragte Kalee.

Der Mann nickte.

Sie schüttelte den Kopf. »Ich habe nur so getan. Wenn ich tatsächlich schießen musste, habe ich darauf geachtet, dass ich schlecht ziele. Ich habe nie jemanden getötet«, erklärte sie nachdrücklich. »Keinen einzigen Menschen. Ich habe eine gute Show abgezogen, indem ich den Rückstoß übertrieben habe, wenn ich geschossen habe. Niemand hat es bemerkt, wenn ich mitten im Gefecht gute Kugeln auf den Boden gefeuert habe.«

»Was passierte, als Sie gerettet wurden?«

»Wir waren in die Hauptstadt eingedrungen und die Rebellen waren frustriert, dass sie nicht weiter vorankamen. Soweit ich das verstanden habe, wollten sie das Regierungsgebäude einnehmen, aber als meine Gruppe die Stadt erreichte, waren andere Rebellengruppen bereits zurückgedrängt worden. Wir verschanzten uns in einem heruntergekommenen und zerstörten Teil der Hauptstadt. Tagsüber zogen wir los, um die Bürger zu terrorisieren, und nachts schlichen wir uns in unsere Ecke zurück. Und bevor Sie fragen, ja, ich dachte daran zu fliehen. Jede verdammte Nacht. Aber das Gesicht des armen Teenagers und ihres

Babys verfolgte mich. Ich wusste, dass sie andere unschuldige Menschen abschlachten würden, wenn ich mich ihnen widersetzte.

Die Nacht, in der Phantom auftauchte, war wie jede andere. In der einen Sekunde lag ich da und wünschte mir, irgendwo anders zu sein, und in der nächsten hatte er eine Hand auf meinem Mund und erzählte mir, dass er von der Marine sei. Wir kletterten aus dem Fenster und verschwanden in der Nacht.«

»Einfach so?«, fragte einer der Männer skeptisch.

»Einfach so«, bestätigte Kalee. »Er hat niemanden umgebracht. Es wurden keine Schüsse abgefeuert. Wir sind einfach verschwunden. Ich wünschte, ich hätte die Gesichter der Rebellen sehen können, als sie aufwachten und merkten, dass ich weg war. Ich wette, sie waren so wütend. Sie mochten mich nicht, aber sie genossen die Tatsache, dass ich ihre Gefangene war. Es gefiel ihnen, dass ich Angst vor ihnen hatte und alles tat, was sie mir sagten.«

Sie lehnte sich nach vorn, stützte die Ellbogen auf den Tisch und starrte von einem Mann zum anderen, da sie den nächsten Teil hören sollten. Ihn *wirklich* hören. »Ich wäre dort gestorben, und niemand hätte es gemerkt oder sich darum geschert. Alle hier dachten, ich sei tot und würde irgendwo im Dschungel verrotten. Und selbst als der Verdacht aufkam, dass ich *nicht* tot bin, hat niemand nach mir gesucht. Außer Phantom. Er war der Einzige, der die Eier hatte, das Richtige zu tun.«

»Ihm wurde befohlen, sich zurückzuhalten«, antwortete einer der Männer.

»Das weiß ich«, gab Kalee zu, »aber wenn er das getan hätte, wo wäre ich dann jetzt? Vielleicht hätten die Rebellen beschlossen, mich wieder zu vergewaltigen. Vielleicht hätten sie mir in den Kopf geschossen. Ich habe keine Ahnung. Sagen Sie mir eins – wurde ein Rettungsversuch geplant, um mich zu holen, während Phantom im Urlaub war? Hat die Marine, die Armee oder *irgendjemand* einen Plan ausgearbeitet, um nach Timor-Leste zu kommen und mich zu befreien? Oder wurde ich als Kollateralschaden betrachtet? Ich habe mit den Rebellen zusammengearbeitet, hat das nicht der Geheimdienst behauptet? Dass ich übergelaufen sei? Vielleicht war das Risiko für die Militärangehörigen zu hoch, um eine Frau zu retten, die niemand Wichtiges war.«

Sie sah, wie beide Männer erröteten. Sie wusste, dass sie recht hatte. Es hatte keinen Plan gegeben, sie zu holen. Sie hatten gewusst, dass sie am Leben war, aber sie war auf sich allein gestellt gewesen.

Scheiß auf sie. Scheiß auf sie alle.

Bitterkeit stieg in ihrer Kehle auf und sie musste sich zwingen weiterzusprechen. »Phantom hat sich einem direkten Befehl widersetzt. Das streite ich nicht ab, und er auch nicht. Und er wusste, bevor er das Flugzeug von Honolulu nach Dili bestieg, dass er damit seine Karriere ruiniert. Aber er hat es trotzdem getan. Für mich. Eine Frau, die er nie getroffen hatte. Eine Frau, die er einst selbst für tot gehalten hatte. Aber sobald er den Fehler erkannte, den er gemacht hatte, tat er alles, was nötig war, um diesen Fehler zu korrigieren. Um seine Mission zu erfüllen. Mir scheint, er ist *genau* die Art von Mann, die Sie sich wünschen würden, wenn Sie, Gott bewahre, in einem fremden Land gefangen genommen würden.«

Das war's. Sie war fertig. Sie presste die Lippen aufeinander und tat ihr Bestes, um sich nicht auf der Stelle auf den Tisch zu übergeben.

»Können Sie uns mehr über Ihre Zeit im Dschungel erzählen?«, fragte einer der Männer, der auf seiner Tastatur tippte, als würde er das Geschriebene noch einmal überprüfen. »Sie waren monatelang dort, was wissen Sie darüber, mit wem die Rebellen gesprochen haben? Wie haben sie mit anderen Gruppen kommuniziert? Schien es so, als seien sie organisiert, oder zogen sie nur umher?«

Kalee lehnte sich in ihrem Stuhl zurück, erschöpfter als sie sich nach einer kilometerlangen Wanderung durch die dichten Wälder in den Bergen von Timor-Leste gefühlt hatte. Bilder des Grauens, das sie erlebt hatte, flimmerten durch ihr Gehirn, als würde sie sich an einen schlechten Film erinnern.

Sie schloss die Augen und stützte ihren Kopf in die Hände, um die Männer ihr gegenüber auszublenden. Sie konnte nicht mehr über die Rebellen sprechen. Ihre Haut kribbelte schon bei der Erinnerung daran, was sie erlebt hatte.

Verzweifelt dachte sie an die Aussicht von ihrem Haus am Strand in Hawaii. Wie Phantom ununterbrochen geredet hatte, um sie abzulenken und sie aufzumuntern, als sie angekommen waren. Noch besser, sie dachte daran, wie sie sich in seinen Armen fühlte. Wenn er eine Hand in ihrem Nacken hatte und sie an sich drückte. Wie sich seine Hand an ihrer Brust angefühlt hatte, als sie an jenem Morgen die Kontrolle verloren und sich praktisch gegenseitig überfallen hatten.

Er war nicht wie die Rebellen. *Überhaupt* nicht.

Die Leute nahmen wahrscheinlich an, dass sie nie wieder Sex würde haben wollen. Dass sie zu traumatisiert sei. Das war aber nicht der Fall. Sie würde nie wieder derselbe Mensch sein, der sie vor ihrer Entführung gewesen war. Sie würde immer wütend darüber sein, dass ihr Körper gegen ihren Willen genommen worden war, aber sie verstand, dass es ein Machtspiel gewesen war. Und sie wusste, dass es viel schlimmer hätte sein können; sie hätte jeden Tag sexuell missbraucht werden können. So seltsam es auch klingen mochte, sie fühlte sich durch die

Schläge traumatisierter als durch die wenigen Vergewaltigungen.

Phantom mochte größer und stärker sein und sie ohne große Mühe verletzen können, aber sie wusste, dass er nie etwas tun würde, um ihr Schmerzen zu bereiten. Er war geduldig mit ihr, und alles, was sie getan hatten, war zu ihrem Besten gewesen.

Er hatte sie aus ihrer Komfortzone herausgetrieben, aber jedes Mal hatte sie sich danach besser gefühlt. Die Wanderung, der Flohmarkt, sogar das Luau, bei dem sie zugesehen hatte, wie die Angestellten das Schwein aus der Grube holten, in der es den ganzen Tag geräuchert worden war. Und jedes Mal, wenn sie reagierte, war er da gewesen, um ihr seine Kraft zu geben, bis sie allein stehen konnte.

Sie hörte vage, wie die beiden Männer gingen, aber sie hob nicht den Kopf. Er fühlte sich an, als würde er fünfzig Kilo wiegen. Sie war erschöpft und fertig mit dem Reden.

―――

Phantom stand stramm vor Kommandant Norths Schreibtisch in seinem Büro, ohne sich etwas von seinen Gedanken anmerken zu lassen.

»Was Sie getan haben, war unverantwortlich und rücksichtslos. Sie haben im Alleingang die gesamte Bruderschaft in Gefahr gebracht. Was zum Teufel haben Sie sich dabei gedacht, abtrünnig zu werden?«, blaffte Kommandant North, während er hinter seinem Schreibtisch auf und ab ging.

Phantom nahm an, die Frage sei rhetorisch gemeint, und schwieg.

»Ich dachte, ich könnte Ihnen vertrauen, aber Sie haben mir ins Gesicht gelogen. Und auch Konteradmiral Creasy. Es gibt viele Leute auf diesem Stützpunkt, die der Meinung sind, dass Sie anstelle eines Disziplinarverfahrens vor ein Kriegsgericht gestellt werden sollten. Ich habe es in Erwägung gezogen, aber es wurde mir ausgeredet. Ich will wissen, was zum Teufel Sie sich dabei gedacht haben, Phantom.«

Konteradmiral Creasy war ebenfalls im Raum, aber bisher hatte er geschwiegen und Kommandant North das Wort überlassen. Der Konteradmiral war Mitte fünfzig, aber immer noch sehr fit. Phantom wusste, dass er ab und zu die Rekruten aufzog, indem er sie beim Training vorführte. Er war ein guter Mann, für den die Sicherheit der SEALs unter seinem Kommando immer an erster Stelle stand, wenn er Missionen plante.

Phantom war nicht glücklich darüber, dass er einen seiner Kommandanten betrogen hatte, aber er wusste, dass er nicht eine Sache anders gemacht hätte.

»Wollen Sie wirklich nur dastehen und kein einziges verdammtes Wort sagen?«, schnauzte Kommandant North, als Phantom schwieg.

»Ich vermute, er versucht herauszufinden, wie er Ihnen sagen kann, dass es ihm nicht leidtut, was er getan hat, ohne dass Sie den Verstand verlieren«, sagte Konteradmiral Creasy.

Phantom hätte schwören können, dass er Humor in der Stimme des Mannes hörte, aber er glaubte, es einfach nur falsch zu interpretieren.

»Scheiße«, fluchte der Kommandant und fuhr sich mit der Hand durch die Haare. Er holte tief Luft und ließ sich in den Ledersessel hinter seinem Schreibtisch fallen. »Was soll ich nur mit Ihnen machen, Phantom?«

Wieder schwieg Phantom, da er davon ausging, dass sein Kommandant nicht wirklich eine Antwort von ihm erwartete.

»Ich für meinen Teil bin verdammt stolz auf Sie«,

erklärte Konteradmiral Creasy. »Was Sie getan haben, war dumm, unverantwortlich und gefährlich, aber Sie waren erfolgreich. Es ist ein Wunder, dass Kalee Solberg noch lebt, und ich habe keinen Zweifel, dass ihr Vater so dankbar ist, dass er den SEALs eine große Spende zukommen lassen wird. Irgendwann in der Zukunft – also nicht vor Ihrem Disziplinarverfahren – würde ich mich gern auf ein Bier mit Ihnen zusammensetzen und alles hören. Wie Sie sie gefunden haben, was passiert ist, als Sie bei ihr waren, und wie Sie unentdeckt entkommen sind. Wie es ihr ging, als Sie in Hawaii waren. Es ist schon seltsam, gleichzeitig wütend und stolz auf einen meiner SEALs zu sein.«

Phantom neigte den Kopf und nickte dem Mann kurz zu. Dag Creasy war eine Legende. Die Geschichten über die Dinge, die er während seiner Zeit als SEAL getan hatte, wurden hinter verschlossenen Türen bis ins kleinste Detail besprochen. Phantom hätte nichts dagegen, mit dem Mann selbst eine entspannte Unterhaltung zu führen. Aber erst, nachdem er erfahren hatte, wie seine Strafe aussehen würde.

Phantom räusperte sich und ergriff zum ersten Mal das Wort in der Annahme, dass seine Strafpredigt vorerst beendet war. »Es tut mir leid, dass ich Ihnen nicht gehorcht habe, Sirs. Aber was mich betrifft, so habe ich die Mission erfüllt, bei der wir Monate zuvor gescheitert waren. Ich weiß, dass es Semantik ist und Sie enttäuscht von mir sind, aber selbst wenn ich sie nicht sofort gefunden hätte und dabei erschossen worden wäre, hätte ich es nicht bereut, das zu tun, was ich für richtig hielt.«

Kommandant North seufzte. »Ja, so ziemlich genau diese Worte habe ich von Ihnen erwartet. Phantom, Ihr Team hat bei der Mission nicht versagt.«

»Bei allem Respekt, Sir. Das haben wir. Wir sollten Kalee

Solberg aus Timor-Leste zurückholen, und das haben wir nicht getan.«

»Sie wissen genauso gut wie ich, dass manchmal etwas schiefläuft und die Missionen sich ändern.«

Phantom biss die Zähne zusammen.

»In Ordnung. Also gut. Ihr Disziplinarverfahren wurde für in zwei Wochen angesetzt. Vizeadmiral Lister wird den Vorsitz führen und Ihre Strafe festlegen. Bis dahin sind Sie und Ihr Team von Missionen ausgeschlossen, bis die Ergebnisse der Disziplinarstrafe vorliegen. Ich erwarte von Ihnen, dass Sie sich jeden Morgen zum Training melden, und wenn ich bis dahin auch nur den Hauch eines Fehlverhaltens von Ihnen mitbekomme, stecke ich Sie in den Knast, verstanden?«

Phantom wusste, dass das nicht passieren würde; er hatte nicht die Absicht, noch mehr Aufmerksamkeit auf sich oder Kalee zu lenken, als er es ohnehin schon getan hatte. »Ja, Sir.«

»Gut. Wegtreten. Ich glaube, Ihr Team erwartet Sie unten in dem Konferenzraum, in dem Sie normalerweise Ihre Missionen besprechen.«

Phantom zuckte bei diesem Satz zusammen. Scheiße. Er hatte gehofft, etwas mehr Zeit zu haben. Rocco und die anderen würden das, was er getan hatte, nicht gut aufnehmen. Und er konnte es ihnen nicht verübeln. Aber er salutierte vor dem Kommandanten und dem Konteradmiral und drehte sich, um aus der Tür zu gehen.

»Phantom?«, sagte Kommandant North, bevor er ging.

Phantom drehte sich zu dem Mann um, den er sehr respektierte, und zog eine Augenbraue hoch.

»Gute Arbeit. Paul Solberg wird in diesem Moment mit seiner Tochter wiedervereint. Das haben Sie verdammt gut gemacht.«

Phantom nickte und wandte sich zum Gehen. Er hasste

es, dass er nicht für Kalee da war, wenn sie ihren Vater zum ersten Mal sah. Er wusste, dass es sehr emotional werden würde. Paul Solberg war völlig zusammengebrochen, als er erfahren hatte, dass seine Tochter getötet worden war. Dass sie von den Toten auferstanden war, konnte genauso überwältigend sein, und er wäre am liebsten dabei gewesen, um über den Mann zu wachen und sicherzustellen, dass er nichts sagte oder tat, was seine Tochter verletzen könnte.

Aber dazu hatte er kein Recht. Auch wenn er es sich noch so sehr wünschte.

Erhobenen Hauptes machte Phantom sich auf den Weg zur Treppe. Er hatte sein eigenes Wiedersehen zu bewältigen. Die einzige Frage war ... Wer würde ihm zuerst eine verpassen? Rocco? Ace? Rex?

Wenn er darüber nachdachte, tippte Phantom auf Rex. Er und Phantom waren sich bei Averys Rettung in Afghanistan noch näher gekommen. Er würde es nicht gut aufnehmen, dass er allein nach Timor-Leste aufgebrochen war. Keiner von ihnen würde das. Und Phantom konnte es ihnen nicht verdenken. Wäre es andersherum gewesen, wäre er rasend vor Wut gewesen.

Er atmete tief durch und hielt vor dem Konferenzraum inne. Dann stieß er die Tür auf, gewappnet für das, was auch immer seine Teamkameraden zu sagen hatten.

KAPITEL ZEHN

In der einen Sekunde saß Kalee mit dem Kopf in den Händen am Tisch und träumte von Phantom, und in der nächsten hörte sie eine Stimme ihren Namen sagen, die ihr so vertraut war, dass sie an abendliche Kuscheleinheiten und ein dröhnendes Lachen dachte.

Als sie aufblickte, sah sie ihren Vater vor sich stehen.

»Kalee?«, sagte er ein zweites Mal. »Bist du es wirklich?«

»Hi, Dad«, erwiderte sie unbeholfen, da sie nicht wusste, was sie sagen sollte.

»Sie sagten, du seist tot. Ich dachte, du seist tot«, flüsterte er benommen.

Kalee zwang sich, aufzustehen und um den Tisch herum auf ihn zuzugehen. Sie verschränkte die Arme vor sich und sagte mit einem gequälten Grinsen: »Ich bin nicht tot.«

Zum ersten Mal in ihrem Leben sah Kalee ihren Vater weinen.

Für sie war er immer überlebensgroß gewesen. Mit fast einem Meter neunzig hatte sie ihn immer für riesig gehalten – natürlich kam er ihr jetzt, da sie sich an Phantom gewöhnt hatte, nicht mehr so groß vor – und stark wie eine Backsteinmauer, aber es war offensichtlich, dass ihr Tod ihn verändert hatte.

Seine Schultern schienen herunterzuhängen und sein rotes Haar war von wesentlich mehr Grau durchzogen. Er hatte Tränensäcke unter den Augen und sogar seine Haut wirkte ein wenig fahl.

»Daddy«, flüsterte sie. Dann lag sie in seinen Armen.

Zuerst fühlte es sich gut an. So wie sie es aus ihrer Kindheit kannte. Aber je fester er sich an sie klammerte, desto unbehaglicher wurde Kalee.

Anstelle des beruhigenden Kiefernduftes, an den sie sich in Phantoms Armen gewöhnt hatte, roch er ein wenig nach Schweiß, was sie etwas zu sehr an die Rebellen erinnerte, die sie überwältigt und gezwungen hatten, neben ihnen zu marschieren und zu schlafen.

Sie versuchte, ihre Panik zu kontrollieren – er war ihr *Vater* –, aber es kostete sie alles, um sich nicht aus seinen Armen loszureißen und den Tisch als Abstandshalter zu benutzen.

Kurz bevor sie völlig ausflippte und damit wahrscheinlich die Gefühle ihres Vaters verletzte, ließ er sie los und trat einen Schritt zurück. Er hielt ihre Schultern fest und Kalee schaffte es, nicht vor ihm zurückzuzucken ... wenn auch kaum.

»Oh, mein schönes Baby. Ich kann es nicht glauben! Als der Konteradmiral mich anrief und sagte, er müsse mit mir sprechen, dachte ich, sie hätten deine Leiche gefunden und würden dich endlich nach Hause bringen, damit ich dich zur Ruhe betten kann. *Das* hier ... hätte ich mir nie vorstellen, nie erträumen können.«

»Es tut mir so leid, Dad.«

Er schüttelte den Kopf. »Es muss dir nicht leidtun. Gott, Kalee ... ich kann es nicht glauben.« Dann machte er ein betrübtes Gesicht. »Ich habe etwas Schreckliches getan«, murmelte er.

»Schhhh, Dad. Ich weiß. Und wie ich gehört habe, hat Piper dir verziehen. Das wundert mich nicht, sie hatte schon immer ein weiches Herz.«

»Ich habe mich furchtbar verhalten«, fuhr ihr Vater fort.

Kalee fühlte sich hilflos, als sie versuchte, ihren Vater zu trösten. Er war derjenige, der sich immer um *sie* gekümmert hatte. Sie hatte ihn noch nie so mitgenommen gesehen. Er war immer so stoisch gewesen. Sie packte einen seiner Arme. »Dad, hör auf. Es ist okay. Du warst nicht du selbst.«

Paul Solberg holte tief Luft und nickte.

Kalee hoffte, dass er sich selbst verzeihen konnte. Sie konnte sich nicht vorstellen, wie furchtbar es für ihn gewesen war. Sie war durch die Hölle gegangen, ja, aber er war auch durch seine eigene Hölle gegangen. Sein einziges Kind zu verlieren musste ein Schmerz sein, der sich anfühlte, als würde er nie heilen.

»Was ist mit dir passiert?«, fragte er leise.

Auf keinen Fall würde Kalee die ganze Geschichte noch einmal erzählen. Nicht jetzt und wahrscheinlich auch niemals ihrem Vater. Sie gab ihm die Kurzversion. »Die Rebellen haben beschlossen, dass sie mehr Leute brauchen, die ihnen helfen, die Regierung zu stürzen. Aber jetzt geht es mir gut.«

»Wie konntest du entkommen?«

Kalee runzelte die Stirn. Hatte niemand ihrem Vater diesen Teil erzählt? »Ein Navy SEAL namens Phantom hat mich gefunden und nach Hause gebracht.«

»Phantom? Im Ernst?«

Kalee nickte.

»Wow. Ich hatte ja keine Ahnung. Hat der Rest seines Teams auch geholfen?«

Kalee schüttelte den Kopf.

»Sie haben ihn allein geschickt?«

Kalee wusste nicht, wer »sie« waren, aber sie schüttelte trotzdem den Kopf.

»Ach, Scheiße, kein Wunder, dass alle so verschlossen sind.« Ihr Vater warf ihr einen langen Blick zu, dann atmete er aus. »Ich kann nicht glauben, dass du wirklich hier bist. Komm, lass uns nach Hause fahren.«

»Ähm ... zu meiner Wohnung?«, fragte Kalee.

Ihr Vater schaute eine Sekunde lang verwirrt, dann schlich sich Traurigkeit in seinen Blick. »Nein. Es tut mir leid, Liebes. Wir dachten, du seist ... weg. Piper hat uns geholfen, deine Sachen zu sortieren, und das meiste haben wir der Wohlfahrt gespendet. Wir mussten deine Wohnung ausräumen und ich habe deinen Wagen verkauft.«

Kalee schüttelte den Kopf. Stimmt. Phantom hatte ihr das erzählt, aber zu dem Zeitpunkt hatte sie es noch nicht richtig begriffen. Sie hatte Glück gehabt; als sie zum Friedenskorps ging, hatte ihr Vater ihr angeboten, die Miete weiter zu zahlen, bis sie nach Hause zurückkehrte. Und er hatte auch ihren Wagen abbezahlt. Aus irgendeinem dummen Grund stellte sie sich ihr Leben hier wie eingefroren vor, genau so, wie es bei ihrer Abreise gewesen war. Und jetzt, da sie begriff, dass sie buchstäblich nichts hatte – keine Kleidung, kein Geschirr, nicht einmal ein verdammtes Handtuch –, fühlte sie sich noch seltsamer.

»Aber du kannst bei mir im Haus wohnen, bis wir uns etwas überlegt haben. Wir suchen dir eine neue Wohnung und besorgen dir einen neuen Wagen. Mach dir keine Sorgen. Du bist zu Hause und am Leben, alles andere ist nur Zeug.«

Sie wusste, dass ihr Vater recht hatte, aber Kalee konnte nicht anders, als an all ihre Habseligkeiten zu denken, die sie nie wiedersehen würde. Sie hatte ein paar Sachen, die Piper für sie aufgehoben hatte, Jahrbücher aus der Highschool, Stofftiere, die sie ihr ganzes Leben lang besessen hatte, aber es gab so viele Dinge, die einfach weg waren. Das süße kleine schwarze Kleid, das sie gekauft, das zu tragen sie aber noch keine Gelegenheit gehabt hatte, die Flipflops, die sie endlich eingelaufen hatte und die so bequem waren, selbst das Kissen, das auf ihrem Bett gelegen hatte. Sie liebte dieses blöde Kissen und jetzt war es weg. Sie spürte, wie ihr Tränen in die Augen stiegen, und wandte sich von ihrem Vater ab. Es war nicht seine Schuld. Er hatte gedacht, sie sei tot. Was sollte er mit dem Geschirr, das sie auf einem Flohmarkt gefunden und in das sie sich verliebt hatte? Das dunkelblaue Geschirr mit den kleinen gelben Blumen …

»Ist schon gut, Kalee«, sagte ihr Vater und legte einen Arm um ihre Schultern.

Sie versteifte sich leicht, tat aber ihr Bestes, um ihre Reaktion vor ihrem Vater zu verbergen. Er wäre am Boden zerstört, wenn er wüsste, wie sehr einfache Berührungen ihr eine Gänsehaut bescherten.

Sie verließ mit ihm den Raum in der inständigen Hoffnung, dass sie Phantom noch einmal sehen würde, bevor sie ging.

Das tat sie nicht. Alle Türen, an denen sie vorbeikamen, waren geschlossen und sie hatte sowieso keine Ahnung, wo er sein könnte.

Klaustrophobisch und überfordert ließ Kalee sich aus dem Gebäude in das helle Sonnenlicht von San Diego führen. Mit jedem Schritt spürte sie, wie sie tiefer und tiefer in den Menschen zurücksank, zu dem sie in Timor-Leste geworden war.

Verängstigt, nervös und immer auf der Hut.

»Ich kann nicht glauben, dass du ohne uns nach Timor-Leste geflogen bist«, sagte Bubba angewidert.

»Hast du in der Grundausbildung denn gar nichts gelernt?«, schimpfte Gumby. »Wir sind ein Team!«

»Anscheinend hält er sich für Superman«, stieß Ace hervor.

»Verdammt, Phantom, ich wusste, dass die Sache dich bedrückt hat, aber ich hätte nie erwartet, dass du wirklich so etwas Dummes tust, wie einen direkten Befehl zu missachten und allein loszuziehen, um Kalee zu finden«, sagte Rocco, der sich mit einer Hand durch die Haare fuhr.

Rex funkelte ihn nur an, während er in dem kleinen Konferenzraum an einer Wand lehnte.

Phantom weigerte sich, den Blick zu senken. Sein Team war stinksauer, wie er vermutet hatte. Er war sich nicht sicher, wie er seinen Kameraden erklären sollte, was er getan hatte, damit sie es verstanden oder sich zumindest damit abfinden konnten.

»Du hast nicht nur dich, sondern unser ganzes Team in die Scheiße geritten«, sagte Gumby. »Wenn dir die Sicherheitsfreigabe entzogen wird, nehmen sie dich aus dem Team, und dann müssen wir einen Ersatz finden. Und so nervig du auch bist, du bist ein verdammt guter SEAL.«

Das war eines der Dinge, über die Phantom sich am meisten Sorgen machte.

»Warum hast du dir nicht von uns helfen lassen?«, fragte Rocco.

Phantom seufzte. »Auf keinen Fall wollte ich eure Karrieren riskieren. Ihr habt alle Familien, Frauen, die zusammenbrechen würden, wenn euch etwas zustößt. Ich habe niemanden.«

»Fick dich«, spuckte Rex förmlich aus, womit er zum ersten Mal etwas von sich gab. »Niemanden? Verdammt noch mal, Phantom, du hast uns! Und wenn du auch nur eine Sekunde lang glaubst, dass es Avery oder einer unserer Frauen egal wäre, wenn dir etwas zustößt, dann bist du ein noch größeres Arschloch und ein noch größerer Idiot, als ich dachte ... was schwer zu glauben ist, denn im Moment halte ich dich für ein wirklich riesiges Arschloch.«

Phantom zuckte zusammen. »Es ist nicht so, dass ich glaube, es würde sie nicht interessieren, aber es ist etwas anderes. Wenn ich quer durchs Land geschickt werde, um als Koch auf einem verdammten Frachter zu arbeiten, muss ich mir nur um mich Sorgen machen. Ihr habt alle Frauen, die in ihrem Leben hier in Riverton fest verankert sind. Caite arbeitet für die Strafverfolgungsbehörde der Navy; Piper hat gerade ein *Baby* bekommen und Ace' Kinder lieben ihre Schulen; Gumby hat sein Strandhaus und Sidney hat ihre Hunde. Scheiße, wenn ihr umziehen müsstet, wäre das verheerend. Aber ich?« Phantom breitete die Hände aus. »Alles, was ich habe, ist eine beschissene Wohnung. Keine Familie, keine Bindungen.«

Er merkte, dass seine Worte nicht die gewünschte Wirkung erzielten. Er änderte seine Taktik. »Außerdem wusste ich, dass es nicht schwer sein würde, Kalee zu finden.« Das war zwar eine Lüge, aber er sprach weiter. »Ich wusste, wo sie festgehalten wurde und dass es viel einfacher sein würde, mit nur einer Person hinein- und hinauszuschleichen. Wenn wir alle in Dili herumgetrampelt wären, wären wir viel zu auffällig gewesen und die Rebellen hätten uns sofort erwischt.«

Rex schnaubte und marschierte dann auf die Tür zu. Im letzten Moment drehte er sich um und fixierte Phantom mit einem tödlichen Blick. »Du bist so voller Scheiße, dass es aus jeder deiner Poren tropft. Du hast es versaut, Phantom. Du hast nicht nur uns, sondern die gesamte SEAL-Bruderschaft mit deinen bescheuerten Aktionen respektlos behandelt. Vielleicht sind wir ohne dich im Team doch besser dran.«

Und mit dieser verbalen Granate stieß er die Tür zum Konferenzraum auf und war weg.

Phantom kochte. Er sprang zur Tür, bereit, Rex zu verfolgen und ihm klarzumachen, warum er getan hatte, was er getan hatte, aber Rocco und Gumby hielten seine Arme fest.

»Beruhige dich, Phantom«, befahl Rocco.

»Fick dich!«, keuchte er. »Ich habe mir für diesen Dreizack den Arsch aufgerissen, und das wisst ihr alle!«

»Rex ist verärgert«, sagte Gumby zu ihm. »Du musst nachsichtig mit ihm sein.«

»Nein«, entgegnete Phantom sofort. »Es ist mir egal, wie sehr er sich aufregt, das war unter der Gürtellinie.«

Keiner der SEALs ließ Phantoms Arme los, und er kämpfte einen Moment lang in ihrem Griff, bevor er tief durchatmete.

Irgendwann würden er und Rex es ausfechten. Wenn nicht jetzt, dann später.

»Ich bin okay. Lasst mich los«, stieß Phantom hervor.

Seine Freunde musterten ihn einen Moment lang, dann ließen sie seine Arme los.

Phantom wandte sich an sein Team. »Es tut mir leid, dass ich euch verärgert habe«, sagte er. »Aber es tut mir nicht leid, was ich getan habe. Ich wusste, was ich tat. Ich wusste, dass ihr alle sauer sein würdet. Ich wusste, dass ich Ärger mit dem Kommandanten bekommen würde. Ich wusste, dass das, was ich tat, riskant ist. Aber ich wollte Kalee auf keinen Fall dort zurücklassen. Ich habe achtzehn Jahre meines Lebens in der Hölle verbracht, ohne einen Ausweg. Niemand war bereit, ein Risiko einzugehen, um mir zu helfen. Niemand wollte riskieren, in Schwierigkeiten zu geraten, um dem distanzierten, zu dünnen, seltsamen

Jungen zu helfen. Kalee hatte keine Optionen. *Keine.* Und die Regierung wollte nichts tun, um ihr zu helfen.«

»Ihr Vater hätte einen privaten Sicherheitsspezialisten anheuern können, um sie zu holen«, warf Bubba vernünftig ein.

»Ach ja? Aber das hätte Zeit gekostet. Zeit, die Kalee nicht hatte. Ihr alle wisst das genauso gut wie ich. Aber ihr wart nicht diejenigen, die sie im Stich gelassen haben. Das war ich.«

»Blödsinn«, gab Rocco zurück. »Wir sind ein Team. Wir alle haben sie im Stich gelassen.«

Phantom schüttelte hartnäckig den Kopf. »Nein. Ich weiß es zu schätzen, dass du das sagst, aber es war allein meine Schuld. Ich war derjenige, der sie in der Grube gefunden hat, und ich war derjenige, der gesehen hat, wie sie sich bewegte, es aber aus irgendeinem Grund verdrängt hat. Ich weiß, dass ihr das nicht versteht, aber ich musste tun, was ich getan habe.«

»Du hättest uns um Hilfe bitten können«, sagte Gumby.

»Nein, das konnte ich nicht.«

»Dachtest du, wir würden nicht alles tun, was wir können, um dir zu helfen?«, fragte Ace.

Phantom presste die Lippen zusammen und nahm einen weiteren tiefen Atemzug. »Ich wusste, dass ihr alles getan hättet, um mir zu helfen«, erklärte er. »Und es hätte euch *alles* gekostet. Ich liebe euch zu sehr, um euch das anzutun. Wenn ich gedacht hätte, ich könnte es nicht allein schaffen oder dass wir nicht auffliegen würden, hätte ich sofort mit euch geredet. Aber ich wusste, dass ich erwischt werden würde. Ich wusste, dass meine Karriere darunter leiden würde, und das wollte ich euch nicht antun. Auf keinen verdammten Fall.«

Auf seine Worte folgte Schweigen, und Phantom hoffte inständig, dass sie es verstanden. Er war kein besonders gefühlsbetonter Mensch, aber er hasste es, wenn seine Freunde sauer auf ihn waren. Er verstand natürlich, warum sie es waren, aber er hatte nicht gelogen; wenn er alles noch einmal machen müsste, würde er es nicht anders machen.

»*Scheiße*«, fluchte Gumby.

»Warum musste das vernünftig klingen?«, fragte Rocco. »Ich bin noch nicht bereit, nicht mehr wütend auf dich zu sein.«

»Du hast die Geburt meines Sohnes verpasst«, sagte Ace leise.

»Es tut mir leid«, entgegnete Phantom. »Wie geht es Piper?«

»Ihr geht es gut. Sie ist müde«, sagte Ace.

»Ich bin sicher, Kalee wird sich freuen, ihn kennenzulernen. Wie heißt er?«

»John. Ich wollte einen starken, *normalen* Namen.«

Phantom war nicht überrascht. Der Vorname seines Freundes – Beckett – klang knallhart, aber er wusste aus eigener Erfahrung, wie grausam Kinder sein konnten, und er nahm an, dass auch Ace seinen Anteil an Hänseleien abbekommen hatte. Er nickte. »Ich kann es kaum erwarten, ihn zu sehen. Ist er so hässlich wie du?«

»Fick dich«, gab Ace mit einem Lächeln zurück. »Er ist perfekt.«

»Wann findet dein Disziplinarverfahren statt?«, fragte Rocco.

Phantom seufzte. »In zwei Wochen. Ich glaube, der Kommandant will mich schwitzen lassen, deshalb ist es nicht morgen.«

Rocco legte Phantom eine Hand auf die Schulter. »Ich weiß nicht, wie es den anderen geht, aber ich bin immer noch wütend auf dich. Das heißt aber nicht, dass ich nicht alles tun werde, was ich kann, um dich zu unterstützen.«

»Ich auch«, fügte Gumby hinzu.

»Dito«, sagte Ace zur gleichen Zeit.

Bubba nickte nur.

»Wenn du etwas brauchst, musst du es nur sagen«, erklärte Rocco.

»Es gibt da etwas«, begann Phantom und ignorierte den überraschten Gesichtsausdruck seines Freundes. Er bat nie um Hilfe. *Niemals.* Aber für Kalee würde er es tun. Er würde alles für sie tun. »Ace, ich weiß, dass Piper wahrscheinlich erschöpft ist, aber ich glaube, es würde Kalee sehr guttun, wenn sie selbst sehen könnte, dass es ihrer Freundin so gut geht.«

»Natürlich«, antwortete Ace. »Was ist mit Rani, Sinta und Kemala? Glaubst du, dass sie dazu bereit ist? Würde es ihr eher schaden oder nützen?«

»Nützen«, sagte Phantom sofort. »Ich sage nicht, dass es nicht schwer für sie sein wird, aber ich denke, sie muss sehen, wie gut es ihnen geht. Wie gesund sie sind und wie sie durch dich und Piper aufgeblüht sind.«

»Geht klar.«

»Danke.« Phantom wandte sich an die anderen. »Gumby, vielleicht könntest du bei dir zu Hause etwas organisieren und alle einladen, damit Kalee sie kennenlernen kann? Sie braucht jetzt Freundinnen und ich weiß, dass Caite, Sidney, Zoey und Avery wie immer fantastisch sein und sie in ihre Gruppe aufnehmen werden.«

»Klar«, sagte Gumby. »Ich werde es für das kommende Wochenende planen, wenn das allen passt.«

Phantom seufzte erleichtert.

»Das war's?«, fragte Bubba. »Was ist mit deiner Disziplinarstrafe? Was können wir tun, um dir zu helfen?«

Phantom zuckte mit den Schultern. »Es ist, was es ist. Was auch immer der Vizeadmiral als Strafe für mich beschließt, ich werde es annehmen. Ich weiß, dass er wahrscheinlich ein Exempel an mir statuieren muss.

Ausgebildete Killer dürfen nicht einfach abtrünnig werden.«

Seine Teamkameraden schauten finster drein. »Das ist lächerlich«, warf Rocco ein. »Ich sage nicht, dass ich nicht immer noch wütend auf dich bin, weil du uns ausgeschlossen hast, aber du hast Großartiges getan, Phantom. Dank dir ist Kalee Solberg am Leben und wieder bei ihrem Vater. Du hast recht, wärst du nicht gewesen, wäre sie immer noch dort und würde noch wer weiß wie lange leiden. Als SEALs wird uns beigebracht, schnell zu reagieren und zu handeln, nicht zu zögern. Genau das hast du getan.«

Phantom zuckte mit den Schultern. Es fühlte sich verdammt gut an, die Worte seines Freundes zu hören. Er war sich nicht sicher, ob er den Schaden, den er ihrem Team zugefügt hatte, wiedergutmachen konnte, aber es sah so aus, als arbeitete zumindest Rocco bereits daran, ihm zu verzeihen.

»Ich will nur, dass Kalee sicher und glücklich ist.«

Er wusste, dass er zu viel gesagt hatte, als Bubba den Kopf schief legte und ihn musterte. »Du hast Kalee also gerettet und dann zwei Wochen mit ihr in Hawaii verbracht. Willst du uns irgendetwas erzählen, Bruder?«

»Nein.« Phantom musste diesen Scheiß beenden. Kalee konnte weder einen Haufen verkuppelnder SEALs noch ihre Frauen gebrauchen, die sie ausfragten.

»Gut, dann lassen wir es ... für den Moment«, gab Bubba nach. »Aber ich muss noch eine Sache sagen.«

Phantom seufzte resigniert.

»Ich hätte nicht gedacht, dass das mit Zoey und mir funktionieren könnte. Wir wurden unter den denkbar schlechtesten Umständen zusammengebracht. Aber da draußen in der Wildnis Alaskas hat es bei uns klick gemacht. Wir sind uns nähergekommen. Ich habe das

Gefühl, dass du nach Timor-Leste geflogen bist in der Erwartung, Kalee zu retten und dann mit deinem Leben weiterzumachen, aber es ist etwas anderes passiert.«

Ace machte da weiter, wo sein Freund aufgehört hatte. »Wenn sie auch nur halb so großartig ist, wie Piper sagt, würde es mich nicht wundern, wenn du dich zu ihr hingezogen fühlst. Daran ist nichts falsch.«

Phantom hob eine Hand, um seine Freunde zu stoppen. »Sie ist wieder bei ihrem Vater. In Hawaii ist nichts anderes passiert, als dass ich einer zerbrechlichen Frau geholfen habe, ihr Leben wieder in den Griff zu bekommen.« Tief in seinem Inneren spürte Phantom Gewissensbisse. Kalee war alles andere als zerbrechlich.

Er vermisste sie mit einer Heftigkeit, die er noch nie zuvor gespürt hatte. Es war, als sei ein Teil von ihm weggerissen worden, und das Loch, das ihre Abwesenheit hinterließ, war beunruhigend. Verdammt, er war noch nicht einmal einen Tag von ihr getrennt, und doch fühlte er sich, als seien es Wochen gewesen.

»Mh-hm.« Bubba grinste.

»Wenn du meinst«, sagte Rocco, ebenfalls mit einem Grinsen.

Phantom war fertig. Er war sich nicht sicher, was er den Rest des Tages tun sollte, aber er würde nicht herumstehen und zuhören, wie seine Freunde sich über ihn lustig machten. Er wusste, dass er mit Rex unter vier Augen reden und versuchen musste, ihm seine Entscheidungen verständlich zu machen, aber Phantom war auch klug genug, dem Mann etwas Zeit zu geben.

Sie hatten in Afghanistan intensive Erfahrungen miteinander gemacht, und wenn Rex losgezogen wäre und das getan hätte, was Phantom getan hatte, wäre er auch wütend gewesen.

Er machte sich auf den Weg zur Tür, wobei er überlegte,

ob er vielleicht, nur vielleicht, noch einen Blick auf Kalee werfen könnte, bevor er ging, aber er hielt inne, als Rocco ihn am Arm berührte.

»Du hast das gut gemacht«, sagte er leise. »Sie kann sich glücklich schätzen, dich als ihren Helden zu haben.«

Phantom war sich da nicht sicher, aber er nickte nur, als seine Gedanken sofort zu Kalee zurückkehrten. Wo war sie? Wie war es heute mit ihr gelaufen? War es schwer gewesen, ihre Erlebnisse wiederzugeben? War sie wieder dazu übergegangen, nicht zu sprechen? War sie schon mit ihrem Vater wiedervereint worden?

Er hatte so viele Fragen, aber keine Antworten. Er wollte sie unbedingt anrufen, mit ihr reden, aber er wusste, dass er auch *ihr* etwas Freiraum geben musste. Sie musste sich wieder an ihr normales Leben in Riverton gewöhnen. Sie hatte gesagt, dass sie ihn weiterhin sehen wolle, wenn sie zurück in Kalifornien waren, aber Phantom fragte sich, ob das wirklich das Beste für sie war. Ob ihn zu sehen sie jeden Tag daran erinnern würde, wo sie gewesen war und wovor er sie gerettet hatte.

Und das war beschissen.

Eineinhalb Stunden später parkte Phantom vor seinem Wohngebäude und stieg aus. Er schnappte sich so viele Tüten mit Lebensmitteln, wie er auf einmal tragen konnte, und ging die Treppe hinauf. Auf dem Nachhauseweg hatte er am Supermarkt angehalten, da er außer Nudeln, Dosenobst und Fertig-Chili nicht viel zu essen hatte.

Er stellte fest, dass er die Dinge gekauft hatte, die Kalee gern aß, darunter ein riesiges Glas Erdnussbutter und dunkle Schokolade. Es machte keinen Sinn, da sie wahrscheinlich nie wieder einen Fuß in seine Wohnung setzen würde, aber er konnte nicht umhin, an ihren begeisterten Blick zu denken, als sie in Hawaii den ersten Bissen dieser Leckerei verzehrt hatte. Wenn sie ihm gehörte, würde er alles tun, was nötig war, um diesen Ausdruck der Zufriedenheit und des Glücks für den Rest ihres Lebens auf ihrem Gesicht zu sehen.

Er war gerade reingekommen und hatte einen Arm voller Tüten abgestellt, als es an seiner Tür klopfte. In der Hoffnung, dass es vielleicht Rex war, der sich entschuldigen wollte, ging er schnell zur Tür und öffnete sie.

Eine Frau, die er noch nie zuvor gesehen hatte, stand mit einer Schachtel da. »Hallo, eine Lieferung von *Cakes to Go* für Sie«, sagte sie mit einem breiten Lächeln. Sie trug ein T-Shirt mit dem Namen der Bäckerei, und auf der Schachtel in ihren Händen war ein großes Logo zu sehen.

Phantom wusste, dass er nichts bestellt hatte, aber er streckte trotzdem die Hände nach der Schachtel aus.

»Da muss jemand viel von Ihnen halten, das ist einer unserer teuersten Kuchen. Und lecker ist er auch! Einen schönen Tag noch«, sagte die Frau fröhlich, drehte sich um und ging davon.

Der einzige Mensch, von dem er sich vorstellen konnte, dass er ihm ein Geschenk schicken ließ, war Kalee. Neugierig auf das, was sie ihm geschickt hatte, hob Phantom den Deckel direkt an der Tür an.

Als er hineinschaute, konnte er sich ein Lächeln nicht verkneifen.

Es war kein Zettel dabei, aber Phantom brauchte auch keinen, um zu wissen, dass das Geschenk von Kalee war. Im Inneren befand sich ein Mini-Schokoladenkuchen, dessen Glasur perfekt aufgetragen war. Allein durch den Anblick lief ihm das Wasser im Mund zusammen.

Er erinnerte sich an ein Gespräch, das sie in Hawaii geführt hatten, als sie sich über ihre Lieblingsspeisen unterhalten hatten und das Thema auf Süßigkeiten gekommen war. Er hatte zugegeben, in seinem ganzen Leben noch nie einen Geburtstagskuchen gegessen zu haben. Seine Mutter und seine Tante hätten sicherlich kein Geld dafür ausgeben, und sie hatten sich nie um seinen Geburtstag geschert. Selbst das Datum hatte er selbst herausfinden müssen, indem er eines Tages seine Geburtsurkunde aus dem Aktenschrank seiner Mutter gestohlen hatte.

Ein warmes Gefühl breitete sich in seinem Körper aus. Wahrscheinlich war es ein sehr harter Tag für Kalee gewesen, und trotzdem hatte sie sich die Mühe gemacht, an ihn zu denken und den kleinen Kuchen bei einer Bäckerei in der Nähe zu bestellen. Das war aufmerksam und nett, genau wie sie es war.

Vorsichtig, um das Gebäck nicht fallen zu lassen, trug Phantom es in seine Wohnung und stellte es auf den Tresen neben dem Spülbecken.

Plötzlich erschien ihm der bevorstehende Abend nicht mehr ganz so deprimierend. Ja, er würde allein sein, aber mit dem Wissen, dass Kalee an ihn dachte, fühlte er sich zehnmal besser.

In ihrem Wagen in der hinteren Ecke des Parkplatzes lächelte Mona Saterfield, als sie Forest durch ihr Digitalkamera-Fernglas beobachtete. Sie knipste ein Bild nach dem anderen von ihrem Mann, als er ihr Geschenk öffnete. Das Lächeln auf seinem Gesicht war das beste Willkommensgeschenk, das sie sich hätte wünschen können.

Sie hatte nicht gewusst, was sie ihm besorgen sollte, aber sie nahm an, dass alle Männer Schokolade mochten. Und es schien, als hätte sie mit ihrem Geschenk genau richtiggelegen. Sie wackelte in ihrem Sitz hin und her, und als ihr Mann hinter seiner Wohnungstür verschwand, nachdem er eine weitere Ladung Lebensmittel aus seinem Wagen geholt hatte, konnte sie nicht anders, als eine Hand unter ihren Hosenbund zu schieben.

Mona schloss die Augen und stellte sich vor, wie sie und Forest den Schokoladenkuchen miteinander teilten. Er würde ihn ihr auf die Brust schmieren und ablecken. Dann würde sie dasselbe mit seinem Schwanz tun. Während sie sich die Lippen leckte, bewegte Mona die Hand in ihrem Slip schneller. Ihre Brustwarzen wurden hart und es dauerte nicht lange, bis sie von dem gewaltigen Orgasmus, den sie sich selbst beschert hatte, in ihrem Sitz zitterte.

Als sie wieder funktionsfähig war, griff sie nach dem Fernglas. Verdammt, die Vorhänge waren fest zugezogen, und sie konnte nicht sehen, was er tat.

Aber das machte nichts. Er hatte ihr Geschenk angenommen, und bald wären sie wieder zusammen. Sie hatte in den letzten Wochen bewiesen, dass sie damit umgehen konnte, wenn er wegen seines Jobs weg war. Sobald er das erkannt hatte, wäre er von Dankbarkeit und Lust überwältigt. Er würde sie um Vergebung bitten und sie würden wieder zusammenkommen. Sie würde bei ihm einziehen und so schnell wie möglich mit seinem Baby schwanger werden.

Mrs. Mona Dalton.

Sie seufzte zufrieden. Das klang absolut perfekt.

Mona legte das Fernglas weg, startete ihren Wagen und fuhr nach Hause. Sie wollte die Fotos, die sie gemacht hatte, vergrößern und ausdrucken, damit sie die ganze Nacht auf sein wunderschönes Lächeln starren konnte.

»Bald, mein Schatz. Bald werden wir wieder zusammen sein.«

KAPITEL ELF

Zwei Tage, nachdem sie mit ihrem Vater nach Hause gefahren war, dachte Kalee, sie würde den Verstand verlieren. Anstatt sich immer wohler zu fühlen, weil sie wieder in Kalifornien war, war sie noch überdrehter und nervöser, als sie es gewesen war, direkt nachdem Phantom sie zu dem gemieteten Haus in Hawaii gebracht hatte.

Ihr Vater war unglaublich. So voller Freude darüber, dass sie am Leben war, und begierig, ihr neue Kleider zu kaufen und ihr zu besorgen, was auch immer ihr Herz begehrte. Aber nach dem, was sie durchgemacht hatte, schätzte Kalee materielle Dinge nicht mehr so sehr wie früher. Sie legte keinen Wert mehr auf einen Schrank voller Designerklamotten und fühlte sich in Shorts, T-Shirt und Phantoms Baseballmütze wohler.

Ihr Vater hatte eine Friseurin geholt, um »etwas mit ihren Haaren zu machen«, und obwohl Kalee zugeben musste, dass die Frau tolle Arbeit geleistet und ihr einen süßen kleinen Pixie-Schnitt verpasst hatte, verbesserte das ihr Selbstwertgefühl nicht im Geringsten.

Sie vermisste ihr langes Haar.

Ihre Wohnung.

Ihre Unabhängigkeit.

Aber sie war sich nicht sicher, wie sie ihrem Vater sagen sollte, dass er sie erdrückte. Dass die riesige Villa, in der sie aufgewachsen war, ironischerweise dazu führte, dass sie sich klaustrophobisch fühlte.

Kalee musste an das kleine Haus in Hawaii denken. Warum hatte sie sich dort nicht eingesperrt und eingezwängt gefühlt? Vielleicht lag es daran, dass sie und Phantom viel Zeit damit verbracht hatten, auf der hinteren Terrasse zu sitzen, die Sonne zu genießen und auf das weite Meer zu blicken.

Sie wusste jedoch, dass das nicht *wirklich* der Grund war.

Es lag an Phantom selbst. Irgendwie brachte er es wieder in Ordnung, wenn sie einen Flashback hatte. Er gab ihr das Gefühl, nicht so verrückt zu sein, wenn sie das Gefühl hatte, beobachtet zu werden. Allein durch seine Anwesenheit fühlte sie sich sicher, und leider fühlte sie sich in dem riesigen Haus ihres Vaters nicht sicher.

Was dumm war. Sie *war* sicher. Es gab keine Rebellen, die um die Ecke lauerten, sich in den Schränken versteckten und darauf warteten, herauszuspringen und sie zu zwingen, mit ihnen zu kommen. Aber sie konnte das Gefühl nicht loswerden, dass sie die ganze Zeit beobachtet wurde.

Kalee atmete tief durch und versuchte, sich zu entspannen. Piper würde jeden Moment da sein und sie konnte es kaum erwarten, ihre beste Freundin zu sehen. Aber sie hatte auch schreckliche Angst. Sie *glaubte* nicht, dass Piper sauer auf sie sein würde, weil sie sie in die Situation in Timor-Leste gebracht hatte, aber ein kleiner Teil von ihr war trotzdem verängstigt.

Es war Pipers Idee gewesen, sie zu besuchen. Sie hatten gedacht, es würde ein großes Abenteuer werden, und Piper kam nie viel raus. Kalee war die Abenteurerin in ihrer Freundschaft. Die Aufgeschlossene. Zumindest war sie das gewesen. Jetzt war sie ...

Kalee wusste nicht, was sie war.

Als sie hörte, wie ein Fahrzeug vor dem Haus vorfuhr, ging Kalee zum Fenster und spähte hinaus.

Ein ziemlich großer Mann stieg hinter dem Steuer eines Denali aus und ging sofort auf die Beifahrerseite. Er hielt die Tür auf, als Piper herauskam.

Kalee sog beim Anblick ihrer Freundin den Atem ein. Als sie sie das letzte Mal gesehen hatte, war Piper zu Tode verängstigt gewesen und hatte Kalee angefleht, bei ihr in dem versteckten Raum unter dem Küchenboden zu bleiben.

Aber heute schaute sie den Mann mit einem so von Liebe erfüllten Blick an, dass Kalee fast in die Knie ging. Ace, von dem Kalee schon von Phantom gehört hatte, erwiderte ihren Blick zehnfach. Sie mochten vielleicht mit einer Vernunftehe begonnen haben, aber es war offensichtlich, dass sie sich in eine Ehe der Liebe und Hingabe verwandelt hatte.

Ace sagte etwas zu Piper, woraufhin sie nickte. Die Hintertür des Geländewagens öffnete sich und Kalee musste zweimal hinsehen, bevor sie Kemala erkannte. Damals in Timor-Leste war der Teenager ruhig gewesen und normalerweise mit hängenden Schultern herumgelaufen, als könnte sie sich so vor der Welt verstecken.

Aber heute sah sie wie ein glücklicher und gesunder amerikanischer Teenager aus. Sie hatte eine enge Jeans und ein Trägerhemd an. Ihre Haare waren zu einem Zopf zusammengebunden und ihr Lächeln war fast blendend. Sie griff auf den Rücksitz und half einem kleinen Mädchen heraus. Rani. Kalee beobachtete, wie sie mit Kemala und ihren Eltern plauderte. Vor nicht allzu langer Zeit – in ihren jungen Augen wahrscheinlich Ewigkeiten –

war Rani stumm gewesen, unwillig oder unfähig zu sprechen.

Das dritte kleine Mädchen, das das Fahrzeug verließ, war Sinta. Sie hatte sie im Waisenhaus noch nicht sehr gut gekannt, aber es war offensichtlich, dass die drei Kinder glücklich und gesund waren und sich gut entwickelten.

Kalee traten Tränen in die Augen, als Ace auf der anderen Seite des Wagens, wo er kurz zuvor verschwunden war, mit einem kleinen Säugling auf dem Arm zum Vorschein kam. Sie konnte das Baby nicht sehen, aber allein der Gedanke, dass ihre beste Freundin nicht nur die Hölle überlebt hatte, in der sie gelandet war, sondern auch die Liebe ihres Lebens kennengelernt und nun die Familie hatte, nach der sie sich immer gesehnt hatte, ließ sie fast auf dem Boden zusammenbrechen.

Egal was Kalee durchgemacht hatte, in diesem Moment war es das alles wert, wenn sie ihre Freundin so offensichtlich glücklich sah.

Piper und ihre Familie machten sich auf den Weg zur Haustür und Kalee trat vom Fenster zurück. Sie wollte Piper so gern sehen, aber plötzlich war sie nervös. Sie fuhr sich mit einer Hand über den Kopf, besorgt über das, was sie anhatte. Sie sah nicht mehr so aus wie früher. Sie hatte noch nicht ganz das Gewicht zurückgewonnen, das sie verloren hatte, obwohl sie wusste, dass sie viel gesünder aussah als damals, als Phantom sie gefunden hatte.

Plötzlich wünschte Kalee sich von ganzem Herzen, dass Phantom da wäre. Sie war nicht so nervös gewesen, als sie seine SEAL-Freunde in Hawaii getroffen hatte, und das waren große Männer. Das hier war *Piper*. Ihre beste Freundin. Und doch konnte sie das panische Gefühl nicht abschütteln, das sie wie ein Joch mit sich herumzutragen schien.

Sie hörte, wie Sam – der Mann, den ihr Vater eingestellt

hatte, um sich um das Haus zu kümmern und sicherzustellen, dass er seine Medikamente nahm und richtig aß – die Haustür öffnete. Kalee erstarrte, als sich Schritte dem Wohnzimmer näherten, wo sie wartete.

Dann war Piper da.

Kalee hielt den Atem an und leckte sich über die Lippen, unsicher, was sie sagen sollte.

Aber sie hätte sich keine Sorgen machen müssen. In der einen Sekunde war Piper auf der anderen Seite des Zimmers und in der nächsten stand sie direkt vor ihr. Aber anstatt die Arme um sie zu legen, streckte Piper die Hände aus. »Kalee«, war alles, was sie sagte.

Kalee griff nach den Händen ihrer Freundin und drückte sie.

»Ace hat mir gesagt, dass du dich im Moment nicht wohl damit fühlst, berührt zu werden, also tue ich mein Bestes, um dich nicht in eine riesige Umarmung zu ziehen, aber es ist wirklich sehr schwer«, erklärte Piper mit zittriger Stimme.

Da Kalee ein schlechtes Gewissen hatte, dass ihre Freundin litt, ließ sie die Hände sinken und umarmte sie.

Erleichtert, dass die Nähe zu Piper keine schlechten Gedanken auslöste, entspannte Kalee sich. Sie hatte keine Ahnung, wie lange sie und Piper einander umarmten. Sie spürte, dass Piper weinte, und drückte sie noch fester.

Erst als Kalee ein Zupfen an ihrem Ärmel spürte, lockerte sie ihren Griff.

Kemala stand mit großen braunen Augen vor ihr. »Kalee?«, fragte sie zaghaft.

Kalee räusperte sich und nickte. »Ja, ich bin's.«

Dann brach der Teenager in Tränen aus.

Erschrocken schaute Kalee Piper an, aber ihre Freundin lächelte nur und legte einen Arm um ihre Tochter.

»Ist schon gut, Liebes. Es geht ihr gut. Ich habe es dir

doch gesagt.«

Kemala bewegte sich langsam, legte ihre Arme um Kalees Taille und drückte sie so fest an sich, dass es fast wehtat.

»Du hast mich und meine Schwestern gerettet. Du hast dafür gesorgt, dass wir adoptiert werden konnten und eine Mom und einen Dad bekommen haben. Ich bin so froh, dass es dir gut geht!«

Kalee spürte, wie sich ihre Kehle erneut zuschnürte, brachte jedoch hervor: »Und ich bin so froh, dass es *euch* gut geht. Ich habe mir solche Sorgen um euch gemacht.«

Kemala schaute zu ihr auf. »Wurdest du sehr verletzt?«

Kalee hasste es, dass dieses kostbare Mädchen bereits von den Übeln der Welt erfahren hatte, vor allem davon, wozu einige ihrer eigenen Landsleute fähig waren. Aber sie wollte auch nicht lügen. Also nickte sie einfach. Dann antwortete sie: »Aber jetzt geht es mir gut.«

Sie nickte und sagte feierlich: »Weil Phantom dich gefunden hat, genau wie Daddy Ace uns gefunden hat.«

Kalee konnte wieder nur nicken.

Als wäre das alles gewesen, atmete Kemala tief durch und wich zurück. Sinta kam als Nächste und umarmte Kalee kurz. Rani tat das Gleiche, aber Kalee merkte, dass die kleineren Mädchen sie nicht wirklich erkannten. Es war offensichtlich, dass sie mit ihrem Leben weitergemacht hatten, und das war für Kalee in Ordnung.

Dann war es an der Zeit, Pipers Mann kennenzulernen. Kalee stählte sich und drehte sich zu ihm um. Aber er kam nicht näher, sondern nickte nur mit dem Kopf. »Es freut mich sehr, dich kennenzulernen, Kalee. Du wirst nie wissen, *wie* sehr.«

Sie lächelte reumütig. »Ich glaube, ich habe eine Ahnung.«

Ace lächelte. Kalee konnte verstehen, warum ihre

Freundin sich zu ihm hingezogen fühlte. Er sah gut aus, hatte einen Bart wie Phantom, aber sein Haar war kürzer und er war nicht ganz so groß.

Außerdem brachte er ihr Herz nicht so zum Klopfen wie Phantom.

Kalee schimpfte im Geiste mit sich selbst. Sie musste aufhören, an ihn zu denken. Er hatte sie gerettet und seine Arbeit getan. Das war alles. Ja, sie hatten beide gesagt, dass sie Zeit miteinander verbringen wollten, wenn sie nach Kalifornien zurückkehrten, aber jetzt, da sie tatsächlich hier waren, fühlte es sich seltsam an, ihn einfach anzurufen, um zu plaudern.

In den letzten zwei Tagen hatte sie mehr SMS getippt, als sie zählen konnte, da sie mit ihm in Kontakt treten wollte. Sie fragte sich, wie es ihm ging. Ob sein Kommandant ihn angeschrien hatte ... und ob er jetzt an dem zweifelte, was er getan hatte.

Aber was sie wirklich wissen wollte, war, ob er überhaupt an sie dachte. Ob er sie vermisste. Denn sie vermisste ihn furchtbar. Sie hatte das Gefühl, als würde ihr ein Teil von sich selbst fehlen. Das musste mitunter daran liegen, dass er ihr Retter war, aber das Gefühl war trotzdem da.

Es waren erst zwei Tage vergangen und Kalee hoffte, dass es mit der Zeit nachlassen würde ... aber im Moment fühlte sie sich mit jeder Minute, in der sie nicht mit ihm sprach und ihn nicht sah, immer haltloser und unwohler.

»Willst du ihn halten?«, fragte Piper, als sie ihr Baby von Ace nahm.

Kalees Hände zitterten, als sie nickte. Vorsichtig nahm sie das schlafende Kind aus Pipers Armen und schaute auf den Jungen herab. Seine Nase war winzig und sein Brustkorb bewegte sich im Schlaf auf und ab.

»Sein Name ist John. Wäre es ein Mädchen geworden, hätte sie Kaylee geheißen ... mit einem Y. Du könntest nie ersetzt werden, aber sie wäre deine Namensvetterin gewesen. Dank dir habe ich Ace kennengelernt und habe die wunderbare Familie, die ich habe.«

Kalee versuchte, nicht zu weinen, aber ihr kullerte dennoch eine Träne aus dem Auge. Sie landete direkt auf Johns Wange, woraufhin er sich in ihren Armen regte. Er öffnete die Augen, und als er ein unbekanntes Gesicht sah, öffnete er den Mund und stieß einen ohrenbetäubenden Schrei aus.

Und einfach so war Kalee wieder in Timor-Leste.

Wieder im Wald, wo sie sich geweigert hatte, mit dem Rebellen mitzugehen, und er die junge Mutter erschossen hatte. Ihr schreiender Säugling auf ihrer Brust, nachdem sie zu Boden gefallen war. Er hatte ihr in die Augen geschaut, als der Rebell sein Gewehr hob und es auf seine kleine Stirn setzte.

Kalee kniff die Augen zusammen und streckte den kleinen John blindlings von sich, da sie schreckliche Angst hatte, sie könnte ihn während der Benommenheit ihres Flashbacks fallen lassen. Als sie spürte, wie er aus ihren Armen genommen wurde, wich sie zurück, bis sie gegen eine Wand stieß, ließ sich auf den Hintern fallen und zog die Knie an die Brust. Sie hielt sich fest und versuchte zu atmen.

»Kalee?«

»Zur Seite, Piper, lass mich kurz mit ihr reden. Vielleicht kannst du die Mädchen zu Pop bringen?«

Kalee hätte darüber gelächelt, dass ihr Vater Pop genannt wurde, aber sie bekam nicht genügend Luft in die Lunge, um etwas anderes zu tun, als zu keuchen.

»Kalee? Ich bin's, Ace. Kannst du mich hören? Dir geht es gut.«

Sie hörte ihn, umklammerte ihre Knie jedoch noch fester. Sie fühlte sich, als würde sie in Millionen Stücke explodieren. Etwas raschelte vor ihr und erinnerte sie daran, wie die Blätter im Dschungel klangen, wenn der Wind durch sie hindurchwehte.

»Hey, ich bin's, Ace. Ich brauche dich, Mann.«

Kalee runzelte verwirrt die Stirn. Sie hörte Ace' Worte, aber sie ergaben keinen Sinn.

»Piper und ich sind bei Kalee. Sie hat einen Flashback oder so. Ja, ich werde FaceTime einstellen, damit sie dich sehen kann. Okay, warte.«

»Kalee?«

Als Kalee Phantoms Stimme hörte, wimmerte sie.

»Sieh mich an. Hebe den Kopf und sieh mich an«, befahl Phantom.

In ihrer Verzweiflung, ihn zu sehen, tat Kalee, was er sagte. Ace hatte sich neben sie gehockt. Sie erschauderte darüber, wie nahe er ihr war, aber da er sein Telefon in der Hand hielt und sie Phantom brauchte, beschwerte sie sich nicht.

»Gut so. Es ist schon zu lange her, dass ich diese hübschen grünen Augen gesehen habe«, sagte Phantom mit einem Lächeln. »Du atmest zu schnell. Schau mir zu, atme mit mir. Durch die Nase ein, anhalten ... gut ... und jetzt langsam wieder aus. Perfekt. Noch mal.«

Kalee tat, was er verlangte, und bald fühlte sie sich besser. Sie hatte das Gefühl, es lag nicht daran, dass sie ihre Atmung verlangsamt hatte, sondern daran, dass sie Phantom sah.

»Sprich mit mir, Schatz. Erzähl mir, was passiert ist.«

»Ich hatte einen Flashback.«

»Das dachte ich mir. Worüber?«

Sie wollte es ihm nicht sagen.

»Sie hat John im Arm gehalten, als es passiert ist«, warf Ace ein.

Kalee löste ihren Blick lange genug vom Handy, um ihn

kurz auf Ace zu richten, bevor sie Phantom wieder ansah.

»Kalee? Ich habe die Abschrift dessen gelesen, was du den Ermittlern der Marine erzählt hast.«

Sie schloss die Augen und spürte, wie ihre Brust sich wieder zusammenzog.

»Nein, keine Panik. Sieh mich an.«

Das tat sie. Und sie schwor sich, dass sie Liebe in seinen Augen sah ... aber das konnte nicht stimmen.

»Ich musste es wissen und wollte dir die Qualen ersparen, es noch einmal erzählen zu müssen. Du hast an die Zeit gedacht, als du versucht hast zu fliehen, nicht wahr? Hat John dich an das Baby des Mädchens erinnert?«

Natürlich wusste Phantom genau, was es ausgelöst hatte. Er schien ihre Gedanken lesen zu können, als sie in Hawaii gewesen waren, also warum sollte er das nicht auch jetzt können?

»Sie sind so klein und verletzlich, nicht wahr?«, fragte Phantom.

Kalee nickte.

»Ich habe ihn gestern gesehen, und ich schwöre, ich dachte, ich würde ihn zerbrechen, nur indem ich ihn im Arm halte. Hast du ihn schon lächeln sehen? Ich habe Ace gesagt, dass er Probleme bekommen wird, wenn sein Kind älter wird, weil das Grübchen in seiner Wange ein Mädchenmagnet sein wird.«

Kalee schluckte und holte tief Luft. Ihre Finger entspannten sich ein wenig auf ihren Beinen.

»Und warte, bis du siehst, wie beschützend Kemala, Sinta und sogar Rani mit ihm umgehen. Sobald er sich in seinem Bettchen bewegt, sind sie da und wollen wissen, ob sie ihn füttern oder seine Windel wechseln dürfen. Er wird so verwöhnt werden. Ace ist definitiv am Arsch.«

Kalee wusste, was Phantom tat. Er lenkte sie ab. Und es funktionierte. In Hawaii hatte er das Gleiche getan – er redete pausenlos über belanglose Dinge, bis sie sich wieder zusammenreißen konnte.

Zum ersten Mal konzentrierte sie sich auf etwas anderes als seine Augen und sah, dass sich der Hintergrund hinter ihm bewegte.

»Wo bist du?«, fragte sie.

»Ich bin auf dem Weg zu dir«, antwortete Phantom, ohne zu zögern.

Kalee runzelte die Stirn und sah zu Ace auf. Sie deutete mit dem Kopf auf sein Handy, und er nickte und erlaubte ihr, es ihm abzunehmen. Kaum hatte sie es in der Hand, stand Ace auf und wich zurück, aber er ging nicht weg. Es schien, als sei Phantom nicht der Einzige mit Beschützerinstinkt. Es freute sie unglaublich für Piper.

»Es ist verboten, während des Fahrens zu telefonieren«, mahnte sie.

»Ich weiß.«

Kalee runzelte die Stirn. »Du könntest Ärger bekommen.«

Phantom lachte. »Ja, Schatz, ich glaube, das habe ich verstanden. Aber du solltest inzwischen wissen, dass mir das scheißegal ist. Wenn du mich brauchst, bin ich da, egal wer mir sagt, dass ich es nicht darf, sollte oder es bereuen werde.«

Seine Worte drangen in ihre Seele ein und Kalee schmolz dahin. »Phantom ...«

»Geht es dir jetzt gut?«, fragte er, womit er nicht zuließ, dass ihr Tränen kamen.

Sie nickte.

»Kommst du in den nächsten fünfzehn Minuten klar, bis ich bei dir bin?«

Sie nickte wieder. »Es ... hat mich einfach aus heiterem Himmel getroffen. Es geht mir gut. Du musst nicht herkommen.«

Zum ersten Mal sah Phantom unruhig aus. »Kalee, ich habe mir in den letzten siebenundvierzig Stunden Sorgen um dich gemacht. Ich habe dich vermisst. Ich habe deinen Bericht gelesen und musste mich zwingen, dich nicht anzurufen oder sofort zu besuchen. Ich weiß, dass ich wahrscheinlich alle möglichen schlechten Erinnerungen zurückbringe, aber ich *muss* dich sehen und mich vergewissern, dass es dir gut geht.«

»Du bringst keine schlechten Erinnerungen zurück«, versicherte sie ihm.

Er wirkte skeptisch.

Kalee sah nervös zu Ace auf. Er verstand den Wink und sagte: »Ich werde mal nach meiner Frau suchen.« Damit verschwand er aus dem Zimmer und ließ sie allein auf dem Boden an der Wand sitzen.

Kalee zwang sich langsam auf die Beine und setzte sich auf das Sofa in der Nähe. »Bei dir fühle ich mich sicher«, sagte sie zu Phantom. »Ich weiß, dass die Rebellen hier nicht auftauchen und mich mitnehmen werden, aber irgendwie fühle ich mich immer noch beobachtet und frage mich, ob sie um die Ecke kommen und mir wehtun werden. Kein einziges Mal habe ich mich so gefühlt, als ich mit dir zusammen war. Selbst als wir noch in Dili waren und ich mich ausziehen und duschen musste, machte ich mir keine Sorgen, dass das passieren könnte. Denn ich wusste, dass du direkt vor der Tür stehst und jeden töten würdest, der versucht, mich zu kriegen. Ich kann es nicht erklären, Phantom, aber wenn ich mit dir zusammen bin, fühle ich mich eher wie die Kalee, die ich einmal war, und nicht wie das arme Entführungsopfer.«

»Du bist *kein* Opfer«, entgegnete Phantom mit Nachdruck. »Du bist eine Überlebende. Eine Kriegerin.«

Kalees Schultern entspannten sich noch mehr und sie lächelte. »Ich glaube, du bist der Einzige, der mich so sieht.

Mein Vater sieht mich an, als würde ich jeden Moment anfangen zu schreien. Was eine Ironie ist, denn er ist derjenige, der einen Nervenzusammenbruch hatte.«

Sie sah, wie sein Blick auf die Straße vor ihm fiel und dann wieder zu ihr zurückkehrte, und ihr wurde klar, dass das, was er tat, wirklich gefährlich war. »Ich werde jetzt auflegen. Du musst auf die Straße achten.«

»Ich bin ein Navy SEAL, Schatz. Denkst du, ich kann nicht gleichzeitig fahren und mit dir reden?«

Sie rollte mit den Augen. »Du bist ein SEAL, nicht unbesiegbar. Und ich kann dich nicht küssen, wenn du blutüberströmt im Krankenhaus liegst«, erwiderte sie ein wenig schnippisch. Eigentlich hätte sie sich für ihre Worte schämen müssen, aber stattdessen fühlte es sich gut an, ihn zu necken. Und sie merkte, dass sie diesen Kuss *wirklich* wollte.

»Du willst mich küssen?«, fragte er sanft.

»Ja«, sagte sie einfach.

Er schnaubte. »Toll, jetzt fahre ich mit einem Ständer *und* verstoße gegen das Gesetz, weil ich telefoniere.«

Sie kicherte.

»Geht es dir wirklich gut, Kalee?«, fragte er.

»Mir geht es gut«, versicherte sie ihm.

»Gut. Ich werde bald da sein.«

»Ich kann es kaum erwarten.«

»Tschüss.«

»Tschüss.«

Kalee legte auf und holte tief Luft. Es sollte sie nicht überraschen, dass Phantom sich sofort auf den Weg zu ihr gemacht hatte, als er hörte, dass sie einen Flashback hatte, aber sie war es trotzdem. Seit sie wieder in Kalifornien angekommen waren, hatte er weder »Hallo« noch »Tschüss« noch »Fahr zur Hölle« gesagt. Sie hatte gedacht, dass es vielleicht bedeutete, er sei erleichtert, mit ihr fertig zu sein.

Aber andererseits hatte er wahrscheinlich das Gleiche gedacht, denn sie hatte sich auch nicht bei *ihm* gemeldet. Was für ein Durcheinander.

Sie griff in ihre Gesäßtasche nach ihrem eigenen Handy und schaltete es ein. Sie sah sich die SMS an, die sie gestern Abend getippt hatte, aber die abzuschicken sie zu feige gewesen war, und fügte am Ende noch etwas hinzu, bevor sie auf Senden drückte.

Kalee steckte ihr Handy ein, nahm das von Ace und ging zu ihrer besten Freundin. Plötzlich schien alles an diesem Besuch einfacher zu sein, da Phantom gleich eintreffen würde. Sie wäre beunruhigt gewesen über das, was gerade passiert war, aber zu wissen, dass Phantom sie als Überlebende und nicht als Opfer betrachtete, ließ ihre Ängste und Sorgen irgendwie weniger furchterregend erscheinen.

Phantom war noch nie so in Panik geraten wie in dem Moment, in dem ihm klar wurde, was mit Kalee geschah. Er war dankbar, dass Ace ihn angerufen hatte. Er war praktisch aus seiner Wohnung gelaufen und in seinen Wagen gesprungen. Kalee hatte nicht unrecht, er hatte mindestens ein halbes Dutzend Gesetze gebrochen, während er versuchte, so schnell wie möglich zu ihr zu kommen, aber das war ihm egal.

Als er fast am Haus von Kalees Vater war, vibrierte sein Handy mit einer SMS. Er fuhr mit seinem alten Honda hinter Ace' schickem Denali vor und stellte den Motor ab. Dann las er die SMS, die er gerade erhalten hatte.

Kalee: Ich liege im Bett und habe schreckliche Angst. Ich habe keinen Grund dazu. Die Alarmanlage des Hauses ist eingeschaltet und ich weiß, dass diese Arschloch-Rebellen nicht wissen, wo ich bin, aber ich habe Angst vor den Träumen, die ich haben werde. Und weißt du was? Als ich mit dir in Hawaii war, hatte ich keinen einzigen Albtraum. Ich habe keine Ahnung warum. Aber ich glaube langsam, dass du es warst, Phantom. Was hat es mit dir auf sich, dass du meine Dämonen verjagst?

(Phantom, ich habe diese SMS gestern Abend mit der festen Absicht geschrieben, sie zu löschen, genau wie die anderen vierhundertdreiundzwanzig SMS, die ich geschrieben habe. Ich dachte, du seist nur nett gewesen, als du mir gesagt hast, ich solle mit dir in Kontakt bleiben. Ich lehne mich mit dieser Nachricht weit aus dem Fenster und bete, dass ich mich nicht völlig blamiere. Ich habe dich vermisst, Phantom. Ich weiß, es sind erst zwei Tage vergangen, aber es fühlt sich an, als wäre es ein Jahr gewesen. Wir sehen uns bald.)

Und einfach so wusste Phantom, dass er alles tun würde, um sie zu behalten.

Kalee gehörte verdammt noch mal *ihm*.

Er war fertig mit dem Versuch, sich von ihr fernzuhalten. Solange sie ihn wollte, gehörte er *ihr*.

Obwohl er wusste, dass er sie in weniger als dreißig Sekunden wiedersehen würde, musste Phantom antworten. Sie war die mutigste Frau, die er je getroffen hatte. Und das sollte sie wissen.

Phantom: Ich habe mein Handy vierhundert*siebenundsechzig* Mal in die Hand genommen, um dich anzurufen. Um zu sehen, wie es dir geht. Um mich zu vergewissern, dass es dir gut geht. Und jedes Mal habe ich gekniffen. Ich dachte, du seist erleichtert, wieder zu Hause zu sein, und willst nicht daran erinnert werden, was du durchgemacht hast. Das geht auf mich. Das ist erledigt. Ich habe dich auch vermisst, Schatz.

Dann drückte er auf Senden, stieg aus seinem Wagen aus und ging zur Haustür. Er klopfte und wartete ungeduldig darauf, dass sie geöffnet wurde. Er wäre sofort hineingestürmt, aber ein Teil von ihm wollte ihren Vater nicht verärgern. Natürlich kannten sie sich, aber trotzdem.

Als sich die Tür öffnete, spähte er an dem älteren Herrn vorbei, der dort stand, und sah Kalee rechts dahinter stehen. Sie steckte gerade ihr Handy zurück in die Tasche und lächelte.

Ohne zu zögern, trat er an dem anderen Mann vorbei, nahm sie in die Arme und seufzte über das Gefühl, nach Hause zu kommen. Sie schmiegte sich an ihn und er hörte, wie sie tief einatmete, während sie ihre Nase in seiner Halsbeuge vergrub.

»Riechst du an mir?«, fragte er leise und amüsiert.

»Ja. Ich weiß nicht warum, aber deine Seife riecht an dir anders als direkt aus der Flasche. Ich glaube, ich werde sie immer mit Sicherheit in Verbindung bringen.«

Phantom schwor sich auf der Stelle, nie wieder die Seife zu wechseln. Tatsächlich würde er heute Abend nach Hause fahren und die Seife in großen Mengen bestellen, für den Fall, dass jemals die Produktion eingestellt werden sollte.

Er zog sich zurück und legte seine Hände rechts und links an ihren Kopf, um sie ruhig zu halten. Er ließ seinen Blick an ihrem Körper auf und ab wandern und verweilte auf ihrem Haar. »Du hast es stylen lassen«, sagte er nach einem Moment.

»Du meinst, ich habe es in Ordnung bringen lassen«,

erwiderte sie mit einem selbstironischen Lächeln.

»Nein. Du warst perfekt, so wie du warst«, gab er zurück.

»Heißt das, ich bekomme jetzt meine Kappe zurück?«, fragte er grinsend.

»Keine Chance«, sagte sie.

»Verdammt, ich habe dich vermisst«, flüsterte Phantom eine Sekunde, bevor er seine Lippen langsam auf die ihren senkte. Es war schon viel zu lange her, dass er sie geküsst hatte, aber er war sich auch nicht sicher, wo sie mit ihren Gedanken gerade war.

Er hätte sich keine Sorgen machen müssen. Sie beugte sich vor, um ihn auf halbem Weg zu treffen, und in dem Moment, in dem ihre Lippen miteinander verschmolzen, wurde er ruhig. Hier gehörte sie hin. In seine Arme.

Da er sich seiner Umgebung immer bewusst war, vertiefte Phantom den Kuss nicht. Er leckte über ihre Lippen und knabberte ein wenig, aber er machte aus ihrem Wiedersehen keine Pornoshow. Er wusste, dass Ace und seine Familie auf der anderen Seite des Eingangs standen und zuschauten, ganz zu schweigen von Paul Solberg. Es machte ihm nichts aus, seine Karten zu zeigen, damit alle wussten, wie es um ihn und Kalee stand, aber er wollte sie nicht in Verlegenheit bringen.

Als er spürte, wie sie eine Hand unter sein T-Shirt schob, wusste er, dass er sie beide im Zaum halten musste. Er zog sich zurück und küsste Kalee auf die Stirn. »Geht es dir nach vorhin gut?«, fragte er.

Sie nickte. »John hat mich nur so sehr an … du weißt schon.«

»Ich weiß. Es wird leichter werden«, sagte er.

»Versprochen?«

»Ja«, antwortete er ohne die geringste Spur von Zweifel. »Als ich das Haus meiner Mutter verließ, zuckte ich jedes Mal zusammen, wenn ich hörte, wie eine Frau ihre Stimme erhob. Ich konnte mir nur vorstellen, wie meine Mutter oder meine Tante mich anschrien. Wie sie mir sagten, ich sei wertlos und würde es nie zu etwas bringen.« Phantom gefiel der erbitterte, wütende Ausdruck, der über Kalees Gesicht ging. Für *ihn*.

»Sie ist ein Miststück. Das sind sie beide.«

»Ja«, stimmte Phantom zu, »aber ich will damit sagen, dass es verblasst ist.«

»Und du bist ein großartiger Mann«, fuhr Kalee fort.

»Ich bin froh, dass du das so siehst.«

Sie rollte mit den Augen. »Jeder sieht das so«, beharrte sie.

Phantom zuckte mit den Schultern. »Ich bin nicht das Paradebeispiel für einen Helden«, erwiderte er. »Und damit habe ich kein Problem. Ich habe eine Menge Leute verärgert und werde es wahrscheinlich auch weiterhin tun. Aber solange du mich so ansiehst, wie du es gerade tust, ist mir das scheißegal.«

»Phantom, es ist schön, dich wiederzusehen«, sagte Paul Solberg hinter ihm.

Phantom fühlte sich nicht im Geringsten unwohl dabei, die Tochter des Mannes in seiner Anwesenheit zu küssen, und drehte sich um, wobei er einen Arm um Kalees Taille legte.

Er nickte Paul zu, erwiderte die Worte jedoch nicht. Ihr Vater war nicht sein Lieblingsmensch, schon gar nicht, nachdem er die kleine Rani entführt hatte. Aber er hatte das Richtige getan, hatte ihr nicht wehgetan und sie freigelassen. Dann hatte er sich selbst in eine psychiatrische Anstalt eingewiesen, um die Hilfe zu bekommen, die er brauchte. Er hatte alles getan, um für seine Taten zu büßen. Die Tatsache, dass Rani ihn ihren Großvater nannte und absolut keine Angst vor ihm hatte, trug viel dazu bei, dass Phantom ihm seine Taten verzieh ... aber er würde sie nie vergessen.

Allerdings wurde ihm klar, dass er jetzt umdenken musste. Er war Kalees Vater. Sie liebten sich offensichtlich sehr und Phantom würde nichts tun, um sich zwischen sie zu stellen.

Er atmete tief durch und streckte Paul eine Hand entgegen.

Der ältere Mann sah überrascht aus, zögerte aber nicht, sie zu ergreifen. Sie schüttelten sich die Hand und starrten einander einen Moment lang an, während sich Verständnis und Akzeptanz zwischen ihnen ausbreiteten.

»Danke, dass du Kalee gefunden hast«, sagte Paul leise.

Phantom nickte. Er wollte jetzt nicht darauf eingehen. Er wollte keine langatmige Dankesrede von Paul. Er wollte sich vergewissern, dass zwischen Kalee und ihrer besten Freundin alles in Ordnung war, und dann herausfinden, wohin sie als Nächstes gingen.

Paul drehte sich zu dem kleinen Mädchen in seinen Armen um. »Hat jemand Hunger? Ich habe für das Mittagessen gesorgt und es gibt mehr Speisen in der Küche, als ich in einem Jahr vertilgen kann.«

»Tacos!«, rief Rani und zappelte, um heruntergelassen zu werden.

Paul beugte sich vor und stellte sie auf die Füße, woraufhin sie und ihre beiden älteren Schwestern mit lautem Gekreische in Richtung Küche liefen, wo ihr Lieblingsessen sie erwartete.

Ace stand hinter Paul, mit Piper in dem einen und seinem Sohn in dem anderen Arm. »Geht es dir gut?«, fragte er Kalee.

Sie nickte. »Danke. Es tut mir leid wegen –«

»Nein«, unterbrach Ace sie. »Du darfst dich nicht dafür entschuldigen, wie du dich fühlst und was passiert ist.«

Kalee konnte sich ein Kichern nicht verkneifen. Etwas, von dem sie wusste, dass sie dazu nicht in der Lage gewesen wäre, wenn Phantom nicht an ihrer Seite gewesen wäre.

»Er ist ein wenig herrisch«, flüsterte Piper, »aber es ist ziemlich praktisch, ihn um sich zu haben.«

Kalee holte tief Luft, löste sich aus Phantoms Umarmung und ging zu Piper hinüber. »Dein Sohn ist perfekt. Deine Mädchen sind fantastisch. Und ich bin so froh, dich zu sehen.«

Phantom sah Tränen in Pipers Augen. »Ich kann immer noch nicht glauben, dass du hier bist. Dass es dir gut geht.«

»Ich bin noch nicht ganz in Ordnung, aber ich arbeite daran.«

Pipers Blick wanderte zu Phantom und dann wieder zu Kalee. »Weißt du, früher dachte ich, Phantom mag mich nicht besonders, aber jetzt weiß ich, es lag daran, dass er sich so große Sorgen um *dich* gemacht hat. Keiner von uns wusste warum, nicht einmal er selbst, aber ich bin so froh, dass er zurückgekehrt ist, um dich zu finden.«

»Ich auch«, sagte Kalee und schaute über ihre Schulter zu Phantom.

Sie hörten ein Krachen aus der Küche und Piper zuckte zusammen. »Sieht aus, als sei unsere Zeit für Erwachsene vorbei. Ich sollte mal nachsehen, was für Ärger sie machen. Weißt du, als wir sie adoptiert haben, dachte ich, sie seien still und schüchtern. Wenn du sie jetzt ansiehst oder ihnen zuhörst, würdest du das nie glauben.«

»Und du liebst jede Sekunde davon«, warf Ace ein, während er sich vorbeugte und seine Frau auf den Kopf küsste. »Nur zu, wir sind gleich hinter dir.«

Phantom nahm seinen Platz an Kalees Seite wieder ein, als sie sich alle auf den Weg in die Küche machten. Er hatte keine Ahnung, was in zwei Wochen bei seinem Disziplinarverfahren passieren würde, aber er war entschlossener denn je, Kalee in seine Zukunftspläne einzubeziehen.

KAPITEL ZWÖLF

Stunden später, nachdem Piper und ihre Familie gegangen waren und sie mit ihrem Vater und Phantom zu Abend gegessen hatte, saßen sie im Medienraum und sahen sich eine Sendung über einen Bomber im Zweiten Weltkrieg an, als sie tief durchatmete und sagte, was ihr durch den Kopf ging, seit sie Phantoms Gesicht auf dem Handy seines Freundes gesehen hatte.

»Dad, ich liebe dich ... aber ich kann nicht hierbleiben.«

Er schaltete den Fernseher aus und drehte sich zu ihr um. »Ich hatte schon befürchtet, dass du das früher oder später sagen würdest.«

Kalee war überrascht. »Wirklich?«

»Ja. So sehr ich dich auch als mein kleines Mädchen betrachten möchte, du bist eine erwachsene Frau, die sich angewöhnt hat zu tun, was sie will und wann sie will. Du kannst nicht gebrauchen, dass ich dich ständig frage, wie es dir geht, wohin du gehst oder was du vorhast, so wie ich es getan habe.«

»So schlimm warst du gar nicht«, erwiderte Kalee.

Er schnaubte. »Doch, aber nur, weil ich so verdammt dankbar bin, dass du hier bist.«

Kalee spürte, wie Phantom ihre Hand drückte. Sie hatten den ganzen Abend Händchen gehalten und es fühlte sich fantastisch an.

»Es ist nicht so, dass ich es nicht zu schätzen weiß, dass du dich um mich kümmerst, aber ich ...« Sie verstummte.

»Du fühlst dich erdrückt«, murmelte ihr Vater leise. »Das ist nicht dein Zuhause, du fühlst dich hier nicht wohl und du musst herausfinden, wer die neue Kalee ist, ohne dass dein alter Herr dir auf die Pelle rückt.«

Kalee lächelte ihren Vater an. »Ich liebe dich.«

»Und ich liebe dich. Du wirst nie wissen, wie sehr. Es ist kein Geheimnis, dass ich zusammengebrochen bin, als ich dachte, du seist tot. Aber seither habe ich viel gelernt. Ich habe gelernt, nichts für selbstverständlich zu halten und jeden Tag so zu leben, als wäre es mein letzter. Als die Stimmen in meinem Kopf die Kontrolle übernahmen, war es das Beängstigendste, was ich je erlebt habe. Ich wusste, dass das, was sie sagten, nicht wahr war, aber ich ließ mich dazu verleiten, ihnen trotzdem zu glauben. Alles, was ich will, Kalee, alles, was ich je gewollt habe, ist, dass du glücklich bist. Und wenn du hier nicht glücklich bist, dann musst du irgendwohin gehen, wo du es bist.«

»Danke, Dad.«

»Dafür musst du mir nicht danken«, sagte er mit einem leichten Kopfschütteln. »Aber du musst mir versprechen, dass du dich meldest.«

»Das werde ich.«

»Jeden Tag«, erklärte er streng, aber Kalee konnte das Glitzern von Tränen in seinen Augen erkennen.

»Das wird nicht schwer sein«, beruhigte sie ihn.

Paul Solberg räusperte sich und fragte: »Hast du einen Plan? Ich weiß, wir haben noch nicht viel darüber gesprochen, aber ich habe ein Konto auf deinen Namen eröffnet.« Er hob eine Hand, um ihre Proteste abzuwehren. »Ich weiß, ich weiß, aber ich will auf keinen Fall, dass du einen Job mit Mindestlohn annimmst, von dem du kaum leben kannst. Ich möchte, dass du dich entspannst und dir Zeit nimmst, um zu entscheiden, was du mit deinem Leben anfangen willst. Ich habe mehr Geld, als ich jemals ausgeben kann ... und eines Tages wird es sowieso dir gehören. Ich möchte lieber, dass du es jetzt benutzt, wenn du es wirklich brauchst, als dass es auf meinem Bankkonto Staub ansammelt.«

Kalee rollte mit den Augen. »Ich glaube nicht, dass Staub das ist, was es ansammelt«, sagte sie trocken.

»Du weißt, was ich meine. Ich weiß, dass du das Geld nicht willst, aber bitte, nimm es. Nimm es als Anzahlung für eine Wohnung ... oder kaufe das ganze verdammte Gebäude, wenn du willst. Ich muss nur wissen, dass du in Sicherheit bist.«

»Sie wird in Sicherheit sein«, versprach Phantom.

Kalee schaute ihn an.

»Sie kann bei mir bleiben, bis sie eine Wohnung gefunden hat, in der sie sich nicht nur sicher fühlt, sondern die auch zu ihrem derzeitigen Gemütszustand passt.« Seine Worte galten ihrem Vater, aber er wandte den Blick nicht von Kalees Augen ab.

»Ich kann in einem Hotel wohnen«, schlug Kalee vor.

Phantom presste die Lippen aufeinander und schüttelte den Kopf. »Auf keinen Fall.«

Er war herrisch und überschritt seine Grenzen, aber Kalee konnte sich nicht wirklich dazu durchringen, sich daran zu stören. Als sie ausgeflippt war und Ace ihn angerufen hatte, war er, ohne zu zögern, zu ihr gekommen.

Sie hatten in Hawaii eine Verbindung zueinander aufgebaut. Vielleicht war sie einfach nur dankbar, dass er ihr zu

Hilfe gekommen war, und er fühlte sich schuldig, weil er nicht gemerkt hatte, dass sie noch lebte, bis es zu spät gewesen war, um ihr die Hölle zu ersparen. Aber tief im Inneren wusste Kalee, dass es mehr war. Allein seine Nähe ließ etwas in ihr zur Ruhe kommen. Sie musste nicht mehr auf jede Kleinigkeit achten, die um sie herum geschah. Es war beruhigend.

Nicht nur das. Wie sie ihm in ihrer SMS geschrieben hatte, vermisste sie ihn. Und er hatte gesagt, dass er sie auch vermisste. Würde ein knallharter Navy SEAL so etwas zu jemandem sagen, mit dem er keine Zeit verbringen wollte? Vielleicht. Aber Phantom würde das nicht tun. Das wusste sie so genau, wie sie ihren eigenen Namen kannte. Er spielte nicht mit den Gefühlen der Leute. Er sagte, was er meinte, und meinte, was er sagte.

Er drückte ihre Hand. »Kalee? Du bleibst bei mir, bis wir eine Wohnung gefunden haben, in der du dich wohl und sicher fühlst.«

Es war keine Frage.

Kalee rollte mit den Augen und lächelte. »In Ordnung.«

Sie drehte sich wieder zu ihrem Vater um und stellte fest, dass er sie zärtlich ansah. Sie hätte gedacht, dass er über Phantoms Erklärung verärgert sein könnte. Aber stattdessen wirkte er erleichtert.

»Es ist schon spät«, sagte er. »Warum gehst du nicht nach oben und packst ein paar deiner Sachen? Phantom und ich werden hier unten auf dich warten.«

Sie war sich nicht sicher, ob es eine gute Idee war, ihren Vater und Phantom allein zu lassen, aber sie nickte dennoch und stand auf. Phantom war ein erwachsener Mann, und wenn ihr Vater sie beschützen wollte, dann war das sein gutes Recht.

Sie hatte nicht viel zu packen, aber sie könnte den knallgelben Koffer, den Phantom ihr in Hawaii gekauft hatte, leicht füllen. Alles, was nicht hineinpasste, würde hier sicher sein, bis sie es abholen konnte. Es war schließlich nicht so, als hätte sie außer Kleidung und Toilettenartikeln noch viel mehr.

Sie verließ den Medienraum mit Phantom und ihrem Vater auf den Fersen. Phantoms Hand ruhte leicht auf ihrem Rücken und wieder einmal wunderte sie sich darüber, dass sie nicht ausflippte. Es war kaum zu glauben, dass sie Phantoms Hand auf ihrem Rücken so sehr schätzte, nachdem sie es noch vor Kurzem gehasst hatte, berührt zu werden.

Sie ging die Treppe hinauf und ließ Phantom und ihren Vater in der Eingangshalle zurück. Sie bog um die Ecke in den ersten Stock, ging aber nicht sofort in ihr Zimmer. Sie mochte vielleicht kein Tetum gesprochen haben, als sie in Timor-Leste gewesen war, aber sie hatte genug gelernt, um festzustellen, dass sie beim Lauschen viele nützliche Informationen sammeln konnte. Kalee hatte nicht im Geringsten ein schlechtes Gewissen, dass sie Phantoms Gespräch mit ihrem Vater belauschte.

»Pass auf sie auf«, sagte ihr Vater.

»Natürlich«, erwiderte Phantom.

»Sie ist alles, was ich auf der Welt noch habe.«

»Mir scheint, Sie irren sich«, sagte Phantom. »Sie haben drei kleine Mädchen, die Sie als ihren Großvater betrachten. Von Piper ganz zu schweigen.«

»Muss ich dich fragen, welche Absichten du gegenüber meiner Tochter hast?«, fragte ihr Dad nach einem Moment.

»Sie können fragen, was Sie wollen, aber was zwischen uns beiden ist, bleibt zwischen uns beiden, bis sie bereit ist, Ihnen etwas anderes zu sagen«, erklärte Phantom ruhig. »Ich weiß, was Sie hören wollen, aber ich kann Ihnen im Moment nichts garantieren. Ich weiß nicht, was meine Zukunft bringt. Die Marine könnte mir die Sicherheitsfreigabe entziehen, und wenn das passiert, darf ich nicht länger ein SEAL sein. Egal was bei meinem Disziplinarverfahren passiert, ich werde wahrscheinlich aus Riverton abgezogen. Kalee ist mir wichtig. Ich werde nichts tun, was ihr körperlich oder geistig schaden könnte. Darauf haben Sie mein Wort.«

»Sie ist dir wichtig«, wiederholte ihr Vater.

»Ja«, sagte Phantom schlicht.

»Das ist gut genug für mich ... für den Moment.«

Kalee lächelte und ging schnell in ihr Zimmer, um zu packen. Sie liebte es, wie unverblümt Phantom war. Ein einziges Wort – *ja* – reichte aus, um ihr bis in die Knochen zu versichern, dass sie das Richtige tat, wenn sie mit ihm ging.

Fünfzehn Minuten später tat Kalee so, als würde sie die Tränen in den Augen ihres Vaters nicht bemerken, als er sie zum Abschied umarmte. Wenn sie auf die Tränen ihres Vaters reagieren würde, könnte *sie* anfangen zu weinen.

Sie entspannte sich in dem Sitz neben Phantom und seufzte erleichtert, als sie vom Haus ihres Vaters wegfuhren.

»Geht es dir gut?«, fragte er.

Kalee nickte.

»Hat dich das, was ich deinem Vater erzählt habe, erschreckt?«

Sie schaute ihn überrascht an. »Du wusstest, dass ich zugehört habe?«

»Ja. Ich habe deine Schritte auf dem Flur nicht gehört, nachdem du die Treppe hochgegangen warst.«

»Hast du meinem Vater die Wahrheit gesagt?«, fragte Kalee.

»Ich lüge nicht«, antwortete Phantom. »Ich kann an einer Hand abzählen, wie oft ich die Wahrheit gestreckt oder jemanden direkt angelogen habe. Und deinem Vater zu sagen, dass du mir wichtig bist, gehört definitiv nicht zu diesen Fällen.«

»Ich habe keine Angst«, sagte Kalee, womit sie seine vorherige Frage beantwortete. »Weil ich das Gleiche für dich empfinde. Glaubst du wirklich, dass die Marine dich auf einen anderen Stützpunkt schickt?«

Er seufzte und konzentrierte sich für einen langen Moment auf die Straße vor ihnen. Dann zuckte er mit den Schultern. »Ich weiß es ehrlich gesagt nicht. Was ich getan habe, war ziemlich schlimm. Vielleicht muss die Marine ein Exempel an mir statuieren, damit andere nicht das Gefühl haben, dass sie sich in Zukunft einem direkten Befehl widersetzen können.«

Kalee war hin- und hergerissen. Sie verstand, dass das, was Phantom getan hatte, nicht gut war. Aber er hatte ihr das Leben gerettet. Er hatte sie aus der schrecklichen Situation befreit, in der sie sich befunden hatte. Sie war entführt, vergewaltigt, missbraucht und gezwungen worden, an kriminellen Aktivitäten teilzunehmen. Wenn Phantom sie nicht geholt hätte, wäre sie immer noch in Timor-Leste. »Ich weiß, dass ich das schon einmal angeboten habe, aber kann ich mit deinen Vorgesetzten sprechen? Damit sie verstehen, dass das, was du getan hast, zwar gegen die Regeln verstoßen hat, ich aber heute vielleicht nicht mehr am Leben wäre, wenn du es nicht getan hättest?«

Phantom legte eine Hand mit der Handfläche nach oben auf die Konsole zwischen ihnen, und Kalee berührte ihn gern. Sie mochte es, dass er nicht nach *ihr* griff. Er überließ ihr die Entscheidung, ob sie seine Hand halten wollte oder nicht.

»Danke, Schatz. Das bedeutet mir sehr viel, aber das ist nicht nötig. Ich nehme an, dass mein Schicksal bereits entschieden ist, aber der früheste Termin im Terminkalender des Vizeadmirals war in zwei Wochen.« Er zuckte mit den Schultern. »Entweder das, oder sie wollten mich schwitzen lassen.«

»Also bist du bis dahin einfach im Unklaren?«, schnaubte Kalee.

Phantom zuckte mit den Schultern. »Ja.«

»Das ist scheiße.«

Seine Mundwinkel zuckten.

»Und es ist nicht fair, dass sie schon über deine Strafe entschieden haben, ohne mich mit ihnen reden zu lassen.«

»Ich weiß den Gedanken mehr zu schätzen, als du dir vorstellen kannst«, wiederholte Phantom. »Aber zurück zum Thema ... Als ich bei meiner Mutter auszog, schwor ich mir, dass ich nicht so werden würde wie sie. Auch wenn ich sie und meine Tante hasste, wollte ich nicht die Art von Mann sein, der seinen Hass auf sie an jeder anderen Frau auslässt. Genau das haben sie getan ... ihren Hass auf meinen Vater an mir ausgelassen, nur weil ich ein Mann war. Aber in Hawaii wurde mir klar, dass ich, vielleicht unbewusst, genau das in den letzten fünfzehn Jahren getan habe. Ich habe mich von Beziehungen ferngehalten und mich nie zu sehr an jemanden gebunden.«

Kalee drückte seine Hand. Seine Worte taten ihr weh, aber sie wusste, dass er mit niemandem viel über sich selbst sprach. Es fühlte sich besonders an, dass er sich ihr gegenüber öffnete.

»Dann kamst du und hast alles zerstört, was ich je über Frauen gedacht hatte. Ich hatte nicht mit dir geredet. Verdammt, ich war emotionaler über deinen vermeintlichen Tod als über die Trennung von Frauen, mit denen ich in der Vergangenheit monatelang ausgegangen war. Ich versuchte, mir einzureden, dass ich nur verärgert war, weil wir bei einer Mission gescheitert waren, aber tief in mir wusste ich, dass es um mehr ging. Du warst etwas Besonderes, und ich hatte es verpasst, dich zu kennen. Das verfolgte mich. Und als mir klar wurde, dass du *nicht* tot bist, dass ich dich auf die schlimmste Art und Weise im Stich gelassen hatte ...

wusste ich, dass ich nicht aufhören würde, bis ich zurückkehre, dich finde und nach Hause bringe.«

»Jetzt bin ich zu Hause«, sagte sie. »Und du hast mich nicht im Stich gelassen. Ich hasse es, dass du das denkst.«

Er zuckte mit den Schultern und Kalee wusste, dass sie diesen Streit niemals gewinnen würde. Er war ein stolzer Mann, ein verdammt guter SEAL, und er würde das, was am Waisenhaus passiert war, auf seine eigene Weise verarbeiten müssen.

»Ich dachte, ich rette dich, bringe dich nach Hawaii und helfe dir, dich emotional zu erholen, dann bringe ich dich hierher zurück und das war's. Aber dann wurde es kompliziert.« Er fuhr vor seinem Wohngebäude vor und parkte. Er stellte den Motor ab und drehte sich zu ihr um. »Mir wurde klar, dass ich dich nicht gehen lassen wollte. Dass du dich unter den Panzer geschlichen hast, den ich trage, seit ich erkannt habe, dass meine eigene Mutter mich hasst. Es hat mir eine Heidenangst gemacht, also *habe* ich dich gehen lassen ... ohne dir zu sagen, was ich fühle. Als Ace mich heute anrief, wusste ich es.«

Als er nicht weitersprach, runzelte Kalee die Stirn. »Was wusstest du?«

»Dass ich nicht wegbleiben konnte. Ich habe deinen Vater nicht angelogen, als ich ihm sagte, dass du mir wichtig bist. Das bist du. Aber ich habe ihm auch nicht die Wahrheit gesagt.«

»Phantom, du redest im Kreis«, beschwerte Kalee sich. »Wenn du mich hier nicht willst, kann ich in ein Hotel gehen. Das ist keine große Sache.« Es *war* eine große Sache, aber sie würde alles in ihrer Macht Stehende tun, um sich zusammenzureißen, wenn er zustimmte, dass es das Beste für sie war zu gehen.

Aber Phantom beugte sich vor und fuhr mit den Fingern auf beiden Seiten ihres Kopfes durch ihre Haare. Kalee stützte sich auf die Konsole zwischen ihnen, als er sie nach vorn zog.

»Ich liebe dich, Kalee.«

Als sie nach Luft schnappte, fuhr er fort: »Ich weiß, es ist noch zu früh. Ich weiß, es klingt verrückt. Und ich verlange von dir nichts im Gegenzug. Ich gebe dir meine Liebe frei und ohne Vorbehalte. Es ist mir scheißegal, was die Marine über meine Zukunft entscheidet, denn ich hätte jedes verdammte Gesetz gebrochen, um zu dir zu gelangen. Vor zwei Wochen und jederzeit in der Zukunft. Ich werde jeden umbringen, der es wagt, dir etwas anzutun.

Ich sage das nicht, um dich zu stressen oder dich unter Druck zu setzen. Ich bitte dich nur darum, dass du mich dir helfen lässt. Lass mich bei dir sein, wenn du überlegst, wie es weitergehen soll. Wenn du meine Liebe nicht erwidern kannst, werde ich das verstehen. Natürlich bin ich nicht der liebenswerteste Mensch der Welt, frag einfach meine Mutter, aber ich schwöre bei meinem Leben, dass ich alles tun werde, damit du bekommst, was du willst. Und wenn das bedeutet, dass ich Abstand halten muss, wird es mich umbringen, aber ich werde es tun.

Und wenn du dich entscheidest, dieser Sache zwischen uns eine Chance zu geben, wirst du es nicht bereuen. Ich werde dich unterstützen, dir zur Seite stehen und dir alles geben, was dein Herz begehrt, wenn ich es schaffen kann. Ich werde mein Bestes tun, um kein besitzergreifendes Arschloch zu sein. Du wirst deine eigenen Freunde haben, und ich werde meine haben. Wir können getrennt voneinander etwas unternehmen, und ich habe kein Problem mit Mädelsabenden, solange ich weiß, dass du sicher bist. Ich koche, putze und mache die Wäsche. Wenn wir Kinder haben, werde ich nie erwarten, dass du die ganze Verantwortung für sie trägst. Es macht mir eine Scheißangst, Vater zu sein, aber ich weiß, dass ich mit dir an meiner Seite alles schaffen kann.

Und jetzt plappere ich und mache dich verrückt – aber das Wichtigste ist, dass du mir wichtig bist, Schatz. Heute, morgen, in einem Jahr. Das wird sich nicht ändern.«

Kalee weinte jetzt. Sie konnte nicht glauben, dass Phantom offen zugegeben hatte, dass er sie liebte. Sie wollte es erwidern, aber die Worte blieben ihr im Hals stecken.

Liebte sie ihn? Sie konnte nicht leugnen, dass sie sich hundertmal sicherer und geborgener fühlte, wenn sie bei ihm war, aber war das Liebe? Sie wusste es nicht und weigerte sich, ihm etwas vorzumachen, bevor sie sich nicht sicher war.

Als könnte er den Aufruhr in ihren Augen lesen, sagte Phantom: »Schhhh. Es tut mir leid. Es war nicht fair von mir, diese Bombe platzen zu lassen. In zwei Wochen werden wir mein Schicksal erfahren. Ich würde dich Piper oder deinem Vater nie wegnehmen. Wir werden in kleinen Schritten vorgehen.«

Kalee rutschte nach vorn und packte seine Handgelenke. Seine Hände waren immer noch auf ihrem Gesicht und sie konnte sich nicht zurückhalten. Ihre Lippen landeten auf seinen und er neigte sofort den Kopf, damit sie ihn besser küssen konnte. Aggressiv schob sie ihre Zunge in seinen Mund und freute sich, als er sie gewähren ließ. Sie atmete seinen Kieferduft ein, während sie ihn verschlang, und war noch nie in ihrem Leben so erregt gewesen.

Als sie sich zurückzog, sah sie, wie er sich die Lippen leckte und sie hungrig anstarrte. Aber sie hatte keine Angst. Er würde ihr nicht wehtun. Dessen war sie sich hundertprozentig sicher.

»Bist du bereit reinzugehen?«

Sie nickte.

»Du wirst mich loslassen müssen«, sagte er mit einem Lächeln.

Sie erwiderte es. »Und du wirst *mich* loslassen müssen«, gab sie zurück.

»Hast du meine Kappe eingepackt?«, fragte er. »Ich will sie zurück.«

»Vielleicht, vielleicht auch nicht. Und jetzt ist es *meine* Kappe«, stichelte sie, als Phantom die Hände sinken ließ.

Sie wusste, dass er versuchte, die Stimmung aufzulockern. Sie spürte immer noch, wie ihr Herz in ihrer Brust unkontrolliert schlug. Es war schwer zu glauben, dass all die Entscheidungen, die sie in ihrem Leben getroffen hatte, sie zu diesem Moment hier und jetzt geführt hatten. In seinem Wagen auf dem Parkplatz seiner Wohnung zu sitzen und zu knutschen fühlte sich erstaunlich gut an. Sie hatte keine Angst vor ihm und sie hatte auch keine Angst vor Sex. Sie wusste ohne jeden Zweifel, dass er sofort aufhören würde, falls sie in Panik geriet, wenn sie intim wurden. Und allein dieses Wissen ließ sie noch mehr entspannen.

Sie stieg aus seinem Wagen und verdrehte die Augen, als er sich weigerte, sie ihren eigenen Koffer die Treppe hochtragen zu lassen. Er hielt ihre Hand fest, als sie die zwei Stockwerke hinaufstiegen und den äußeren Flur zu seiner Wohnung hinuntergingen. Er ließ sie hinein und als sich die Tür hinter ihnen schloss, fühlte Kalee sich sicher und nicht klaustrophobisch.

Phantoms Wohnung war nicht größer geworden, seit sie das letzte Mal dort gewesen war. Sie war immer noch klein und etwas heruntergekommen, aber sie war sauber. Und – sie atmete tief durch ihre Nase ein – es roch nach Phantom.

Sie schaute in die Küche, wo sie eine kleine Schachtel auf dem Tresen entdeckte.

Er sah, wohin ihr Blick gewandert war, und sagte: »Danke übrigens für den Kuchen.«

Sie runzelte die Stirn. »Was?«

»Der Kuchen. Er hat auf mich gewartet, als ich neulich nach Hause kam. Ich wusste, dass er von dir ist, weil er mit Schokolade ist.«

Als Kalee ihn verwirrt anstarrte, verblasste sein Lächeln. »Du hast ihn nicht geschickt?«

Sie schüttelte den Kopf. »Nein. Aber ich hätte es getan, wenn ich gewusst hätte, wie sehr er dir schmeckt.«

»Verdammt. Ich habe einfach angenommen, dass er von dir ist. Da war kein Zettel oder so.«

Kalee kicherte.

»Was?«, fragte er.

»Ich stelle mir gerade eine andere Frau vor, die sauer ist, weil ihr Mann nicht sofort angerufen hat, um sich für den Kuchen zu bedanken, den sie geschickt hat. Er musste wahrscheinlich zu Kreuze kriechen.«

Phantom lächelte. »Wahrscheinlich. Es ist ein köstlicher Kuchen. Er ist nicht zu trocken und hat die perfekte Menge an Glasur.«

»Sollen wir in der Bäckerei anrufen, fragen, wer ihn bestellt hat, und versuchen, die Verwechslung zu erklären?«, fragte Kalee.

»Nein. Ich bin sicher, dass der Absender schon gemerkt hat, dass es ein Problem gab, als der Empfänger ihn nicht bekommen hat. Ich möchte meine Zeit nicht mit einem Metzgersgang verbringen.«

»Wie würdest du deine Zeit *lieber* verbringen?«, fragte Kalee und wurde rot, als sie merkte, wie anzüglich ihre Worte klangen.

Aber Phantom ließ sie vom Haken. »Mit dir reden. Vielleicht unseren eigenen Kuchen backen. An den Strand gehen und entspannen. Ein paar der Serien ansehen, die du während deiner Abwesenheit verpasst hast. Mit dir einkaufen gehen und dir dabei zusehen, wie du Schokoriegel in das Glas Erdnussbutter tunkst, das ich im Schrank habe.«

All das hörte sich für Kalee paradiesisch an. Sie leckte sich über die Lippen und sah, wie Phantoms Blick dort hängenblieb, bevor er ihr in die Augen sah.

»Es ist schon spät. Warum nimmst du nicht deinen Koffer und gehst ins Bett?«, schlug er vor.

Zum ersten Mal wurde Kalee klar, dass es in Phantoms Wohnung nur ein Bett gab. »Mist, daran habe ich gar nicht gedacht. Ich kann auf der Couch schlafen.«

»Nein.«

Seine Antwort war direkt und endgültig.

»Aber –«

»Nein«, wiederholte Phantom.

Kalee sah ihn stirnrunzelnd an. »Es ist nicht richtig von mir –«

»Wenn du glaubst, dass du irgendwo anders als in meinem Bett schlafen wirst, hast du Wahnvorstellungen«, sagte Phantom etwas lauter. »Meine Frau schläft nicht auf dem Boden. Oder auf der Couch. Nicht, wenn es ein perfektes Bett für sie gibt. Du hast in Timor-Leste viel zu viele Nächte auf dem Boden verbracht. Nie wieder, Kalee. Nie wieder.«

Sie versuchte, sich ein Argument auszudenken, das funktionieren würde, aber ihr fiel nichts ein.

Phantom trat näher, jedoch ohne sie zu berühren. Sein Tonfall war leise und schmeichelnd, als er sagte: »Ich habe meine Bettwäsche seit mehreren Tagen nicht gewechselt. Wahrscheinlich riecht sie nach meiner Kiefernseife, die du so gern magst.«

Na, Scheiße. Er hatte sie, und das wusste er. Jetzt konnte sie wirklich nicht ablehnen.

»Gut«, sagte Kalee mit einem gespielten Seufzen. »Aber ich will nicht hören, wie du dich beschwerst, wenn dir morgen der Rücken wehtut, weil du auf der Couch geschlafen hast.«

»Du bist hier in meiner Wohnung, in meinem Bett, du wirst kein einziges verdammtes Wort der Beschwerde von mir hören«, entgegnete er.

»Phantom?«

»Ja, Schatz?«

»Ich weiß, dass du es nicht hören willst, aber ich muss es trotzdem sagen. Danke.«

Anstatt sich über sie aufzuregen, nickte Phantom diesmal nur mit dem Kopf. »Gern geschehen.«

Dann nahm Kalee ihren Koffer und ging den Flur entlang in Richtung seines Schlafzimmers.

Dreißig Minuten später, nachdem sie Phantom Gute Nacht gesagt und er sich in seinem Zimmer umgezogen hatte, drehte Kalee sich in seinem Doppelbett auf die Seite und atmete tief ein. Er hatte recht, sein Kopfkissen und seine Bettwäsche rochen tatsächlich nach Kiefer. Kalee hatte das Gefühl, von ihm umgeben zu sein, und noch nie in ihrem Leben war sie so zufrieden gewesen.

Sein Duft erregte sie, aber Kalee ignorierte die Nässe zwischen ihren Beinen. Sie war erschöpft. Sie hatte während der letzten Nächte nicht gut geschlafen, und die Gewissheit, dass Phantom nur wenige Meter entfernt war, machte sie plötzlich so müde, dass sie wusste, sie würde in Sekundenschnelle einschlafen.

Mit seinen Worten der Liebe im Kopf schloss Kalee die Augen und ließ sich vom Schlaf übermannen.

Mona saß in ihrem Wagen und starrte ungläubig auf Forests geschlossene Tür.

Was war gerade passiert?

Sie war bereit gewesen, aus ihrem Fahrzeug zu steigen und »zufällig« auf ihren Mann zu treffen. Sie wusste, dass er sich *so* sehr freuen würde, sie zu sehen, dass er sie nach oben und in seine Wohnung einladen würde. Er würde ihr sagen, dass er wusste, dass der Kuchen von ihr war, und dass er die ganze Zeit an sie gedacht hatte. Er würde sie in die Arme nehmen und sie würden zusammen im Bett landen. Er würde sie die ganze Nacht lang langsam und zärtlich lieben.

Sie hätte ihm gesagt, dass sie die Pille nahm und er deshalb kein Kondom benutzen musste, aber das stimmte nicht. Er hätte sie geschwängert und dann sofort um ihre Hand angehalten, wenn er herausfand, dass sie sein Kind trug.

Heute Nacht sollte die erste Nacht ihres restlichen Lebens sein!

Aber in dem Moment, in dem er auf den Parkplatz gefahren war, sah Mona die Frau auf dem Beifahrersitz. Sie wollte keine falschen Schlüsse ziehen; ihr Forest war ein guter Kerl. Er wollte sie wahrscheinlich nur nach Hause fahren.

Aber dann saßen sie eine ganze Weile im Wagen und unterhielten sich.

Als sie ihr Digitalkamera-Fernglas benutzt hatte, hätte sie vor Wut fast geschrien.

Sie hatten sich geküsst. *Geküsst!* Und es war kein einfaches Küsschen gewesen, um sich für die Fahrt zu bedanken. Nein, diese Hure hatte ihren Mann praktisch überfallen! Dann waren sie ausgestiegen und Forest hatte einen *Koffer* aus seinem Wagen geholt. Das Miststück blieb über Nacht! Warum sollte sie sonst einen Koffer dabeihaben?

Mona hatte gekocht, als Forest ihre Hand ergriff und sie die Treppe hinaufführte.

Jetzt, da Forest und dieses Miststück außer Sichtweite

waren, schlug sie mit den Fäusten auf das Lenkrad und kreischte vor Frustration und Wut.

»Nein! Nein, nein, *nein*!«, heulte sie. »Das ist nicht fair! Er gehört mir! *MIR!*«

Sie sollte in diesem Moment bei ihm sein.

Sie war diejenige gewesen, die ihm Kuchen geschickt hatte. Kein Mann sollte einem Kuchen widerstehen können!

Sie war diejenige gewesen, die sich wochenlang Sorgen um ihn gemacht hatte!

Irgendetwas musste bei seiner letzten Mission passiert sein. Er hätte zurückkommen und merken sollen, dass er ohne sie nicht leben konnte!

Mona klammerte sich mit aller Kraft ans Lenkrad, während sich in ihrem Kopf alles drehte. Forest Dalton gehörte *ihr*. Er musste sich aus dem Bann befreien, den diese Schlampe auf ihn gelegt hatte.

Mona war so wütend, dass sie sich zusammenreißen musste, um nicht auszusteigen, zu Forest zu stapfen und ihn aufzufordern, dieses Miststück rauszuwerfen. Wie konnte er es *wagen*, sie so respektlos zu behandeln? Wie konnte er es wagen, sie zu betrügen?

Sie holte tief Luft und versuchte, sich zu beruhigen.

Sie würde sich mehr anstrengen müssen. Dafür sorgen müssen, dass ihr Mann wusste, was er verpasste. Wenn er merkte, wie sehr sie sich um ihn sorgte, würde er zu ihr zurückkommen. Sie wusste es.

Und wenn er es nicht tat ... würde er seinen Fehler einsehen.

Wenn Mona Forest nicht haben konnte, konnte *niemand* ihn haben.

KAPITEL DREIZEHN

Phantom stand in der Tür zu seinem Schlafzimmer, lehnte sich an den Türrahmen und starrte Kalee einfach nur an. Er konnte nicht glauben, dass er ihr gesagt hatte, dass er sie liebte, und sie nicht abgehauen war. Das musste doch gut sein, oder nicht? Letzte Nacht war er mehrmals aufgestanden, um nach ihr zu sehen. Er war versucht gewesen, zu bleiben und sich neben sie zu legen, nur für den Fall, dass sie schlecht träumte, aber er wollte auf keinen Fall, dass sie aufwachte und Angst vor *ihm* hatte.

Er trug rote Shorts, die gleichen, in denen er geschlafen und die er nach dem Training wieder angezogen hatte. Normalerweise schlief er nackt, aber wenn Kalee in seiner Wohnung war, wusste er, dass er sich bedecken musste. Es war seltsam, wie sehr er sie in seiner Wohnung mochte. Sie war nicht unordentlich, die Klamotten, die sie gestern getragen hatte, lagen zusammengefaltet neben ihrem Koffer auf dem Boden an der Wand. Sie hatte ihre Sachen nicht im ganzen Bad verteilt.

Phantom wünschte, sie hätte es getan.

Er hatte mit niemandem zusammengelebt, seit er ein SEAL geworden war. Er mochte es, allein zu sein. Er erinnerte sich nur zu gut daran, wie seine Mutter seine Sachen durchwühlte und alles klaute, was sie zu verdienen glaubte. Aber wegen Kalee hatte er absolut keine Bedenken. Er hatte nichts vor ihr zu verbergen. Verdammt, er hatte zugegeben, dass er sie liebte, nichts war persönlicher als das.

Kalee drehte sich auf die Seite und er beobachtete, wie sie unbewusst tief einatmete, was seinen Schwanz in den Shorts zucken ließ. Verflucht, sie war so schön. Er wusste, dass sie das nicht so sehen würde. Aber es waren nicht ihre Haare oder ihr Körper, die ihn anzogen. Es war *sie*. Ihre Einstellung zum Leben. Ihre Stärke. Ihre Fähigkeit, die Scheiße, die sie durchgemacht hatte, zu überwinden. Sie suhlte sich nicht darin. Ja, sie kämpfte damit, mit allem fertigzuwerden, aber sie war ein Mensch.

Phantom zwang sich, genau dort zu bleiben, wo er war, obwohl er am liebsten zu ihr gegangen wäre und sie in seine Arme geschlossen hätte. Sie war hinreißend, wenn sie versuchte aufzuwachen. Sie stieß einen langen Atemzug aus, legte die Arme über den Kopf und streckte sich. Dann rollte sie sich auf der Seite zusammen und zog das zusätzliche Kissen auf dem Bett in ihre Arme. Sie stöhnte leicht, und das Geräusch wanderte direkt zu Phantoms Schwanz. Er konnte sich vorstellen, wie sie dieses Geräusch machte, wenn er zum ersten Mal in sie eindrang.

Es fiel ihm schwer, sich von dieser Vorstellung zu lösen. Er hatte den Bericht darüber gelesen, was die Rebellen mit ihr gemacht hatten. Er würde nichts Sexuelles tun, ohne dass sie die Initiative ergriff. Und selbst dann würde er es langsam angehen lassen und ihrer Führung folgen. Nicht zum ersten Mal wünschte er sich, er hätte wenigstens ein paar der Rebellen getötet, bevor er Kalee da rausgeholt hatte.

Er hatte mindestens zehn Minuten in der Tür gestanden und sie beobachtet, als sie schließlich seufzte und die Augen öffnete. Sie setzte sich auf – und erstarrte, als sie ihn sah.

»Guten Morgen«, sagte Phantom leise.

»Ähm ... Hallo. Wie lange stehst du schon da?«, fragte sie.

»Lange genug, um zu wissen, dass du kein Morgenmensch bist«, erwiderte Phantom trocken.

Kalee kicherte. »Stimmt. Aber das wusstest du ja schon in Hawaii. Wie spät ist es?«

»Zehn.«

»Zehn?«, sagte sie entsetzt und warf die Decke zurück. »Ich muss aufstehen!«

»Warum?«, fragte Phantom.

Das ließ sie innehalten. »Ähm ... weil?«

Er lachte. »Wenn du heute Morgen etwas vorhattest, wovon ich nichts wusste, entschuldige ich mich dafür, dass ich dich so lange habe schlafen lassen, aber ansonsten würde ich sagen, du hast es gebraucht. Ich bin aufgestanden, um Sport zu machen, und du warst im *Tiefschlaf*. Als ich zurückkam, hast du immer noch geschlafen wie ein Stein. Heute Morgen siehst du viel entspannter aus. Die schwarzen Ringe unter deinen Augen sind verschwunden und du siehst nicht mehr so gequält aus.«

Er merkte, dass sie sich nicht sicher war, was sie von seinen Beobachtungen halten sollte.

»Ich habe nicht so gut geschlafen, seit ich aus Hawaii zurück bin«, gab sie zu.

»Das tut mir leid.«

»Es ist nicht deine Schuld.«

Phantom zuckte mit den Schultern. Sie sah das vielleicht nicht so, aber er war anderer Meinung. Er hätte an dem Tag, nachdem sie zu ihrem Vater gefahren war, nach ihr sehen sollen. Aber jetzt war sie hier. Er würde dafür sorgen, dass sie gut aß, gut schlief und alles hatte, was sie brauchte, um ihr Leben so einfach wie möglich fortzusetzen. »Ich dachte, ich mache uns einen Brunch und dann fahren wir ein bisschen herum, um dir zu zeigen, was sich hier alles verändert hat, während du weg warst. Wir könnten einen Snack mitnehmen und ihn am Strand essen, bevor wir deinen Vater besuchen. Dann können wir zurückkommen und ich brate uns ein paar Steaks oder so. Ich habe auch Hühnchen, wenn du das lieber magst.«

Kalee starrte ihn so lange an, dass er das Gewicht von einem Fuß auf den anderen verlagerte. Sie kletterte aus dem Bett und Phantom musste sich zusammenreißen, um nicht an der Bettwäsche zu riechen, in der sie die ganze Nacht gelegen hatte. Sie mochte denken, dass er gut roch, aber ihr natürlicher Duft war es, der sein Inneres zu Brei werden ließ.

Kalee ging direkt auf ihn zu und legte, ohne zu zögern, ihre Hände auf seine Brust. Ihre Hände auf ihm ließen eine Gänsehaut auf seinen Armen entstehen. Er hielt sie an seinen Seiten, um sie nicht zu erschrecken.

»Dein Bett ist wirklich bequem«, sagte sie leise.

Phantom grunzte zur Antwort, weil er nicht wirklich denken konnte, während ihre Hände auf ihm lagen und sie so nahe bei ihm stand.

»Und du hattest recht, es riecht nach dir.«

Er nickte.

»Aber etwas hat gefehlt.«

»Was?«, fragte er. »Wir können in den Laden gehen und holen, was du willst.«

»Du«, sagte Kalee.

Phantom schluckte schwer. »Was sagst du da, Schatz? Du musst dir darüber im Klaren sein, worum du bittest.«

»Keinen Sex«, erklärte sie sofort. »Zumindest noch nicht.

Ich habe letzte Nacht darüber nachgedacht und festgestellt, dass es egal ist, wo ich schlafe, ich fühle mich sicher, solange *du* da bist. In Hawaii brauchte ich meinen Freiraum, aber ich wusste, dass du in der Nähe warst, nur für den Fall, dass etwas passiert. Als ich nach Hause zu meinem Vater kam, habe ich wirklich verstanden, wie sicher ich mich bei dir fühle. Deshalb konnte ich nicht schlafen. Ich schwöre, ich sah die Rebellen hinter jedem Schatten und jedem seltsamen Geräusch lauern. Dein Geruch um mich herum hat mir letzte Nacht gefallen, aber ich will mehr.«

»Ich will dich nicht drängen. Wenn es wegen dem ist, was ich gestern Abend gesagt habe –«

»Das ist es nicht«, unterbrach Kalee ihn. »Zumindest nicht ganz. Ich fühle Dinge für dich, die ich noch nie für jemanden gefühlt habe«, sagte sie. »Es ist aufregend und beängstigend zugleich. Ich weiß, es ist nicht fair von mir, dich zu bitten, mich zu halten, während wir schlafen; verdammt, ich weiß nicht einmal, ob du es magst, nachts jemanden in deiner Nähe zu haben. Aber ich weiß, dass ich dir vertrauen kann. Ich kann mir nichts Tröstlicheres vorstellen, als zu wissen, dass du da bist. Nicht nur in der Wohnung. Nicht auf der anderen Seite einer geschlossenen Tür, sondern direkt neben mir. Aber wenn es dir zu viel ist, wenn du nicht willst –«

»Ich will es«, sagte Phantom und berührte sie zum ersten Mal. Er packte ihre Hüften und zog sie zu sich heran. Sie behielt ihre Hände zwischen sich, da sie den Hautkontakt zu wollen schien. »Ich werde alles tun, um dir zu geben, was du willst, Kalee. Wenn du willst, dass ich neben dir liege, während du schläfst, dann bekommst du das auch. Und wenn du mehr willst, als dass ich dich im Schlaf umarme, brauchst du es mir nur zu sagen. Aber du kannst deine Meinung *jederzeit* ändern. Und das meine ich ernst.

Ich werde nicht wütend werden. Tatsächlich wäre ich sauer, wenn du mich weiterhin etwas tun lässt, was du nicht willst. Verstehst du?«

Sie holte tief Luft und nickte. »Ich bin ein bisschen nervös wegen Sex, aber nicht ängstlich. Ich weiß, dass das, was zwischen uns passieren wird, nicht mit dem vergleichbar sein wird, was sie getan haben. In meinem Kopf kann ich beides trennen. Aber natürlich weiß ich nicht genau, wie ich reagieren werde, bis es tatsächlich passiert.«

»Es gibt keinen Grund zur Eile, Schatz. Wenn du Monate brauchst, um sicher zu sein, dass du bereit bist, dann sind es eben Monate.«

Sie schaute ihn ungläubig an. »Monate? Bist du wahnsinnig? So lange kann ich auf keinen Fall warten!«

Sie klang so entrüstet, dass Phantom sich ein Lachen nicht verkneifen konnte. Das hatte er noch nie erlebt. Mit einer Frau zu lachen, während sie über Sex redeten. Seine sexuellen Begegnungen waren immer eher klinisch gewesen. Ausziehen, Kondom überstreifen, ein bisschen Vorspiel, dann ein paar Stöße und Stöhnen, und fertig war er. Er hatte noch nie eine Frau in seinem eigenen Bett gehabt. Und er hatte noch nie den Reiz verstanden, sich zu viel Zeit zu lassen, um zum Hauptgang zu kommen. In der Vergangenheit hatte er Oralverkehr gegeben und bekommen, aber nach nichts davon hatte er sich gesehnt.

Jetzt konnte er es kaum erwarten, Kalee zu kosten. Er wollte jeden Zentimeter ihres Körpers lecken und herausfinden, was sie erregte und reizte. Es war, als hätte sie ihm eine brandneue Tür geöffnet, ohne es zu wissen.

»Wo warst du gerade mit den Gedanken?«, fragte sie leise.

Er grinste sie an. »Ich habe nur darüber nachgedacht, wie fantastisch es mit uns beiden sein wird. Wir werden in deinem Tempo vorgehen«, beruhigte er sie. »Aber du musst die Führung übernehmen«, warnte er. »Du darfst nicht sauer werden, wenn ich nicht tue, was du willst, wenn du mir nicht sagst, was das ist. Ich weigere mich, schneller oder weiter vorzugehen, als du mir grünes Licht gibst.«

»Einverstanden«, sagte sie und errötete. »Bist du dir da sicher? Mit mir? Ich meine, wir kennen uns doch gar nicht richtig.«

»Falsch«, erwiderte Phantom und drückte sanft ihre Taille. »Ich weiß, dass du Erdnussbutter und Schokolade liebst. Du hast eine Schwäche für niedliche Tiere und du hast einen stahlharten Kern. Du bist klug, witzig, loyal und rücksichtsvoll. Du kümmerst dich um andere, fast zu sehr. Und du bist fest entschlossen, dein bestmögliches Leben zu führen, egal, wer oder was dich davon abbringen will. Du bist kämpferisch, stur und die schönste Frau, die ich je gesehen habe.«

Als er fertig war, war sie knallrot, aber sie leckte sich nur über die Lippen und starrte zu ihm auf.

»Ich weiß auch, dass du verrückt bist, etwas mit mir zu tun haben zu wollen. Ich bin mürrisch und launisch. Ich habe keine Familie, und meine eigene Mutter hat mich nicht geliebt. Ich kümmere mich nicht um die Regeln, die die Gesellschaft aufgestellt hat, und es ist mir scheißegal, ob ich jemanden beleidige, wenn ich sage, was ich denke und fühle. Ich beschütze meine Freunde vor allem und jedem, der es wagt, sich mit ihnen anzulegen, egal wem das wehtut. Am Ende werde ich *dir* wahrscheinlich wehtun, und obwohl ich das weiß ... werde ich alles tun, damit du mir gehörst, auch wenn das bedeutet, dass ich dich überwältigen und deine ganze Zeit in Anspruch nehmen muss.«

»Sollte mich das abschrecken?«, fragte sie. »Wolltest du all deine schlechten Eigenschaften aufzählen, damit ich es mir zweimal überlege, ob ich mit dir zusammen sein will?«

Phantom zuckte mit den Schultern. »Ich sage dir nur, wie es ist.«

»Nun, ich habe keine Angst vor dir«, sagte Kalee, schlang die Arme um ihn und drückte ihre Handflächen auf seinen Rücken. Sie vergrub die Nase an der Haut unter seinem Ohr und Phantom neigte den Kopf, um ihr mehr Raum zu geben. »Deine Mutter war eine Idiotin«, fuhr sie schlicht fort. »Und mir gefällt, dass du sagst, was du denkst, denn dadurch fühle ich mich ... getröstet. Ich werde immer wissen, woran ich mit dir bin. Und nur damit du es weißt, wenn jemand sich mit dir anlegt, werde ich mich mit ihm anlegen. Ich habe viel von den Rebellen gelernt, unter anderem auch, wie man schmutzig kämpft.« Sie hob den Kopf und starrte ihn an. »Ich weiß, dass du der große böse SEAL bist, aber selbst der furchterregendste Matrose braucht manchmal Hilfe.«

»Du wirst dich *nicht* für mich in Gefahr begeben«, beharrte Phantom grimmig.

Kalee schien sich von seiner Schärfe nicht beeindrucken zu lassen. Sie zuckte mit den Schultern. »Ich werde es tun, wenn jemand sich mit dir anlegt.«

Phantom seufzte. »Scheiße.«

Sie kicherte.

Er holte tief Luft und schob sie ein Stück zurück. »Du bringst mich noch ins Grab. Mach dich fertig für den Tag, Süße. Wenn du fertig bist, warten Waffeln und Eier auf dich, dann können wir losfahren.«

»Hast du nichts vor?«, fragte sie zögernd.

Phantom schüttelte den Kopf. »Nein. Ich muss mich jeden Tag bei meinem Kommandanten melden und das Training absolvieren, aber bis zum Disziplinarverfahren bin ich in der Schwebe.«

Sie verzog ihr Gesicht zu einer finsteren Miene. »Ich hasse es, daran zu denken.«

»Dann tu es nicht«, entgegnete Phantom schlicht.

»Machst du dir keine Sorgen?«, fragte sie.

Phantom zuckte mit den Schultern. »Es nützt nichts, mich damit aufzuhalten. Was auch immer passieren wird, wird passieren. Und ich habe meinen Frieden damit gemacht. Du stehst hier vor mir, in einem Stück. Nichts, was sie entscheiden, wird daran etwas ändern, und letzten Endes bist *du* diejenige, die mir wichtig ist.«

Kalee ließ den Kopf nach vorn auf seine Brust sinken. Er spürte ihre schnellen Atemzüge auf seiner nackten Haut und konnte nicht leugnen, wie gut es sich anfühlte. Es war unangemessen, dass sie sich überwältigt fühlte, während er allein durch das Spüren ihres *Atems* erregt wurde.

»Reiß dich zusammen, Schatz«, neckte er. »Ich muss kochen und du musst dich für unseren Tag fertig machen.«

Sie atmete tief durch und zog sich zurück, um ihn anzuschauen. »Okay«, sagte sie leise.

»Okay«, stimmte Phantom zu. Er küsste sie sanft auf die Stirn und wich dann zurück, sodass sie ihre Hände von seinem Körper sinken ließ. Er war stolz auf sich, dass er nicht sofort wieder in ihren persönlichen Bereich eingedrungen war und sie gezwungen hatte, ihn wieder zu berühren. »Ich werde deine Frisur vermissen, wenn sie rauswächst.«

Kalee runzelte die Stirn und fasste sich verlegen an den Kopf. »Oh Mann, meine Haare stehen komplett ab, oder?«

Phantom lächelte. »Das ist eine Sexfrisur. Und ich kann nicht aufhören, daran zu denken, wie ich mit meinen Händen hindurchfahre, nachdem ich sie so zerzaust habe.«

Kalee ließ ihre Hand sinken, lachte und schüttelte den Kopf. »Ich habe gesagt, dass ich deine Offenheit mag.«

»Das hast du«, stimmte Phantom zu. »Jetzt geh duschen, Frau. Du kannst gern meine Seife benutzen, ich weiß, wie sehr du sie magst.«

Diesmal sah sie ihn mit zusammengekniffenen Augen an. »Das tue ich. Und wenn ich länger unter der Dusche stehe, als du es für richtig hältst, solltest du vielleicht lieber nicht ins Bad stürmen, um nachzusehen, ob es mir gut geht. Du könntest mehr sehen, als du im Moment verkraften kannst.«

Phantom legte fragend den Kopf schief.

Kalee drehte sich in Richtung Badezimmer und schaute über ihre Schulter, kurz bevor sie dort ankam. »Ich werde es mir selbst machen, während ich darüber fantasiere, was du in Zukunft mit mir anstellen könntest, um mir eine Sexfrisur zu bescheren ... und dabei deinen sexy Duft einatme.«

»Scheiße«, murmelte Phantom. Sein Bauch krampfte sich bei dem Gedanken zusammen, dass sie in seiner Dusche masturbierte. Ohne nachzudenken, machte er einen Schritt auf sie zu – und starrte auf seine geschlossene Badezimmertür, während ihr Kichern dahinter erklang.

Er richtete seinen steinharten Schwanz in seinen Shorts und schüttelte amüsiert den Kopf. Er hatte nicht vorgehabt, die Sache mit der Sexfrisur herauszuposaunen, aber sie war nicht ausgeflippt, sondern hatte ihm Paroli geboten. Scheiße, er steckte in großen Schwierigkeiten.

Als er hörte, wie das Wasser in der Dusche aufgedreht wurde, schnappte Phantom sich ein Hemd aus der Kommode und ging hinaus. Am liebsten hätte er mitten in seinem Zimmer gestanden und darüber fantasiert, was in seiner Dusche vor sich ging, aber er hatte viel zu tun. Für seine Frau zu kochen stand ganz oben auf der Liste.

Als er merkte, dass er lächelte, während er durch seine Wohnung ging, schüttelte Phantom den Kopf. Er konnte sich nicht erinnern, wann er das letzte Mal so glücklich gewesen war. Er hatte eine ungewisse Zukunft, eine Frau, von der er sich sehnlichst wünschte, dass sie seine Liebe erwiderte, ohne eine Ahnung, wie er das anstellen sollte, und wackelige Freundschaften, die er reparieren musste, aber in diesem Moment konnte ihn nichts aus der Ruhe bringen.

Kalee kicherte und lachte in seiner Wohnung.

Er dachte an den Schuhkarton voller Belobigungen und Medaillen, die er für seine Tapferkeit erhalten hatte, und an die Missionen, auf denen er gewesen war, aber nichts bedeutete ihm so viel, wie Kalees Lächeln zu sehen.

Zwei Tage später lächelte Kalee und sah von drinnen zu, wie Phantom ihr Abendessen auf seinem beschissenen Grill auf dem kleinen Balkon zubereitete. Das Wohngebäude war nicht besonders beeindruckend, aber es gab keinen Ort, an dem sie lieber gewesen wäre als hier bei ihm.

Phantom hatte sich in den letzten Tagen viel Mühe gegeben, um sie zu unterhalten, und sie war ihm sehr dankbar dafür. Sie hatte gedacht, dass die Nächte angesichts der sexuellen Spannung zwischen den beiden vielleicht etwas unangenehm werden könnten, aber als Phantom nicht einmal beunruhigt wirkte, sondern sein Hemd und seine Hose auszog und sich nur mit seinen Boxershorts bekleidet hinter sie kuschelte, wurde ihr klar, welches Glück sie hatte.

Und wenn sie schon in der ersten Nacht gedacht hatte, dass es sich gut anfühlte, in seinem Bett zu schlafen, dann war das nichts im Vergleich zu den letzten beiden Nächten, in denen sie in seinen Armen gelegen hatte.

Sie dachte an den letzten Abend. Es hatte ein heftiges Gewitter gegeben, das sie an den ersten Sturm erinnerte, den sie im Dschungel von Timor-Leste erlebt hatte.

Einer der Rebellen war gerade mit ihr fertig geworden und sie hatte sich in einer Ecke des Hauses eines armen Dorfbewohners verkrochen. Er war zusammen mit seiner Familie getötet worden und die Rebellen hatten sich von den zurückgebliebenen Lebensmitteln ernährt. Das Geräusch des Donners schien in ihr widerzuhallen und die Blitze ließen sie zusammenzucken. Sie war so verängstigt und erschrocken über alles gewesen, was passiert war, dass sie nur noch den Kopf zwischen den Knien vergraben und beten konnte, dass der Sturm nicht das Haus um sie herum zerstörte.

Gestern Abend, als sie bei dem Geräusch des Sturms in Panik geraten war, hatte Phantom ihr nicht gesagt, dass alles gut werden würde. Er hatte sie nicht mit etwas Albernem wie »Du brauchst keine Angst zu haben« beschwichtigt. Er hatte sie so gedreht, dass sie ihm zugewandt war, ihren Kopf an seine Schulter gelegt und ihr von einer Zeit erzählt, als er etwa sechs Jahre alt gewesen war und sich vor einem Sturm gefürchtet hatte. Seine Mutter hatte ihn in einen Schrank gesperrt und ihm gesagt, er solle still sein, da er sie nerve.

Er hatte ihr das nicht erzählt, um Mitleid von ihr zu bekommen, sondern um ihr zu zeigen, dass sie mit ihren schlechten Erinnerungen nicht allein war. Kalee hatte nicht um ihn geweint. Wie könnte sie auch, wenn er so viel überwunden hatte? Er war buchstäblich der stärkste und mutigste Mann, den sie je kennengelernt hatte. Er hatte es trotz seiner furchtbaren Kindheit geschafft.

Morgen wollten sie zu Gumbys und Sidneys Haus fahren. Es lag am Strand und alle Jungs und ihre Frauen würden dort ein Picknick veranstalten. Kalee freute sich darauf, Piper und ihre Kinder wiederzusehen, aber bei den anderen war sie sich nicht so sicher. Sie war sich bewusst, dass es immer noch Spannungen zwischen Phantom und seinen Teamkameraden gab, und sie hasste es, die Ursache dafür zu sein.

Denn egal wie oft Phantom ihr versicherte, dass sie nichts mit den Problemen zwischen ihm und den anderen SEALs zu tun hatte, sie wusste es genau. Er hatte deren Vertrauen gebrochen, um sie zu retten. Sie konnte nicht anders, als sich deswegen schuldig zu fühlen.

»Hör auf, so viel zu denken«, sagte Phantom, ohne sich umzudrehen.

Kalee lächelte. »Ich denke darüber nach, wie gut dein Hintern von hier aus aussieht.«

Er drehte sich und schüttelte den Kopf. »Auch wenn ich nichts dagegen habe, dass du dir meinen Hintern ansiehst, du denkst an morgen. Und machst dir Sorgen.«

»Ich kann nicht anders«, seufzte Kalee.

»Es ist eine Art Tradition, bei Gumby zu Hause zu grillen«, sagte er. »Als er anfing, mit Sidney auszugehen, sind wir alle unangemeldet aufgetaucht, um sie abzuchecken. Er war stinksauer, aber das war uns egal. So ist es zu unserem Ding geworden ... zusammenzukommen, wenn jemand eine ernste Beziehung eingeht.«

Kalee war nicht überrascht.

»Und da Gumby am Strand wohnt, haben die Mädchen die Möglichkeit, sich auszutoben. Und du weißt ja, wir SEALs lieben das Meer«, fuhr Phantom fort, während er die Hamburger auf einen Teller legte. Er betrat wieder die Wohnung und schloss die Glasschiebetür hinter sich.

»Dann ist es also eine Inspektion«, sagte Kalee.

Phantom zuckte mit den Schultern. Er stellte den Teller auf dem Tisch ab und hockte sich vor den Stuhl, auf dem sie saß. Er legte die Hände auf ihre Knie und sah zu ihr auf.

»Es ist mir scheißegal, was sie denken«, sagte er ernst. »Schon seit meinem sechsten Lebensjahr interessiert es mich nicht mehr, was andere über mich denken, und ich werde auch jetzt nicht damit anfangen. Ich tue, was ich für richtig halte, und lebe mit den Konsequenzen meines Handelns.«

»Wenn sie mich hassen, ist es dir also egal?«, fragte Kalee.

Er schnaubte. »Niemand hasst dich, Schatz. *Niemand.*«

»Aber ich bin der Grund, warum dein Team in der Schwebe ist.«

»Falsch«, entgegnete Phantom sofort, »das liegt alles an mir. Aber wie ich schon einmal gesagt habe und immer wieder sagen werde, bis es dir wirklich bewusst wird ... ich würde genau das Gleiche noch hundertmal tun, egal was die Marine als meine Strafe beschließt. Es war das Richtige, dich zu holen. Es war nicht leichtsinnig, es war nicht unüberlegt. Du bist wichtig, Kalee, und dich dort deinem Schicksal zu überlassen wäre für mich so, als würde ich einen SEAL-Kameraden, der um sein Leben kämpft, in den Händen von Terroristen lassen.«

Kalee leckte sich über die Lippen und gestand: »Ich möchte, dass deine Freunde mich mögen. Aber ich werde das Gefühl nicht los, dass sie mir die Schuld dafür geben werden, dass ich deiner Karriere geschadet habe.«

»Sie *mögen* dich bereits«, sagte Phantom und drückte ihre Knie. »Du musst niemand anderes sein als Kalee Solberg. Ich würde dich nicht einmal zwingen, morgen dorthin zu gehen, aber ich kenne meine Freunde. Wenn wir nicht kommen, werden sie jede Ausrede finden, um uns hier zu stören. Sie werden mit fadenscheinigen Begründungen auftauchen und wir werden gezwungen sein, sie alle einzeln zu unterhalten. Glaub mir, es ist besser, alles auf einmal zu machen. Sie werden sehen, wie toll du bist und wie glücklich ich bin, und alles wird gut.«

»Das glaubst du wirklich, nicht wahr?«, fragte Kalee.

»Ja.«

»Und wenn sie mich nicht mögen?«

Er seufzte. »Hast du mir nicht zugehört?«, fragte er.

»Es ist nur ...« Kalee holte tief Luft. »Du hast recht. Normalerweise mache ich mir nicht so viele Gedanken darüber, was andere von mir denken. Aber das hier ist anders.«

»Warum?«

»Weil ich möchte, dass sie mich akzeptieren. Ich will nicht, dass du dich entscheiden musst, ob du mit ihnen oder mit mir zusammen bist. Wenn ich mich zwischen die lebenslangen Freundschaften stellen würde, die du geschlossen hast, würde ich mir das nie verzeihen.«

Phantom hob eine Hand und strich mit den Fingerknöcheln über ihre Wange. »Ich werde mich nicht entscheiden müssen, Süße. Aber wenn ich es müsste, würde ich mich für dich entscheiden. Jedes Mal.«

Kalee schmolz auf ihrem Stuhl fast zu einer Pfütze dahin. Phantom war nicht gerade ein Romantiker, aber das brauchte er auch nicht zu sein. Nicht wenn er genau das Richtige zur richtigen Zeit sagte.

»Unser Essen wird kalt«, sagte er, dann stand er auf.

Kalee wollte lachen. Natürlich gab er ihr erst das Gefühl, die am meisten geschätzte Frau der Welt zu sein, und fing dann an, über das Essen zu reden. Aber so war Phantom nun mal. Und sie konnte sich nicht beschweren, wenn er für sie kochte.

Er hatte sie in Timor-Leste gesehen. Sie hatte ihm erzählt, dass die Rebellen ihr nur Reste gaben. Sie mit Speisen zu versorgen war nur eine weitere Möglichkeit zu zeigen, wie wichtig sie ihm war. Vielleicht würde sie am Ende fünfzig Kilo zu viel wiegen, aber Kalee glaubte nicht, dass es Phantom etwas ausmachen würde. Solange sie nur glücklich war.

Ihr kleines Gespräch trug nicht dazu bei, dass sie sich

wegen des morgigen Ausflugs besser fühlte, aber sie würde ihr Bestes tun, um eine tapfere Miene aufzusetzen. Sie wollte unbedingt einen guten Eindruck bei Phantoms Freunden hinterlassen. Die Männer würden sie möglicherweise leicht akzeptieren, aber Kalee hatte das Gefühl, dass Sidney, Caite, Zoey und Avery die eigentliche Prüfung sein würden.

KAPITEL VIERZEHN

Kalee konnte nicht glauben, dass sie sich Sorgen gemacht hatte, zu Phantoms Freunden zu passen.

Schon in dem Moment, in dem sie zum ersten Mal das kleine Strandhaus betrat, wurde sie mit offenen Armen empfangen. Piper freute sich natürlich sehr, sie wiederzusehen, umarmte sie fest und sagte leise: »Es ist so unwirklich, dass du wieder da bist, nachdem ich dachte, du wärst für immer weg.«

Sie mochte Sidney auf den ersten Blick. Sie war ein kleiner Dynamo. Ihr Hund Hannah blieb an ihrer Seite, wenn sie nicht gerade mit den Mädchen spielte.

Caite war jünger als sie, schien aber die Älteste und Reifste in der Gruppe zu sein. Sie lächelte viel und war sanftmütig, aber nachdem Kalee gehört hatte, was sie getan hatte, wie sie Rocco, Gumby und Ace buchstäblich das Leben gerettet hatte, musste sie ihre Meinung ändern. Unter ihrer ruhigen Schale steckte eine knallharte Superwoman.

Zoey war bezaubernd und machte Witze mit den anderen Jungs, als gehörte sie schon seit Jahren zur Gruppe.

Und es war verblüffend, wie sehr Kalee und Avery sich ähnelten. Averys Haare waren eher rot als kastanienbraun, aber sie hatte die typischen Sommersprossen, die alle Rothaarigen zu hassen schienen, und Kalee beneidete die andere Frau um ihr Selbstbewusstsein, das sie im Überfluss hatte. Es überraschte sie nicht, dass die Frau eine Marineoffizierin war. Sie fand es großartig, dass Avery kein Problem damit zu haben schien, mit einer Gruppe von Matrosen herumzuhängen.

Die Frauen warfen die Männer aus dem Haus und sagten ihnen, sie sollten mit den Kindern am Strand spielen. Alle gingen ohne Protest ... außer vielleicht Ace, der es sich nicht verkneifen konnte, seinem schlafenden Sohn einen letzten Kuss zu geben, bevor er den anderen folgte.

Sie verbrachten den Nachmittag damit, zu lachen und einander kennenzulernen, und Kalee hatte sich noch nie so willkommen gefühlt. Wahrscheinlich war es hilfreich, dass sie bereits mit Piper befreundet war, aber das bedeutete nicht automatisch, dass die anderen sie auch mögen würden.

Als die Männer und Kinder vom Strand geholt wurden, sowie nach ein paar Mixgetränken, fühlte Kalee sich, als kannte sie die Frauen schon ihr ganzes Leben lang. Die Gespräche waren nicht unangenehm, und obwohl sie überrascht war, als die anderen offen über ihre traumatischen Erlebnisse sprachen, hatte sie das Gefühl, ihre Seelenverwandten gefunden zu haben. Niemand hielt sich an dem fest, was ihm passiert war, sie waren glücklich, am Leben zu sein und jemanden gefunden zu haben, der sie so liebt, wie sie waren.

Das war es auch, was Kalee wollte. Sie wollte nicht als die arme Frau gesehen werden, die entführt, vergewaltigt und gezwungen worden war, andere zu terrorisieren. Sie würde nie vergessen, was sie gesehen und getan hatte, aber es machte sie nicht aus. Sie war Kalee Solberg. Nicht »das Mädchen, das entführt wurde«. Und genau so wurde sie auch behandelt, als sie mit den fünf anderen Frauen in diesem süßen kleinen Strandhaus stand. Sie lachten, starrten auf die Hintern ihrer Männer und tauschten sich über ihre Erfahrungen aus.

Das Einzige, was den ansonsten perfekten Tag trübte, war die Tatsache, dass ein Mitglied der Gruppe fehlte.

Rex war nicht aufgetaucht.

Avery hatte zwar sein Bedauern darüber ausgedrückt, dass er nicht dabei sein konnte, aber Kalee konnte sich des Eindrucks nicht erwehren, dass seine Ausrede, er müsse noch Papierkram mit dem Kommandanten durchgehen, ein wenig lahm war. Sie hasste es, dass Rex anscheinend nicht über das hinwegsehen konnte, was er als Phantoms ultimativen Verrat ansah.

Es war spät geworden und Piper war mit ihrer Familie gegangen. Alle anderen hatten sich ebenfalls verabschiedet, außer Kalee und Phantom, Sidney und Gumby natürlich, da es ihr Haus war, und überraschenderweise auch Avery.

Hannah schnarchte leise auf der Terrasse neben der Treppe, die zum Strand hinunterführte, und Kalee saß auf dem Sofa neben Phantom. Er hatte ihre Hand ergriffen, als er vom Spielen am Strand zurückkam, und es schien, als hätte er sie den ganzen Abend nicht mehr losgelassen. Sidney und Gumby waren drinnen beim Aufräumen und bestanden darauf, dass die drei draußen blieben und den lauen Abend genossen.

»Es tut mir leid, dass Rex nicht gekommen ist«, sagte Avery leise.

Phantom grunzte nur.

»War es meinetwegen?«, fragte Kalee zaghaft. »Und du musst nicht lügen. Ich verstehe, wenn es so war.«

»Nein!«, versicherte Phantom ihr.

Gleichzeitig rief Avery: »Auf gar keinen Fall!«

Kalee sah den Blick, den Phantom mit Avery austauschte ... und merkte zum ersten Mal, dass sie eine besondere Verbindung zueinander zu haben schienen. Sie war nicht eifersüchtig. Wie sollte sie auch, wenn Phantom die ganze Zeit mit dem Daumen über ihren Handrücken streichelte?

Avery sah Kalee an, als sie versuchte, es zu erklären. »Als ich in Afghanistan in Kriegsgefangenschaft war, verbrachten Rex, Phantom und ich etwa vierundzwanzig sehr intensive Stunden miteinander. Phantom hat mir einige sehr persönliche Dinge erzählt, und ich habe dasselbe getan. In dieser Zeit habe ich mich bis über beide Ohren in Rex verliebt, aber ich glaube, Phantom und Rex haben sich auf eine Weise verbunden, wie sie es in all den Jahren, die sie sich kennen, nicht getan haben. Keiner von uns hätte dieses verrückte Versteckspiel vor den Aufständischen überlebt, wenn wir nicht zusammengearbeitet hätten. Rex hat Phantom vertraut, auf mich aufzupassen, als er sich die Situation ansehen musste, und im Gegenzug hat Phantom *mir* vertraut, als er angeschossen wurde.«

Phantom führte die Erklärung fort, als Avery nicht weitersprach. »Er war da, als ich mich daran erinnerte, wie sich dein Fuß bewegt hatte, als ich merkte, dass du nicht tot gewesen warst. Als ich ihm und den anderen Jungs nicht gesagt habe, was ich vorhatte, hat er es viel persönlicher genommen als die anderen. Ich wusste, dass er alles getan hätte, um mir zu helfen. Er wäre an meiner Seite gewesen, genau wie bei der Mission, um Avery zu retten.«

Kalee nickte, aber sie sah Avery besorgt an. »Glaubst du, er wird Phantom verzeihen?«

»Ja. Er braucht nur Zeit«, sagte Avery, ohne zu zögern.

Kalee warf einen Blick auf Phantom. Er sah nicht ganz so überzeugt aus.

In diesem Moment hob Hannah den Kopf und knurrte. Dann lief sie die Treppe hinunter und sprintete über den Strand.

Phantom stand auf und eilte zum Geländer. »Hannah!«, rief er in einem Ton, der Stärke und Dominanz zugleich ausstrahlte.

Kalee beobachtete, wie der Pitbull stehen blieb, aber sie kehrte nicht sofort auf die Terrasse zurück. Sie ließ sich auf den Sand sinken und knurrte bedrohlich.

Gumby kam auf die Terrasse und rief nach seinem Hund. »Hannah, komm! Sofort!«

Langsam wich sie zurück, immer noch knurrend, bevor sie sich umdrehte und zur Terrasse zurücklief.

»Wow, das war beeindruckend«, sagte Kalee. »Sie war den ganzen Tag nichts anderes als pelzige Liebenswürdigkeit.«

Gumby zuckte mit den Schultern. »Sie ist ziemlich beschützend. Ab und zu beschließt sie, dass dieser Teil des Strandes nur ihr gehört. Daran arbeiten wir noch. Wir wollen nicht, dass sie jemandem hinterherläuft und ihn halb zu Tode erschreckt, wenn er nur einen schönen Abendspaziergang macht.«

»Ich glaube, es ist Zeit, dass ich gehe«, verkündete Avery. »Ich muss nach Hause und Cole erzählen, wie süß die Mädchen waren und dass Baby John mich tatsächlich angelächelt hat. Er wird supereifersüchtig sein.«

»Nicht«, sagte Phantom und legte seinen Arm um Kalees Schultern. »Er darf fühlen, was er fühlt.«

»Ja, aber wenn er meine neue Freundin durch seine Handlungen dazu bringt, sich zu fragen, ob sie zu uns passt oder ob sie der Grund ist, warum er weggeblieben ist, ist das nicht in Ordnung«, entgegnete Avery grimmig.

»Sei nicht so streng mit ihm«, befahl Phantom.

Avery seufzte. »Ich mag es nicht, wenn einer von euch unglücklich ist.«

Phantom trat auf Avery zu und nahm sie in die Arme. Keiner von beiden sagte etwas, aber das brauchten sie auch nicht. Sie drückten alles ohne Worte aus.

Avery zog sich zuerst zurück. Sie schaute verlegen zu Kalee. »Tut mir leid.«

»Das muss es nicht. Ich weiß, wie fantastisch Phantoms Umarmungen sind.«

»Wieso nennst du ihn Phantom? Ich meine, du kannst ihn nennen, wie du willst, aber ich weiß, dass wir anderen unsere Jungs bei ihren Vornamen nennen.«

Kalee zuckte mit den Schultern und sah zu Phantom auf, der sie wieder unter den Arm gezogen hatte. »Ich habe nie wirklich darüber nachgedacht. Für mich sieht er nicht gerade wie ein Forest aus. Außerdem frage ich mich, was die Rebellen gedacht haben, als sie aufgewacht sind und ich einfach weg war. Sie müssen gedacht haben, dass mich mitten in der Nacht ein Phantom entführt hat. Dieser Gedanke bringt mich immer wieder zum Lächeln, denn er ist wahr.«

Avery kicherte. »Das gefällt mir. Ich hoffe, wir sehen uns bald wieder, Kalee.«

»Ich auch.«

Als Avery durch die Haustür verschwunden war, wandte Phantom sich an Kalee. »Bist du bereit zu gehen?«

Kalee nickte. Es war ein toller Tag gewesen. Sie hatte es genossen, nicht nur die Männer in Phantoms Team kennenzulernen, sondern auch ihre Frauen.

»Du kannst deinem Vater eine SMS schicken und ihm mitteilen, dass es dir gut geht und wir auf dem Weg zurück zu meiner Wohnung sind, wenn wir im Wagen sitzen.«

Das war eine weitere Sache, die Kalee an Phantom

schätzte. Ihr Vater stand zwar nicht ganz oben auf seiner Liste der Lieblingsmenschen, aber weil er wusste, wie sehr sie ihn liebte, achtete er darauf, dass sie ihn darüber auf dem Laufenden hielt, wo sie sich aufhielt und wie es ihr ging.

Sie verabschiedeten sich von Sidney, Gumby und Hannah. Kalee konnte nicht übersehen, wie viel Aufmerksamkeit Phantom dem Hund schenkte.

Als sie unterwegs waren und nachdem sie ihrem Vater eine SMS geschrieben hatte, fragte Kalee: »Hast du schon mal daran gedacht, dir einen Hund anzuschaffen?«

Er tat sein Bestes, um seine Sehnsucht zu verbergen, aber Kalee sah sie dennoch.

Er zuckte mit den Schultern. »Ich bin zu oft weg. Das wäre nicht fair.«

Das stimmte. Als SEAL gab es vermutlich Zeiten, zu denen er kurzfristig weg musste. Das wäre hart für ein Haustier. Aber sie wusste ohne Zweifel, dass Phantom ein großartiger Hundebesitzer wäre. Sie erinnerte sich an die Geschichte, die er den anderen SEALs in Hawaii über den kleinen Terrier-Mix erzählt hatte, den er als kleiner Junge gerettet hatte. Sie hoffte, dass er eines Tages noch einen Hund würde retten können. Es wäre der glücklichste Hund aller Zeiten.

Sie fuhren auf seinen Parkplatz und stiegen aus. Als sie zur Treppe gingen, fühlte es sich so natürlich an wie das Atmen, als Phantom nach ihrer Hand griff. Kalee konnte sich kaum an eine Zeit erinnern, in der sie sich in seiner Nähe unwohl gefühlt hatte. Und mit jeder Minute, die verging, verliebte sie sich noch mehr in ihn.

Kalee wusste nicht, warum sie mit ihren Gefühlen für ihn kämpfte. Sie wollte ihn. Wollte, dass er mit ihr schlief. Sie war besorgt, wie sie reagieren würde, aber sie wusste ohne jeden Zweifel, dass er es zu einem schönen Erlebnis für sie machen würde, ungeachtet ihrer früheren Erfahrungen. Er hatte zugegeben, dass er sie liebte. Er machte keinen Hehl daraus, dass er sie gern in seinem Bett hatte, und die Art, wie er sie die ganze Nacht hielt, bestätigte seine Worte. Warum wehrte sie sich also?

Sie wusste, dass es unter anderem daran lag, dass ein Teil von ihr sich nicht sicher war, ob es zwischen ihnen nicht zu schnell ging. Ob er genauso in seinen Gefühlen gefangen war, weil er sie gerettet hatte, wie sie, weil sie von *ihm* gerettet worden war. Nach Averys Bericht über den Moment, in dem Phantom verletzt und blutend im Hubschrauber gelegen hatte, und wie er sich daran erinnerte, dass er gesehen hatte, wie sich ihr Fuß bewegte, war sie noch unsicherer.

Sie war für ihn eine Besessenheit gewesen, das war ihr jetzt klar. Aber war es eine Besessenheit, die zu einem glücklichen Leben für sie beide führen würde oder eher zu Herzschmerz, wenn er merkte, dass er sie nicht wirklich liebte, sondern einfach nur von Dankbarkeit überwältigt war, dass er eine Mission hatte beenden können, bei der er zuvor gescheitert war?

Eines wusste sie über Phantom – er *hasste* es zu versagen. Das kam daher, dass seine Mutter ihm achtzehn Jahre lang eingeredet hatte, er sei ein Verlierer und würde es nie zu etwas bringen.

Ihre verwirrten Gedanken wurden abrupt unterbrochen, als sie den äußeren Flur auf Phantoms Etage entlanggingen. Es war jetzt dunkel, aber sie konnten beide deutlich sehen, dass etwas vor seiner Wohnungstür lag.

Er schob Kalee mit einer Hand hinter sich, als sie sich langsam näherten.

Sie verdrehte die Augen und duckte sich unter seinem Arm hervor. Sie hörte ihn knurren, aber sie blieb standhaft.

»Hör auf«, schimpfte sie. »Das sind Blumen, Phantom. Keine Granate.«

Sie fühlte sich schlecht, sobald die Worte ihren Mund verließen. Er war wahrscheinlich schon in Situationen gewesen, in denen etwas Unschuldiges im Gesicht eines armen, ahnungslosen Soldaten explodiert war.

»Hast du sie geschickt?«, fragte er.

Kalee schaute zu ihm auf. »Nein. Und ich nehme an, du hast sie auch nicht bestellt. Mein Vater würde mir keine Blumen schicken, ohne es mir zu sagen, und du scheinst nicht der Typ für Blumen zu sein.«

»Bin ich auch nicht«, stimmte er zu.

Er stieß den Blumenstrauß sanft mit dem Fuß an. Er fiel um und ein kleiner Umschlag mit dem Logo des Blumenladens fiel zwischen den Blüten heraus.

»Sollen wir die ganze Nacht hier stehen und sie anschauen oder sollen wir sie aufheben und reingehen?«, fragte Kalee nach einer langen Pause.

Sie spürte, wie Phantoms Brust mit einem weiteren Knurren vibrierte, aber er beugte sich vor, hob die Blumen auf und schloss innerhalb von Sekunden seine Tür auf. Er schob sie hinein, dann drehte er sich sofort um, schloss ab, schob den Riegel vor und hakte die Kette ein.

Dann marschierte er ganz untypisch in seine Wohnung, ohne ihr den Vortritt zu lassen. Kalee folgte ihm und beobachtete, wie er in die Küche ging und seinen Mülleimer öffnete. Er warf die blutroten Rosen, ohne zu zögern, hinein.

Dann zog er etwas aus dem kleinen Umschlag, legte es auf den Tresen und stützte sich mit den Händen ab, während er den Kopf senkte und es studierte.

»Phantom?«

»Gib mir einen Moment«, sagte er in einem Ton, den sie noch nie von ihm gehört hatte.

Etwas verängstigt blieb Kalee, wo sie war. Sie war sich

nicht sicher, ob sie versuchen sollte, ihn zu trösten, oder verschwinden, um ihm Raum zu geben.

Nach einer Minute hob Phantom den Kopf und fixierte sie mit seinem Blick. »Ich bin nicht böse auf dich«, sagte er.

Kalee merkte, dass sie sich nicht bewegt hatte, da sie buchstäblich an Ort und Stelle erstarrt war.

Sie hatte auf die harte Tour gelernt, dass das Schlimmste, was sie tun konnte, darin bestand, die Aufmerksamkeit auf sich zu lenken, wenn einer der Rebellen wütend war. Deshalb hatte sie sich angewöhnt, absolut still zu sein und zu versuchen, in den Hintergrund zu treten.

Sie nahm einen zittrigen Atemzug und zögerte nicht, als Phantom sich aufrichtete und ihr einen Arm entgegenstreckte.

Sie ging um den Tresen herum in die Küche und drückte sich an seine Seite. Sie schaute auf den Gegenstand, den er angestarrt hatte – und schnappte nach Luft.

Es war ein Ausschnitt aus einer Zeitung. Ein Bild von Phantom, wie er mit einigen seiner Teamkameraden an einem Strand stand. Er lachte, als hätte jemand gerade etwas Lustiges gesagt oder getan. Sie war sich nicht sicher, wann es aufgenommen worden war, aber Phantom sah jünger aus, anders als der ernste Mann, den sie kennengelernt hatte.

Kalee beugte sich näher heran und las die Bildunterschrift. Dort stand, dass das Foto am SEAL Beach aufgenommen worden war und einige einheimische Matrosen beim Training zeigte. Phantoms Name wurde nicht erwähnt, aber jemand hatte offensichtlich gewusst, dass er es war.

Sie war sich nicht sicher, warum ihm jemand das Foto mit einem Blumenstrauß geschickt hatte.

»Nun, das ist interessant«, sagte Kalee. »Ich vermute, das ist von einer Frau.«

»Das würde ich auch vermuten«, stimmte Phantom zu.

»Hast du eine Ahnung, von wem?«, fragte Kalee.

Er seufzte und wandte sich ihr zu. »Ich habe mich in letzter Zeit nicht oft verabredet. Es gab ein paar Frauen, die nicht gerade begeistert waren, als ich Schluss gemacht habe. Aber nur eine wurde ... seltsam.«

»Seltsam?«

»Ja. Sie dachte, da sei mehr zwischen uns. Aber ... ich habe schon lange nichts mehr von ihr gehört oder gesehen, über ein Jahr, also bin ich mir nicht sicher, ob das von ihr kommt. Es könnte von jemandem auf dem Stützpunkt sein. Vielleicht ist jemand auf den Zeitungsausschnitt gestoßen und hat gedacht, dass ich ihn vielleicht haben möchte.«

»Aber warum die Blumen dazu? Und warum hat derjenige es dir nicht einfach gegeben, als du auf dem Stützpunkt warst?«

»Ich weiß es nicht«, sagte Phantom und die Skepsis in seinem Tonfall war deutlich zu hören.

Auch wenn er nichts gesagt hätte, wüsste Kalee, dass er die Wahrheit sagte. Sie konnte es in seinen Augen sehen. Die Verwirrung, die Frustration und die Wut.

Sie bewegte sich, bis sie zwischen seinem Körper und dem Tresen stand und ihm hoffentlich die Sicht auf das Bild versperrte, das ihn so verunsichert hatte. »Atme, Phantom«, flüsterte sie.

Er seufzte, und Kalee war erleichtert, als er ihrem Blick schließlich begegnete. »Ich bin nicht glücklich darüber. Ich mag keine Geheimnisse oder Spiele. Ehrlich gesagt bin ich stinksauer.«

»Ich weiß«, sagte Kalee. Und das tat sie. Die Empörung war in jedem Muskel seines Körpers zu spüren. Mutig und mit dem Wunsch, ihn zu beruhigen, schob sie die Hände unter sein T-Shirt und ließ sie langsam über seine Brust gleiten. Sie hielt inne und fuhr mit beiden Daumen spielerisch über seine Brustwarzen.

Er zog seine Hände hoch und drückte ihre an sich, um ihre neckischen Bewegungen zu stoppen. Kalee konnte die steifen Spitzen seiner Brustwarzen an ihren Handflächen spüren, woraufhin sie aufgeregt das Gewicht verlagerte.

»Was machst du da?«

»Ich lenke dich ab. Ich beruhige dich. Und hoffentlich mache ich dir klar, was ich heute Abend will.«

Das reichte aus. Die Wut und Frustration verschwanden aus seinen Augen, als hätte er einen Schalter umgelegt. »Du musst schon etwas deutlicher werden, Schatz.«

Kalee hatte sich nicht klein gefühlt, als sie in Timor-Leste gewesen war. Sie war ungefähr so groß wie die meisten Männer, die sie gefangen gehalten hatten. Aber in Phantoms Nähe fühlte sie sich klein und zierlich. Das hätte sie eigentlich nervös machen müssen, aber er war nicht wie die Männer, die ihr wehgetan hatten. Weder in Bezug auf seine Größe noch sein Temperament noch auf irgendeine andere Weise.

Sie bemühte sich, ihre Hände aus Phantoms Griff zu befreien, in dem Wissen, dass sie nur erfolgreich war, weil er es zuließ. Sie griff nach dem Saum seines Hemdes und versuchte, es ihm über den Kopf zu ziehen. Aber aufgrund seiner Größe hätte sie es ohne seine Hilfe nie geschafft. Er beugte sich vor und erlaubte ihr, es ihm auszuziehen.

Als er sich wieder aufrichtete, war sein Haar zerzaust und Kalee lief das Wasser im Mund zusammen. Er hatte seinen Bart an diesem Morgen gestutzt und sie leckte sich über die Lippen, als sie mit einer Hand darüber streichelte. Die Haare waren weich und kitzelten ihre Handfläche. Mit dem Daumen strich sie über seine Unterlippe, und sie konnte es kaum erwarten, ihn wieder zu kosten.

»Kalee«, sagte er, wobei die Warnung deutlich in seiner Stimme zu hören war. »Sag mir, was du willst.«

»Dich.« Das Wort kam sofort heraus, ohne dass sie darüber nachdachte. Mit einem tiefen Atemzug ging Kalee das Risiko ein und zeigte sich offen vor ihm. »Ich will dich, Phantom. Ich will, dass du mich mit in dein Schlafzimmer nimmst und mit mir Liebe machst. Zeig mir, dass nicht alle Männer wie diese Arschlöcher in Timor-Leste sind. Und ich will nicht, dass du dich zurückhältst. Ich will, dass du du selbst bist. Ich brauche das. Ich brauche *dich*.«

Sie sah die Besorgnis in seinen Augen, aber sie wurde sofort von Lust ersetzt. Seine Pupillen weiteten sich und sein Herzschlag beschleunigte sich unter ihrer Hand, die direkt über seinem Herzen lag. Er vergrub die Hände in ihrem Haar und hob ihren Kopf an, sodass sie keine andere Wahl hatte, als ihn anzuschauen.

»Du kannst deine Meinung jederzeit ändern, Schatz. Es ist mir egal, wie weit wir dann schon sind. Hast du das verstanden?«

»Ja«, flüsterte Kalee.

»Wenn ich dich auf eine Weise berühre, die dich zu sehr an diese Arschlöcher erinnert, sag es mir und ich mache es anders.«

»Okay.«

»Und wenn du die Kontrolle übernehmen musst, ist das auch in Ordnung für mich.«

Dieses Mal nickte sie einfach.

»Scheiße«, murmelte Phantom. Dann hob er sie hoch, legte einen Arm um ihren Rücken, den anderen unter ihre Knie und trug sie aus der Küche in sein Schlafzimmer.

Lächelnd schlang Kalee die Arme um seinen Hals und hielt sich fest.

Ohne zu zögern, brachte er sie direkt zu seinem Bett, legte sie dort ab und kroch dann über sie. In der einen

Sekunde war er auf Händen und Knien, in der nächsten drehte er sie beide um, sodass sie rittlings auf seinen Hüften saß und auf ihn herabblickte.

»Warum fangen wir nicht so an?«, schlug er vor und verschränkte die Hände hinter dem Kopf in dem Versuch, entspannt und harmlos auszusehen ... wobei er kläglich scheiterte. »Ich gehöre ganz dir, Kalee. Mach mit mir, was du willst.«

KAPITEL FÜNFZEHN

Phantom hielt den Atem an, als Kalee regungslos auf ihm saß. Er konnte die Wärme zwischen ihren Beinen spüren. Sie verbrannte ihn fast – und sie hatten beide ihre Hose an. Aber er hatte Angst davor, irgendetwas zu tun, was auch nur eine Sekunde lang schlechte Erinnerungen in ihr wecken könnte.

Er bewunderte Kalee für ihre Stärke und ihren Willen, das Geschehene hinter sich zu lassen. Sie hatte in Hawaii einen Arzt aufgesucht und war erleichtert gewesen, als alle Tests negativ zurückgekommen waren. Sie hatte dem Arzt gesagt, dass sie schon sehr lange nicht mehr berührt worden war, und Phantom glaubte ihr. Das hieß jedoch nicht, dass die schlimmen Erinnerungen sie nicht immer noch verfolgten.

Phantom gefiel es, dass Kalee sich an den Rebellen rächen wollte, indem sie glücklich war und sich von ihnen nicht das Leben ruinieren ließ. Aber er machte sich auch Sorgen um ihre Gemütsverfassung. Er machte sich Sorgen, dass sie nicht mit allem fertigwurde, was ihr widerfahren war.

Aber für den Moment würde er mit Freuden zulassen, dass Kalee ihre Dämonen loswurde – wenn sie welche hatte –, indem sie seinen Körper benutzte. Sein Schwanz drückte gegen den Reißverschluss seiner Jeans. Er konnte auch die Feuchtigkeit in seinen Boxershorts spüren. Es war schon lange her, dass er mit einer Frau zusammen gewesen war, aber noch an diesem Morgen hatte er es sich in der Dusche selbst gemacht. Er verbrachte jede Sekunde des Tages damit, sie zu begehren, und nichts würde ihn dazu bringen, es zu versauen.

Phantom machte sich immer noch Gedanken über die Blumen und den Zeitungsausschnitt, den er erhalten hatte – von dem er vermutete, dass er von derselben Person stammte, die auch den Kuchen geschickt hatte –, aber im Moment machte er sich mehr Sorgen, ob Kalee ihm glaubte, wenn er sagte, dass es keine andere in seinem Leben gab. Dass sie die einzige Frau war, die er wollte, die Frau, ohne die er sich ein Leben nicht vorstellen konnte.

Er dachte, Kalee würde nach seiner unverhohlenen Einladung vielleicht sofort nach ihm greifen, aber wie er vermutete, dass sie das für den Rest seines Lebens tun würde, überraschte sie ihn. Stattdessen griff sie nach ihrem eigenen Hemd.

Er beobachtete, wie sie es langsam hoch und über ihren Kopf zog. Dann griff sie selbstbewusst hinter sich, um den schlichten weißen Baumwoll-BH zu öffnen, den sie trug. Mit angehaltenem Atem beobachtete Phantom den erotischsten Striptease, den er je in seinem Leben gesehen hatte. Sie lächelte ihn schüchtern an, als sie die Körbchen fallen ließ.

Ihre Brustwarzen wurden in der kühlen Luft sofort hart, und Phantom konnte nicht anders, als sich unter ihr zu winden. Er hob seine Hüften leicht und sie bewegte sich ein wenig über ihm. Er legte die Hände auf ihre Hüften, ließ aber den Blick nicht von den hellrosa Brustwarzen, die immer härter zu werden schienen, je länger er sie anstarrte.

Kalee ließ die Hände sinken und auf seiner Brust ruhen. Sie befühlte seine Brustwarzen, woraufhin Phantom stöhnte.

»Du bewegst dich nicht«, warf sie ihm nach einem Moment vor.

»Du hast mir nicht gesagt, dass ich das darf«, stieß Phantom zwischen zusammengebissenen Zähnen hervor.

»Beweg dich, Phantom«, befahl sie. »Berühre mich. Sauge an mir. Tu etwas, um das Feuer zu löschen, das sich in meinem Körper ausbreitet.«

Das brauchte sie ihm nicht zweimal zu sagen. Er legte eine Hand auf die Mitte ihres Rückens und zog sie zu sich herunter. Er hob den Kopf und schloss die Augen, als er seine Lippen um ihre linke Brustwarze legte. Sie krümmte den Rücken, aber Phantom hielt sie fest, sodass sie weder vor noch zurück konnte. Sie schwebte über ihm, ihre Brüste hingen herunter und zuckten mit jedem ihrer zittrigen Atemzüge.

Phantom wusste nicht, wie lange er an ihren Brüsten saugte, leckte und sie anbetete. Er hätte die ganze Nacht so weitergemacht, aber er merkte, dass Kalees Oberschenkel zitterten. Es musste unangenehm sein, in dieser Position zu verharren.

Mit einem lauten Ploppen ließ er ihre Brustwarze los und stieß sie zurück. Sie verlagerte ihr Gewicht auf ihn und er zog sie nach vorn, bis sie auf seiner Brust saß. Er griff nach oben und öffnete den Knopf sowie den Reißverschluss ihrer Hose. Fluchend stellte er fest, dass er durch ihre Kleidung nicht das tun konnte, was er gern tun wollte.

»Spring runter und zieh dich aus«, befahl er in schroffem Ton.

Sie blinzelte ihn an, und als sie schließlich wackelig

herunterkroch, ließ Phantom seine Hand auf ihrer Hüfte, bis er sicher war, dass sie nicht fallen würde. Als sie ihre Jeans herunterzog, öffnete er seine eigene und schob sie samt seinen Boxershorts gleichzeitig nach unten.

Sie zögerte und starrte auf seine Erektion, die sich pochend in Richtung seines Bauches wölbte.

Phantom wusste, dass er gut bestückt war. Er hatte nie wirklich darüber nachgedacht, aber in diesem Moment war er sich der Beklommenheit in Kalees Augen sehr bewusst.

»Du hast hier alle Trümpfe in der Hand, Kalee«, erinnerte er sie. »Ich werde nichts tun, was du nicht willst.«

Sie nickte und begann, wieder auf ihn zu klettern. Er hielt sie mit festem Griff an ihrer Hüfte auf. »Zieh auch die Unterwäsche aus«, befahl er.

»Oh ja, richtig«, sagte sie nervös, bevor sie die weiße Baumwolle über ihre Hüften schob. Dann kroch sie schnell wieder auf ihn und ließ sich auf seinem Bauch nieder.

Phantom konnte immer noch ihre Hüftknochen sehen und machte sich die geistige Notiz, sie mit Nahrung zu versorgen, bis jeder Hinweis auf ihre Gefangenschaft für immer verschwunden war. Er zog sie weiter an seinem Körper hoch, bis sie mit gespreizten Beinen direkt vor ihm saß. Er schob ein Kissen unter seinen Kopf, bis er sich in der perfekten Position befand.

»Phantom?«

Er schaute an ihrem Körper hoch und sah, dass Kalee sich auf die Lippe biss. Sie hatte ihre Hände an der Wand abgestützt und beobachtete ihn mit wachsamen, aber erregten Augen.

»Ja?«

»Ich ... ich habe das noch nie gemacht.«

Er tat nicht so, als hätte er sie missverstanden. Erregung und ein besitzergreifendes Gefühl breiteten sich in seiner

Brust aus. »Ich auch nicht. Wenn ich also etwas tue, das sich nicht gut anfühlt, sag es mir, okay?«

Sie sah schockiert aus. »Du hast das noch nicht getan?«

»Nicht auf diese Weise. Ich wollte es nie. Aber wenn ich dich nicht in den nächsten fünf Sekunden mit dem Mund berühre, werde ich vermutlich sterben.«

»Wir wollen doch nicht, dass du stirbst, oder?«, sagte sie nervös.

Phantom legte die Hände auf ihren Hintern und drängte sie, die paar Zentimeter nach oben zu rutschen, um ihren feuchten Schritt direkt über seinem Mund zu platzieren. Er schloss die Augen und atmete tief ein. Verdammt. Kiefer und Muschi. Er würde nie wieder in seinem Bett schlafen können, ohne sich an diesen Moment zu erinnern.

Er streckte die Zunge heraus und leckte Kalee bis zur Klitoris. Seine Geschmacksknospen erwachten zum Leben. Er tat es noch einmal, und ihr kleiner Seufzer bescherte ihm ein unglaubliches Gefühl. Er stupste ihre Knie an, woraufhin sie sich ihm noch mehr öffnete.

Phantom leckte sie immer wieder, wobei er bei jeder Aufwärtsbewegung seiner Zunge besondere Aufmerksamkeit auf ihre Klitoris richtete. Schließlich drückte sie sich bei jedem Lecken nach unten in dem Versuch, seine Aufmerksamkeit an ihrem empfindlichen Nervenbündel zu verlängern. Er brauchte keine Worte, um zu wissen, was sie wollte. Er konnte sie lesen wie ein offenes Buch. Sie wich nicht zurück, sie stieß immer wieder mit den Hüften vor, um ihn zu ermutigen.

Als er einen Finger in sie gleiten ließ, hob Phantom den Kopf und umschloss ihre Klitoris mit dem Mund. Er saugte kräftig, dann streckte er die Zunge aus, um mit ihr zu spielen.

»Scheiße! Phantom!«, rief sie, beugte sich über ihn und wippte mit den Hüften hin und her. Sie fickte seinen Finger und sein Gesicht gleichzeitig und Phantom wusste, dass sein Bart mit ihrer Erregung überzogen sein würde. Er stöhnte in ihre Muschi und konnte nicht verhindern, dass seine eigenen Hüften sich vom Bett lösten. Sein Schwanz war härter als je zuvor. Er war so erregt von *ihrer* Erregung, dass er das Gefühl hatte, bereits kurz vor dem Orgasmus zu stehen.

»Ich komme!«, keuchte sie, aber Phantom brauchte die Warnung nicht. Die Art und Weise, wie ihr Körper sich um seinen Finger zusammenzog, machte es mehr als deutlich. Er fügte einen zweiten hinzu und stieß sanft in sie hinein, während er heftig an ihrer Klitoris saugte.

In der einen Sekunde stand sie kurz vor dem Abgrund, in der nächsten fiel sie bereits. Ihre Oberschenkel zitterten an seinem Kopf und sie erstickte ihn fast, als sie vergaß, sich aufrecht zu halten, und ihre Knie noch weiter auseinander rutschten.

Phantom war im Paradies. Er hatte eine sehr befriedigte Muschi im Gesicht. Besser wäre nur noch gewesen, wenn diese Wärme seinen Schwanz umgab.

Er drückte Kalees Hüften nach hinten, bis sie auf seiner Brust statt auf seinem Gesicht saß. Sie atmete so schnell, als hätte sie gerade einen Sprint absolviert, und ihre Hände zitterten, während sie auf seinen Schultern ruhten.

Phantom leckte sich über die Lippen und schmeckte sie an sich, was seinen Schwanz erneut vor Vorfreude und Ungeduld zucken ließ. Er griff zu dem kleinen Tisch neben dem Bett und zog die Schublade auf. Er schnappte sich ein Kondom und betete, dass das Mindesthaltbarkeitsdatum noch nicht abgelaufen war, aber er war nicht bereit nachzusehen. Er griff um Kalee herum, rollte es blind über seinen Schwanz, und wenige Sekunden später hatte Phantom ihre Hüften gepackt.

»Was willst du?«, fragte er heiser.

Sie begegnete seinem Blick und antwortete: »Dich.«
»Wie?«
»Wie auch immer du mich willst.«

Das war alles, was es brauchte. Phantom ermunterte sie, sich aufrecht hinzusetzen, dann drückte er sie nach hinten, bis ihre immer noch feuchte Muschi direkt über seinem Schwanz war. Er hielt sich mit einer Hand fest, die andere legte er auf ihren Oberschenkel. »Nimm mich, wie du willst. Wie du es brauchst«, sagte Phantom, während er ihr in die Augen starrte.

Kalee blickte in Phantoms braune Augen, deren Farbe sie aufgrund seiner geweiteten Pupillen kaum erkennen konnte. Sein Bart war nass von ihrer Erregung und es war ihr nicht einmal peinlich. Wie sollte es auch, wenn es ihn offensichtlich nicht im Geringsten störte?

Sie liebte es, auf ihm zu sein. Es war so anders als ihre letzten Erfahrungen mit Männern, so gegensätzlich wie Tag und Nacht. Sie nahm an, dass Phantom es wusste, wodurch sie ihn umso mehr liebte.

Gott ...

Liebe?

Ja, sie liebte ihn.

Er war alles, was sie sich jemals von einem Mann gewünscht hatte. Um das zu wissen, brauchte sie keine monatelangen Verabredungen und langweilige Abendessen. Er zeigte es ihr mit jeder Minute, die sie zusammen verbrachten.

»Kalee?«

Sie schüttelte den Kopf. Jetzt war nicht der richtige Zeitpunkt, um sich in ihren Gedanken zu verlieren.

Sie schob seine Hand von seiner Erektion und nahm sie

in die ihre. Er war riesig, was bei seiner Größe keine Überraschung sein sollte, aber als sich ihre Finger dort, wo sie ihn umklammerte, kaum berührten, schnappte sie vor Erregung fast nach Luft.

Sie war bereit für ihn. In mehr als einer Hinsicht.

Kalee ließ sich sinken ...

Und war für einen Moment in schlechten Erinnerungen verloren, als die Spitze seines Schwanzes ihre Schamlippen streifte. Sie hielt inne.

Da sie wusste, dass sie es schnell und hart tun musste, holte sie tief Luft und ließ sich mit einer schnellen Bewegung auf seinen harten Schwanz fallen.

Sie schnappten beide nach Luft. Der stechende Schmerz, den sein Eindringen verursachte, ließ Kalee erstarren. Phantom sagte kein Wort, aber sie spürte, wie er ihren Oberschenkel fest umklammerte. Sie schluckte und zwang sich, die Augen zu öffnen. Sie schaute auf Phantoms noch immer erregten Blick hinunter, in dem jetzt jedoch ein Hauch von Sorge lag.

Scheiß drauf.

»Ich bin okay«, versicherte sie ihm und bewegte leicht die Hüften.

»Das bist du«, stimmte er zu.

Seine sanfte Antwort half ihr, sich zu beruhigen. Kalee schaute an ihrem Körper hinunter und sah, wie sich ihre roten Schamhaare mit seinen dunklen vermischten. Es war so erotisch, dass es sie noch mehr erregte, als sie es ohnehin schon war. Sie richtete sich langsam auf, ohne den Blick von ihren Beinen zu nehmen, und sah, wie sein Schwanz aus ihrem Körper auftauchte, glänzend mit ihrer Erregung.

»Einfach schön«, murmelte Phantom ehrfürchtig.

Sie bemerkte, dass auch er den Blick auf die Stelle gerichtet hatte, an der sie verbunden waren. Anstatt sich selbst dabei zu beobachten, wie sie ihn nahm, beobachtete

Kalee Phantom, während sie sich langsam an seiner Erektion auf und ab bewegte.

Er leckte sich über die Lippen und stöhnte.

Kalee lachte. Sie konnte nicht anders. Sie war so erleichtert, dass sie das tun konnte und mit Phantom zusammen war. Sie strahlte.

Als Phantom mit einer Hand zwischen sie griff, etwas von ihrer Erregung aufnahm und seinen Finger an seinen Mund führte, stockte ihr der Atem.

»Du schmeckst verdammt köstlich«, sagte er. Dann hielt er ihre Hüften fest, während sie auf ihm ritt. Es fühlte sich gut an, aber Kalee wurde bald frustriert.

»Was ist los?«, fragte Phantom, packte ihre Hüften fester und hielt sie still.

Es überraschte sie, wie schnell er sie aufhalten konnte, aber gleichzeitig übernahm er auch nicht. Er überließ ihr die ganze Kontrolle in dieser Situation. Er ließ die Zügel in ihrer Hand, damit sie tun konnte, was sie brauchte. Aber sie wollte – und brauchte es –, dass Phantom es auch genoss. Sie wusste, dass ihm wahrscheinlich gefiel, was sie mit ihm machte, aber er brauchte mehr.

»Du musst das Kommando übernehmen«, verkündete sie.

Er runzelte die Stirn.

»Bitte«, flüsterte sie. »Ich möchte, dass du dich genauso fantastisch fühlst wie ich. Dass deine Erinnerungen an unser erstes Mal großartig sind. Ich bin okay. Du hast dafür gesorgt, dass niemand außer uns beiden in diesem Bett ist.«

»Vertraust du mir?«, fragte er, während er noch ihre Hüften festhielt, sodass sie sich nicht bewegen konnte.

»Ja.« Und das war die Sache. Sie vertraute ihm wirklich. Mit allem. Mit ihrem Herzen und ihrer Welt.

Ohne ein weiteres Wort hob Phantom ihre Hüften ein wenig an, dann stieß er hart in sie hinein.

Kalee stöhnte. Verdammt, das fühlte sich so gut an!

Er tat es erneut. Und erneut.

Ihre Haut klatschte aneinander, das Geräusch laut in dem stillen Raum, aber Kalee war es nicht im Geringsten peinlich. Sie stützte die Hände auf seiner Brust ab und bebte über ihm. Seine Hüften hörten nicht auf. Er stieß immer wieder in sie hinein. Sein Bauch spannte sich an und entspannte sich wieder, während er sie hart nahm.

Dann ließ er eine Hand zu ihrer Klitoris wandern und streichelte sie heftig, während er sich weiter in ihr bewegte.

Kalee schnappte nach Luft und krümmte den Rücken, wobei sein Schwanz fast aus ihr herausrutschte. Sie wimmerte und ließ ihre Hüften wieder sinken. Sie war auf Händen und Knien über ihm und er fickte sie wie ein wilder Mann. Schweißperlen standen ihm auf der Stirn, und die Geräusche, die tief aus seiner Brust kamen, waren so heiß, dass Kalee dachte, sie würde ohnmächtig werden.

Gerade als sie dachte, sie könne nicht mehr ertragen, klemmte Phantom ihre Klitoris zwischen seine Finger und stieß in sie hinein.

Kalee flog so schnell über den Abgrund, dass sie keine Zeit hatte, ihn zu warnen oder sich auf die euphorischen Gefühle vorzubereiten, die ihren Körper durchströmten. Ihre inneren Muskeln umklammerten seinen Schwanz und sie spürte, wie er tief in ihr zuckte, als er kam.

Er riss ihren Oberkörper nach unten und drückte sie an sich, ohne dass sie sich auch nur einen Zentimeter von ihm lösen konnte. Seine Brust war schweißnass, aber das war Kalee egal. Sie atmete hart gegen seinen Hals, während ihr Körper weiter zuckte.

Phantom bewegte ihre Hüften immer wieder leicht hin und her, um ihre Klitoris an ihm zu reiben.

»Phantom!«, rief sie aus, kurz bevor ein weiterer kleiner Orgasmus durch sie hindurchschoss.

»*Verdammt*, das fühlt sich so gut an«, sagte Phantom, während er sie mit Armen an sich drückte, die Eisenstangen zu gleichen schienen.

Kalee handelte, ohne nachzudenken. Sie hob den Kopf und stürzte sich auf seinen Mund, als würde sie sterben, wenn sie ihn nicht in dieser Sekunde küsste. Phantom machte mit und überließ ihr die Führung. Kalee konnte sich selbst an ihm schmecken, was den Kuss noch intimer machte. Es dauerte einige Augenblicke, bis sie spürte, wie sich ihr Körper schließlich entspannte. Ihr Kuss wurde sanfter, als ihr Körper von seinem orgastischen Rausch herunterkam. Sie fühlte sich klatschnass zwischen den Beinen, aber das war ihr egal.

Sie leckte Phantom noch einmal über die Lippen und ließ dann ihre Stirn auf seine Schulter sinken.

»Heilige Scheiße, ich glaube, du hast mich umgebracht«, sagte Phantom.

Kalee kicherte. »Das ist mein Satz«, erwiderte sie. Sie kuschelte sich an seine Schulter und seufzte. »Das war perfekt«, sagte sie. Sie spürte, wie er Luft holte, um zu antworten, aber sie sprach schnell weiter. »Ich war mir nicht sicher, wie es laufen würde, um ehrlich zu sein. Ich hatte erwartet, dass es peinlich werden würde, dass ich es einfach hinter mich bringen wollte, und ich hoffte inständig, dass ich wirklich das würde tun können, was ich mir einrede, seit ich gemerkt habe, dass ich mich zu dir hingezogen fühle.« Sie hob den Kopf. »Und du hast alles genau richtig gemacht. Ich glaube, es war genau das Richtige für mich, oben zu sein. Zumindest dieses erste Mal. Aber gewöhne dich nicht daran. Ich werde in Zukunft nicht mehr die ganze Arbeit machen.«

»Die ganze Arbeit machen? Herrgott, Frau. Ich bin schweißgebadet und fühle mich, als hätte man mich von innen ausgewrungen. Mein Bauch fühlt sich an, als hätte ich gerade tausend Sit-ups gemacht. Wenn du hier die ganze Arbeit gemacht hast, bin ich am Arsch.«

Kalee kicherte. Sie konnte nicht glauben, dass sie auf einem Mann lag, der immer noch tief in ihrem Körper steckte, und sie lachte.

Eben noch lag sie auf Phantom, und im nächsten Moment hatte er sie umgedreht und sie war flach auf dem Rücken unter ihm. Für den Bruchteil einer Sekunde geriet sie in Panik, aber ihr Körper entspannte sich fast sofort.

»Alles gut?«, fragte er stirnrunzelnd.

Kalee war nicht überrascht, dass er ihr leichtes Zögern bemerkt hatte. Sie hatte noch nie jemanden getroffen, der so gut auf sie eingespielt war wie er. »Ja. Und bevor du beschließt, dass du niemals auf diese Weise mit mir schlafen wirst, ich brauche das. Ich muss und will weitermachen. Ich *habe* weitergemacht. Du musst mich nur ab und zu daran erinnern, dass du es bist und niemand anderes.«

»Es wird *nie* jemand anderes sein«, knurrte Phantom. Er zog seine Hüften zurück, woraufhin sein Schwanz mühelos aus ihr herausglitt.

Kalee stöhnte aus Protest auf.

Seine Mundwinkel zuckten. Er hob eine Hand und strich sich über den Bart. »Ich weiß nicht, wie es dir geht, aber ich habe eine Dusche nötig. Willst du dich mir anschließen?«

»Bist du sicher, dass das passt?«

»Oh, es wird passen«, erwiderte Phantom anzüglich, wobei er seine Hüften wieder auf ihre sinken ließ. Sein Schwanz an ihr erholte sich schnell.

Kalee konnte die Worte nicht mehr zurückhalten. »Ich liebe dich, Phantom.«

Er blähte die Nasenflügel auf und sie versteifte sich für eine Sekunde.

Dann rutschte er ihren Körper hinunter und hielt ihre

Hüften fest, während er ihre Oberschenkel mit seinem Körper spreizte.

»Phantom?«

»Wenn du glaubst, dass ich mich von diesem Bett wegbewege, nachdem du das gesagt hast, bist du wahnsinnig.«

Kalee ließ den Kopf zurück auf das Kissen unter ihr sinken und stöhnte, als sie erneut Phantoms Zunge an ihrer extrem empfindlichen Klitoris spürte.

»Halte durch«, sagte Phantom, »ich werde noch eine Weile hier sein.« Das war die einzige Warnung, die er ihr gab, bevor er den Kopf senkte und sein Bestes tat, um sie völlig verrückt zu machen.

Draußen auf dem Parkplatz kochte Mona Saterfield vor Wut.

Sie hatte ihren Mann den ganzen Tag beobachtet – und es gefiel ihr nicht, was sie gesehen hatte.

Er schien *glücklich* zu sein. Wie zur Hölle konnte er ohne *sie* glücklich sein? Die Schlampe, mit der er auf der Terrasse des Hauses seines Freundes gesessen hatte, war nicht für ihn gedacht. Wie konnte sie das sein, wenn er und Mona füreinander bestimmt waren?

Als sie gesehen hatte, wie Forest mit dem kleinsten Mädchen spielte, war sie in einen wunderbaren Tagtraum gefallen, in dem es *ihr* Kind war. Wie sie und Forest gemeinsam auf der Terrasse saßen und er *ihre* Hand hielt.

Es war eine absolute Qual zu wissen, dass er mit einer anderen in seiner Wohnung war.

Er sollte keine andere als *sie* wollen.

Er hatte Mona gesagt, dass er nicht mit ihr zusammen sein konnte, weil er nicht wollte, dass sie sich Sorgen um ihn machte, während er auf Mission war.

Er hatte gelogen.

Aber er gehörte immer noch *ihr*. Sie hatte nicht widerstehen können, ihm den Zeitungsausschnitt zu schicken, um ihn an diese Tatsache zu erinnern.

Sie würde ihm noch etwas Zeit geben, um zu sich zu kommen, aber wenn er das nicht tat, wenn er darauf bestand, bei dieser anderen Frau zu bleiben, würde er es bereuen.

Wenn sie Forest Dalton nicht haben konnte, konnte das niemand. *Punkt.*

Es würde zu einer Konfrontation kommen, daran gab es keinen Zweifel. Aber zuerst musste sie planen. Dann würde sie mit ihm reden und ihn vor die Wahl stellen. Sie ... oder niemand.

Er würde sich für sie entscheiden. Das musste er einfach tun.

KAPITEL SECHZEHN

Drei Tage später saß Kalee auf Pipers Terrasse und sah Rani, Sinta und Kemala beim Herumtollen zu. Es fühlte sich gut an, wieder mit ihrer besten Freundin zusammen zu sein, auch wenn es ein wenig seltsam war, da Piper jetzt Mutter von vier Kindern war. Es war fast verrückt, wie viel sich in Kalees Abwesenheit verändert hatte.

»Bist du glücklich?«, fragte Kalee, während sie auf die spielenden Mädchen starrte. Sie spürte Pipers Blick auf sich, drehte sich aber nicht zu ihr um.

»Sehr«, antwortete Piper.

Kalee seufzte und schaute zu ihrer Freundin hinüber. »Du wolltest schon immer eine große Familie.«

»Das wollte ich. Aber ich hätte nie erwartet, dass es so kommt, wie es gekommen ist.«

Kalee zögerte und sagte dann, worüber sie schon eine Weile nachgedacht hatte. »Es tut mir leid.«

»Was?«, fragte Piper.

»Dass ich dich mitten in einen verdammten Putsch hineingezogen habe.«

Anstatt ihr mit ihrer sonst so sanften Stimme zu sagen,

dass sie sich keine Gedanken darum machen solle, war Kalee überrascht, als ihre sonst so sanftmütige Freundin mit so viel Heftigkeit in der Stimme sprach, dass es fast schon beängstigend war. »Wenn du noch einmal so etwas sagst, werde ich dir wehtun.«

Kalee schaute sie mit großen Augen an.

»Ich meine es ernst, Kalee. Ich sage ja nicht, dass es Spaß gemacht hat, aber sieh nur ...« Sie deutete auf den Garten, dann auf ihren schlafenden Sohn in ihren Armen und dann auf das Haus hinter ihnen. »Du hast mir ein Abenteuer versprochen, aber du hast nichts davon gesagt, dass ich die Liebe meines Lebens finde, eine fertige Familie, eine Hochzeit oder alles bekomme, wovon ich geträumt habe, seit wir alt genug waren, um die Liebesromane zu lesen und zu verstehen, die wir in der Bibliothek ausgeliehen haben.«

Kalee musste bei dieser Erinnerung lächeln. Sie hatten Passagen in den Büchern markiert, die sie sich ausgeliehen hatten, und sie sich einander abwechselnd vorgelesen. Damals verstanden sie weder Orgasmen noch die Gefühle, die die Heldinnen in den Büchern beschrieben, aber sie wussten beide, dass sie das wollten, was diese fiktiven Frauen hatten.

»Ich kann nicht leugnen, dass ich Angst hatte. Ich war wie versteinert«, fuhr Piper fort. »Ich hatte keine Ahnung, wo du warst, aber ich wusste, wenn du mir sagst, ich solle unter dem Boden bleiben und auf keinen Fall herauskommen, dann ist das, was passiert, etwas Schlimmes.« Ihre Stimme wurde leiser. »Ich wollte dir helfen, aber ich wusste nicht wie.«

Kalee streckte eine Hand aus, legte sie auf Pipers Bein und drückte es. »Ich weiß. Danke, dass du dort geblieben bist. Ich bin mir nicht sicher, ob ich es verkraftet hätte, wenn du auch von den Rebellen gefangen genommen worden wärst.«

Sie saßen einen Moment lang so da. Zwei beste Freundinnen, die fast ihr Leben verloren hätten und gedacht hatten, sie hätten einander verloren.

Kalee wollte über Phantom sprechen, darüber, wie sie sich bei ihm fühlte und wie sehr sie ihn liebte, aber selbst nach all ihren Kindheitsfantasien und wie nahe sie und Piper sich standen, fühlte es sich nicht richtig an. Außerdem machte sie sich Sorgen wegen der Ermittlungssache, die in einer Woche anstand. Phantom nannte es Disziplinarverfahren, aber es hörte sich an wie ein Prozess oder eine Anhörung oder so.

»Redet Ace oft über Phantom?«, fragte Kalee. »Ich meine, er sieht ihn jeden Morgen, wenn sie trainieren, und ich habe mich gefragt, ob sie über die bevorstehende Anhörung gesprochen haben.«

Piper richtete sich auf und drehte sich zu Kalee um. »Ace hat ihn nicht mehr gesehen, seit ihr vor ein paar Tagen in Sidneys Haus wart.«

»Was? Er steht jeden Morgen auf, um zu trainieren, und ich dachte, er würde sich mit den Jungs treffen.«

»Nicht dass ich wüsste.«

»Na Scheiße«, murmelte Kalee.

»Vielleicht liege ich falsch«, sagte Piper schnell. »Ace erzählt mir nicht alles.«

»Braucht ihr irgendetwas?«, fragte besagter Mann, der den Kopf aus der Tür steckte, als sei er gerufen worden.

Kalee marschierte auf Ace zu. »Hast du mit Phantom gesprochen, seit du ihn im Strandhaus gesehen hast?«, fragte sie. Sie hatte keine Ahnung, woher ihr Mut kam, aber es war wichtig. Phantom brauchte seine Freunde. So gern sie auch mit ihm abhing, so sehr musste es ihn stressen, dass er nicht die nötige Unterstützung von seinen Teamkameraden bekam.

Ace zuckte mit den Schultern. »Nein.«

»Warum nicht?«, drängte Kalee.

Ace kam nach draußen und lehnte sich an die Seite des Hauses. Er verschränkte die Arme und seufzte. »Er ist nicht aufgetaucht, um mit uns zu trainieren.«

Kalee schüttelte den Kopf. »Nein, nicht gut genug.« Sie deutete in Pipers Richtung. »Du bist mit meiner besten Freundin zusammen, also werde ich mich einmischen. Dazu habe ich das Recht. Was, wenn Piper etwas zustoßen würde? Was, wenn sie von einem Drogenboss entführt und nach Mexiko verschleppt würde? Wenn du wüsstest, wo sie ist, sie aber nicht holen könntest. Würdest du dann herumsitzen und sagen: ›Okay, meine Vorgesetzten wissen es am besten.‹? Nein, das würdest du nicht tun«, antwortete Kalee für ihn, ohne ihm eine Chance zu geben, auch nur den Mund zu öffnen. »Du würdest nach Mexiko fliegen, um sie zu holen. Und ich bin mir ziemlich sicher, dass du die Karriere deiner Freunde nicht würdest riskieren wollen, also würdest du allein losziehen. Vor allem wenn du dir zu neunzig Prozent sicher wärst, wo sie ist.«

Ace ließ die Arme sinken und beugte sich vor, um in Kalees persönlichen Bereich einzudringen. Sie fühlte sich nicht wohl dabei, aber sie blieb standhaft.

»Falsch. Ich würde mit meinen Freunden reden und ihren Rat einholen. Dann würde ich entscheiden, was zu tun ist.«

»Ach, Blödsinn!«, erwiderte Kalee. »Du hast Piper gefühlt drei Sekunden nach eurem Kennenlernen geheiratet. Hast du vorher mit deinen Freunden darüber geredet? Und haben sie deiner Entscheidung zugestimmt? Und Phantom? Ich vermute, er war nicht begeistert. Einfach weil er sich Sorgen um *dich* gemacht hat. Aber du hast es trotzdem getan, und Phantom hat dich und Piper unterstützt. Außerdem fühlt er sich in der Nähe von Kindern nicht so wohl, aber er scheut sich nicht, mit Rani, Sinta und Kemala zu spielen und dir zu helfen, wo er kann.

Phantom würde eher *sterben*, als dass er dich oder einen der anderen Jungs verletzen würde. Er würde sein Leben geben, um Piper, Avery und die anderen Frauen zu beschützen. Und jetzt, da er eure Unterstützung am meisten braucht, da er sich von euch trennt, lasst ihr es zu! Es ist, als würdet ihr abwarten, was die Marine für seine Bestrafung beschließt, bevor ihr ihm sagt, dass ihr hinter ihm steht. Das ist *scheiße*. Ihr solltet euch gerade jetzt um ihn scharen! Leute sammeln, die bei dieser blöden Disziplinarsache für ihn sprechen. Er braucht euch, und ihr habt ihn praktisch aufgegeben!«

Kalee holte tief Luft. »Ich bin ehrlich enttäuscht. Ich weiß, dass Piper dich liebt, und du scheinst ein sehr guter Vater zu sein. Aber wenn du nicht bereit bist, zu einem Mann zu stehen, der dir wahrscheinlich mehrmals das Leben gerettet hat, wenn er dich am meisten braucht, bist du *nicht* der Mann, den ich mir für meine beste Freundin wünsche.«

Als sie fertig war, zitterte sie und hatte Angst, dass sie zu weit gegangen war. Ace sah wütend aus. Sie trat einen Schritt zurück, wobei sie darauf achtete, sich zwischen Piper und Ace zu stellen. Sie glaubte nicht, dass er sie oder seine Frau angreifen würde, aber sie wollte kein Risiko eingehen.

In der einen Sekunde sah Ace wütend aus – und in der nächsten grinste er. »Ich hatte von Phantom den Eindruck bekommen, dass du nicht viel redest. Dass du Angst vor Männern hast.«

Kalee schluckte schwer und schüttelte nur den Kopf. Sie hatte über nichts anderes nachgedacht, als Phantom zu verteidigen. Sie war immer noch schockiert, erfahren zu haben, dass er nicht mit seinem Team trainiert hatte. Sie wusste genug, um zu wissen, dass es eine wichtige Sache war, die SEAL-Teams gemeinsam taten. Vielleicht war es eine Angewohnheit aus ihrer Ausbildung. Aber zu erfahren, dass Phantom in den letzten Tagen keinen seiner Freunde gesehen hatte, war hart zu hören.

Zwischen ihr und Phantom war es erstaunlich gut gelaufen. Sie schliefen jede Nacht miteinander und verbrachten den Tag gemeinsam. Manchmal redeten sie, manchmal sahen sie fern oder lasen einfach nur ein Buch. Sie gingen einkaufen und gestern hatte Phantom mit ihr einen langen Ausflug an der Küste entlang gemacht. Sie hatte sich noch nie so gut mit einem Mann verstanden, und bis vor ein paar Minuten hatte sie gedacht, dass mit ihm alles in Ordnung sei.

»Du hast recht«, sagte Ace leise, »wir haben es versaut. Ich rufe ihn später an und sage ihm, dass er seinen Arsch morgen früh an den Strand bewegen soll, um mit uns zu trainieren.«

»Jetzt«, beharrte Kalee. »Er hat mich vorhin abgesetzt und wollte dann zurück in die Wohnung, um zu warten, bis ich anrufe und sage, dass ich bereit zu gehen bin.«

»Gut. Dann mache ich es jetzt«, erwiderte Ace mit einem weiteren Lächeln. Dann wurde er nüchtern. »Wir haben ihn nicht aufgegeben, Kalee«, murmelte er.

»Dann beweise es«, konterte sie.

Ace starrte sie einen Moment lang an, dann nickte er. »Wenn es dir recht ist, würde ich gern meine Frau und meinen Sohn küssen, bevor ich reingehe und meinen Teamkameraden anrufe.«

Kalee merkte, dass sie immer noch zwischen Ace und Piper stand. Sie wusste, dass sie rot wurde, aber sie würde sich nicht entschuldigen. Sie trat zur Seite und sah zu, wie Ace seine Frau umarmte, sie und John auf die Stirn küsste und sich dann wieder umdrehte, um ins Haus zu gehen.

Da es ihr ein wenig peinlich war, wie sie auf Pipers

Mann losgegangen war, konnte sie ihre Freundin nicht ansehen, als sie sich wieder hinsetzte.

»Er würde mir nie wehtun«, sagte Piper leise, als sie es sich wieder bequem gemacht hatte.

»Ich weiß.«

»Das glaube ich nicht«, entgegnete Piper. »Nicht wenn man bedenkt, wie du zwischen uns gestanden hast. Aber ich verstehe es. Ich habe mir einen Teil dessen zusammengereimt, was du bei den Rebellen durchgemacht hast, aber ich weiß nicht alles. Es macht mir nichts aus, dass du mich und meine Kinder beschützt, aber ich sage nur, dass Ace mir niemals etwas antun würde – keiner der SEALs.«

Kalee schluckte schwer. »Gewohnheit«, sagte sie leise.

Piper griff nach Kalees Hand, und es fühlte sich gut an. Sie wusste nicht, was Phantom davon halten würde, dass sie auf Ace losgegangen war, aber das war ihr egal. Sie würde ihm immer den Rücken stärken, auch wenn das bedeutete, sich mit seinen besten Freunden anzulegen.

»Hast du dir schon überlegt, was du vielleicht tun willst?«, fragte Piper.

Kalee war erleichtert über den Themenwechsel, auch wenn dieses nicht viel einfacher war. »Nicht wirklich. Ich glaube nicht, dass ich einen Job ausüben könnte, bei dem ich acht Stunden am Tag am Schreibtisch sitzen muss.«

»Vielleicht etwas im medizinischen Bereich?«, fragte Piper.

Kalee rümpfte die Nase. »Nein.«

»Bauwesen?«

Kalee schüttelte den Kopf.

So ging es hin und her, wobei Piper verschiedene Berufe vorschlug und Kalee sie alle ablehnte.

»Siehst du? Ich bin hoffnungslos. Das war der Grund, warum ich überhaupt zum Friedenskorps gegangen bin«, beschwerte Kalee sich. »Ich hatte keine Ahnung, was ich mit meinem Leben anfangen wollte. Und mir ein paar Jahre zu nehmen, um nach Timor-Leste zu gehen, erschien mir damals wie ein Abenteuer. Ein Weg, mein richtiges Leben aufzuschieben.«

»Wie wäre etwas mit Kindern?«, fragte Piper.

»Ich will nicht unterrichten«, erwiderte Kalee.

»Ich habe nicht gesagt, dass du das musst. Es gibt viele Dinge, die du mit Kindern machen könntest, die nichts mit Unterrichten zu tun haben. Und seien wir mal ehrlich, du *musst* nicht arbeiten.« Piper hob eine Hand, um Kalee davon abzuhalten, diese Idee sofort abzulehnen. »Dein Vater ist stinkreich. Ich weiß, dass du es nicht als dein Geld ansiehst, aber er hat viel mehr, als er braucht … und du hast ihn nicht gesehen, Kalee. Er war am Boden zerstört, als wir alle dachten, du seist tot. Er war gebrochen. Und ich spreche gar nicht erst davon, was passiert ist, als er seine Medikamente abgesetzt hat. Es wird ihn glücklich machen, dir Geld zu geben. Und wenn du eine Beschäftigung finden kannst, die dir Spaß macht, aber nicht viel einbringt, ist das auch egal, denn dein Vater wird dir gern und mit Freude geben, was auch immer du brauchst, um dich über Wasser zu halten.«

Kalee seufzte. »Ich weiß, aber ich will nicht *dieser* Mensch sein. Ich will nicht diejenige sein, die von Daddys Geld lebt und eben das macht, worauf sie gerade Lust hat.«

»Gut. Dann leb von Phantoms Geld und nicht von dem deines Vaters.«

Kalee schaute ihre Freundin schockiert an.

»Was?«, fragte Piper mit einem Blick, der alles andere als unschuldig war. »Du willst mir doch nicht ernsthaft weismachen, dass du nicht in diesen Mann verliebt bist, oder?«

Kalee schnaubte. »Nein.«

»Eben. Du liebst ihn also, und er liebt dich. Ihr heiratet und lebt zusammen. Du suchst dir einen Job, den du magst, und machst dir keine Sorgen wegen des Geldes. Wenn du mehr brauchst, als Phantom verdient, wird dein Vater dir helfen.«

»Mir gefällt das immer noch nicht«, sagte Kalee. »Mein Dad hat mir schon geholfen, indem er mir etwas Geld gegeben hat, aber ich glaube, ich würde mich noch mehr wie eine Schnorrerin fühlen, wenn ich einfach nicht arbeiten würde.«

»Scheiß drauf«, sagte Piper vehement.

Kalee zog die Augenbrauen hoch, als sie ihre gelassene Freundin fluchen hörte.

»Im Ernst. Das Leben ist zu kurz, um sich über so einen Scheiß Gedanken zu machen. Vor allem wenn du zwei Männer hast, die dir die Welt schenken würden, wenn du sie darum bittest. Du hast buchstäblich eine zweite Chance im Leben. Nutze sie.«

»Ich will ja, aber ich weiß nicht, was ich tun soll«, erwiderte Kalee. Sie klang erbärmlich, aber sie konnte nicht anders.

»Arbeite ehrenamtlich im Zoo, werde Barkeeperin, lies Kindern in der Bücherei vor, fahr einen Schulbus, arbeite bei der Jugendeinrichtung in der Innenstadt, arbeite ehrenamtlich in der Kindertagesstätte des christlichen Vereins, führe Hunde aus, werde Führerin in einem der vielen Museen hier in der Gegend, werde eine verdammte Hausiererin. Finde einfach *etwas*, das du liebst, und tu das.«

Kalee hörte ihrer Freundin zu ... und spürte, wie sich etwas in ihr regte. Sie hatte sich so viele Gedanken darüber gemacht, welchen Job sie für den Rest ihres Lebens machen wollte und wie sie genügend Geld zum Leben verdienen sollte, aber Piper hatte recht. Sie hatte das große Glück, einen Vater zu haben, der mehr Geld hatte, als er gebrauchen konnte. Und sie hatte das Gefühl, dass Phantom mehr als glücklich wäre, sie den ganzen Tag auf der Couch sitzen zu lassen, wenn es das war, was sie wollte.

Aber einer der Jobvorschläge, die Piper gemacht hatte, weckte ihr Interesse. »Die Jugendeinrichtung?«, fragte sie.

Piper lächelte. »Ja. Es gibt eine in der Nähe von Kemalas Schule, und ich weiß genau, dass sie immer ehrenamtliche Helfer suchen, die mit den Kindern spielen. Um sie zu beschäftigen und von der Straße zu halten und so weiter.«

Kalee hatte keine Ahnung, was die Voraussetzungen für eine ehrenamtliche Tätigkeit dort waren, aber sie glaubte, dass sie gut darin sein könnte. Sie dachte an die Schule zurück, die sie und Phantom in Hawaii besucht hatten, und wie viel Spaß sie an diesem Tag gehabt hatte. Damals war es schwer gewesen, weil sie immer noch mit Flashbacks zu kämpfen hatte, aber wenn sie sich jetzt daran erinnerte, konnte sie sich nichts anderes vorstellen, was wirklich zu ihr passte.

»Ich habe dich vermisst«, platzte Kalee heraus.

Piper presste die Lippen aufeinander und flüsterte: »Ich habe dich auch vermisst. So sehr.«

Kalee stand auf und ging zu Piper auf ihrem Stuhl hinüber, um sie zu umarmen. Es war unbeholfen, weil John zwischen ihnen schlief, aber Kalee wusste, dass sie eine sehr glückliche Frau war. Sie hatte eine fantastische beste Freundin, einen tollen Mann, der behauptete, sie zu lieben, einen Vater, der Himmel und Hölle in Bewegung setzen würde, wenn es darum ging, sie glücklich zu machen, und sie hatte eine zweite Chance im Leben. Was könnte sie sich mehr wünschen?

Phantom holte Kalee kurz nach ihrem Anruf ab, in dem sie ihm mitgeteilt hatte, dass sie bereit zu gehen sei. Sie fuhren in den Supermarkt, um die Speisekammer und den Kühlschrank aufzufüllen, und jetzt waren sie zurück in seiner Wohnung.

Er hatte mit dem Thema gewartet, bis sie allein waren, und er redete nicht um den heißen Brei herum. »Du hättest mich gegenüber Ace nicht verteidigen müssen.«

Sie drehte sich zu ihm um, und er konnte bereits den sturen Ausdruck sehen, der sich auf ihrem Gesicht ausbreitete. »Doch, das musste ich. Warum hast du mir nicht gesagt, dass du nicht mit ihnen trainierst? Ich dachte, das würdest du.«

Phantom zuckte mit den Schultern. »Ich habe nicht gesagt, dass ich es tue oder nicht tue. Ich habe nur gesagt, dass ich trainiere.«

Kalee sah ihn stirnrunzelnd an. »Aber du wusstest, dass ich davon ausgehen würde.«

»Das tat ich nicht.« Er kam zu ihr und zog sie in seine Arme. Er fühlte sich immer besser, wenn er sie im Arm hielt. In Timor-Leste hatte es sich seltsam angefühlt, aber jetzt sehnte er sich nach ihrer Berührung. »Ich habe nicht darüber nachgedacht«, fuhr er ehrlich fort. »Mir war nicht klar, dass du denken würdest, ich würde mit dem Team trainieren. In Hawaii habe ich morgens trainiert und muss das auch hier tun.«

Kalee schaute zu ihm auf. »Was hat Ace gesagt?«

»Er sagte, ich sei schon zu lange ein Faulpelz gewesen und wenn ich nicht morgen früh um fünf bei ihnen auf dem Stützpunkt wäre, würden mir die Konsequenzen nicht gefallen.«

»Gut«, erwiderte Kalee mit einem Lächeln.

»Danke«, sagte Phantom leise. »Ich wollte mich bis nach dem Disziplinarverfahren zurückhalten, weil ich dachte, wenn ich das Team verlassen muss, wäre es einfacher. Aber ich habe die Jungs vermisst.«

»Und Rex?«, fragte Kalee.

»Ich weiß nicht. Ich schätze, er wird dort sein.«

»Du musst mit ihm reden«, drängte Kalee.

»Ich weiß«, murmelte er, ohne sich auf etwas festzulegen. Er würde seinen Freund nicht zum Reden drängen. Phantom wusste, dass er im Unrecht war und Rex am meisten wehgetan hatte. Er nahm an, dass es lange dauern würde, bis der andere Mann ihm verzieh. Er musste sich mit seinen Gefühlen auseinandersetzen. Ihn zu konfrontieren, bevor er das getan hatte, wäre ein Fehler.

Aber Phantom vermisste ihn. Er hatte sein ganzes Team vermisst, aber Rex am meisten.

Er hatte auch mehr über die Blumen nachgedacht, die er erhalten hatte, und sein erster Instinkt war gewesen, Rex anzurufen und darüber zu reden. Er hatte immer noch eine Ahnung, wer hinter den Geschenken steckte, aber keine Beweise.

Phantom hielt die Augen offen, aber er hatte keine Spur von Mona gesehen, der Frau, mit der er einmal ausgegangen war und mit der er sich dann nicht mehr verabredet hatte, weil sie am Ende ihres Treffens völlig verrückt gewesen war.

Es wäre schön gewesen, seinen Verdacht mit seinem Team zu besprechen. Rex wäre der Erste gewesen, der sich freiwillig gemeldet hätte, auf Kalee aufzupassen, wenn Phantom nicht bei ihr sein konnte. Aber im Moment war er auf sich allein gestellt. Solange derjenige, der ihm die Blumen geschickt hatte, nicht etwas anderes, etwas Illegales tat, konnte er keine Anzeige erstatten oder gar eine einstweilige Verfügung erwirken. Es war frustrierend.

Zuerst hatte er Mona nicht verdächtigt, weil die Geschenke von den Verkäufern selbst gekommen waren. Hätte jemand sie ihm einfach vor die Tür gelegt, hätte er sich früher Sorgen gemacht. So oder so kannte sie eindeutig seine Adresse. Das war alarmierend genug. Phantom konnte also die Möglichkeit nicht ausschließen, dass er beobachtet wurde. Normalerweise würde ihn das nicht so sehr beunruhigen, da sie keine physische Bedrohung für ihn war.

Aber Kalee war eine andere Geschichte. Sie hatte bereits die Hölle durchgemacht, weshalb sie eine eifersüchtige Stalkerin nicht gebrauchen konnte.

Wenn er mit Rex und dem Rest des Teams reden könnte, würden sie helfen, sie zu beschützen ... aber im Moment lag es bei ihm.

»Hattest du Spaß mit Piper?«, fragte er, um das Thema zu wechseln.

Kalee nickte. »Wir haben ein bisschen darüber geredet, was ich für den Rest meines Lebens tun könnte.«

»Und?«

Sie zuckte mit den Schultern in dem Versuch, lässig zu wirken, aber er merkte, dass sie sich freute über das, was sie ihm gleich erzählen würde. »Sie hat mich daran erinnert, wie gern ich mit Kindern zusammen bin. Ich meine, das war der Grund, warum ich überhaupt im Waisenhaus in Timor-Leste war. Ich dachte, ich könnte vielleicht mal mit jemandem von der Jugendeinrichtung reden. Um zu fragen, ob sie dort Mitarbeiter brauchen.«

»Das ist eine tolle Idee«, sagte Phantom, und er meinte es von ganzem Herzen.

»Hast du ... Es wäre ehrenamtlich«, sagte Kalee, wobei sie auf eine Stelle auf seiner Brust starrte, die absolut faszinierend zu sein schien.

»Und?«, fragte Phantom, da er ihr Unbehagen nicht verstand.

»Und ich würde nicht bezahlt werden«, murmelte Kalee achselzuckend.

Da wurde ihm klar, worüber sie sich Sorgen gemacht hatte. Phantom legte einen Finger unter ihr Kinn und drehte Kalees Kopf so, dass sie ihn ansah. »Geld ist mir scheißegal«, sagte er. »Ich habe mehr als genug für uns beide. Die Marine bezahlt mich gut, vor allem die Gefahrenzulage, wenn ich auf Mission bin. Du musst dir nie Sorgen um Geld machen. Nicht wenn du mit mir zusammen bist.«

»Aber du hast selbst gesagt, dass du vielleicht degradiert wirst«, erwiderte sie und biss sich auf die Lippe.

»Das stimmt, aber ich habe lange Zeit gespart. Ich habe genug, um uns solvent zu halten. Ich möchte, dass du etwas tust, das du liebst.«

»Mein Vater würde auch helfen«, fügte sie zögernd hinzu.

Phantom wollte ihr sofort sagen, dass er auf keinen Fall Geld von Paul Solberg annehmen würde, aber er schluckte schwer und dachte über seine Worte nach, bevor er etwas sagte, was er später bereuen würde. Ihr Vater hatte wirklich eine Menge Geld. Wenn er starb, würde das alles an Kalee gehen. Solange er noch lebte, würde er sich ein Bein ausreißen, um seinem kleinen Mädchen alles zu geben, was sie brauchte oder wollte. Er wäre dumm, ihnen beiden das zu verweigern.

»Das würde er«, stimmte Phantom langsam zu. »Ein Teil von mir möchte sich auf die Brust klopfen und sagen: *Ich Mann, ich sorge für meine Frau*, aber ich habe das Gefühl, das würde nicht gut ankommen.«

»Da hast du recht«, entgegnete Kalee trocken.

»Also, wenn es etwas gibt, das du willst, und wir nach einem Gespräch beide das Gefühl haben, dass es von uns nicht klug wäre, im Moment dafür zu bezahlen, und wir zustimmen, deinen Vater zu fragen oder das zu benutzen, was er für dich auf dieses Konto eingezahlt hat – dann bin ich damit einverstanden.«

Kalee kicherte. »In dieser Antwort steckt eine Menge aber, obwohl ich es verstehe. Ich will mich nicht auf das Geld verlassen, das er mir gegeben hat, oder ihn um mehr bitten«, stellte sie klar, »aber ich will auch nicht den ganzen

Tag hinter einem Schreibtisch sitzen und Anrufe entgegennehmen.«

Phantom erschauderte bei dem Gedanken. »Du würdest verrückt werden, Süße. Ich habe Jobs nicht erwähnt, weil es mir scheißegal ist, ob du arbeitest oder nicht. Ich will nur, dass du glücklich bist. Und im Moment brauchst du die Zeit und den Raum, um einfach nur zu entspannen. Um du selbst zu sein. Ich dachte, wenn du so weit bist, suchst du dir etwas, das dich beschäftigt. Aber ...« Er zögerte.

»Was?«, fragte Kalee besorgt.

»In einer Woche werde ich herausfinden, ob die Marine mich hier bei meinem Team bleiben lässt oder ob sie mich auf einen anderen Stützpunkt schickt. Vielleicht beschließen meine Vorgesetzten sogar, dass ich sechs Monate auf einem Kriegsschiff bleiben muss oder so. Ich würde es hassen, wenn du irgendwo angestellt wirst und dann wieder kündigen musst.« Sie starrte ihn so lange an, dass Phantom besorgt wurde. »Was?«

»Du willst, dass ich mitkomme, wenn du den Stützpunkt wechseln musst?«, fragte sie.

»Machst du Witze?«, entgegnete er.

Kalee schüttelte den Kopf.

»Ich liebe dich«, sagte Phantom entschlossen. »Wenn du sagen würdest, dass ich bei der Marine aufhören und im Einkaufszentrum arbeiten soll, würde ich das tun. *Ja*, ich möchte, dass du mit mir kommst. Das ist nicht fair. Das weiß ich. Piper und dein Vater sind hier, und ich hatte nicht die Absicht, dich ihnen wegzunehmen ... aber ich habe gelernt, dass ich egoistisch genug bin, um nicht zu wollen, dass du hierbleibst, während ich quer durchs Land ziehe. Ich wäre nicht hier, um alle Männer von dir zu verjagen und sie wissen zu lassen, dass du vergeben bist.«

Kalee stieß ein Lachen aus. »Meinst du, das würde mich in Versuchung führen?«

Phantom wusste, dass sie nur scherzte, aber er war sich sicher, dass jeder, der Kalee kennenlernte, sie für sich würde haben wollen. Wie könnte man das auch nicht? »Ich will ehrlich sein und hoffe, du kannst das verkraften.« Er wartete nicht auf ihre Antwort, bevor er weitersprach. »Ich bin kein besonders guter Fang. Ich habe dir schon gesagt, dass ich keine Familie habe. Die meiste Zeit bin ich ein Arschloch. Ich denke nicht nach, bevor ich rede, und das bedeutet, dass ich viele Leute verärgere. Ich würde es dir also nicht verübeln, wenn du dir jemand anderen suchst, wenn ich weggeschickt werde.«

»Ja, du denkst nicht nach, bevor du sprichst, und du verärgerst *mich*«, sagte Kalee und versuchte, sich aus seinen Armen zu befreien, aber Phantom hielt sie fest. Sie hörte auf, sich zu wehren, und funkelte ihn an, während sie ihre Finger in seine Unterarme grub. »Du hast mir schon gesagt, dass du ein Arschloch bist, und es ist mir scheißegal, dass du keine Familie hast. Ich höre von dir, dass du mir nicht vertraust und dass du davon ausgehst, dass ich dich betrügen würde.«

Phantom runzelte die Stirn. »Nein, das ist nicht das, was ich sage.«

»Doch, das ist es«, beharrte sie. »Du hast gesagt, wenn du gehst und ich hierbleibe, würde ich mir jemand anderen suchen und mit dir Schluss machen. Dass ich dich betrügen würde.«

Phantom holte tief Luft. Er wollte nicht daran denken, dass sie jemand anderen als ihn berührte. »Ich will nur das Beste für dich.«

»*Du* bist das Beste für mich«, betonte sie. »*Du* hast alle Regeln gebrochen und bist zu mir gekommen. *Du* hast mir die Zeit in Hawaii gegeben, um mich auf die Reihe zu bringen, bevor ich mich meinem Leben stellen musste. *Du* hast mich gezwungen, mich Dingen zu stellen, von denen du wusstest, dass sie mich in den Wahnsinn treiben würden, wenn ich mich nicht mit ihnen auseinandersetze. *Du hast mir den Mut gegeben, wieder zu reden. Du liebst mich.* Warum zum Teufel sollte ich jemand anderen wollen?«

»Scheiße«, murmelte Phantom, überwältigt von der Liebe zu der temperamentvollen Frau in seinen Armen. Er drückte sie an seine Brust, atmete tief durch und versuchte, den knallharten Navy SEAL in sich zu finden. Kalee hatte die Macht, ihn völlig zu entmannen.

»Ich liebe dich wirklich, Kalee. Mehr als du je wissen wirst. Und ich werde alles tun, um dich zu beschützen. Selbst wenn das bedeutet, dass ich nach Mexiko gehe, um einen Drogenbaron zu jagen, der dich entführt hat.«

Sie kicherte. »Ich schätze, Ace hat dir das erzählt, was?«

»Ja.«

»Hast du heute noch mehr seltsame Geschenke oder Bilder bekommen?«, fragte Kalee und überraschte Phantom mit diesem Themenwechsel.

»Nein.«

Sie sah zu ihm auf. »Lügst du, um mich zu schützen?«

Er lächelte. »Nein. Aber ich würde es tun, wenn ich dachte, dass du es brauchst.«

»Du musst mich nicht anlügen, niemals. Ich weiß, dass du dir Sorgen darum machst, und ich wünschte, du würdest mit mir darüber reden, was deiner Meinung nach vor sich geht.«

»Erinnerst du dich an die Frau, die ich schon einmal erwähnt habe, die dachte, dass zwischen uns mehr läuft?«

»Ja.«

»Ich bin mir ziemlich sicher, dass sie diejenige war, die mir die Blumen geschickt hat. Und den Zeitungsausschnitt.«

Kalee runzelte die Stirn. »Wird sie ein Problem sein?«

»Das glaube ich ehrlich gesagt nicht.«

»Vielleicht kannst du morgen mit den Jungs über sie

reden? Während du morgen früh fünfhundert Kilometer durch den Sand läufst, kannst du sie ansprechen und hören, was sie davon halten.«

»Ja, Schatz, das kann ich machen.«

Sie seufzte erleichtert. »Danke.«

»Gern geschehen. Sind wir fertig mit Reden?«

»Ich denke schon, warum?«

»Hast du Hunger?«

»Nein.«

»Du siehst müde aus. Vielleicht solltest du ein Nickerchen machen«, sagte Phantom mit einem Lächeln.

»Müde? Ich bin nicht mü- oh, ja, ich bin ein bisschen müde. Kommst du und deckst mich zu?«, fragte Kalee, während sie eine Hand unter sein T-Shirt gleiten ließ und mit dem Knopf seiner Jeans spielte.

Phantom machte sich nicht die Mühe zu antworten. Er hob sie einfach hoch und ging den Flur entlang in Richtung Schlafzimmer. Alle Gedanken an unheimliche Geschenke von einer unbekannten Frau und an die Auseinandersetzung mit seinen Teamkameraden am nächsten Morgen verschwanden aus seinem Kopf.

Er war noch nie ein übermäßig sexueller Mann gewesen. Er genoss es und zögerte nicht, sich selbst zu befriedigen, wenn es nötig war, aber er hatte selten ein tiefes Bedürfnis verspürt, flachgelegt zu werden.

Bis zu Kalee.

Er konnte weder seine Hände noch seine Zunge von ihr lassen. Sie erfüllte ihn auf eine Art und Weise, die er noch nie zuvor gespürt hatte. Liebe war für ihn eine schwer fassbare Sache gewesen, aber jetzt verstand er sie. Er verstand, wie Rocco sich mit einem Blick in einem Aufzug in Caite hatte verlieben können. Wie Gumby Sidney immer wieder hatte verzeihen können, wenn sie sich selbstzerstörerisch verhielt; wie Ace Piper impulsiv einen Heiratsantrag hatte machen können; wie Bubba kein Problem damit gehabt hatte, Zoey bei sich einzuquartieren, nachdem er sie erst kurze Zeit in Alaska gekannt hatte. Und wie Rex so erbittert um Avery gekämpft hatte.

Kalee gehörte ihm, genauso wie er ihr gehörte. Er würde sich verbiegen, damit sie immer wusste, wie sehr er sie liebte. Er würde sein Bestes tun, um sie nie in Verlegenheit zu bringen oder in ihr den Wunsch auszulösen, sie hätte sich nicht an ihn gebunden.

Sie hatten noch eine Woche Zeit, bevor sie erfuhren, wie die Strafe für seine Taten aussehen würde, aber Phantom würde nie auch nur eine einzige Sache bereuen, die er getan hatte.

»Hör auf, so viel zu denken«, beschwerte Kalee sich. »Ich könnte einen Komplex bekommen.«

Phantom lachte. »Keine Sorge, Schatz, ich denke an dich.«

»Nun, hör auf damit. Weniger denken, mehr handeln«, forderte sie.

Das war ein Befehl, den Phantom problemlos befolgen konnte.

KAPITEL SIEBZEHN

In den nächsten drei Tagen verließ Phantom seine Wohnung in aller Herrgottsfrühe und traf sich mit seinem Team, um zu trainieren. Es war noch nicht alles wieder normal, aber es fühlte sich gut an, mit seinen Kameraden zu laufen. Er trainierte so hart, dass seine Beine zitterten und seine Arme sich wie Wackelpudding anfühlten. Er und Rex hatten immer noch nicht wirklich miteinander geredet, aber wenigstens war er da und trainierte mit ihnen.

Jetzt lief er mit dem Team den Strand entlang zum Parkplatz, nachdem er zwei Kilometer geschwommen war, um dann weitere acht Kilometer im Sand hin und her zu laufen. So früh am Morgen waren noch nicht viele Leute unterwegs, aber sie waren auch nicht die Einzigen am Strand. Ein paar ältere Männer wanderten mit Metalldetektoren herum, ein paar Läufer, eine Handvoll Leute, die schwimmen gingen, und sogar eine junge Mutter mit zwei Kindern hatte sich schon einen der besten Strandabschnitte für den Tag gesichert.

Aber es war die Frau, die auf der niedrigen Mauer in der Ferne saß, die Phantoms Aufmerksamkeit erregte.

Sie schaute nicht zu ihnen, sondern starrte aufs Meer hinaus. Aber irgendetwas an ihr ließ ihm die Haare im Nacken zu Berge stehen.

»Seit ich aus Hawaii zurück bin, bekomme ich seltsame Geschenke«, platzte Phantom heraus.

Alle blieben stehen und starrten ihn an.

»Was? Was für Geschenke?«, fragte Rocco.

»Von wem?«, fragte Gumby zur gleichen Zeit.

»Nur Geschenke?«, fügte Rex mit einer unheimlichen Einsicht hinzu, die Phantom nicht überraschte.

»Es waren nicht viele, nur ein paar. Da war ein dekorierter Kuchen, von dem ich annahm, dass er von Kalee kam, aber sie sagte, dass sie ihn nicht geschickt habe, und wir haben gelacht und es ignoriert, weil wir dachten, dass er an die falsche Adresse geliefert wurde. Gott sei Dank war er nicht vergiftet oder mit Abführmittel oder so etwas versetzt, denn ich habe ihn komplett aufgegessen. Aber dann bekam ich Rosen ... und einen alten Zeitungsausschnitt von mir. Seitdem habe ich nichts mehr bekommen, aber ich hatte ein paar Anrufe auf meinem Handy, also ... scheint es ziemlich klar zu sein, dass ich einen Stalker habe.«

»Du glaubst, jemand aus Timor-Leste hat Beziehungen hier in den Staaten und will sich dafür rächen, dass du Kalee mitgenommen hast?«, fragte Bubba.

Phantom schüttelte langsam den Kopf. »Nein. Ich meine, es ist möglich, aber ich halte es für sehr unwahrscheinlich. Die Rebellen waren unorganisiert und finanziell nicht gerade gut aufgestellt. Niemand hat mich ankommen und niemand hat uns gehen sehen. Soviel sie wissen, hat Kalee sich einfach in Luft aufgelöst.«

»Was dann? Wer?«, fragte Ace.

Phantom seufzte – und sah Rex an, als er antwortete: »Ich bin mir nicht hundertprozentig sicher. Weißt du noch, als wir das letzte Mal in *Aces Bar and Grill* waren? An dem

Abend habe ich eine Frau getroffen. Zierlich, blond, blaue Augen.«

Rex nickte. »Ja, sie biss sich oft auf die Lippe und schien dort nicht ganz in ihrem Element zu sein.«

Auch wenn Rex' Tonfall immer noch nicht sehr einladend war, sprach er wenigstens mit ihm. »Genau. Ich habe ihre Nummer bekommen. Wir haben ein bisschen geredet und ich bin mit ihr ausgegangen. Es ist nicht gut gelaufen.«

»Was genau bedeutet das?«, fragte Rocco. »Könnte es sein, dass sie etwas, was du getan hast, falsch verstanden hat und so sauer ist, dass sie dich stalkt?«

»Nein«, stieß Phantom hervor. »Ich bin ein Arschloch, aber ich würde nie jemandem meine Aufmerksamkeit aufzwingen, der sie nicht will. Sie hat sich als völlig verrückt herausgestellt. Ich lud sie zum Essen ein, und kaum saßen wir, fing sie an zu erzählen, dass sie Hausfrau und Mutter sein will, wenn wir heiraten, und dass mein Job so gefährlich ist, dass ich mir etwas anderes suchen sollte.«

»Verdammt«, murmelte Ace leise.

»Der Abend konnte gar nicht schnell genug enden«, gab Phantom zu. »Ich habe sie direkt nach Hause gebracht und als ich ihr gesagt habe, dass ich sie zwar nett finde, aber dass es mit uns nicht klappen wird, ist sie ausgeflippt. Sie weinte hysterisch und für eine Sekunde dachte ich, ich müsste einen Krankenwagen rufen. Um sie zu beruhigen, habe ich einen Haufen Mist erzählt, den ich noch nie zu einer Frau gesagt hatte.«

»Was zum Beispiel?«, fragte Rex.

»Dass sie einen Mann verdient, der sie an die erste Stelle in seinem Leben setzt, und dass ich dieser Mann nicht bin. Dass es ihr gegenüber nicht fair sei, wenn sie zu Hause sitzt und sich Sorgen um mich macht, während ich im Einsatz bin. Es hat eine ganze Weile gedauert, aber schließlich hat sie sich zusammengerissen und ist aus meinem Wagen ausgestiegen.«

»Glaubst du, das ist sie?«, fragte Rocco.

Phantom zuckte mit den Schultern. »Ich weiß nicht, wer es sonst sein könnte. Aber ... da drüben auf der Mauer sitzt eine Frau, die ihr sehr ähnlich sieht.«

Da sie es besser wussten, als sich umzudrehen und in die Richtung zu starren, in die Phantom mit dem Kopf zeigte, verließen sie sich darauf, dass Ace für sie hinsah, da er neben Phantom stand.

»Ich erinnere mich nicht an die Frau von damals, aber diese ist blond und zierlich«, berichtete Ace. »Sie hat ein Fernglas und hebt es immer wieder hoch, um aufs Meer hinauszuschauen. Vielleicht hält sie nach Walen Ausschau.«

»Vielleicht«, stimmte Phantom zu.

»Was denkst du?«, fragte Gumby. »Willst du, dass einer von uns zu ihr geht und sie zur Rede stellt? Ich bin sicher, dass Tex helfen würde herauszufinden, wer dir die Geschenke geschickt hat.«

»Ich würde mir eigentlich keine Sorgen machen, wenn da nicht Kalee wäre. Wer auch immer es ist, sie weiß, wo wir wohnen«, sagte Phantom. »Wenn ich daran denke, wie Mona darauf reagiert hat, dass ich mit ihr Schluss gemacht habe, obwohl wir nur eine einzige Verabredung hatten, könnte es sein, dass sie sauer ist, mich mit einer Frau zu sehen.«

»Eifersüchtig«, stimmte Rocco nickend zu.

»Wenn sie labil ist, könnte Kalee in Gefahr sein«, sagte Phantom, womit er zum ersten Mal aussprach, was ihn wirklich beschäftigte.

»Endlich hören wir mit der Scheiße auf und kommen zu dem *wahren* Grund, warum du das Thema ansprichst«, erwiderte Rex.

Phantom biss die Zähne zusammen und sah seinen

Freund an. »Ich weiß, dass du sauer auf mich bist, und ich könnte mich hundertmal entschuldigen und du wärst immer noch wütend. Ich mache dir keinen Vorwurf. Aber ich würde nicht zurückgehen und auch nur eine verdammte Sache ändern, die ich getan habe.«

»Wir sitzen alle hier herum und drehen Däumchen, weil wir auf dein verdammtes Disziplinarverfahren warten müssen«, stieß Rex hervor. »Deinetwegen können wir nicht auf Mission gehen, und du hast die Frechheit, dich hinzustellen und zuzugeben, dass du dasselbe noch einmal tun würdest? Du bist ein egoistisches Arschloch!«

Phantom machte einen Schritt auf Rex zu, aber Rocco und Gumby stürzten sich schnell auf ihn, um ihn mit Gewalt zurückzuhalten.

»Stopp«, befahl Rocco Phantom.

»Halt dich zurück«, sagte Gumby gleichzeitig zu Rex.

»Dies ist weder der richtige Zeitpunkt noch der richtige Ort, um mit so etwas anzufangen«, fügte Rocco hinzu, der versuchte, den Frieden zu wahren.

»Wann *ist* der richtige Zeitpunkt oder Ort dafür?«, fragte Rex. »Sein Disziplinarverfahren ist in vier Tagen. Sollen wir so tun, als hätte er uns nicht praktisch ins Gesicht gespuckt? Als sei alles in bester Ordnung? Ihr seid vielleicht alle bereit, das zu akzeptieren, aber ich nicht.«

Phantom wich zurück, Enttäuschung und Schmerz nagten an ihm, aber er ließ es sich nicht anmerken. »Ihr seid meine besten Freunde«, sagte er leise zu den Männern. »Ich würde buchstäblich sterben, um euch und eure Frauen zu beschützen.« Er sah Ace an. »Und eure Kinder. Ich habe euch heute von dieser Frau erzählt, weil ich gehofft habe, ihr könntet mir helfen herauszufinden, ob ich nur paranoid bin oder ob ich mir wirklich Sorgen um Kalees Sicherheit machen muss. Ich weiß nicht, was ich noch tun kann, um eure Vergebung zu bekommen.«

»Phantom, es ist nicht so, als wärst du im Urlaub gewesen«, entgegnete Bubba.

»Nein, du hast recht. Aber ihr *wusstet* verdammt noch mal, was passieren würde, als der Kommandant mir sagte, dass Kalee lebt. Ihr kennt mich alle gut genug, um zu wissen, dass ich das nicht auf sich beruhen lassen würde. Ihr habt den Bericht gesehen, den Tex ihm gegeben hat; da stand praktisch genau drin, wo sie ist. Er hat sogar ihr Geburtsdatum, ihre Passnummer und ihre Sozialversicherungsnummer angegeben, damit ich sie aus dem Land bringen konnte. Wenn einer von euch zu mir gekommen wäre und gesagt hätte: *Lass uns einen Plan ausarbeiten, um Kalee nach Hause zu bringen*, hätte ich wahrscheinlich zugehört. Aber das habt ihr nicht. Ihr habt mir nur gesagt, ich solle *klug sein* und *auf weitere Beweise warten*. Nun – *scheiß drauf*.«

Phantom wandte sich an Rex. »Wenn wir in Afghanistan wären und wüssten, was wir über Avery wussten, und der Kommandant hätte uns gesagt, dass wir warten müssen und erst eingreifen können, wenn wir Beweise für ihren Aufenthaltsort haben ... hättest du dann auf ihn gehört?«

Ein Muskel in Rex' Kiefer zuckte – und Phantom wusste, dass er ihn hatte.

»Genau. Du wärst in die Berge gegangen und hättest sie gefunden, egal was *wir* gesagt hätten. Weil es das Richtige gewesen wäre. Wir hatten vereinbart, uns nach ihrer Rettung zu trennen, um das Risiko für das Team zu minimieren. Wir arbeiten zusammen, aber bei dieser Mission war es das Richtige, dass wir beide mit Avery loszogen, während die anderen abgelenkt haben und uns Informationen gaben. Hätte ich euch alle in Timor-Leste in meinem Rücken haben wollen? Auf jeden Fall! Aber wir wären zu auffällig gewesen. Das war eine Einmannmission, und es tut mir leid, wenn das deine Gefühle verletzt. Aber auf mich sauer zu sein ändert nichts an der Situation. Und es ändert auch nichts an der Tatsache, dass meine Frau wieder in Gefahr sein könnte.«

Er blickte zu der Stelle hinüber, an der die Frau gesessen hatte, die er vorhin bemerkt hatte, und sah, dass die Mauer jetzt leer war. Das ungute Gefühl, das er bei ihrem Anblick gehabt hatte, hatte sich jedoch nicht verflüchtigt. Phantom wusste, dass sie ihn beobachtet hatte – und das machte ihn auch wütend. Er hätte sie zur Rede stellen sollen, aber stattdessen hatte er seine Bedenken mit seinem Team geteilt und das Ganze war zu einem Egostreit geworden.

»Scheiß drauf«, sagte er kopfschüttelnd. »Ich werde Kalee selbst beschützen. Und der Kommandant wird euch über das Ergebnis des Disziplinarverfahrens informieren. Bis dann.«

»Phantom«, sagte Gumby. »Wir müssen darüber reden.«

Ohne anzuhalten oder sich umzudrehen, ging Phantom weiter in Richtung des Parkplatzes und seines Wagens.

Ihm war schlecht. Er war völlig allein gewesen, als er der Marine beigetreten war. Keine Freundin, keine Eltern, die ihn bestärkten. Mit den fünf Männern, die hier im Sand standen und ihm beim Weggehen zusahen, hatte er eine neue Familie gewonnen. Aber jetzt fühlte es sich so an, als würde er auch sie verlieren. Wenn sie sich nicht dazu durchringen konnten, ihm zu verzeihen oder zu verstehen, warum er getan hatte, was er getan hatte, würde das Team nie wieder dasselbe sein. Das Vertrauen, das durch gefährliche Missionen aufgebaut worden war, wäre unwiderruflich gebrochen.

Vielleicht wäre es gar nicht so schlecht, wenn der Vizeadmiral beschloss, ihn quer durchs Land zu einem neuen Stützpunkt zu schicken.

Phantom stieg in seinen Honda und fuhr vom Strand weg, ohne zurückzublicken.

Kalee hatte sich gerade Würstchen zum Frühstück gemacht, als Phantom von seinem Morgentraining zurückkam. Sie drehte sich, um zu lächeln und zu fragen, wie es gelaufen war, überlegte es sich jedoch anders, als sie Phantoms Gesichtsausdruck sah.

»Was ist passiert?«, fragte sie sofort.

»Nichts.«

»Blödsinn«, gab sie zurück. »Es ist etwas passiert. Du siehst aus, als hättest du deinen besten Freund verloren.«

Phantom zuckte mit den Schultern. »Das habe ich. Ich gehe duschen. Ich habe auch keinen großen Hunger, also warte mit dem Essen nicht auf mich.« Dann ging er den Flur hinunter in Richtung des Schlafzimmers.

Kalee biss sich auf die Lippe. Sie war sich nicht sicher, was sie tun sollte. Sie beschloss, Phantom etwas Freiraum zu lassen, stellte ihre Mahlzeit in den Kühlschrank, da sie selbst keinen Hunger mehr hatte, und setzte sich ins Wohnzimmer.

Phantom konnte innerhalb von drei Minuten duschen, buchstäblich. Aber heute Morgen hörte sie das Wasser gut zehn Minuten lang laufen. Kalee wollte am liebsten hineingehen und ihn trösten, aber sie war sich nicht sicher, ob sie willkommen wäre. Phantom hatte ihr in Hawaii Freiraum gegeben, als sie ihn brauchte, also beschloss sie, noch ein wenig zu warten.

Ein Klopfen an der Tür erschreckte Kalee so sehr, dass sie vor Überraschung zusammenzuckte und das Wasser in dem Glas verschüttete, das sie in der Hand hielt. Mit einem Blick auf die geschlossene Schlafzimmertür und dem Wissen, dass Phantom das Klopfen unmöglich gehört haben konnte, seufzte sie und stellte ihr Glas auf den Tisch neben der Couch. Dann stand sie auf und ging zur Tür.

Als sie durch den Spion schaute, sah sie eine gut gekleidete, hübsche blonde Frau dort stehen. Vorsichtig öffnete Kalee die Tür und fragte: »Kann ich Ihnen helfen?«

»Hallo! Ich bin Mona. Wer bist du?«

»Kalee.«

»Oh, okay. Hallo, Kalee. Ist Forest zu Hause?«

Kalee musste einen Moment innehalten und überlegen, wer Forest war. Niemand, den sie kannte, nannte Phantom bei seinem Vornamen, also hatte es nicht sofort klick gemacht. »Er ist da, aber er ist gerade beschäftigt. Was kann ich für Sie tun?«

Die Blondine sah sie stirnrunzelnd an. »Ich muss wirklich mit ihm reden. Wenn du ihn bitte holen und ihm sagen könntest, dass ich hier bin, wird er sehr schnell nicht mehr beschäftigt sein.«

Kalee gefiel das Verhalten dieser Frau nicht. »Nein, das wird er nicht. Ich kann ihm aber eine Nachricht zukommen lassen.«

»Gut.« Die Frau wechselte innerhalb einer Sekunde von lächelnd und freundlich zu regelrechter Gehässigkeit. »Sag ihm, dass ich es leid bin, darauf zu warten, dass er sich zusammenreißt. Er muss wieder nach Hause kommen und der Vater sein, den seine Kinder kennen und lieben. Ich habe ihn lange genug seine Hörner abstoßen lassen.«

Kalee war fassungslos. Sie konnte die Frau nur ungläubig anstarren.

»Ich wollte nicht, dass du es so erfährst. Aber er gehört *mir*. Wir sind verheiratet, und ich habe ihm mehr als genug Freiraum gegeben. Ich werde ihm verzeihen, dass er mich betrogen hat, aber wenn er nicht bald nach Hause kommt, wird er es bereuen.«

Und damit machte die Frau auf dem Absatz kehrt und stapfte den Flur entlang in Richtung Treppe. Als Kalee ihren Schock überwunden hatte, war Mona schon weg.

Draußen lehnte Kalee sich über das Geländer und wartete darauf, dass sie das Treppenhaus verließ, um zu sehen, in welchen Wagen sie einstieg, aber sie tauchte nicht wieder auf.

»Das war so verdammt seltsam«, murmelte Kalee, als sie sich umdrehte, um wieder hineinzugehen.

Sie glaubte der Blondine nicht eine Sekunde lang. Phantom war auf keinen Fall verheiratet und hatte Kinder. Die Frau war total verrückt, wenn sie dachte, dass sie das glauben würde.

Aber Kalee hatte dennoch viele Fragen an Phantom.

Das Problem war nur, dass sie wusste, dass er nicht in der Stimmung war, über irgendetwas zu reden. Irgendetwas war heute Morgen beim Training passiert, etwas Schlimmes, und sie würde verdammt sein, wenn sie ihm noch mehr auf die Schultern lud.

Sie würde warten, bis es ihm besser ging, um ihm mitzuteilen, dass eine Frau namens Mona ihn besucht und behauptet hatte, er sei mit ihr verheiratet und dass ihre Kinder darauf warteten, dass er »nach Hause« kam.

An dem Tag vor seinem Disziplinarverfahren war Phantom verdammt nervös. Er wünschte, sein Kommandant hätte die Disziplinarstrafe gleich nach seiner Rückkehr aus Hawaii angesetzt. Dieses Herumsitzen und Warten war ätzend.

Er wusste, dass der Vizeadmiral des Stützpunktes Zeit brauchte, um alle Details durchzugehen, und dass sein Terminkalender voll war, aber verdammt, das Warten darauf, wie seine Strafe aussehen würde, war eine Qual.

Er hasste es auch, dass sein Versuch, die Dinge mit seinem Team wieder in Ordnung zu bringen und die Sache mit Mona zu besprechen, nach hinten losgegangen war. Seit dem Morgen vor ein paar Tagen hatte er mit keinem der Jungs mehr gesprochen oder sie gesehen, und das tat weh. Phantom wusste, dass es seine Schuld war, aber trotzdem.

Der einzige Lichtblick in seinem Leben war im Moment Kalee. Er wusste nicht, was er ohne sie tun würde. Was ironisch war, denn er befand sich nur wegen seiner Gefühle für sie in der jetzigen Lage. Er nahm es ihr aber nicht übel, nicht im Geringsten.

Sie war nicht glücklich darüber, dass er sich nicht wieder mit seinem Team zum Training getroffen hatte, aber sie hatte auch nicht darauf gedrängt herauszufinden, was schiefgelaufen war. Er schätzte es, dass sie ihm damit nicht auf die Nerven ging. Phantom versuchte immer noch herauszufinden, was zur Hölle passiert war. Er hatte seine Freunde um Rat gefragt und sich am Ende für seine Taten rechtfertigen müssen ... schon wieder.

Gestern hatte Kalee sich mit der Leiterin der Jugendeinrichtung in der Nähe von Kemalas Schule getroffen, und sie war sehr offen dafür gewesen, dass Kalee sich ehrenamtlich um die Kinder kümmerte. Sie musste sich einer Hintergrundüberprüfung unterziehen, aber beide wussten, dass sie diese ohne Probleme bestehen würde. Wenn die Überprüfung positiv ausfiel, sollte Kalee in der nächsten Woche einige der Kinder kennenlernen, um ein Gefühl dafür zu bekommen, was die ehrenamtliche Arbeit mit sich brachte. Wenn er versetzt würde, könnte sie sich für eine Ausbildung in einer Einrichtung bewerben, wo auch immer er stationiert war.

Sie hatten im Haus ihres Vaters zu Abend gegessen und Phantom hatte sie danach bei Piper abgesetzt, damit sie ein wenig Zeit mit ihrer besten Freundin verbringen konnte. Sie hatte versucht, ihn zu überreden, mit ins Haus zu kommen, aber er hatte abgelehnt in dem Wissen, dass es zwischen ihm und Ace unangenehm werden würde. Nach dem Disziplinarverfahren und nachdem er die Entscheidung des Vizeadmirals über seine Strafe gehört hatte, würde Phantom alles tun, um die Beziehungen zwischen ihm und seinen Teamkameraden zu verbessern. Bis dahin war er zu unruhig und besorgt über seine Zukunft, um sich mit ihnen auseinanderzusetzen.

Um sich die Zeit zu vertreiben, hatte er vorgeschlagen, einen langen Strandspaziergang zu machen, um ihrer beider Nerven zu beruhigen, und Kalee hatte zugestimmt. Phantom fuhr mit ihr an einen Strand, der nicht zu denen gehörte, die er normalerweise besuchte. Der Parkplatz war überfüllt, aber er fand eine freie Lücke. Dann nahm er Kalees Hand und machte sich auf den Weg zur Brandung.

Sie gingen zehn Minuten lang in geselligem Schweigen, bevor Kalee schließlich sprach. »Ich wünschte, ich wüsste, was ich sagen könnte, damit du wegen morgen nicht so nervös bist.«

Phantom zuckte mit den Schultern. »Es gibt nichts zu sagen, Schatz. Was auch immer passiert, wird passieren. Es wird nichts an meinen Gefühlen für das ändern, was ich getan habe. Ich habe das Richtige getan und würde es hundertmal wieder tun.« Er führte ihre Hand zu seinem Mund und küsste sie.

»Ich will nicht, dass du es mir übel nimmst, wenn sie sagen, dass du das SEAL-Team oder den Stützpunkt wechseln musst.«

Phantom hielt inne und schaute auf Kalee hinunter. Sie hatte die Stirn gerunzelt, da sie offensichtlich besorgt war. »Das werde ich nicht«, erwiderte er entschlossen.

»Das sagst du jetzt, aber morgen könntest du schon anders denken.«

»Kalee, das werde ich nicht«, wiederholte er.

»Versprochen?«

»Versprochen«, entgegnete er mit all der Liebe, die er in

seinem Herzen für sie hatte. »Ich bin noch nie geliebt worden, bevor du aufgetaucht bist. Wie könnte ich etwas bereuen, wenn du an meiner Seite bist?«

»Du wurdest geliebt«, sagte sie. »Deine Freunde lieben dich.«

Er zuckte mit den Schultern.

»Das tun sie«, beharrte sie. »Im Moment verarbeiten sie nur alles. Ich bin mir sicher, dass sie schon bald den Kopf aus dem Arsch ziehen werden.«

Phantom lachte bei diesem Gedanken. Er drehte sie um und ging weiter. Unabhängig von allem, was in seinem Leben passierte, war er noch nie so glücklich gewesen wie in dieser Sekunde. Das Meer beruhigte ihn, wie nichts anderes es konnte. Das und Kalee an seiner Seite.

Sie hatten die letzten drei Nächte damit verbracht, sich fast verzweifelt zu lieben. Phantom wusste, dass er ohne sie an seiner Seite nie wieder gut schlafen würde. Er war süchtig nach ihr, und er hoffte inständig, dass sie dasselbe für ihn empfand.

Sie gingen weiter und kehrten schließlich nach etwa zwei Kilometern um. Sie lachten über die Albernheiten der Kinder, die am Strand spielten, und als ein Mann mit seinem Boogey Board an Land gespült wurde, mussten sie sich beide ein hysterisches Lachen verkneifen, als er aufstand und jedem in der Nähe seinen blanken Hintern zeigte.

Erst als sie in die Nähe des Parkplatzes kamen, wurde ihr idyllischer und entspannter Spaziergang unterbrochen.

»Was zum Teufel macht die denn hier?«, fragte Kalee in gereiztem Tonfall.

Phantom hatte keine Ahnung, von wem sie sprach. »Wer?«

»Die Frau da drüben bei den Duschen. Ich glaube, sie sagte, ihr Name sei Mona.«

Jeder Muskel in Phantoms Körper spannte sich an. »Was zum Teufel?«, murmelte er, als er bemerkte, dass Mona sie beide anstarrte. »Woher zum Teufel kennst du ihren Namen?«

»Ähm ...«

Phantom blieb stehen und schaute zu Kalee hinunter. »Wann hast du sie kennengelernt?«

»Sie kam neulich morgens an die Tür. Du warst unter der Dusche und offensichtlich nicht gut gelaunt.«

Phantom gefror das Blut in den Adern. »Sie war bei unserer Wohnung?«

Verdammt! Ihm war klar, dass Mona wusste, wo er wohnte, da sie die Blumen und den Kuchen hatte liefern lassen, aber dass sie persönlich bei ihm auftauchte – während sie *dort* waren –, damit hatte er nicht gerechnet.

»Ja. Sie sagte, sie wolle mit dir reden, aber ich sagte ihr, du seist beschäftigt. Dann wurde sie richtig komisch und versuchte, mich davon zu überzeugen, dass ihr beide verheiratet seid und dass sie dich schon lange genug *deine Hörner hat abstoßen lassen*. Dass sie und deine Kinder darauf warten, dass du nach Hause kommst.«

»Was zum *Teufel*?«, stieß Phantom hervor. Er vergewisserte sich, dass er Kalees Hand gut festhielt, und machte sich auf den Weg zu den Duschen, wo er Mona zuletzt gesehen hatte. Es war eine Sache, ihm beschissene Geschenke zu schicken, aber es war eine ganz andere Sache zu versuchen, Kalee gegen ihn aufzubringen.

Die Wut brannte heiß in ihm – und gleich danach kam die Angst. Um Kalee.

Mona war *wirklich* verrückt, wenn sie tatsächlich dachte, dass sie verheiratet waren und Kinder hatten. Vielleicht war sie aber auch gar nicht verrückt und wollte Kalee nur vertreiben. So oder so, sie war zu weit gegangen.

Ihm kam auch die erschütternde Erkenntnis, dass er

Kalee nicht gut genug beschützt hatte. Er hatte nicht einmal eine Alarmanlage. Er wohnte in einer beschissenen Wohnung mit Türen, die nach außen zeigten. Es gab keinen Portier oder sonst etwas.

Es war an der Zeit, dass er in die Gänge kam und etwas unternahm. Der Mann war, auf den Kalee sich uneingeschränkt verlassen konnte. Und dazu gehörte auch, sich zu hundert Prozent davon zu überzeugen, dass sie in ihrem Zuhause sicher war. Dass sie mit jemandem auf der anderen Seite der Tür reden konnte, ohne es persönlich tun zu müssen. Wäre Mona eine Drogenabhängige oder jemand gewesen, der ihr etwas antun wollte, hätte er nichts davon mitbekommen, weil er unter der Dusche gestanden und sich selbst bemitleidet hatte. Das würde nicht noch einmal passieren. Auf keinen Fall.

Phantom wusste, dass er Mona nicht konfrontieren sollte, nicht wenn sie labil war, aber er konnte sich nicht zurückhalten. Er war stinksauer und musste ihr unmissverständlich klarmachen, dass sie sich verdammt noch mal von ihm und Kalee fernhalten sollte.

Für den Bruchteil einer Sekunde bereute er, dass weder Rex noch einer der anderen Jungs bei ihm war, um ihm den Rücken zu stärken und seine Frau zu beschützen, aber es war zu spät für Reue.

Er ging zu der Stelle, an der sie Mona zuletzt gesehen hatten, fand jedoch keine Spur von ihr. Sie suchten überall in den Duschen und am Strand, aber es war, als hätte sie sich in Luft aufgelöst.

»Scheiße«, murmelte Phantom wieder und fuhr sich mit einer Hand über den Kopf.

»Es war seltsam, dass sie hier war«, sagte Kalee leise. »Folgt sie dir?«

»Ja. Das tut sie.« Falls er vorher noch Zweifel gehabt

hatte, waren sie gerade ausgeräumt worden. Er musste diesen Scheiß *sofort* beenden.

Mit einem mulmigen Gefühl – er war mit Kalee im Freien, ohne Verstärkung – ging Phantom schnell zum Parkplatz. Er blieb nur lange genug stehen, damit sie beide ihre Schuhe anziehen konnten, bevor er Kalee schnell zu seinem Wagen zog. Als er sich umschaute, sah Phantom Mona nicht, aber er wusste auch nicht, was für ein Fahrzeug sie fuhr, also war er eindeutig im Nachteil. Er brauchte Informationen, für die zu sammeln er am Tag vor seinem Disziplinarverfahren nicht wirklich Zeit hatte.

Wenn das erledigt war, würde er Tex anrufen. Er würde mit seinen Freunden reden. Sie würden die Sache aufklären und Mona dazu bringen, ihn und Kalee in Ruhe zu lassen.

Als sie losfuhren, sagte Kalee zögernd: »Es tut mir leid, dass ich dir nicht gesagt habe, dass sie vorbeigekommen ist. Ich wusste, dass sie nur Scheiße erzählt, und du hattest schon genug um die Ohren. Ich dachte nicht, dass es eine große Sache ist. Ich wollte nichts vor dir verheimlichen.«

»Ich weiß«, antwortete er und holte tief Luft, um seine Wut auf Mona zu kontrollieren. Kalee sollte auf keinen Fall denken, er sei wütend auf *sie*. »Aber wenn du sie jemals wieder siehst, versuche nicht, mit ihr zu reden. Geh einfach weg von ihr und sag mir Bescheid.«

Kalee nickte, aber Phantom merkte, dass sie über etwas nachdachte.

»Was?«

»Was, was?«, fragte sie und legte den Kopf schief.

»Worüber denkst du so angestrengt nach?«

»Es ist nur ... sie schien nicht sauer auf mich zu sein. Ich meine, sollte sie das nicht sein? Ich lebe mit dir zusammen. Ich schlafe mit dir. Ich hätte gedacht, dass sie mir die Augen auskratzen will, aber sie hat nicht wirklich so getan, als würde sie sich um mich scheren. Ich glaube nicht, dass sie eine Bedrohung für mich ist.«

»Unterschätze sie nicht«, warnte Phantom.

»Das tue ich nicht. Werde ich nicht. Aber, Phantom, *du* bist derjenige, auf den sie wütend ist. Du hast sie nicht gehört. Ihr ganzer Zorn richtete sich gegen dich. Sogar gerade eben hat sie dich angestarrt, nicht mich.«

»Sie kann mir nicht wehtun.«

»Wirklich? Bist du jetzt unantastbar?«, fragte Kalee sarkastisch. Sie schüttelte den Kopf, bevor er antworten konnte. »Ich weiß ohne Zweifel, dass du mich vor ihr und allen anderen beschützen wirst. Aber wer wird *dich* beschützen? Du redest nicht mit deinen Freunden und ich wette, sie wissen nicht einmal von der verrückten Mona. Du bist derjenige, der vorsichtig sein muss. Halte Ausschau nach ihr. Du hast keine Ahnung, wie verrückt Frauen sein können, wenn sie glauben, dass sie verschmäht wurden.«

»Und du schon?«, fragte Phantom mit einem kleinen Lächeln, da ihm gefiel, wie sehr sie sich für ihn aufregte.

»Ich sehe fern«, schnaubte sie. »Einige der Killer in den Krimisendungen sind total verrückt.«

»Wirst du mich beschützen?«, fragte Phantom lachend.

Sie sah ihn mit zusammengekniffenen Augen an. »Ja.«

Phantom merkte in dieser Sekunde, dass er einen Fehler gemacht hatte. Er versuchte zurückzurudern. »Das ist nett, aber ich brauche es nicht.«

»Das ist mir egal«, erwiderte Kalee. »Du bekommst es trotzdem. Wenn das Miststück versucht, dir zu nahe zu kommen, wird sie es bereuen.«

»Ganz ruhig, Tiger«, sagte Phantom. »Ich will nicht, dass du wegen tätlichen Übergriffs ins Gefängnis kommst.«

»Oh, keine Sorge, wenn ich mit ihr fertig bin, wird sie darum betteln, eingesperrt zu werden, damit sie vor *mir* sicher ist.«

Phantom wusste, dass er das nicht genießen sollte, aber irgendwie tat er es trotzdem. Noch nie hatte er jemanden gehabt, der sich so intensiv und lautstark für ihn einsetzte. Er wusste, dass Eltern das eigentlich tun sollten, aber seine hatten das nie getan. Dass Kalee sich so vehement für ihn einsetzte, um ihn zu beschützen, falls Mona es wagen sollte, ihm wehzutun ... fühlte sich fantastisch an.

Aber er konnte Kalee nicht wissen lassen, wie viel ihre Worte ihm bedeuteten. Das würde sie nur noch mehr ermutigen. Und sie musste sich klug verhalten. Ihm wäre es wesentlich lieber, wenn Mona sich auf ihn konzentrieren würde als auf Kalee. »Ich werde mich um sie kümmern«, versprach Phantom ihr. »Es ist irgendwie beleidigend, dass du glaubst, ich könnte mich nicht selbst beschützen.«

»Das ist es nicht«, protestierte Kalee.

»Du willst also sagen, du glaubst, ich würde zulassen, dass du dich mit ihr prügelst, während ich nur dastehe und zusehe?«

»Nein«, sagte Kalee, »aber –«

»Kein Aber. Wenn wir sie sehen und wir zusammen sind, ist es deine Aufgabe zu gehen. Auf der Stelle.«

»Vergiss es!«, entgegnete Kalee hitzig.

»Schatz, ich kann mich nicht gleichzeitig um sie kümmern und mir Sorgen um dich machen«, sagte Phantom in der Hoffnung, sie würde es verstehen. »Wenn du da bist, kann ich mir nur Gedanken darüber machen, wo du stehst und ob sie freie Sicht auf dich hat. Ich werde ständig an Szenarien denken, in denen sie es schafft, dich zu verletzen, oder in denen sie einen Komplizen hat, der sich von hinten an dich heranschleicht und dich packt. Und Gott bewahre, dass sie oder jemand anderes es schafft, dich als Geisel zu nehmen. Ich würde buchstäblich *alles* tun, um dich in Sicherheit zu bringen, auch wenn das bedeutet, mich dem auszuliefern, was sie mit mir machen will.«

Kalee sagte einen Moment lang nichts, dann seufzte sie. »Ich verstehe schon. Aber ich mag es nicht.«

»Danke. Morgen, nach dem Disziplinarverfahren, werde ich mit den Jungs und meinem Kommandanten reden. Wenn es sein muss, gehen wir auch zur Polizei. Das Problem im Moment ist, dass sie nichts Illegales getan hat. Wir können also nur wachsam sein und versuchen, uns von ihr fernzuhalten.«

»Das ist scheiße. Sie ist verrückt, Phantom. Ich habe es in ihren Augen gesehen.«

»Ich weiß«, stimmte Phantom zu. Er hatte es auch gesehen. »Hast du Hunger? Ich könnte auf dem Heimweg bei In-N-Out Burger anhalten, wenn du willst.«

»Ist das überhaupt eine Frage?«, entgegnete Kalee. »Ich habe viel zu lange auf ihre Animal Style Pommes und einen ihrer Flying Dutchman Animal Style Burger verzichtet.«

Phantom lachte laut. »Ich wusste gar nicht, dass sie eine geheime Speisekarte haben, bis du mich aufgeklärt hast. Aber der Flying Dutchman? Ekelhaft.«

Kalee schlug ihm auf die Schulter. »Ist er nicht. Er ist fantastisch.«

»Wenn du das sagst. Aber du wirst dir mindestens zweimal die Zähne putzen müssen, bevor du mir mit deinem Zwiebelatem zu nahe kommst.«

Sie kicherte und Phantom war froh, dass sie weniger besorgt aussah. Auf dem Rest der Heimfahrt diskutierten sie über die verschiedenen Gerichte auf der geheimen Speisekarte von In-N-Out Burger.

Aber Phantom hatte Mona nicht vergessen. Er sah sie nicht, aber das bedeutete nicht, dass sie nicht da war. Offensichtlich war sie ihm schon eine ganze Weile gefolgt, und damit wäre jetzt Schluss.

Er musste Kalee in Sicherheit wissen. Er hatte sie den Rebellen vor der Nase weggeschnappt, und sie konnte es nicht gebrauchen, belästigt zu werden, wenn sie endlich wieder zu Hause war. Sie sollte ein entspanntes und sorgloses Leben führen. Und bis jetzt hatte er es nicht geschafft, ihr das zu bieten.

Nach dem morgigen Tag war er fertig damit herumzualbern. Seine Teamkameraden würden ihre Scheiße auf die Reihe kriegen oder auch nicht, aber das würde sich nicht mehr auf Kalee auswirken. Und seine eigene Scheiße würde sie *auf keinen Fall* berühren. Ausgeschlossen. Er würde ihr keinen Grund geben, ihn zu verlassen.

KAPITEL ACHTZEHN

Es war so weit.

Es war Zeit für sein Disziplinarverfahren.

Es war an der Zeit herauszufinden, wie seine Strafe für die Missachtung eines direkten Befehls aussah.

Phantom war nicht *allzu* besorgt. Es war unwahrscheinlich, dass der Vizeadmiral ihn ganz aus dem Team werfen würde, aber es bestand die Möglichkeit, dass er für Phantom eine Versetzung empfehlen würde. Das war wahrscheinlich das Schlimmste, was passieren konnte. Er hätte es vorgezogen, im Rang zurückgestuft zu werden oder sogar in den Knast zu kommen, aber diese Strafen waren für den Moment vom Tisch, da es sich um eine Disziplinarstrafe handelte.

Aber egal, was heute passierte, Phantom war mit der Tatsache zufrieden, dass er Kalee gerettet hatte und sie sich jetzt liebten. Er würde den Rest seines Lebens damit verbringen, dafür zu sorgen, dass sie glücklich war und sich nie wieder unsicher fühlte.

Phantom hoffte, dass er nicht versetzt werden würde, aber er hatte für morgen einen Termin mit einem Immobilienmakler vereinbart, um sich vorsichtshalber auf die Suche nach einer neuen Wohnung zu machen. Er könnte eine Alarmanlage für seine Wohnung kaufen, aber das wäre so, als würde er ein Vermögen ausgeben, um ein Schwein zu verkleiden. Das Schwein wäre immer noch ein Schwein. Sein Wohngebäude war in Ordnung gewesen, als er noch allein war. Die Treppen, die Türen zur Vorderseite und der winzige Wohnraum hatten ihn nicht beunruhigt. Aber jetzt, da er mit Kalee zusammen war, musste er seine Einstellung ändern. Monas Besuch war ein großer Weckruf gewesen. Sie hätte Kalee verletzen können, um sich an ihm zu rächen. Es gab keine Möglichkeit, einen wildfremden Menschen davon abzuhalten, an ihre Tür zu klopfen und sie zu belästigen ... oder Schlimmeres zu tun. Das war inakzeptabel.

Heute Abend, wenn das Disziplinarverfahren beendet war und sie endlich mit ihrem Leben weitermachen konnten, würde Phantom Kalee von dem Termin mit dem Immobilienmakler erzählen und sie konnten darüber reden, wo sie wohnen wollten und was sie sich in einem Zuhause wünschte. Phantom war es egal, ob sie eine andere Wohnung mieteten oder eine Eigentumswohnung oder ein Haus kauften. Er wollte nur, dass Kalee glücklich und sicher war. Wenn sie ein riesiges Haus wie das von Piper wollte, würde er einen Weg finden, ihr das zu ermöglichen. Wenn sie am Strand leben wollte, würde er sich ein Bein ausreißen, um es zu verwirklichen.

Phantom trug seine formelle weiße Marineuniform. Er konnte sich ein Lächeln nicht verkneifen, als er sich an Kalees Reaktion erinnerte, als er an diesem Morgen aus ihrem Schlafzimmer gekommen war. Ihre Pupillen hatten sich vor Lust geweitet, und es hatte ihn alles gekostet, nicht darauf zu reagieren.

Sie hatte sich ebenfalls schick gemacht mit einer grauen Hose und einer hübschen hellgrünen Bluse. Jetzt schaute er zu ihr hinüber und konnte nicht anders, als eine Hand auszustrecken, um ihr eine verirrte Strähne ihres kastanienbraunen Haares hinter das Ohr zu streichen.

Sie waren früh dran. Phantom wollte nicht zu spät kommen, und in seiner Wohnung zu bleiben, während Kalee ihn ansah, als wäre er ein Eis am Stiel, das sie gern ablecken würde, war nicht gut für sie. Er hatte im hinteren Teil des Parkplatzes hinter dem Gebäude geparkt, in dem sich das Büro des Vizeadmirals befand. Die heutige Verhandlung würde in einem der Klassenzimmer stattfinden, wie es auf diesem Stützpunkt Standardprozedur war. Dort gab es genügend Platz für jegliche Zeugen.

»Bist du bereit?«, fragte Kalee leise, griff nach oben und nahm seine Hand.

»Ja«, antwortete Phantom. Und das war er auch. Er war mehr als bereit, die Sache hinter sich zu bringen. Er wollte, dass die Dinge wieder normal wurden. Nun ja, so normal, wie es für einen Navy SEAL sein konnte. Er wollte die Beziehung zu seinem Team reparieren und die Dinge mit Kalee vorantreiben.

Er wollte sie heiraten. Sie offiziell zu seiner Frau machen.

Dafür war es wahrscheinlich noch zu früh, aber das war ihm egal. Mit seinen Teamkameraden hatte er mehr als genügend Beweise, dass schnell voranschreitende Beziehungen gut funktionieren konnten.

»Erinnerst du mich bitte daran, was passieren wird?«, fragte sie.

Phantom machte es nichts aus, für sie zu wiederholen, was er ihr bereits über die Funktionsweise eines Disziplinarverfahrens erzählt hatte. Sie war nervös und sie hatten ein bisschen Zeit, um im Wagen zu sitzen und ihre Nerven zu beruhigen, bevor sie ins Gebäude gingen. »Ein Disziplinarverfahren ist ein Artikel 15. Im Grunde genommen kann ein Befehlshaber dort außergerichtliche Strafen an seine Untergebenen verhängen. Es gibt weder Geschworene noch Anwälte. Der Vizeadmiral wird in meinem Fall als Richter fungieren. Es gibt Grenzen dafür, wie ich bestraft werden kann. Da es sich nicht um ein Strafgericht handelt, werde ich nicht ins Gefängnis oder Ähnliches kommen. Wäre ich aber auf einem Schiff, könnte ich in meinem Quartier eingesperrt werden und eine Zeit lang nur Brot und Wasser bekommen.«

Kalees Augen weiteten sich. »Im Ernst?«

»Ja«, sagte Phantom. »Aber das wird nur noch sehr selten gemacht.«

»Meine Güte, da bin ich aber froh.«

Sie war bezaubernd und Phantom nahm sich einen Moment Zeit, um dankbar zu sein, dass sie überlebt hatte und er sie hatte finden können. Die Alternative war so abscheulich, dass er sie aus seinen Gedanken verdrängte.

»Zeugen können in meinem Namen sprechen, wenn sie verfügbar sind. Manchmal sind Disziplinarverfahren öffentlich, aber in diesem Fall, weil ich ein SEAL bin, ist es geschlossen. Nach dem offiziellen Verfahren wird mir meine Strafe mitgeteilt, gegen die ich Einspruch erheben kann, wenn ich sie für ungerecht halte. Dann ist es vorbei ... und wir können nach Hause fahren und du kannst mit mir machen, was du willst. Und erzähl mir nicht, dass du mir diese Uniform nicht schon vom Leib reißen willst, seit du mich darin gesehen hast«, stichelte er.

Kalee brachte ein Lächeln zustande. »Eigentlich nicht.«

Phantom hob eine Augenbraue, um ihr zu zeigen, dass er ihr die Antwort nicht abkaufte.

»Im Ernst. Ich habe darüber nachgedacht, wie heiß es wäre, dir einen zu blasen, während du noch vollständig angezogen bist. Ich würde einfach deinen Reißverschluss aufmachen, deinen Schwanz herausziehen und dich in den

Mund nehmen, während du auf mich herabsiehst. Weißt du nicht, wie heiß ein Mann in Uniform ist? Und *du*? So wie du aussiehst?«, fragte sie, wobei sie ihn von oben bis unten musterte. »Verdammt heiß.«

Phantom knurrte und stellte sich vor, wie sie vor ihm auf den Knien saß und ihm einen blies. Sie hatte neulich zugegeben, dass sie das noch nicht so oft gemacht hatte, und er war bereit gewesen, ihr Tipps zu geben – aber es stellte sich heraus, dass sie gar keine brauchte. Verdammt, sie hatte nicht nur ihn, sondern auch seinen Schwanz fertiggemacht.

»Du willst, dass ich dich ficke, während ich in Uniform bin?«, fragte er, schob eine Hand in ihr kurzes Haar und hielt ihren Kopf still.

Kalee leckte sich über die Lippen. »Ja.«

»Ich werde dich nackt haben wollen. Wird dich das stören?«

»Nein.«

Phantom sah keinen Zweifel in ihren Augen. Er hielt immer Ausschau nach ihren Dämonen, und die wenigen Male, die er sie im Bett gesehen hatte, hatte er innegehalten und sie sprachen darüber, was sie bedrückte. Er war immer wieder erstaunt über ihre mentale Stärke. Sie hatte ihm immer wieder gesagt, dass sie sich weigerte, sich ihr Glück von den Rebellen wegnehmen zu lassen. Und mit ihm zu schlafen machte sie glücklich.

»Dann betrachte es als Verabredung«, sagte Phantom zu ihr.

Sie lächelte glücklich. »Ich liebe dich, Phantom.«

»Und ich liebe dich, Schatz. Du wirst nie wissen, wie sehr.« Phantom holte tief Luft und schaute auf die Uhr. »Wir müssen reingehen.«

Sie nickte.

Er beugte sich vor und küsste sie sanft. »Danke, dass du heute mit mir kommst.«

»Als würde ich irgendwo anders sein«, sagte sie an seinen Lippen. »Du bist meinetwegen hier. Ich weiß nicht, wie diese Dinge funktionieren, aber wenn sie Zeugen aufrufen, solltest du wissen, dass ich um das Wort bitten werde.«

»Das ist nicht nötig«, entgegnete Phantom.

»Ich weiß. Aber ich werde es tun«, entgegnete Kalee, wobei die Entschlossenheit praktisch aus jeder Pore ihres Körpers quoll.

»Ich verdiene dich nicht«, sagte Phantom.

»Doch, das tust du. Wir verdienen einander«, antwortete Kalee ruhig. »Jetzt komm schon, bringen wir es hinter uns, damit ich meinen heißen Matrosen vögeln kann.«

Phantom konnte sich ein Lachen nicht verkneifen. Irgendwie machte sie einen Tag, der eigentlich sehr stressig hätte sein sollen, wesentlich weniger stressig.

Er hatte die Tür geschlossen und wollte sich gerade umdrehen, um zu Kalee zu gehen, als er angesichts der Person, die keine drei Meter entfernt stand, innehielt.

Mona.

Jeder Muskel in Phantoms Körper spannte sich an. Er hatte ganz hinten auf dem Parkplatz zwischen zwei anderen Fahrzeugen geparkt. Er war eingepfercht. Der Geländewagen machte es ihm unmöglich, zur Seite zu gehen. Er machte einen Schritt zurück – und erstarrte, als sie eine kleine Pistole hob, mit der sie direkt auf ihn zielte.

Phantoms Herzschlag schoss sofort in die Höhe. Er war völlig unbewaffnet – zumindest so unbewaffnet, wie ein gut trainierter Navy SEAL sein konnte. Aber im Moment machte er sich mehr Sorgen um Kalee.

»Es wird verdammt noch mal Zeit, dass du aus dem Wagen steigst«, stieß Mona hervor. Ihre Hände zitterten und ihr Finger war am Abzug. Phantom wusste, dass er kurz davor war, erschossen zu werden. Aber er konnte nur an Kalee denken und daran, wie sauer er wäre, wenn sie all die

Monate als Gefangene der Rebellen überlebt hätte, nur um dann in den Staaten zusammen mit ihm von einer psychotischen Stalkerin erschossen zu werden.

»Mona«, entgegnete Phantom, die Hände zur Kapitulation an den Seiten. Er wollte nichts tun, was diese Frau noch weiter in den Wahnsinn treiben könnte, in dem sie offenbar lebte.

Ihr blondes Haar war völlig zerzaust und es sah aus, als hätte sie es seit Tagen nicht gewaschen. Sie trug eine schmutzige Jeans und ein T-Shirt mit offensichtlichen Essensflecken auf der Vorderseite.

Sie war von Geschenken für ihn zu einem völligen Nervenzusammenbruch übergegangen.

Phantom war fassungslos, wie schnell ihr Verhalten eskaliert war. Hätte sie ihm die Reifen aufgeschlitzt oder etwas anderes getan, irgendein äußeres Zeichen dafür, dass sie gefährlicher wurde, wäre er sofort zur Polizei gegangen. Aber weil ihre Gesten so ... harmlos gewirkt hatten, hatte er gedacht, dass er Zeit hätte, sich erst nach dem Disziplinarverfahren mit ihr zu befassen.

Er hatte sich geirrt.

Und jetzt könnte Kalee für seinen Fehler bezahlen.

»Ich habe auf dich gewartet«, sagte sie mit einer Stimme, die Phantom nicht erkannte. »Du hast gesagt, es sei mir gegenüber nicht fair, dass du ständig weg bist, und wir deshalb nicht zusammen sein können. Nun, ich habe bewiesen, dass ich sehr gut damit umgehen kann. Du warst wochenlang weg – *Wochen!* – und ich habe mir jeden Tag Sorgen um dich gemacht! Aber ich habe es geschafft. Willst du wissen wie?«

Phantom riskierte einen kurzen Blick nach links über seinen Wagen und sah Kalee dort stehen, wie sie Mona mit wütender Miene anstarrte. Als sie in seine Richtung blickte, presste er die Lippen zusammen und schüttelte leicht den

Kopf, dann neigte er sein Kinn in Richtung des Gebäudes, wobei er betete, dass sie verstehen würde, was er sagen wollte.

Sie runzelte die Stirn, und für eine Sekunde dachte er, sie würde sich weigern zu gehen. Aber dann drehte sie sich um und lief schnell vom Fahrzeug weg in Richtung des Gebäudes.

Phantom befürchtete, Mona würde ihren Zorn auf Kalee richten, aber sie warf ihr nur einen kurzen Blick zu und konzentrierte dann ihre Aufmerksamkeit wieder auf ihn. »Du hörst mir nicht zu!«, kreischte sie.

»Tut mir leid, das tue ich«, erwiderte Phantom in dem Versuch, sie zu beschwichtigen. Er brauchte Zeit, um sich zu überlegen, wie er weiter vorgehen wollte. Sein Bewegungsspielraum war begrenzt. Im Moment waren keine unschuldigen Zivilisten oder Marineangehörigen in der Nähe, aber jede Sekunde konnte jemand anderes auf den Parkplatz fahren und in Gefahr geraten. Auf keinen Fall wollte er Mona dazu veranlassen, einfach zu schießen. Ihre Wut an jemandem auszulassen, der zufällig vorbeiging oder -fuhr.

»Ich habe überlebt, indem ich mir dein Bild angesehen habe. Indem ich mich daran erinnert habe, wie du mich beim Abendessen so süß angelächelt hast. Wie zärtlich du mich behandelt hast.« Ihr Gesicht nahm einen verträumten Ausdruck an. »Den ganzen Tag und die ganze Nacht bin ich von Bildern von dir umgeben. Eine ganze Wand voll! Von deinem heißen Körper, wie du am Strand trainierst, von dir lächelnd ... sogar Bilder, auf denen du finster dreinschaust, wie du es jetzt tust. Sie erinnern mich daran, dass du ein harter Kerl bist und unser Land beschützt.«

Ihre Augen wurden wieder kalt. »Ich habe einen Peilsender an deinem Wagen angebracht, also wusste ich sofort, dass du zurückgekommen bist – aber du hast *sie* bei dir wohnen lassen! Das hättest du nicht tun sollen, Forest.«

Phantoms Blut verwandelte sich zu Eis, als Mona die Bilder und den Peilsender erwähnte. Er hatte sich zwar gedacht, dass sie ihm gefolgt war, aber dass sie Fotos von ihm gemacht und einen Peilsender an seinem Wagen angebracht hatte, rückte die Sache in ein ganz anderes Licht.

»Ich wusste nicht, dass du auf mich wartest«, sagte Phantom, der schnell überlegte. »Wenn ich das gewusst hätte, hätte ich dich sofort angerufen, als ich wieder im Land war.«

Die Wut auf Monas Gesicht verblasste ein wenig. Wenn er sie nur davon überzeugen könnte, dass Kalee ihm völlig egal war, könnte er vielleicht nahe genug herankommen, um ihr Handgelenk zu treffen und ihr die Waffe aus der Hand zu schlagen. Es war riskant. Mit dem Finger am Abzug könnte sie schießen ... aber dieses Risiko musste er eingehen.

Der Schweiß tropfte ihm unter seiner Uniform den Rücken hinunter, aber Phantom war völlig in seinem Element.

Dann blickte er auf – und sah fünf Gestalten, die sich heimlich über den Parkplatz bewegten und andere Fahrzeuge als Deckung nutzten, während sie auf ihn zukamen.

Innerlich seufzte er vor Erleichterung.

Sein Team war hier. Gemeinsam würden sie Mona ausschalten und verhindern, dass sie jemandem etwas antat.

Zuerst hatte Kalee keine Ahnung, was um alles in der Welt passierte. Sie war aus Phantoms Wagen ausgestiegen und hatte sich umgedreht, um auf ihn zu warten, aber anstatt sich zu bewegen, hatte er einfach neben der Fahrertür gestanden und eine Frau angestarrt, die aus dem Nichts aufgetaucht war.

»Es wird verdammt noch mal Zeit, dass du aus dem Wagen steigst«, sagte sie, und Kalee blinzelte überrascht. Dann erkannte sie, dass es sich bei der Frau um Mona handelte, die verrückte Frau, die zu Phantoms Wohnung gekommen war.

Als sie die Pistole sah, die Mona auf ihn richtete, sah Kalee rot.

Sie wusste, dass sie Angst hätte haben sollen. Vielleicht hätte sie sogar eine Art Flashback von den Ereignissen in Timor-Leste haben sollen, aber alles, was sie fühlte, war rasende Wut.

Wie konnte diese Frau es *wagen*, Phantom zu bedrohen? Er hatte ihr von seiner einen Verabredung mit ihr erzählt und wie er gemerkt hatte, dass sie verrückt war. Sie waren sich einig gewesen, dass sie die seltsamen Geschenke geschickt hatte, besonders nachdem sie vor der Wohnung aufgetaucht war. Aber Kalee hätte nie gedacht, dass sie *so* etwas tun würde.

Phantom fing ihren Blick auf und sie sah, wie er ihr nonverbal zu verstehen gab, dass sie in das Gebäude gehen sollte.

Im ersten Moment wollte sie sich weigern. Phantom gehörte *ihr*. Wenn ihm jetzt etwas zustieße, bevor sie überhaupt eine richtige Chance hatten, zusammen zu sein, würde sie sich nie davon erholen. Das Leben hatte ihr schon einige Schläge versetzt, aber das war inakzeptabel.

Dann erinnerte sie sich an die Diskussion, die sie erst gestern darüber geführt hatten, dass Kalee sich selbst in Gefahr brachte.

»Ich kann mich nicht gleichzeitig um sie kümmern und mir Sorgen um dich machen ... Ich würde buchstäblich alles tun, um

dich zu beschützen, auch wenn das bedeutet, mich dem auszusetzen, was sie mir antun will.«

Mit Phantoms Worten in den Ohren machte sie sich auf den Weg zum Gebäude.

Aber wenn ihr Mann dachte, sie sei die Art von Frau, die ihm einfach den Rücken kehrte, wenn er sie am meisten brauchte, lag er verdammt falsch.

Sie blickte zurück zu Phantom und sah, dass Mona die Waffe nicht gesenkt hatte. Sie zielte immer noch auf seine Brust, und so nahe, wie sie beieinanderstanden, hatte sie keine Chance, ihn zu verfehlen.

Mona kümmerte sich nicht um Kalee, so viel war klar. Sie hatte gesagt, dass *Phantom* es bereuen würde, nicht zu ihr zurückgekommen zu sein. Sie hatte Kalee weder bedroht noch verletzt, als sie die Gelegenheit dazu gehabt hatte.

Kalee sah sich um – und wäre vor Erleichterung fast zusammengebrochen, als sie Ace auf das Gebäude zugehen sah. Sie fing ihn schnell ab. »Ace! Ich weiß nicht, ob Phantom dir von ihr erzählt hat oder nicht, aber Mona, die verrückte Frau, die ihn verfolgt, bedroht ihn gerade mit einer Waffe. Sie sind bei seinem Wagen.«

Ace' Blick der Begrüßung verhärtete sich augenblicklich und er sah genauso aus wie der tödliche SEAL, der er war. Die rasche Veränderung hätte Kalee eigentlich erschrecken müssen, aber sie tröstete sie nur.

Er führte zwei Finger an seinen Mund und pfiff, aber es klang eher wie ein Vogelruf.

Und erstaunlicherweise sah sie innerhalb von Sekunden Rocco, Gumby, Bubba und Rex auf sie zukommen.

»Geh rein, Kalee«, befahl Ace ohne einen zweiten Blick auf sie, während er zu seinen Teamkameraden eilte, um sie über die Situation zu informieren.

Sie begann zu tun, was Ace sagte – bis ihr ein Bild der Frau mit dem Baby in Timor-Leste in den Sinn kam. Das

Gefühl der völligen Hilflosigkeit, das sie empfunden hatte, als der Rebell Mutter und Sohn vor ihren Augen erschossen hatte, drohte sie erneut zu überwältigen.

Konnte sie wirklich in das Gebäude gehen und Phantom einfach seinem Schicksal überlassen?

Ja, sie hatte sein Team geschickt, um ihm zu helfen, aber seine Kameraden hatten ihn praktisch *im Stich gelassen*, seit sie aus Hawaii zurückgekehrt waren. Vielleicht würden sie nicht so schnell oder vorsichtig handeln, wie sie sollten, wenn sie noch immer einen Groll gegen ihn hegten ...

Da Kalee das Gefühl hatte, einen guten Grund zu haben, änderte sie ihren Kurs. Anstatt sich zur Tür und somit in Sicherheit zu begeben, joggte sie in Richtung der Stelle, an der Phantom mit Mona stand, und versteckte sich dann hinter dem nächstgelegenen geparkten Fahrzeug.

Er war derjenige, auf den Mona wütend war. Er war derjenige, den sie verletzen wollte. Und wenn irgendjemand Mona auch nur den geringsten Grund zu der Annahme gab, dass man sie aufhalten würde, würde sie handeln. Das wusste Kalee ohne den geringsten Zweifel. Sie hatte es in Timor-Leste wieder und wieder gesehen. Nervöse Rebellen schossen bei der geringsten Provokation.

Dankbar für den neuesten Fahrzeugtrend, der in Richtung größerer Geländewagen mit mehr Bodenfreiheit ging, versteckte Kalee sich mühelos hinter ihnen, während sie näher und näher dorthin schlich, wo Phantom und Mona standen.

Sie war etwa sechs Fahrzeuge in der gleichen Reihe entfernt, als sie schließlich stehen blieb. Sie holte tief Luft und kauerte sich hinter einen Minivan. Sie sah, wie die anderen SEALs sich um Phantom herum positionierten, und sie wusste, dass sie alle sauer wären, wenn sie sie sahen, aber sie konnten nichts sagen. Das würde Mona auf ihre Anwesenheit aufmerksam machen.

Kalee hatte nur ein Ziel vor Augen – Mona abzulenken, damit Phantom sie sicher entwaffnen konnte.

Es war ihr egal, dass seine Teamkameraden das, was sie vorhatte, leicht erreichen konnten. Sie war darauf konzentriert, dafür zu sorgen, dass Phantom nicht starb. Sie konnte nicht einfach *nichts* tun, wie sie es bei der armen Frau und ihrem Baby in Timor-Leste getan hatte.

Sie war keine Soldatin. Sie hatte weder eine Waffe noch ein Messer, um sich zu helfen. Aber sie hatte gelernt, dass die effektivste Kampftaktik die Überraschung war. Wenn man seinen Gegner überrumpeln konnte, war es viel einfacher, das Ziel zu erreichen.

Zum Leidwesen der unschuldigen Dorfbewohner in den Hügeln über Dili war es das Ziel der Rebellen gewesen, sie zu töten. Aber heute würde niemand sterben ... hoffte sie.

Kalee legte sich auf den Bauch und kroch unter den Minivan. Es war recht eng, aber sie hielt den Kopf unten und schaffte es auf die andere Seite. Sie kroch weiter unter die Fahrzeuge in derselben Reihe wie Phantom und Mona.

Als sie zwei Wagen weiter war, stellte sie mit Entsetzen fest, dass sie unter einen Toyota Corolla würde durchpassen müssen. Es war *sehr* eng und plötzlich war Kalee froh, dass sie nicht wieder so viel Gewicht zugelegt hatte, wie sie in Übersee verloren hatte.

Sie war nahe genug an Mona und Phantom herangekommen, um ihr Gespräch zu hören, was sie nur noch mehr in ihrer Entschlossenheit bestärkte, die Sache zu beenden.

»Während du Weiber aufgerissen hast, weint sich dein Sohn jede Nacht in den Schlaf!«, schimpfte Mona.

»Du weißt, dass wir keine Kinder haben«, sagte Phantom mit leiser Stimme in dem Versuch, sie zur Vernunft zu bringen.

»Wie kannst du das sagen? Wir haben Forest junior und

Melissa! Sie vermissen dich schrecklich, und dir ist das egal! Du hast mit *ihr* rumgehangen und bist zum Strand gegangen, um mit *anderen* Kindern zu spielen. Während dein eigenes Fleisch und Blut sich nach deiner Zuneigung sehnt!«

»Mona, leg die Pistole weg und wir gehen irgendwo hin und reden darüber.«

»Es ist zu spät!«, kreischte Mona. »Ich dachte, du seist perfekt! Du warst so ein Gentleman und beschützend. Und gut aussehend. Aber wenn ich dich heute in deiner Uniform ansehe, wird mir *schlecht*! Du hattest deine Chance – und ich bin es leid, darauf zu warten, dass du zur Vernunft kommst.«

Kalee rutschte unter den Honda, der neben Phantoms Accord stand. Sie konnte Monas Füße sehen, direkt neben der Stelle, an der Kalee unter dem Geländewagen lag. Es schien nicht so, als hätte Mona Phantoms Teamkameraden bemerkt, die sich hinter anderen Fahrzeugen in der Nähe versteckt hielten. Kalee war nicht sicher, warum sie noch nichts unternommen hatten, aber sie beschloss, dass sie nicht warten konnte, bis sie handelten.

Phantom war in Gefahr, und jeden Moment könnte der Rebell – äh ... *Mona* – entscheiden zu schießen.

»Es ist Zeit, Forest. Es ist Zeit, dass du für deine Nachlässigkeit mir und deinen Kindern gegenüber bezahlst!«, brüllte Mona.

»Mona, bitte, hör mir zu –«

»Nein! Ich bin fertig!«

Das war es. Kalees Vertrauen in Phantoms Freunde mochte nicht besonders groß sein, aber sie wusste, dass ihr Mann die Situation in den Griff bekommen würde, wenn er eine Chance dazu hatte.

Also gab sie ihm eine.

Schnell griff Kalee unter dem Wagen hervor, packte

einen von Monas Knöcheln und drückte so fest zu, wie sie konnte.

Sie hatte gehofft, die andere Frau so zu überraschen, dass sie den Blick von Phantom abwandte und ihm die Möglichkeit gab, sie zu entwaffnen. Aber anstatt nach unten zu schauen, um zu sehen, wer oder was sie gepackt hatte, erschrak Mona und ruckte zur Seite.

Das Geräusch des Schusses war ohrenbetäubend und übertönte den Aufprall von Monas Gesicht auf die Seite des Accords. Eine Sekunde lang hatte Kalee Angst, dass Mona es geschafft hatte, Phantom zu erschießen – bis sie von ihrem Blickwinkel unter dem Geländewagen aus sah, wie Phantoms weiß gekleidetes Knie in Monas Rücken gedrückt war.

Dann waren da noch mehr Füße und Hände, die Mona am Boden hielten, sie entwaffneten und dafür sorgten, dass sie nicht hochkam.

Mona kreischte, schlug um sich und weinte, aber Kalee blieb wie erstarrt. Erst als sie Phantoms Gesicht vor sich sah, atmete sie auf.

»Verdammt«, sagte Phantom – dann verschwand sein Gesicht.

Kalee löste den Todesgriff, mit dem sie Mona festhielt, und versuchte, sich rückwärts unter dem Geländewagen hervorzuwinden. Schon nach wenigen Sekunden spürte sie eine Hand auf ihrer Wade und trat automatisch danach.

»Ganz ruhig, Schatz, ich bin's.«

Phantom. Er konnte ihr nicht wirklich helfen, ohne sie mit Kraft unter dem Wagen hervorzuziehen, und sie wusste, dass er das nicht tun würde, nicht wenn nur Asphalt unter ihr war.

Schließlich konnte sie sich befreien und schaute auf. Phantom kniete auf dem Boden und wartete auf sie, und noch nie war sie so erleichtert gewesen – bis sie eine Blutspur auf seiner Wange sah.

»Du bist verletzt!«, rief sie. Dann stand sie schnell auf und schrie: »Phantom ist verletzt! Holt einen Sanitäter!«

»Mir geht es gut«, sagte Phantom neben ihr.

»Nein, du hast Blut an deiner –«

Aber sie kam nicht dazu, ihren Satz zu beenden, weil sie in seinen Armen lag. Ihr Gesicht war an seine Brust gepresst und er hielt sie so fest, dass sie nirgendwo hingehen konnte. Nicht dass sie es gewollt hätte.

Kalee seufzte erleichtert und klammerte sich an Phantom, als würde sie ihn nie wieder loslassen. Das war knapp gewesen. Viel zu knapp.

Wie lange sie dort standen, Monas Kreischen und seinem Team zuhörten, das sein Bestes tat, um sie zu bändigen, wusste Kalee nicht. Erst als Rex ihr eine Hand auf die Schulter legte, bemerkte Kalee, dass der Parkplatz voll mit Menschen war. Sie hatte keine Ahnung, woher die Leute kamen oder wo sie gewesen waren, als Mona Phantom bedroht hatte.

Die Marinepolizei und mindestens vierzig Männer und Frauen in Uniform wuselten herum. Kalee hörte Mona nicht mehr, und als sie versuchte, sich umzusehen, sagte Rex: »Sie wurde in Gewahrsam genommen. Sie ist auf dem Weg ins Krankenhaus mit einer scheinbar gebrochenen Nase, nachdem sie mit dem Gesicht gegen Phantoms Wagen geprallt ist.«

Kalee hatte keinerlei Gewissensbisse wegen dem, was sie getan hatte. »Gut«, murmelte sie inbrünstig.

»Sie ist ein blutrünstiges kleines Ding«, sagte Rex zu Phantom und grinste. »Das hätte ich nicht erwartet.« Sein Lächeln verblasste, als er sagte: »Wir haben sie gesehen, Mann, aber wir hatten keine Ahnung, was sie vorhatte. Wir waren gezwungen, uns zurückzuhalten und abzuwarten, damit wir nicht versehentlich etwas tun, das sie verletzt.«

»Das weiß ich zu schätzen«, erwiderte Phantom, wobei die Dankbarkeit in seinem Tonfall deutlich zu hören war.

Kalee wurde klar, dass sie ziemlich dumm gewesen war. Sie hätte Phantom *und* seinem Team vertrauen sollen. Sie waren ausgebildete Navy SEALs und hätten die Situation innerhalb von Sekunden unter Kontrolle bringen können, wenn sie ihnen nicht im Weg gewesen wäre.

Sie hatte gedacht, dass sie mit dem, was ihr passiert war, gut zurechtkam, aber angesichts ihres heutigen Verhaltens war es offensichtlich, dass sie mehr Zeit brauchte, um zu heilen.

Sie blickte zu Phantom auf und zuckte erneut zusammen, als sie das Blut auf seiner Wange sah. Sie hob eine Hand, um ihn zu berühren, aber Phantom hielt ihr Handgelenk fest, bevor sie ihm zu nahe kommen konnte.

»Kann mir bitte jemand etwas bringen, um das abzuwischen, was auf meinem Gesicht ist? Ich nehme an, es ist das Blut dieses Miststücks, und ich will nicht, dass es in Kalees Nähe kommt«, rief Phantom.

»Hier«, sagte eine tiefe Stimme hinter ihnen, und plötzlich erschien ein Taschentuch vor ihr.

»Danke«, sagte Phantom, nahm es und schrubbte sich grob die Wange. Als er fertig war, fragte er sie: »Habe ich alles erwischt?«

Kalee schluckte schwer und nickte. »Ja, ich glaube schon.«

»Gut.« Phantom packte sie an den Schultern und schob sie von sich weg. Er betrachtete sie von oben bis unten, und diesmal zuckte *er* zusammen.

Kalee folgte seinem Blick und konnte nicht anders, als ihre Nase über ihr Aussehen zu rümpfen. Sie hatte sich an diesem Morgen große Mühe gegeben, für das Disziplinarverfahren gut und ordentlich auszusehen, und jetzt war ihre hübsche grüne Bluse mit schwarzen Flecken übersät, weil sie über den halben Parkplatz gerobbt war. Auch ihre graue Hose hatte jetzt dunkle Flecke und beide Ärmel ihrer Bluse hatten Löcher, da sie sich mit den Ellbogen unter den Fahrzeugen entlanggezogen hatte.

»Scheiße«, murmelte sie.

Phantom legte einen Finger unter ihr Kinn und drehte ihren Kopf, damit sie ihn ansah. »Du bist verdammt fantastisch«, sagte er leise, bevor er den Kopf sinken ließ.

Kalee küsste ihn, als wäre es das letzte Mal, dass sie ihn sehen würde. Sie ließ alle Sorgen, Ängste und die Dankbarkeit, dass er noch am Leben war, in diesen Kuss einfließen. Sie merkte gar nicht, dass sie zitterte, bis Phantom sich zurückzog und murmelte: »Ganz ruhig, Schatz. Ich habe dich.«

Sie schlang die Arme um seinen Hals und spürte kaum, als er sie hochhob.

»Bring sie rein. Wir übernehmen hier draußen für dich und sagen den Ermittlern, wo du hingegangen bist«, sagte Rex.

»Danke.«

»Ich glaube, so etwas habe ich in meinem Leben noch nicht gesehen«, murmelte Rocco. »Die Frau ist umgefallen wie ein nasser Sack. Diese Taktik müssen wir uns für die Zukunft merken.«

Kalee blendete sie aus und vergrub ihr Gesicht an Phantoms Schulter. Sie atmete tief ein, denn sein Kiefernduft beruhigte sie besser als alle Worte, die er hätte sagen können. Es ging ihm gut. *Ihnen* ging es gut.

»Was wird mit ihr passieren?«, murmelte sie an seiner Schulter.

»Das ist mir egal.«

Daraufhin hob Kalee den Kopf. »Ernsthaft, Phantom.

Müssen wir uns für den Rest unseres Lebens Sorgen um sie machen? Sie hat niemandem wirklich etwas getan, wird sie also überhaupt in Schwierigkeiten geraten?«

Phantom blieb stehen und starrte sie mit durchdringendem Blick an. »Sie ist in *großen* Schwierigkeiten«, antwortete er. »Sie hat eine geladene Waffe auf Militärgelände gebracht. Sie hat einen Regierungsangestellten und alle auf dem Stützpunkt bedroht. Sie hat mich nicht verletzt, aber sie ist eine klare Bedrohung. Sie hat offensichtlich den Verstand verloren. Sie wird für eine lange Zeit verschwinden, wenn nicht im Gefängnis, dann auf jeden Fall in einer psychiatrischen Anstalt.«

Das tröstete Kalee nicht gerade, aber sie nickte trotzdem. Ihr Mann hatte im Moment genug um die Ohren, er konnte nicht gebrauchen, dass sie vor ihm ausflippte.

»Du warst verdammt fantastisch«, sagte er.

Kalee lächelte.

»Aber im Moment bin ich extrem wütend auf dich«, fuhr er fort.

»Warum?«, fragte Kalee verwirrt.

»Worüber haben wir denn gesprochen? Ich habe dir gesagt, dass du dich aus der Situation heraushalten musst, wenn jemals etwas passiert. Dass ich mich nicht konzentrieren kann, wenn ich mir Sorgen um dich mache.«

Kalee versteifte sich. »Lass mich runter.«

Seine Arme verkrampften sich für eine Sekunde, bevor er ihre Füße langsam auf den Boden setzte.

Sie stupste Phantom in die Brust, während sie sprach. »Wenn du auch nur seine Sekunde lang glaubst, dass ich einfach abhaue und dich der Gefahr überlasse, die dich bedroht, bist *du* der Verrückte. Ich mag eine Frau und kein hochkarätiger Navy SEAL sein, aber ich bin nicht hilflos. Ich habe es geschafft, monatelang mit einer Gruppe von gesetzlosen, außer Kontrolle geratenen Rebellen zu überleben, die sich nichts dabei dachten, Frauen und Kinder zu töten. Mir wurden mehr Waffen vor die Nase gehalten, als du dir vorstellen kannst.

Es wird *nie* eine Zeit geben, in der ich dich dem überlasse, was dich bedroht. Ich gebe zu, dass ich heute überstürzt gehandelt habe und die Sache deinem Team hätte überlassen sollen, aber ich konnte den Gedanken nicht ertragen, hilflos danebenzustehen, während du in Gefahr warst. Ich habe an die arme junge Frau und ihr Baby gedacht und mich buchstäblich auf dich zubewegt, bevor ich wirklich über die Konsequenzen meines Handelns nachgedacht habe.«

Sie öffnete den Mund, um weiter zu erklären, was sie getan hatte, aber er stoppte sie mit fünf Worten.

»Du hast mir Angst gemacht.«

Kalee starrte Phantom schockiert an. »Ich hätte nicht gedacht, dass du vor irgendetwas Angst hast.«

Er schnaubte und legte seine Arme um ihre Taille, um sie an sich zu ziehen. »Du machst mir *schreckliche* Angst«, gab er zu. »Ich weiß genau, wie dein Vater sich gefühlt hat, als er dachte, du seist tot. Ich bin mir nicht sicher, ob ich damit klarkommen würde. Ich kann mit einer Welt ohne dich nicht umgehen. Ich liebe dich genau so, wie du bist. Du bist knallhart und ich habe Ehrfurcht vor dir. Als ich gesehen habe, wie du unter dem Fahrzeug nach ihrem Knöchel greifst, hatte ich Angst, dass Mona dich erschießen würde.«

»Sie wollte nicht *mich* töten«, protestierte Kalee. »Es ging nur um dich.«

Phantom holte tief Luft, legte den Kopf zurück und schaute in den Himmel.

Zum ersten Mal, seit ihr bewusst geworden war, dass Mona bewaffnet dastand, lächelte Kalee. Sie fuhr mit den Fingern über seinen Bart und streichelte ihn. Als er sie schließlich ansah, sagte Kalee: »Meinst du, das bringt dir ein paar Pluspunkte bei deinem Disziplinarverfahren?«

Er stöhnte.

»Ich sage ja nur, meiner Meinung nach sollte die Tatsache, dass du alle vor einer Massenschießerei bewahrt hast, ziemlich hilfreich sein. Der Vizeadmiral selbst hätte erschossen werden können. Er sollte sich bei dir bedanken, anstatt dich zu bestrafen.«

Phantom seufzte nur und drehte sich, um zum Eingang des Gebäudes zu gehen.

»Ich weiß nicht, ob ich dafür noch präsentabel bin«, sagte Kalee und rümpfte die Nase, als sie noch einmal an sich herunterschaute.

»Das wird meine Vorgesetzten daran erinnern, was gerade passiert ist«, entgegnete Phantom grinsend. »Ich dachte, du wolltest, dass ich ein paar Pluspunkte sammle?«

»Gutes Argument«, sagte Kalee mit einem Nicken.

Phantom stieß ein Lachen aus. »Scheiße, ich kann nicht glauben, dass ich so schnell lache nach dem, was gerade passiert ist«, murmelte er, mehr zu sich selbst als zu Kalee.

Sie schlang einen Arm um ihn und umarmte ihn von der Seite. »Es ist immer besser zu lachen als zu weinen.«

»Stimmt«, sagte Phantom, »aber ich habe noch nie viel gelacht. Ich bin der Miesepeter. Der Typ, der immer finster dreinschaut. Du hast mich verändert und ich bin mir nicht sicher, ob mir das gefällt«, beschwerte er sich.

Kalee lächelte ihn an. »Du kannst immer noch der Griesgram in deinem Team sein. Aber nicht, wenn wir zusammen sind.«

»Abgemacht«, sagte er, während er ihr die Tür zum Gebäude aufhielt.

»Kalee!«, ertönten mehrere Stimmen, als sie eintraten.

Caite, Sidney, Piper, Zoey und Avery standen drinnen und umringten sie sofort. Phantom trat einen Schritt zurück, aber Kalee bemerkte, dass er nicht weit ging. Er ließ sie nicht aus den Augen. Nicht dass es Kalee etwas ausmachte.

Phantom spürte, wie das Adrenalin immer noch durch seinen Körper strömte. Genau so fühlte er sich nach einer intensiven Mission. Auch wenn das, was auf dem Parkplatz passiert war, nicht annähernd so gefährlich gewesen war wie das, was er und seine Teamkameraden während Einsätzen erlebt hatten, würde er nie vergessen, wie er nach unten blickte und Kalees Augen sah, mit denen sie ihn von unterhalb des Geländewagens anschaute, kurz bevor sie Monas Knöchel packte.

Phantom hatte, ohne nachzudenken, gehandelt und die blutende und schreiende Frau unter Kontrolle gebracht, bis seine Teamkameraden zu Hilfe kommen konnten. Er hatte versucht, Mona dazu zu überreden, die Waffe wegzulegen, damit die Situation friedlich gelöst werden konnte, aber sie ließ sich nicht darauf ein, da ihre Fantasien immer wilder und wilder wurden. Phantom war nur noch eingefallen, sich auf sie zu stürzen – und zu beten, dass sie nicht schoss, bevor er sie entwaffnen konnte.

Obwohl er nichts lieber wollte, als Kalee nach Hause zu bringen und ihr zu zeigen, wie sehr er sie liebte, beobachtete Phantom stattdessen, wie sie mit den anderen in der nächsten Damentoilette verschwand.

Er behielt die Tür im Auge und konnte den Blick nicht abwenden. Er verspürte ein tief sitzendes Bedürfnis, sie wieder zu berühren. Selbst zu spüren, dass es ihr gut ging.

»Es sollte nicht allzu lange dauern, bis sich die Lage beruhigt hat und wir mit dem Disziplinarverfahren beginnen können ... ist das in Ordnung?«

Phantom schaute zu seiner Linken und sah Kommandant North neben sich stehen.

»Ja, Sir.«

»Ich habe gehört, dass Ihre Frau ziemlich beeindruckend war.«

»Das war sie«, stimmte Phantom zu.

»Ich kann es kaum erwarten, die Videos der Überwachungskameras zu sehen.« Dann klopfte der Kommandant Phantom auf die Schulter und ging den Flur hinunter.

Phantom beobachtete, wie eine Frau, die in der Poststelle arbeitete, auf seinen Kommandanten zuging und ihm ein Paket übergab. Er hatte sie schon öfter gesehen, kannte aber ihren Namen nicht. Sie arbeitete schon so lange auf dem Stützpunkt, wie er sich erinnern konnte, und war immer nett und freundlich.

Kommandant North unterhielt sich kurz mit ihr und drehte sich dann um, um in eines der nahe gelegenen Büros zu gehen.

Hätte Phantom die Frau nicht direkt angesehen, wäre ihm nicht aufgefallen, wie sie die Schultern hängen ließ und seufzte, als sie dem Kommandanten hinterherschaute.

Es war offensichtlich, dass sie in ihn verknallt war – wenn Frauen in ihren Mittfünfzigern verknallt sein konnten –, aber er musste ihr lassen, dass sie sich schnell wieder fing und sich umdrehte, um den Flur hinunterzugehen und die Post in dem Wagen, den sie vor sich herschob, weiter zuzustellen.

Phantom verwarf die Frau aus seinen Gedanken, kaum dass sie verschwunden war. Er hatte keine Energie, um an etwas anderes zu denken als an sein bevorstehendes Disziplinarverfahren. Er glaubte auch nicht, dass sein Kommandant sich die Mühe machen würde, so freundlich zu sein und Kalee Komplimente zu machen, wenn er und die anderen vorgesetzten Offiziere vorhatten, seinen Arsch an die Wand zu nageln. Zumindest hoffte er das nicht.

Er wandte den Blick wieder der Toilettentür zu. Er würde den ganzen Tag dort stehen und darauf warten, dass Kalee wieder auftauchte, wenn es sein musste. Er hatte das Gefühl, dass es noch eine ganze Weile dauern würde, bis er sich wohl damit fühlte, sie aus den Augen zu lassen.

KAPITEL NEUNZEHN

»Sind wir bereit anzufangen?«, fragte Vizeadmiral Lister.

Phantom holte tief Luft und nickte, als er ausatmete. Er stand stramm vor einem Tisch, an dem Vizeadmiral Lister, Konteradmiral Creasy und Kommandant North saßen. Die einzige andere Person in diesem Raum war Kalee. Sie hatte eine Sondergenehmigung erhalten, weil sie im Mittelpunkt seines Handelns stand. Sein Team wartete draußen, zusammen mit deren Frauen. Er hatte mitbekommen, wie Rocco und Rex sich vor Beginn des Disziplinarverfahrens unter vier Augen unterhielten, aber er hatte keine Zeit, sich darüber Gedanken zu machen.

Kalee sah immer noch aus, als hätte sie zwanzig Runden mit Mike Tyson gekämpft, aber irgendwie machte ihr zerzauster Zustand sie nur noch attraktiver für ihn. Ihr Kinn war hoch erhoben und es war offensichtlich, dass sie sich mehr Sorgen um ihn machte und darum, wie er mit allem zurechtkam, als um ihr Aussehen.

»Gut. Das Wichtigste zuerst, Sie haben die Situation auf dem Parkplatz vorhin gut gemeistert, Phantom. Auf dem Überwachungsvideo war es offensichtlich, dass die Frau die

Sache nicht friedlich beenden wollte«, sagte der Vizeadmiral.

»Nein, Sir. Wenn Kalee nicht gewesen wäre, wäre die Sache vielleicht ganz anders gelaufen.«

»Das habe ich gesehen. Schnelles Denken, Miss Solberg«, sagte der Vizeadmiral, wobei er ihr zunickte.

Er hörte, wie Kalee ihm dankte, aber sie sagte nichts weiter.

»Also gut«, begann Vizeadmiral Lister. »Wir sind wegen Forest Daltons Artikel 15 hier. Phantom, Sie haben das Recht zu schweigen. Dies ist ein Disziplinarverfahren, Sie dürfen Zeugen für sich sprechen lassen, und alle Informationen, die wir heute hören, werden bei der Entscheidung über Ihre Strafe berücksichtigt. Ich kann nach Anhörung der vorgelegten Beweise entscheiden, die Anklage gegen Sie zurückzuweisen, eine Strafe nach den Bestimmungen des Militärrechts zu verhängen oder den Fall an ein Kriegsgericht zu verweisen. Wenn Sie Ihre Strafe für ungerecht halten, können Sie Berufung einlegen. Seien Sie sich jedoch bewusst, dass Ihre Berufung abgelehnt werden kann. Haben Sie das verstanden?«

»Ja, Sir«, antwortete Phantom feierlich.

»Nach dem einheitlichen Militärstrafgesetzbuch werden Sie angeklagt, gegen Artikel 92, Missachtung eines Befehls oder einer Vorschrift, und Artikel 134, allgemeiner Artikel, verstoßen zu haben. Genauer gesagt, unbefugter Urlaub ... Sie haben die Grenzen des Ihnen erteilten Urlaubs überschritten. Haben Sie irgendwelche Fragen zu den Vorwürfen?«

»Nein, Sir.«

»Sie müssen keine Aussage zu den Vergehen machen und jede Aussage, die Sie machen, kann als Beweis gegen Sie verwendet werden. Haben Sie das verstanden?«

»Ja, Sir.«

»Ich habe eine von Ihnen unterzeichnete Erklärung, in der Sie bestätigen, dass Sie über Ihre Rechte im Zusammenhang mit dieser Untersuchung umfassend informiert wurden. Verstehen Sie diese Erklärung und verstehen Sie die darin erklärten Rechte?«

»Ja, Sir«, antwortete Phantom, ohne zu zögern.

»Wir würden gern von Ihnen hören, was passiert ist«, sagte Vizeadmiral Lister. »Wir wollen wissen, was Ihnen durch den Kopf ging, als Sie sich entschieden haben, Hawaii zu verlassen und nach Timor-Leste zu reisen, obwohl es Ihnen verboten wurde.«

Phantom räusperte sich und sagte dann: »Ich erkenne die gegen mich erhobenen Vorwürfe voll und ganz an. Zu meiner Verteidigung, ich habe getan, was ich für richtig und ehrenhaft hielt. Als Navy SEAL wurde mir vom ersten Tag meiner Ausbildung an beigebracht, dass ich die Moral und die Werte unserer Vorfahren hochhalten muss. Ich soll diejenigen schützen, die sich nicht selbst schützen können, und dass der einzige einfache Tag gestern war. Ich wusste von der Sekunde an, als ich vor all den Monaten das Waisenhaus hinter mir ließ, dass etwas nicht stimmte. Aber ich konnte nicht herausfinden was. Es war mein Unterbewusstsein, das mir sagen wollte, dass ich Scheiße gebaut habe ... entschuldigen Sie meine Ausdrucksweise, Sirs.«

Die drei Offiziere nickten.

»Ich wusste, wenn mein Team nicht die Genehmigung erhält, nach Timor-Leste zurückzukehren, werde ich allein gehen.«

»Das war also keine spontane Entscheidung, als Sie in Hawaii ankamen?«, fragte der Vizeadmiral.

»Nein, Sir.«

»Sie haben das geplant.«

»Ja, Sir.«

Phantom wusste, dass er sich nur noch mehr Ärger

einhandelte, aber er würde nicht lügen. Er sah jedem Mann in die Augen, da er wollte, dass sie es verstanden. »Wir haben Kalee Solberg in der Hölle zurückgelassen. Ich wusste es bis ins Mark meiner Knochen. Sie haben ihren Bericht gelesen. Sie wissen genauso gut wie ich, was mit ihr passiert ist. Ich hatte nicht alle Fakten, als ich meine Entscheidung traf, aber ich wusste, dass sie nicht am Strand saß und Urlaub machte. Ich hatte es versaut und es war meine Pflicht, das wiedergutzumachen.«

Nach Phantoms leidenschaftlicher Erklärung herrschte Schweigen im Raum. Er hörte Kalee hinter sich schniefen, aber da er strammstand, konnte er sich nicht umdrehen, um sie anzublicken. Er hatte schon genug Ärger, er würde nicht auch noch das Protokoll brechen.

»Ich habe nicht leichtsinnig gehandelt, Sirs«, sagte er mit Nachdruck. »Ich habe die Informationen studiert, die Sie mir gegeben haben. Ich wusste, wo sich die Rebellen in der Stadt versteckt hielten, und ich habe die besten Fluchtpunkte gründlich recherchiert.«

»Wusste das SEAL-Team in Hawaii, was Sie taten?«, fragte Kommandant North.

Phantom holte tief Luft. »Wenn Sie fragen, ob die Kameraden von meinen Absichten wussten, als ich auf Oahu gelandet bin, lautet die Antwort nein. Mustang hat mir einen persönlichen Gefallen getan und mir ein kleines Haus zur Miete besorgt. Soweit er wusste wollte ich einen dringend benötigten Urlaub machen.«

Phantom war zu gut trainiert, um unter den drei prüfenden Blicken unruhig zu werden, die er von seinen Vorgesetzten erntete.

»Aber er hat es herausgefunden, als Sie mit einer Frau aufgetaucht sind, die er noch nicht kannte, richtig?«

Phantom schluckte schwer. Er wollte seine Freunde nicht in Schwierigkeiten bringen, aber er weigerte sich zu lügen. »Eigentlich war es, als Rocco anrief und mich zwang zu beweisen, dass ich wirklich in Hawaii war. Er hat das mit Timor-Leste mehr oder weniger ausgeplaudert, und es wurden Fragen gestellt. Sie wussten es definitiv, nachdem sie Kalee getroffen hatten.«

Erneut herrschte Schweigen im Raum, während die drei Männer seine Erklärung aufnahmen.

Schließlich fragte Konteradmiral Creasy: »Wenn Sie zu dem Treffen zurückgehen könnten, bei dem wir Sie darüber informiert haben, dass Miss Solberg vermutlich noch lebt, würden Sie dann die Entscheidungen ändern, die Sie getroffen und die dazu geführt haben, dass Sie jetzt bei diesem Disziplinarverfahren hier vor uns stehen?«

»Nein, Sir«, antwortete Phantom ruhig. »Ich wusste, dass Sie herausfinden würden, was ich getan habe. Ich habe meinen richtigen Namen benutzt. Ich habe den Flug nach Dili mit meiner persönlichen Kreditkarte bezahlt. Ich habe keine staatlichen Mittel benutzt, um Kalee zu retten. Ich habe nicht getrickst. Wir haben auch den offiziellen Weg über die US-Botschaft in Timor-Leste genommen, um einen vorläufigen Pass für Kalee zu bekommen.«

»Warum sind Sie nicht sofort in die USA zurückgekehrt?«, fragte der Vizeadmiral. »Sie haben sie gerettet. Warum brachten Sie sie erst nach Hawaii, bevor Sie sie zu ihrem Vater und ihren Freunden nach Hause brachten?«

»Bei allem Respekt, Sir, sie war fast ein ganzes Jahr lang eine Geisel gewesen. Sie wurde auf die schlimmste Art und Weise missbraucht, wie eine Frau es erleben kann. Sie wurde gezwungen, an Überfällen und dem Töten anderer Menschen teilzunehmen. Sie brauchte Zeit. Zeit, um sich zu entspannen und ihre Erfahrungen sowie die Tatsache zu verarbeiten, dass sie frei war. Ich dachte, ein paar Wochen in Hawaii wären das Beste für sie.«

»Würde sich Ihre Antwort ändern, wenn das Ergebnis

dieses Disziplinarverfahrens ist, dass Ihr Fall vor ein Kriegsgericht kommt, Ihnen Ihre Sicherheitsfreigabe entzogen wird und Sie deshalb aus der Spezialeinheit rausgeworfen werden?«, fragte Konteradmiral Creasy.

»Nein, Sir«, antwortete Phantom sofort. »Ich weiß, dass ich Ihren Befehl missachtet habe. Ich war mir der Konsequenzen meines Handelns voll bewusst. Ich glaube, es war das Richtige, das zu tun. Ein SEAL lässt einen SEAL nicht zurück. Und obwohl ich weiß, dass Miss Solberg kein SEAL ist, *ist* sie eine unschuldige amerikanische Bürgerin. Jemand, der so wichtig war, dass ein Team von sechs SEALs nach Timor-Leste geschickt wurde, um sie zu evakuieren. Ich habe einfach unseren ursprünglichen Auftrag erfüllt. Ich würde genau dasselbe unter denselben Umständen tun, wenn ich die Chance dazu hätte.«

Seine Worte hallten im Raum wider und Phantom fühlte sich, als sei ihm eine Last von den Schultern genommen worden. Er wusste aus tiefster Seele, dass er das Richtige getan hatte. Kalee war seinetwegen nicht nur am Leben, sondern sie blühte auf. Die Welt wäre ohne sie ein dunklerer Ort, und er war stolz darauf, dazu beigetragen zu haben, dass sie nach Hause gekommen war, wo sie hingehörte.

Vizeadmiral Lister schaute an Phantom vorbei zu Kalee. »Haben Sie Ihrer Erklärung, die Sie bei Ihrer Rückkehr in die Staaten abgegeben haben, noch etwas hinzuzufügen? Können Sie uns noch etwas über Phantoms Handlungen sagen?«

Phantom hörte, wie Kalee sich räusperte, und ihre Kleidung raschelte, als sie aufstand. »Ich kann mich nicht daran erinnern, wie Phantom oder sein Team im Waisenhaus waren. Ich wusste nicht, dass sie dort waren, um mir zu helfen. Ich dachte, ich sei allein. Vergessen. Das war kein gutes Gefühl«, sagte sie, ohne dass ihre Stimme auch nur im

Geringsten schwankte. »Monatelang habe ich alles getan, was ich tun musste, um am Leben zu bleiben. Aber mit der Zeit begann ich, mich zu fragen, wozu das gut sein sollte. Ich wusste, dass die Rebellen mich jederzeit leid sein und mir einfach in den Kopf schießen könnten, wie sie es immer wieder angedroht hatten, um meine Leiche dann im Dschungel um Dili verrotten zu lassen. Es waren amoralische Männer, die sich ohne Reue nahmen, was sie wollten. Es ging ihnen nicht darum, die Lage ihrer Landsleute zu verbessern, wie ihre Anführer behaupteten. Sie wollten töten, vergewaltigen und sich nehmen, was ihnen nicht gehörte.

Ich kann Ihnen ohne jeden Zweifel sagen, dass ich ihnen nie entkommen wäre, wenn Phantom nicht aufgetaucht wäre, um mich zu retten. Ich habe es ein paarmal versucht und mir wurde deutlich gezeigt, was mit mir passieren würde, wenn ich weitermache. Jeden Tag, mindestens ein *paarmal* am Tag, hielt mir jemand eine Waffe an den Kopf und bedrohte mich. Ich wollte leben, Sirs. Also fügte ich mich.

In der Nacht, in der Phantom auftauchte, hatte ich mich damit abgefunden zu sterben. Ich wollte es nicht, aber wenn man das Gefühl hat, vergessen und ausrangiert worden zu sein, ist es schwer, das nicht zu glauben. Phantom hat bei meiner Rettung niemanden getötet. Er hat sich reingeschlichen und mich vor ihrer Nase weggeschnappt, ohne dass eine Kugel abgefeuert wurde. Ohne dass jemand etwas mitbekommen hat. Niemand wusste, dass er da war. Ich stelle mir vor, dass die Rebellen aufgewacht und sofort ausgeflippt sind, weil sie keine Ahnung hatten, wie ich mich in Luft aufgelöst hatte.

Ihr Navy SEAL hat mit höchster Professionalität gehandelt. Durch ihn habe ich mich so sicher gefühlt wie seit Monaten nicht mehr. Er mag Ihren Befehl missachtet haben, aber deshalb bin ich hier. Und egal wie sehr ich mich anstrenge, ich kann das nicht als etwas Schlechtes ansehen.«

Phantom war so stolz auf Kalee. Er wollte sie an sich drücken und festhalten, aber er stand weiterhin stramm, wie es von ihm erwartet wurde.

»Danke, Miss Solberg. Und egal wie diese Anhörung ausgeht, Sie sollen wissen, dass wir alle sehr froh sind, Sie gesund und munter zu sehen«, sagte der Vizeadmiral sanft.

»Phantom, möchten Sie, dass ich der Zeugin weitere Fragen stelle?«, fragte Konteradmiral Creasy.

»Nein, Sir«, antwortete Phantom schnell.

»Danke, Miss Solberg, Sie können sich wieder hinsetzen.«

»Ähm ... Sir?«, fragte Kalee zögernd.

»Ja?«

»Ich, ähm ... Ich kenne das Protokoll in solchen Fällen nicht. Aber es gibt weitere Zeugen, die für Phantom sprechen möchten. Sie sind draußen. Sie warten auf die Erlaubnis, eintreten zu dürfen.«

Konteradmiral Creasy zog eine Augenbraue hoch. »Das ist höchst ungewöhnlich.«

Phantom schluckte schwer. Er hatte eine ziemlich gute Vorstellung davon, von wem Kalee sprach. Egal was in letzter Zeit passiert war, seine Teamkameraden waren seine Familie. Sie würden ihn bei seinem Disziplinarverfahren nicht im Stich lassen.

Vizeadmiral Lister lehnte sich in seinem Stuhl zurück und verschränkte die Hände hinter dem Kopf. Er hatte ein Grinsen im Gesicht. »Das dürfte interessant werden«, sagte er. »Sie können sie hereinlassen.«

»Danke, Sir«, entgegnete Kalee.

Phantom hörte, wie sie in den hinteren Teil des Raumes ging und die Tür öffnete. Er merkte, wie mehr als nur ein paar Leute hinter ihm eintraten, aber da er strammstand, drehte er nicht den Kopf, um nachzusehen.

Es dauerte eine Weile, bis alle im Raum sich beruhigt hatten, aber dann sah er den amüsierten Gesichtsausdruck aller drei seiner Vorgesetzten.

»Sie sind alle Zeugen?«, fragte Konteradmiral Creasy.

»Falls nötig, Sir«, sagte Kalee.

Vizeadmiral Lister lachte und schüttelte verzweifelt den Kopf. »Also gut. Wie wäre es, wenn wir mit denjenigen von Ihnen anfangen, die absolut nicht schweigen können, und von da aus weitermachen. Wer ist zuerst dran?«

»Ich, Sir.«

Phantom blinzelte überrascht, als er Rex' Stimme hörte. Er war der Letzte, von dem er erwartet hätte, sich bei seinem Disziplinarverfahren für ihn einzusetzen. Wenn er ehrlich war, war Phantom etwas besorgt über das, was sein Freund sagen würde. Er war immer noch nicht glücklich mit dem, was er getan hatte.

»Für das Protokoll, mein Name ist Cole Kingston und Phantom ist mein Teamkamerad und Freund. Wir sind zusammen durch die Hölle und wieder zurück gegangen, zuletzt in Afghanistan, als wir Leutnant Nelson retten sollten.«

»Ich erinnere mich«, sagte der Vizeadmiral. »Fahren Sie fort.«

»Phantom ist ein Dickkopf. Er tut, was getan werden muss, ungeachtet der Risiken. Manchmal ist er impulsiv und leichtsinnig. Eine seiner größten Schwächen – die jeder im Team kennt, also ist es nicht so, dass ich Staatsgeheimnisse ausplaudere – ist, dass er es hasst zu versagen. Er *hasst* es. Außerdem hatte er eine beschissene Kindheit. Ich erzähle Ihnen das nicht, damit Sie Mitleid mit ihm haben. Ich erkläre es nur. Jedenfalls war seine sogenannte Mutter ein schreckliches Exemplar von menschlichem Wesen. Sie hat ihn kleingemacht und ihm vorgeworfen, er sei ein Versager. Sie verspottete ihn mit seinen Misserfolgen und sagte ihm, er würde es nie zu etwas bringen. Er hat sich im Grunde seit seinem achten Lebensjahr selbst aufgezogen. Er stahl Essen, damit er nicht verhungerte.

Es ist ein Wunder, dass er die Highschool abschließen konnte, geschweige denn ein Navy SEAL wurde. Phantom war einer der am härtesten arbeitenden Matrosen in der Ausbildung. Er hat unser Team fast im Alleingang getragen, als wir alle aufgeben wollten. Seine Sturheit ist nervig, wenn ich ehrlich bin. Aber ... sie macht ihn zu einem der besten SEALs, die die Marine hat. Wenn Sie ihm sagen, dass er etwas tun soll, dann tut er es auch. Punkt. Als Sie uns mitgeteilt haben, dass wir nach Timor-Leste reisen würden, um Kalee Solberg zu retten, hätten Sie ihm das genauso gut auf die Brust tätowieren können. Er hätte sie nach Hause gebracht, komme, was wolle. Selbst als er dachte, sie sei tot, wollte er alles tun, um seine Mission erfolgreich zu beenden.

Wir wussten alle, was passieren würde, als Sie ihm eröffneten, dass Kalee noch lebt. Aber ehrlich gesagt dachten wir, wir würden alle an seiner Seite sein, wenn er es tut. Wir sind wütend auf ihn, aber nur, weil er uns nicht gebeten hat, mit ihm zu gehen. Sie sollten ein Disziplinarverfahren für uns alle sechs veranstalten, Sirs. Nur weil Phantom uns nicht in Schwierigkeiten bringen und unsere Karrieren riskieren wollte, steht er jetzt vor Ihnen.«

»Was wollen Sie sagen, Rex?«, fragte Kommandant North, der sich in seinem Stuhl nach vorn beugte und die Ellbogen auf den Tisch stützte. »Wenn es nach Ihnen gegangen wäre, hätten Sie *alle* Ihre Befehle missachtet und wären nach Timor-Leste gereist?«

»Ohne zu zögern, Sir«, antwortete Rex mit Nachdruck.

»Scheiße«, murmelte der Vizeadmiral.

»Ich verstehe«, sagte Kommandant North. »Haben Sie noch etwas hinzuzufügen?«

»Ich möchte nur noch einmal betonen, dass Phantom einer der besten SEALs ist, die die Marine hat. Wenn Sie ihn vor ein Kriegsgericht stellen und er aufhören muss, werden unzählige Menschen sterben, nur weil er nicht da ist, um sie zu retten.«

»Danke, Rex. Wer ist der Nächste?«, fragte der Konteradmiral.

Phantom hatte seinen Schock über Rex' Worte noch nicht überwunden – als er einen *weiteren* Schock erlitt, als die nächste Person sprach.

»Ich.«

»Matthew Steel«, sagte der Vizeadmiral. »Sie und Ihr SEAL-Team haben sich vor Kurzem aus dem aktiven Einsatz zurückgezogen, um zukünftige SEALs auszubilden, ist das richtig?«

»Ja, Sir.«

»Wie gut kennen Sie Phantom?«

»Wie Sie wissen, kennen sich die meisten SEAL-Teams auf diesem Stützpunkt untereinander. Wir haben zusammen an Missionen gearbeitet und treffen uns, wenn wir Organisationstage haben. Ich kenne Phantom schon eine ganze Weile. Rex hatte recht, er wird nie als Charmeur des Jahres nominiert werden, aber ich kann Ihnen sagen, dass ich Phantom in dem Team haben möchte, das meine Frau Caroline rettet, sollte sie jemals in Schwierigkeiten geraten.«

»Warum das?«, fragte der Kommandant.

»Weil ich ohne Zweifel weiß, dass sie zu mir nach Hause kommen würde. Phantom tut, was getan werden muss, um die Mission zu beenden ... ohne Verluste. Ich habe mit Rocco darüber gesprochen, was er in Timor-Leste getan hat, und es ist geradezu ein Wunder. Er ist in eine Rebellenhochburg eingedrungen und hat Miss Solberg gerettet, die wahrscheinlich völlig ausgeflippt ist – nichts für ungut, Kalee.«

»Schon gut. Ich *bin* ausgeflippt«, erklärte sie.

»Es wurden keine Schüsse abgefeuert. Es wurden keine Todesfälle gemeldet. Es war, als wäre er einfach hineingegangen, hätte sie bei der Hand genommen und wäre wieder gegangen. Das. Passiert. Niemals. Keine Opfer. Keine Anzeichen, dass er überhaupt da war. Er machte seinem Spitznamen mehr als alle Ehre. Der Mann sollte eine Belobigungsmedaille bekommen und kein Disziplinarverfahren, wenn Sie mich fragen.«

Der Vizeadmiral grinste. »Danke, Wolf. Haben Sie noch etwas hinzuzufügen?«

»Nein, Sir.«

»Nächster?«

»Mein Name ist Scott Webber, Sirs.«

Wieder einmal musste Phantom sich zwingen, stehen zu bleiben. Was zum Teufel hatte Mustang hier zu suchen? Er hatte keine Ahnung, dass er überhaupt von dieser Anhörung gewusst hatte.

Wie es schien, hatte er mit seinen Teamkameraden einiges zu besprechen.

»Sie sind in Hawaii stationiert, richtig?«, fragte Konteradmiral Creasy.

»Ja, Sir.«

»Wussten Sie, was Phantom geplant hatte, als Sie sich das erste Mal mit ihm getroffen haben?«

Phantom wusste, dass der Konteradmiral die Antwort auf diese Frage kannte, da er selbst sie ihm vor nicht einmal zehn Minuten beantwortet hatte, aber sie musste gestellt werden.

»Nein. Aber wenn ich es gewusst hätte, hätte ich ihn nicht allein gehen lassen.«

Phantom sah, wie alle drei seiner Vorgesetzten frustriert seufzten. Aber Mustang ließ ihnen keine Zeit für einen Kommentar, sondern fuhr fort.

»Ich dachte, ein alter Freund, den ich schon ewig nicht mehr gesehen hatte, würde endlich eine dringend benötigte Pause einlegen. Wir alle wissen, wie intensiv Phantom ist und wie hart er arbeitet. Er gibt bei jeder Mission alles, und es war an der Zeit, dass er sich entspannt. Ich hatte keine Ahnung, was er getan hatte, bis Rocco es mir erzählte, und dann kam Kalee aus seinem gemieteten Haus. Sie war völlig verängstigt, aber entschlossen, tapfer zu sein. Der Unterschied zwischen der Frau, die ich damals kennenlernte, und der Frau, die ich etwa eine Woche später bei einer gemeinsamen Wanderung traf, war wie Tag und Nacht.

Sie war immer noch schüchtern und hat nicht viel geredet, aber sie war viel selbstbewusster. Das führe ich direkt auf Phantom zurück. Er hat sie auf die Insel gebracht, damit sie wieder zu sich selbst findet. Hat sie Ihnen erzählt, dass sie auf dieser Wanderung ein Leben gerettet hat? Das hat sie. Wir alle haben die Zeichen eines vermissten Teenagers übersehen, der vom Weg abgekommen war, aber sie nicht. Wenn ich Phantom aus Roccos Team stehlen könnte, würde ich das sofort tun.«

»Hände weg, Mustang«, hörte Phantom Rocco sagen. Es war offensichtlich, dass sein gesamtes Team anwesend war, auch wenn nur Rex gesprochen hatte. Es fühlte sich gut an, sie in seinem Rücken zu haben. Richtig.

»Wie auch immer, um Ihre Frage noch einmal zu beantworten, nur um es zu bekräftigen – nein, ich wusste nicht, was Phantom geplant hatte. Er würde mich und mein Team genauso wenig in Schwierigkeiten bringen wie sein eigenes. Aber wenn er gefragt hätte, hätte ich zugestimmt, mit ihm zu gehen.«

»Ich spüre ein Muster«, sagte der Vizeadmiral trocken.

Phantom wollte lächeln, aber er wagte es nicht. Er hielt alle Emotionen aus seinem Gesicht und starrte geradeaus.

»Ich würde gern als Nächstes sprechen, wenn das in Ordnung ist.«

Ein weiteres Mal war Phantom völlig platt.

»Ich bin Paul Solberg, Kalees Vater. Ich glaube nicht, dass es eine Überraschung ist, dass ich hier bin und dass ich absolut kein Problem mit dem habe, was Phantom getan hat. Er hat meine Tochter von den Toten zurückgeholt. Was könnte ein Vater sich mehr wünschen? Aber er war auch bereit, mir zu verzeihen, was ich getan habe ... was ziemlich unverzeihlich war. Er ist ein guter Mensch, auch wenn er die Leute etwas anderes glauben lassen will. Ich beschütze meine Tochter, aber es gibt niemanden, dem ich ihr seelisches und körperliches Wohlbefinden mehr anvertrauen würde als Phantom.«

Als er nichts weiter sagte, entgegnete Kommandant North trocken: »Das war's?«

»Ja. Tut mir leid ... nein. Wenn Sie ihn aus der Spezialeinheit rauswerfen, sind Sie wahnsinnig. Und es sagt einiges aus, wenn das von einem Mann kommt, der theoretisch gesehen wahnsinnig *ist*.«

Alle drei Männer vor Phantom schmunzelten.

»Das war kurz und bündig«, sagte der Konteradmiral. »Der Nächste?«

Phantom hörte, wie ein Stuhl auf dem Boden zurückgeschoben wurde, und eine ihm unbekannte Stimme begann zu sprechen.

»Mein Name ist Walker Nelson, auch bekannt als Trigger. Ich gehöre zu einem Team der Delta Force, das in Texas stationiert ist.«

»Sie wissen schon, dass dies ein Disziplinarverfahren der Marine ist, oder?«, sagte Vizeadmiral Lister.

»Ja, Sir. Ich bin hier, weil Phantom eine Legende ist.«

»Wie bitte?«, fragte der Kommandant.

»Er ist eine Legende«, wiederholte Trigger. »In den Kreisen der Spezialeinheiten kennt jeder Phantom. Überwiegend, weil er ein mürrischer Mistkerl ist, aber auch, weil er die Dinge erledigt. Die Deltas und die SEALs arbeiten oft zusammen. Roccos Team und meines haben sich vor nicht allzu langer Zeit in Afghanistan gesehen. Ich habe Phantom befragt, als er sich erholt hat. Wir versuchten, einen Verräter zu finden, und ich musste wissen, ob er uns mehr Informationen geben konnte, als wir von Rex und Leutnant Nelson selbst bekommen hatten.

Ich habe nicht viel erwartet. Der Mann war stundenlang operiert worden und fast gestorben. Aber für einen Mann, der starke Schmerzmittel genommen hatte, konnte er mir erstaunlich viele Details nennen. Er ist sehr aufmerksam und hat ein Erinnerungsvermögen, für das ich töten würde. Wie Mustang sagte, wenn ich ihn entführen und auf die dunkle Seite bringen könnte, um ihn in die Armee zu holen, würde ich das sofort tun.

Der Mann, der vor Ihnen steht, hat sich einem Befehl widersetzt. Ich glaube nicht, dass das hier infrage steht. Aber ist es nicht das, was ihm beigebracht wurde? Ein ehrenhafter Soldat zu sein, der die Werte hochhält, auf denen die Vereinigten Staaten gegründet wurden? In ein Feuergefecht zu stürmen, wenn alle anderen weglaufen? Mir scheint, er hat genau das getan, wofür er ausgebildet wurde. Beobachten, analysieren und handeln.

Mir ist klar, dass Sie alle in einer schwierigen Lage sind. Sie können ihn nicht ungeschoren davonkommen lassen, denn das würde ein schlechtes Beispiel abgeben. Aber sehen Sie sich an, wie viele Leute in diesem Raum sind. Ich kenne mich mit dem Marineprotokoll nicht aus, aber selbst ich weiß, dass das höchst ungewöhnlich ist. Bestrafen Sie ihn, denn das Arschloch hat es verdient, aber bestrafen Sie nicht Ihr Land.«

Phantom konnte sehen, dass die Männer vor ihm wirklich zuhörten. Sie hörten sich an, was seine Freunde zu sagen hatten. Er erinnerte sich daran, wie Trigger ihn besucht hatte. Er war im Rausch der Schmerzmittel gewesen, die ihm verabreicht worden waren, aber er hatte gewollt, dass die Mistkerle, die Rex und ihn fast umgebracht und die die Eier besessen hatten, Avery zu entführen, nur weil sie es konnten, dafür bezahlten.

Ein weiterer Stuhl schrammte über den Boden und Phantom holte tief Luft. Er könnte den ganzen Tag hier stehen, aber Kalee musste von dem, was vorhin passiert war, Schmerzen haben. Er wollte sie nach Hause bringen, sie mit etwas zu essen versorgen, sich vergewissern, dass ihre Schrammen und blauen Flecke in Ordnung waren, und dann lange, langsame, süße Liebe mit ihr machen. Er war dankbar, dass seine Freunde sich für ihn eingesetzt hatten, aber er fand, dass sie ihren Standpunkt mehr als deutlich gemacht hatten.

»Ich werde der letzte Zeuge sein«, sagte ein Mann mit Südstaatenakzent.

Phantom fiel fast um.

Verdammt – war das wirklich *Tex*?

Er war schon lange aus den SEALs ausgeschieden, aber immer noch sehr aktiv bei der elektronischen Überwachung. Und er war der Grund, warum Phantom die Informationen bekommen hatte, die nötig gewesen waren, um Kalee zu finden und zu retten. Er wollte nicht, dass der Mann Ärger mit der Marine bekam.

Als könnten seine Befehlshaber seine Besorgnis über Tex' Anwesenheit sehen, sagte der Vizeadmiral: »Es ist schön, Sie wiederzusehen, John.«

Phantom war überrascht, dass seine vorgesetzten Offiziere Tex kannten, aber bei dem Ruf, den der Mann hatte, sollte er das nicht sein.

»Es ist auch schön, Sie zu sehen, Sir. Für das Protokoll, mein Name ist John Keegan. Als ich verletzt wurde und die Marine verlassen musste, dachte ich nicht, dass ich jemals etwas Erfüllenderes finden würde, als ein SEAL zu sein. Ich durfte einspringen und die Lage retten, Terroristen aufhalten und meinem Land auf eine Art und Weise dienen, die aufregend und ehrenvoll war. Ich dachte, das sei vorbei, als ich mein Bein verlor, aber stattdessen habe ich einen Weg gefunden, weiter zu dienen. Je mehr Informationen unsere Soldaten und Matrosen haben, desto sicherer sind sie und desto größer ist ihre Chance auf Erfolg im Kampf.

Als Sie mich gebeten haben, den Fall Kalee Solberg zu untersuchen, hatte ich keine Ahnung, wonach ich suchen sollte. Die Frau war tot. Wie sollte ich da etwas über sie herausfinden? Aber als ich hörte, dass Phantom sich daran erinnerte, gesehen zu haben, wie sie sich bewegte, und dass die Möglichkeit bestand, dass sie *nicht* tot war, spürte ich das bekannte Adrenalin, das wir alle bei Missionen spüren. Wenn Phantom sagte, dass sie sich bewegt hat, dann hat sie sich auch bewegt.

Ich habe vierundzwanzig Stunden am Stück damit verbracht, den Gesprächen aus Timor-Leste zuzuhören und jede Überwachungskamera aufzuspüren, die ich finden konnte ... was nicht einfach war. Es ist nicht wie hier in den USA, wo jeder eine dieser billigen Kameras an seiner Haustür hat.

Als ich von einer rothaarigen weißen Frau hörte, die mit den Rebellen unterwegs war, war mein Interesse geweckt. Ich bin den Berichten nachgegangen und habe ihren Standort eingegrenzt.«

Phantom war überrascht, als Tex neben ihm auftauchte. Er konnte ihn aus dem Augenwinkel sehen.

»Als ich Ihnen den Bericht über Kalee Solberg gab, wusste ich, dass Phantom ihn sehen würde – und ich gab ihm so viele Informationen, wie ich konnte, um sie zu befreien. Die Nummer ihres Passes. Ihr Geburtsdatum. Ihre Adresse und ihre Sozialversicherungsnummer. Ich habe sogar ihre letzte bekannte Telefonnummer angegeben.« Tex wandte sich an Phantom. »Wie lautete ihre alte Telefonnummer, Phantom?«

Phantom ließ den Blick zu seinem Kommandanten wandern. Als der Mann nickte, sagte Phantom sie, ohne zu zögern, auf.

»Und ihre letzten drei bekannten Adressen?«

Phantom teilte den Anwesenden im Raum auch diese Informationen mit.

»Die Straßennamen in Dili, wo sie zuletzt gesehen wurde?«

Wieder zögerte Phantom nicht, die Informationen zu wiederholen, die Tex in seinem Bericht angegeben hatte.

Der SEAL im Ruhestand wandte sich wieder an die drei Männer an der Vorderseite des Raumes. »Ich habe Phantom alles gegeben, was er brauchte, um Kalee zu finden. Ich wusste, dass er danach handeln würde. Ich wusste, dass er einen Weg finden würde, nach Timor-Leste zu kommen, um sie zu retten. Hätte ich nicht wirklich geglaubt, dass er es schafft, hätte ich ihm nicht so viele Informationen gegeben, wie ich es getan habe. *Sie* hätten wissen müssen, was er tun würde, wenn er diese Informationen erhält. Sie haben doch nicht wirklich geglaubt, dass er sich zurücklehnen und nichts tun würde, sobald er die richtigen Informationen hat, oder?

Phantom ist ein Mann der Tat. Ein Mann, der den Unterschied zwischen Recht und Unrecht kennt. Er hat sich entschieden, einen Befehl zu missachten, aber er tat es, weil es das Richtige war. Es war auch das Richtige, niemanden sonst mit hineinzuziehen. Ich habe gehört, dass er sich hineinschleichen, Kalee finden und von dort verschwinden konnte, ohne gesehen zu werden. Ich glaube, Phantom hat genau das getan, wozu er ausgebildet wurde.«

Tex drehte sich wieder zu Phantom um und legte ihm eine Hand auf die Schulter. »Gute Arbeit, Junge. Ich wusste, dass du es schaffst.« Dann drehte er sich auf dem Absatz um und ging zurück zu seinem Platz irgendwo hinter Phantom.

»Ich glaube nicht, dass ich jemals ein Disziplinarverfahren wie dieses erlebt habe«, sagte der Vizeadmiral. »Möchte sich noch jemand zu Wort melden?«

Niemand sagte etwas. Im Raum war es so still, dass Phantom sich selbst atmen hören konnte.

»Gibt es noch etwas, das Sie hinzufügen möchten, Phantom?«

»Nein, Sir.«

»Gibt es irgendetwas, das Sie anbieten möchten, um die Schwere der Vergehen zu mindern oder sie zu mildern?«

»Nein, Sir«, antwortete Phantom.

»In diesem Fall möchte ich das Disziplinarverfahren abschließen«, verkündete Vizeadmiral Lister.

Phantom atmete tief durch die Nase ein. Das war es. Der Mann, der vor ihm stand, hatte buchstäblich seine Karriere in den Händen. Es war verdammt beängstigend.

Zum ersten Mal gestand Phantom sich ein, dass er auf keinen Fall umziehen wollte. Er wollte hier in Riverton bei Kalee bleiben und er wollte in seinem SEAL-Team bleiben. Er liebte seine Teamkameraden, und es würde ihn zerstören, wenn er zusehen müsste, wie sie ohne ihn auf Mission gingen.

»Ich stelle fest, dass Sie die folgenden Vergehen begangen haben: Missachtung eines Befehls oder einer Vorschrift und Überschreiten der Grenzen des genehmigten Urlaubs, den Sie erhalten haben.

Ich verhänge folgende Strafe: Eine schriftliche Verwarnung wird in Ihre Dienstakte aufgenommen. Sie bekommen fünfundvierzig Tage Strafdienst. Wenn Sie in dieser Zeit auf Mission geschickt werden, zählen diese Tage nicht und Sie machen dort weiter, wo Sie aufgehört haben, wenn Sie zurückkehren. Außerdem wird Ihnen für zwei Monate die Hälfte Ihres Grundgehalts gestrichen.«

Phantom stieß den Atem aus, den er angehalten hatte. Die schriftliche Verwarnung würde seine Karriere möglicherweise verlangsamen und eine Beförderung zu einem höheren Dienstgrad erschweren, aber es wurde keine Gerichtsverhandlung empfohlen und er würde seine Sicherheitsfreigabe nicht verlieren – was bedeutete, dass er weiterhin ein SEAL sein konnte.

»Ich kann zwar nicht gutheißen, was Sie getan haben«, fuhr der Vizeadmiral fort, »aber ich kann nicht leugnen, dass das Ergebnis ideal war. Wir weisen Sie darauf hin, dass Sie das Recht haben, gegen dieses Urteil Berufung einzulegen. Wenn Sie Berufung einlegen, muss dies innerhalb einer angemessenen Frist geschehen – zu Ihrer Information, diese beträgt fünf Tage. Haben Sie das verstanden?«

»Ja, Sir.«

Vizeadmiral Lister nickte Phantom zu. »Wegtreten.«

Phantoms Schultern sackten leicht nach unten und er drehte sich langsam um.

Er blinzelte überrascht. Er hatte damit gerechnet, dass ziemlich viele Leute im Raum waren – aber er war nicht darauf vorbereitet, dass jeder einzelne Platz besetzt war und auch noch Männer entlang der Wände standen.

Wolfs gesamtes SEAL-Team war da. Ebenso wie einige andere SEALs, die er vom Stützpunkt kannte. Mustang und Trigger lächelten ihn an, so wie alle anderen.

Phantom hatte sich die meiste Zeit seines Lebens allein gefühlt. Er hatte versucht, sich nie auf Menschen zu verlassen, da sie ihn immer im Stich ließen. Das hatte er schon von klein auf gelernt. Lehrer, Polizisten, sogar Jungen, von denen er dachte, sie seien seine Freunde. Also hatte er eine Mauer um sich herum errichtet und die Menschen nur teilweise an sich herangelassen.

Aber Kalee hatte diese Mauer irgendwie durchbrochen ... und er musste sich eingestehen, dass er seit Jahren mehr Freunde hatte, als er sich je hätte träumen lassen.

Er nickte Rocco und dem Rest seines Teams zu und blieb vor Rex stehen. Er streckte eine Hand aus, aber Rex verdrehte die Augen und zog ihn in eine Umarmung. »Du bist ein Arschloch, aber du bist *unser* Arschloch«, sagte er. Er trat zurück und knurrte: »Du hast schon genug nachgelassen, Phantom. Egal wie sehr du heute Abend feiern willst, morgen früh um fünf Uhr bist du am Strand oder wir kommen und zerren deinen Arsch dort raus. Hast du verstanden? Jetzt, da der Scheiß vorbei ist, müssen wir bereit sein, jederzeit abgerufen zu werden.«

»Wir sehen uns dort«, antwortete Phantom mit einem Lächeln.

Dann schüttelte er die Hände aller Anwesenden. Es war ein wenig nervig, da der einzige Mensch, mit dem Phantom *wirklich* reden wollte, Kalee war. Aber er würde nicht unhöflich zu den Männern sein, die gekommen waren, um ihm zur Seite zu stehen.

Als er Tex erreichte, konnte Phantom sich das alberne Grinsen nicht verkneifen. »Woher wusstest du, dass du heute hier sein musst?«

»Du scheinst zu vergessen, wer ich bin«, sagte Tex. »Ich weiß alles.«

»Stimmt«, entgegnete Phantom und zog Tex in eine Umarmung. Er wusste, dass der Mann keine Danksagungen mochte, aber dieses eine Mal musste er sich damit abfinden.

»Danke, dass du mir gegeben hast, was ich brauchte, um sie zu finden.«

»Gern geschehen«, sagte Tex leise, womit er Phantom beinahe einen Herzinfarkt verpasste. Der Mann sagte auch nie »Gern geschehen«. Niemals. Er zog sich zurück und Tex nickte ihm zu.

Dann wandte Phantom sich an Kalee.

Sie stand etwas abseits und hatte ein breites Grinsen im Gesicht. »Hi«, sagte sie.

Phantom machte sich nicht die Mühe, ihren Gruß zu erwidern. Er packte sie, zog sie von den Füßen und drehte sich im Kreis, während er sie in den Armen hielt.

Sie kicherte, und das Geräusch ging ihm direkt ins Herz. »Habe ich es dir zu verdanken, dass die ganzen Rohlinge heute hier sind?«

»Eigentlich nicht. Ich habe Ace nur gesagt, dass es schön wäre, wenn du außer mir noch jemanden hättest, der dich unterstützt. Und ich schätze, er und die anderen Jungs haben von dort aus übernommen.«

Phantom setzte sie ab, hielt sie jedoch weiter in den Armen.

»War das Ergebnis gut? Ich nehme es an, aber ich weiß nichts über die Bestrafungen der Marine.«

»Es ist gut. Fünfundvierzig Tage Strafdienst sind nichts, auch wenn das bedeutet, dass ich vielleicht erst spät nach Hause komme.«

»Das ist in Ordnung. Ich werde einfach dafür sorgen, dass dein Essen warm bleibt.«

Er lächelte. »Und das Geld wird kein Problem sein. Ich bin ein guter Sparer.«

»Und die schriftliche Verwarnung?«

Phantom zuckte mit den Schultern. »Es bedeutet, dass ich in Zukunft wahrscheinlich nicht mehr so leicht befördert werde, aber das ist mir egal. Ich werde immer noch ein SEAL sein, das ist alles, was für mich zählt.«

»Gut.«

Sie wurden von jemandem angerempelt, der an ihnen vorbeiging, und Phantom sah, wie Kalee zusammenzuckte. »Komm schon, ich muss dich nach Hause bringen«, sagte er stirnrunzelnd.

»Da ist er«, scherzte Rocco.

»Der Griesgram ist zurück«, fügte Gumby hinzu.

»Fickt euch alle«, sagte Phantom zu seinen Freunden. Er wollte über ihre Witze lachen, aber er hatte einen Ruf zu wahren.

Als Phantom begann, Kalee durch den Raum zur Tür zu ziehen, blickte sie zurück und rief Ace zu: »Sag Piper, ich rufe sie morgen an.«

»Mach ich«, rief Ace zurück. »Aber sie warten alle vor dem Zimmer, um euch zu sehen!«

Phantom nickte den Männern sowie den Frauen außerhalb des Zimmers zu, die unbedingt mit ihm reden und ihn unterstützen wollten, aber er blieb nicht stehen. Caite, Sidney, Piper, Zoey und Avery warteten ebenfalls gespannt auf das Ergebnis, aber er zog Kalee an ihnen vorbei, ohne ihr Zeit zum Reden zu geben. Er und Kalee hatten einen harten Tag hinter sich. Er wollte sie nach Hause bringen und sie ganz für sich allein haben.

Zwei Stunden später, nachdem Phantom ihnen etwas zu essen gemacht, ein Bad für sie eingelassen und ihr eine dekadente dreißigminütige Massage gegeben hatte – und nachdem er sie im Bett auf sich platziert und sie lange und hart gefickt hatte –, saß Kalee rittlings auf ihm und grinste.

Sie würde später Muskelkater haben, aber das war ihr

egal. Ihr Mann hatte ihr anfangs die Kontrolle überlassen, sie aber wieder zurückgenommen, sobald sie ihn zu sehr gereizt hatte.

Kalee streckte sich nach dem kleinen Tisch neben dem Bett, wobei sie darauf achtete, ihn weiter in ihrem Körper zu halten, und griff nach der alten, schmuddeligen Baseballmütze, die dort lag. Sie zog sie sich auf den Kopf und beugte sich vor, wobei sie sich mit den Händen auf seinen Schultern abstützte.

»Ich mag meine Kappe«, sagte sie leise.

»Es ist *meine* Kappe«, widersprach Phantom sofort.

Kalee kicherte. Sie wussten beide, dass er sich einen Dreck um die Mütze scherte, aber es war jetzt eine Sache zwischen ihnen.

»Wie bin ich hierhergekommen?«, fragte Kalee, mehr sich selbst als Phantom.

»Schicksal«, antwortete Phantom dennoch. Er umklammerte fest ihre Hüften und sah sie mit dem ernstesten Blick an, den Kalee je gesehen hatte.

»Was?«, fragte sie nervös.

»Ich liebe dich, Kalee. Mehr als ich es mir je vorstellen konnte. Ich dachte, ich sei nicht liebenswert. Dass es mein Schicksal sei, im Kampf zu sterben, und dass ich damit einverstanden bin. Aber in dem Moment, in dem ich dich in der Grube sah, veränderte sich etwas in mir. Ich wusste nicht einmal, dass du lebst, und es war, als würde meine Seele vor Schmerz weinen. Als ich merkte, dass du noch lebst, machte es klick. Ich will dich heiraten. Kinder mit dir haben. Mit dir leben, bis wir einhundertacht sind. Ich wüsste nicht, was ich ohne dich tun würde. Bitte, verlass mich nie, das würde mein Herz nicht aushalten.«

Kalee wollte zu seinen Füßen in eine Pfütze zerfließen. »Ich gehe nirgendwo hin.«

»Also wirst du mich heiraten?«

»Ja. Aber du musst mich immer noch richtig fragen. Und vielleicht solltest du vorher mit meinem Vater reden, damit er sich einbezogen fühlt.«

Phantom verzog das Gesicht, aber sie wusste, dass es ihm nichts ausmachte. »Und Kinder?«

»Nur, wenn wir auch einen Hund haben können. Vielleicht einen Terrier-Mix.«

Er schloss für einen Moment die Augen, dann sah er zu ihr auf. »Ich wusste, dass du nicht geschlafen hast, als ich Mustang und den anderen die Geschichte erzählt habe.«

Sie zuckte mit den Schultern.

»Abgemacht«, flüsterte er.

»Abgemacht«, erwiderte sie. Dann wand Kalee sich in seinem Schoß. »Aber ich bin im Moment noch nicht so müde.«

Sie spürte, wie sein Schwanz sich in ihr regte. Sie hatten vorhin über Verhütung gesprochen, und da sie die Pille nahm, hatten sie beschlossen, auf Kondome zu verzichten. Auch wenn ihr Liebesspiel auf diese Weise mehr Potenzial für eine Sauerei bot, wusste Kalee, dass sie es nie wieder anders haben wollte. Sie liebte es, Phantoms Essenz in sich zu haben, und noch mehr liebte sie es, dass er nicht sofort aufstehen musste, um das Kondom zu entsorgen.

»Wie fühlen sich deine Schürfwunden an?«

Als Kalee vorhin in die Wanne gestiegen war, hatten sich die Schürfwunden an ihren Knien und Ellbogen bemerkbar gemacht, aber im Moment waren sie ihr egal. »Welche Schürfwunden?«

Phantom lächelte zu ihr hoch. Dann packte er ihre Hüften fester und drehte sie so, dass sie flach auf dem Rücken unter ihm lag. Kalee schnappte überrascht nach Luft und spreizte begeistert von der Kraft ihres Mannes die Beine, um zu spüren, wie Phantom tiefer in sie eindrang.

»Ich liebe dich, Schatz. Danke, dass du stark bist. Dass du auf mich gewartet hast.«

»Ich liebe dich auch. Und *danke*, dass du zu mir gekommen bist.«

»Ich werde immer zu dir kommen.«

Und damit begann Phantom, Kalee zu lieben. Langsam, ehrfürchtig, bis Kalee dachte, sie würde den Verstand verlieren.

Später, als sie beide erschöpft waren, Phantom fest schlief und Kalee so fest in seinen Armen hielt, dass sie sich nicht einmal umdrehen konnte, ohne ihn zu wecken, schloss sie die Augen und erinnerte sich an etwas, das in einer Nacht in Timor-Leste passiert war.

Sie hatte zu den Sternen hochgeschaut und sich gefragt, warum sie in dieser Situation war. Eine Sternschnuppe war über den Himmel geschossen. Sie war so deutlich und hell gewesen, dass Kalee dachte, sie müsse sie sich eingebildet haben.

Dann war eine weitere Sternschnuppe gefolgt, gleich nach der ersten.

Sie hatte es als Zeichen dafür genommen, dass sie einfach durchhalten musste. Dass sie gerettet werden würde. Sie wusste nicht, wann oder von wem, aber sie wusste, dass sie nicht aufgeben durfte.

»Ich liebe dich«, flüsterte sie.

»Ich liebe dich auch«, erwiderte Phantom im Schlaf.

Kalee kuschelte sich an ihren Mann und schloss die Augen. Die Rebellen hatten sie nicht mehr in der Hand. Sie war glücklich ... und das würde auch so bleiben.

EPILOG

Kalee blickte auf das Chaos um sie herum und lächelte. Vor fünf Jahren, als sie dachte, sie würde in Timor-Leste sterben, hätte sie sich nicht vorstellen können, so glücklich zu sein wie jetzt.

Sie und Phantom waren im Haus von Piper und Ace, um Kemalas Highschool-Abschluss zu feiern. Sie hatte mit ihren Mitschülern gleichziehen können, und obwohl sie ein Jahr älter war als die meisten von ihnen, hatte sie nicht nur ihren Abschluss gemacht, sondern war auch mit mehreren Stipendien an der Purdue Universität angenommen worden.

Als sie in den USA angekommen war, hatte ihre Lehrerin für Englisch als Zweitsprache all ihre Schüler dazu ermutigt, sich mit Brieffreunden aus einer Schule in Indiana auszutauschen. Zwischen Kemala und Rosa hatte es von Anfang an gepasst. Rosa war aus Mexiko, und obwohl sie anfangs Schwierigkeiten mit der Kommunikation gehabt hatten, schrieben sie sich bald jeden Tag E-Mails und SMS.

Piper und Ace hatten vor zwei Jahren einen Urlaub in West Lafayette, Indiana gemacht, damit sich die beiden

Mädchen kennenlernen konnten, und das war es gewesen. Kemala hatte sich verliebt und gesagt, die Gegend erinnere sie an die Hügel in Timor-Leste. Sie beschloss, dass ihr der kleine Ort viel besser gefiel als die Großstadt. Sie hatte sich im Fachbereich Mathematik der Purdue Universität beworben und war angenommen worden.

Kurz nach ihrer Ankunft in den USA hatte sie den Film *Hidden Figures – Unerkannte Heldinnen* gesehen und war fasziniert von Katherine Johnson gewesen, wie sie für die NASA Flugbahnen berechnet hatte. Zum Glück hatte Kemala ein Händchen für Zahlen und wurde in Mathe schnell zur Klassenbesten. Kalee war so stolz auf Kemala, als wäre sie ihre eigene Tochter.

Sinta war jetzt dreizehn Jahre alt und fing gerade an, sich für Jungs zu interessieren, sehr zum Leidwesen ihres Vaters. Kemala hatte kein Interesse an Verabredungen und hatte ihre gesamte Zeit in der Highschool entweder am Computer verbracht, um mit Rosa zu reden, oder damit, mit Mädchen aus ihrer Klasse abzuhängen. Aber Sinta war so anders als ihre Schwester. Sie liebte es, sich zu schminken und sich mädchenhaft zu kleiden, und der Höhepunkt ihres Lebens war es, freitagabends zu den Footballspielen der Highschool zu gehen … damit sie mit Jungs flirten und mit ihren Freundinnen kichern konnte.

Rani war zehn und ein richtiger Wildfang. Sie liebte es, mit Ace angeln zu gehen, und hatte kein Problem damit, im Dreck nach Würmern zu graben. Aber es war ihre Beziehung zu ihrem Großvater, die Kalee zum Schmelzen brachte.

Sie und Paul Solberg hatten eine einzigartige Bindung. Sie telefonierten ständig miteinander und Kalee wusste, Piper sorgte dafür, dass die beiden sich mindestens einmal in der Woche sahen.

Als Kalee sich umsah, entdeckte sie überall Kinder.

Freunde von Kemalas Highschool, hauptsächlich Mädchen. Ein paar von Sintas Freundinnen waren auch da, kicherten und tratschten, wahrscheinlich über Jungs. Rani und ihr bester Freund Karson waren auf einen Baum im Garten geklettert und beobachteten die Festlichkeiten von ihrem Aussichtspunkt aus.

»Das ist wahnsinnig, oder?«, fragte Piper, als sie neben Kalee auftauchte, die auf der hinteren Terrasse stand und das Treiben im Garten beobachtete.

Lächelnd drehte Kalee sich zu ihrer besten Freundin um. »Ja, aber ich würde es nicht anders haben wollen.«

Phantom und Ace waren im Garten und spielten mit den jüngeren Kindern. Kalee konnte nicht erkennen, was für ein Spiel sie spielten, aber das war wohl auch egal. Wichtig war nur, dass die Kinder ihren Spaß hatten ... und die Väter auch.

Alle sechs Navy SEALs waren Wachs in den Händen der Kinder.

Die Pflegekinder von Caite und Rocco halfen ebenfalls, die Kleinen zu bändigen und darauf zu achten, dass niemand verletzt wurde. Sie hatten zwei leibliche Kinder, Jungen, die im Abstand von einem Jahr geboren worden waren. Sie hatten sie Hunter und Decker genannt, genau wie Caite es Cookie und Gumby vor all den Jahren versprochen hatte, als die beiden Männer sie aus dem Meer gerettet hatten. Schon bald nach ihrer Heirat hatten sie begonnen, ältere Kinder in Not aufzunehmen. An seinem siebzehnten Geburtstag adoptierten sie eines ihrer ersten Pflegekinder. Kalee war unglaublich gerührt gewesen, als Grant in Tränen ausgebrochen war, als er den Umschlag mit dem Adoptionsantrag öffnete. Er hatte zugegeben, nie gedacht zu haben, dass er einmal eine eigene Familie haben würde.

Seitdem hatten die Wises mehr als ein Dutzend anderer Teenager aufgenommen. Manche blieben nur eine Woche, andere lebten schon seit Jahren bei ihnen. Zurzeit wohnten vier Pflegekinder im Haus – Steve, Genesis, Hailey und Sara. Grant lebte in einer Wohnung in der Nähe und besuchte Abendkurse an der örtlichen Volkshochschule, während er Vollzeit arbeitete.

Kalee lachte über Sidney, als sie über einen von Pipers Zwergen stolperte. Sidney und Gumby hatten zwar keine Kinder, dafür aber ein Haus voller Hunde, die sie auf Trab hielten. Hannah war nur der erste von vielen misshandelten und geretteten Hunden, die das Paar rehabilitiert und in ein warmes und liebevolles Zuhause gebracht hatte. Zurzeit lebten sie mit fünf Hunden zusammen, und Kalee wusste, das war nur der Fall, weil Gumby ein Machtwort gesprochen und gesagt hatte, dass Schluss sei.

Aber jeder wusste, dass er ein großer Softie war, und wenn Sidney mit einem weiteren Welpen oder älteren Hund nach Hause kam, der ein Zuhause brauchte, würde er nachgeben.

John und Katie, Pipers leibliche Kinder, waren fünf und drei Jahre alt. Ihr Haus platzte aus allen Nähten mit fünf Kindern und zwei Erwachsenen – oder eigentlich vier Kindern und *drei* Erwachsenen, da Kemala jetzt selbst erwachsen war. Und Kalee gefiel es, wie glücklich ihre Freundin war. Pipers Cartoons liefen weiterhin erstaunlich gut, und sie hatte eine Assistentin eingestellt, die sich um ihren Online-Shop und ihre Social-Media-Konten kümmerte.

Zoey und Bubba hatten auch zwei Kinder. Tanner war vier, und er und John waren wie Pech und Schwefel. Ständig gerieten sie zusammen in Schwierigkeiten und baten ihre Eltern jedes Wochenende um Übernachtungen. Piper und Zoey waren abwechselnd die Gastgeber und beide waren erstaunt, dass keiner der beiden Jungen auch nur eine

Sekunde Heimweh hatte, wenn sie von zu Hause weg waren ... sehr zum Leidwesen ihrer Mütter.

Chance war gerade ein Jahr alt geworden und lernte laufen. Hailey, eines von Caites Pflegekindern, hielt aktuell einen seiner Finger fest und half ihm, durch den Garten zu »laufen«. Zoey hatte aus ihrer Liebe zu älteren Menschen einen Beruf gemacht. Sie hatte mehrere Kunden, die sie jedoch als Freunde bezeichnete und nach denen sie jeden Tag schaute. Sie vergewisserte sich, dass sie gegessen und ihre Rechnungen bezahlt hatten und so weiter. Sie blieb eine Weile bei jedem, um ihnen jemanden zum Reden zu geben. Meistens brachte sie sowohl Chance als auch Tanner mit, was für alle wohltuend zu sein schien.

Averys Sohn Blake war zwei Jahre alt und ihr wie aus dem Gesicht geschnitten. Er hatte leuchtend rotes Haar und Sommersprossen. Kalee hatte die Geschichte gehört, dass Rex, als er dachte, er würde in einem Fluss in Afghanistan sterben, aufschaute und einen kleinen Jungen sah, und er schwor, dass Blake *dieser* Junge war. Irgendwie hatte er einen Blick auf sein zukünftiges Kind geworfen, und das hatte ihn motiviert, am Leben zu bleiben, bis Avery ihn von dem Baumstamm befreien konnte, der ihn unter Wasser hielt.

Sie hatten auch ein zwei Monate altes kleines Mädchen, Emma, die gerade fest in den Armen ihrer Mutter schlief. Avery stand mit Caite, Sidney und Zoey im Schatten und beobachtete das Chaos.

In diesem Moment sah Kalee, wie ihr eigener Sohn Carter – der gerade drei Jahre alt geworden war – im Garten auf das Gesicht fiel. Bevor sie sich rühren konnte, war Phantom da. Er umarmte und küsste ihren Sohn und vergewisserte sich, dass es ihm gut ging, bevor er ihn wieder auf die Füße stellte und ermutigte, wieder herumzurennen.

»Er ist ein toller Vater«, bemerkte Piper.

»Ich weiß«, sagte Kalee stolz. »Ich wusste, dass er es sein

würde. Avery sagte, dass er Angst davor hatte, Vater zu werden, weil er als Kind keine guten Vorbilder hatte. Aber wir sind uns einig, dass er aufgrund dessen, was er durchgemacht hat, darauf achtet, diese Fehler nicht zu wiederholen.«

»Er ist einfach fantastisch. Ich meine, er ist immer noch ziemlich mürrisch ... bis er Carter sieht. Dann schmilzt er dahin«, erwiderte Piper.

»Und weißt du, zuerst hatte ich Angst, dass er ihn zu sehr verwöhnen würde. Jedes Mal wenn er ein Geräusch machte, war Phantom da, um ihn hochzuheben und zu schaukeln. Aber ich habe ihn dabei erwischt, wie er mit Carter von Mann zu Mann geredet hat, und ich weiß tief in meinen Knochen, dass mein Sohn ein großartiger Mann werden wird«, sagte Kalee zu ihrer besten Freundin.

»Gespräche von Mann zu Mann? Carter ist erst drei!«, entgegnete Piper lachend.

»Ich weiß. Aber es ist wahr. Gestern habe ich zufällig gehört, wie er zu Carter sagte, dass es nie in Ordnung ist, ein Mädchen zu schlagen. Egal wie wütend sie einen macht. Dann sprach er über Respekt und darüber, immer die Wahrheit zu sagen, auch wenn es wehtut. Er sagte sogar, dass er eines Tages den Menschen treffen wird, der genau für ihn gemacht ist, und dass er es wissen wird, wenn er ihn sieht. Ich weiß, dass Carter wahrscheinlich keine Ahnung hatte, wovon er sprach, aber ich war trotzdem so stolz auf Phantom.«

Piper lächelte. »Wir hatten Glück.«

Kalee schnaubte. »Ich glaube, das ist die Untertreibung des Jahres. Es gibt absolut keinen Grund, warum wir heute hier stehen sollten. Aber wir tun es. Und wir haben entzückende Kinder, großartige Freunde und die besten Ehemänner, die man sich wünschen kann.«

»Ist Phantom mit der Entscheidung des Teams einverstanden, die aktiven Missionen den jüngeren und neueren SEALs zu überlassen?«, fragte Piper.

Kalee nickte. »Ich glaube schon, ja. Mit Carter hat sich seine Sichtweise auf viele Dinge verändert. Versteh mich nicht falsch, er liebt mich und würde es hassen, dass ich allein wäre, falls ihm etwas zustoßen sollte, aber sein Sohn hat seine Einstellung dazu *wirklich* verändert. Außerdem, und daran erinnere ich ihn immer wieder, ist er fast vierzig und nicht mehr ganz taufrisch.«

»Ich wette, das kommt gut an«, sagte Piper grinsend.

»Nicht wirklich. Er hat eines der neueren SEAL-Teams zu einer Art Wettkampf herausgefordert und während er und die anderen Jungs sich gut geschlagen haben, hat er die nächsten Tage wie verrückt Schmerztabletten geschluckt.«

»Ace auch!«, rief Piper lachend. »Aber ja, ich weiß ganz genau, dass Ace absolut keine Probleme damit hat, von acht bis fünf zu arbeiten ... okay, von sieben bis sechs, wenn ich ehrlich sein soll. Aber er ist jeden Abend und an den meisten Wochenenden zu Hause. Ich liebe meine Kinder und würde nichts an meinem Leben ändern, aber es ist schwer, sich um fünf Kinder zu kümmern und all ihre Aktivitäten zu organisieren.«

Kalee legte einen Arm um die Schultern ihrer Freundin und sie drehten sich, um auf den Rasen hinunterzusehen. Von dort aus, wo sie standen, sah es aus wie das reinste Tollhaus. Die Kinder kreischten vor Aufregung und rannten überall herum. Die Männer lachten und trugen zu dem Chaos bei. Pipers Vater saß auf einem Stuhl im Schatten und beobachtete alles mit einem breiten Grinsen im Gesicht. Ihre Freunde genossen es, einen Moment lang nicht hinter ihren Kindern herlaufen zu müssen.

»Sie haben nicht gewonnen«, sagte Kalee leise.

»Nein, das haben sie ganz sicher nicht«, stimmte Piper zu, die genau wusste, wovon Kalee sprach.

Während Kalee dort stand, dachte sie über ihr Leben nach. Sie war fast vierzig und ehrlich gesagt waren die letzten fünf Jahre die besten bisher gewesen. Sie hatte zwei Jahre lang ehrenamtlich in der Jugendeinrichtung gearbeitet, bevor sie eine bezahlte Stelle annahm. Jetzt war sie eine von zwei Direktorinnen und verantwortlich für alle ehrenamtlichen Helfer. Sie liebte es, ihrer Gemeinde etwas zurückgeben zu können, Zeit mit den Kindern zu verbringen und ihre Erfahrungen mit ihnen zu teilen.

Eine der wichtigsten Botschaften, die sie nicht nur den Kindern im Hort, sondern auch bei ihren Vorträgen über ihre Erlebnisse vermitteln wollte, war, dass man sich von den Dingen, die einem im Leben widerfuhren, nicht definieren lassen musste. Dass es oft der beste Weg war, glücklich und erfolgreich zu sein, um denjenigen, die einen zu brechen versuchten, zu zeigen, dass sie versagt hatten.

Sowohl sie als auch Phantom waren hervorragende Beispiele dafür.

Seine Mutter und seine Tante hatten versucht, ihn zu der Art Mann zu machen, die sie hassten, und waren gescheitert.

Die Rebellen hatten versucht, sie zu einer Killerin wie sie selbst zu machen, aber sie waren gescheitert.

Und jetzt führten sie und Phantom das beste Leben, das sie führen konnten. Ihr Leben war nicht perfekt, aber es war viel einfacher, die Dinge loszulassen, wenn sie daran dachten, wie schlimm es sein *könnte*.

Als Kalee auf ihren Mann hinunterblickte, musste sie an den Quickie denken, den sie gehabt hatten, bevor sie zur Abschlussfeier gefahren waren. In der einen Sekunde stand sie noch in Unterwäsche im Badezimmer und machte sich fertig, und in der nächsten beugte Phantom sie – sanft – über das Waschbecken und hatte heißen, schnellen Sex mit ihr, wobei er genau wusste, wie er sie berühren musste, um sie so schnell wie möglich zum Höhepunkt zu bringen.

Wenn überhaupt, war ihr Liebesleben sogar noch besser geworden als vor fünf Jahren. Sie hatten zwar nicht mehr jede Nacht Sex wie früher, aber wenn sie es taten, war es liebevoller und weniger hektisch. Manchmal mussten sie sich mit einem Quickie begnügen, so wie vorhin, aber manchmal erkundeten sie einander auch langsam. Phantom war sehr gut darin geworden, sie an den Abgrund zu bringen und dort zu halten, um sowohl ihre Qual als auch ihr Vergnügen zu verlängern.

»Mama!«, kreischte Carter, als er aufblickte und sie auf der Terrasse sah.

Kalee winkte ihm zu und lachte, als er mit beiden Händen enthusiastisch zurückwinkte. »Schau mal!«, schrie er, als er sich umdrehte und mit Volldampf voraus auf seinen Vater zu rannte. Phantom stand mit dem Rücken zu dem Jungen und Kalee zuckte angesichts der unvermeidbaren Kollision zusammen.

Doch als hätte er Augen im Hinterkopf, drehte Phantom sich in letzter Sekunde um, nahm Carter in die Arme und wirbelte ihn im Kreis herum. Carters Lachen war so laut, dass Kalee es von ihrer Position auf der Terrasse aus mühelos hören konnte.

»Er ist ein Spinner«, murmelte Piper.

Kalee konnte dem nur zustimmen. Sie beobachtete, wie Phantom Carter einen Kuss auf die Stirn gab, aufblickte, sie sah und dann zur Treppe der Terrasse ging. Innerhalb von fünf Sekunden war er an ihrer Seite, ihren Sohn immer noch im Arm.

»Hey, Schatz. Amüsierst du dich gut?«

»Ja.«

»Gut.«

»Mama Schatz!«, wiederholte Carter.

»Das stimmt, mein Sohn, das ist sie wirklich. Weißt du, warum wir hier oben sind, um Mommy zu besuchen?«

Er schüttelte den Kopf.

»Wenn du auf einer Party bist, willst du immer ein Auge auf deine Frau haben, um dich zu vergewissern, dass mit ihr alles in Ordnung ist. Dass sie Spaß hat und nichts braucht. Brauchst du etwas, Kalee?«

Sie lächelte ihren Mann breit an. »Nein, mir geht's gut. Danke.«

»Mommy gut!«, sagte Carter.

Phantom lächelte seinen Sohn an und legte seine freie Hand in Kalees Nacken. Er zog sie für einen Kuss an sich, bei dem er sich nicht zurückhielt. Es war ein inniger Zungenkuss. Erst als er fertig war, drehte er sich zu Piper um. »Brauchst du etwas, Piper?«

Sie lachte. »Nein. Aber danke.«

»Daddy, runter!«, rief Carter, während er in den Armen seines Vaters zappelte.

Phantom setzte seinen Sohn ab, der sofort zu seiner Mutter aufsah. »Mommy, anfassen?«, fragte er, die kleinen Hände zu ihrem Bauch gestreckt.

»Ja, Baby, du darfst meinen Bauch anfassen.«

Kalee schaute zu Phantom auf, als ihr Sohn beide Hände auf ihren runden Bauch legte.

»Carters Schwester«, sagte der kleine Junge ehrfürchtig.

»Ja, mein Sohn, deine kleine Schwester ist da drin«, antwortete Phantom, wobei der Stolz in seinem Tonfall deutlich zu hören war.

»Bald?«, fragte Carter mit Blick zu seinem Vater.

»Sie wird noch etwa drei Monate brauchen, bis sie bereit ist, rauszukommen und dich kennenzulernen«, erklärte Phantom.

Ein Kreischen ertönte unter der Terrasse und Carter drehte sich um, um nachzusehen. »Daddy, ich will mit

Tanner und John spielen!«, rief Carter, als er die beiden über den Rasen rennen sah. Noch konnte er nicht ganz mit den beiden älteren Jungen mithalten, aber Kalee wusste, dass es nur eine Frage der Zeit war.

»In Ordnung«, sagte Phantom zu seinem Sohn. Er drückte Kalees Nacken und fuhr ihr dann sanft mit der Hand über den Bauch. »Schrei, wenn du die Treppe runterkommen willst, dann komme ich hoch und begleite dich.«

Kalee rollte mit den Augen. »Phantom, ich schaffe es allein in den Garten.«

»Tu mir den Gefallen«, befahl er. Dann küsste er sie kurz, bevor er seinen Sohn in die Arme nahm und zurück zum Garten und dem Chaos ging.

»Määäädchen.«

Kalee hielt eine Hand hoch, um Piper daran zu hindern, noch mehr zu sagen. »Ich weiß, ich weiß. Es ist verrückt, dass er so beschützend ist ... aber ich liebe es.«

»Und dass Carter um Erlaubnis bittet, bevor er dich berührt? Das liebe ich.«

Kalee nickte. »Ja, Phantom hat ihm das eingebläut. Seine Vorschullehrerin sagt, dass er seine ganze Klasse dazu gebracht hat. Bevor jemand die Hand eines anderen hält, bittet er um Erlaubnis, ihn zu berühren. Bevor jemand eine Umarmung gibt, fragt er um Erlaubnis.«

»Und sagt irgendjemand jemals Nein zu ihm?«, fragte Piper. »Denn wenn alle immer Ja sagen, könnte die Lektion verloren gehen.«

»Überraschenderweise, ja. Phantom und ich haben schon darüber gesprochen und ab und zu lehne ich ab ... obwohl es mir jedes Mal das Herz zerreißt. Er nimmt es aber sehr gut auf und respektiert meine Wünsche. Aber die Kinder an seiner Schule sind großartig. Sie sagen ständig Nein zueinander und es ist wunderschön, wenn die anderen einfach mitmachen. Ich hoffe, die Lektion bleibt ihm bis ins Teenageralter erhalten.«

»Das wird sie«, sagte Piper. »Mit Vorbildern wie Phantom und dem Rest des Teams, wie könnte es anders sein? Hast du die Morgenübelkeit hinter dir?«

Kalee lächelte. »Ja. Sie schien diesmal länger anzuhalten als bei Carter, aber ich glaube, ich habe das Schlimmste überstanden.«

»Gut. Ich freue mich für dich, Kalee. Du bekommst den Jungen und das Mädchen, die du dir immer gewünscht hast«, sagte Piper, wobei die Liebe in ihrem Tonfall deutlich zu hören war. Piper hakte ihren Arm wieder bei Kalee ein und die beiden Freundinnen schauten einfach zu, wie ihre Freunde und ihre Familie die Gesellschaft der anderen genossen.

Hätte jemand Kalee vor sechs Jahren gesagt, dass sie heute dort sein würde, wo sie war, hätte sie es nicht geglaubt. Aber sie hatte gelernt, jeden Tag so zu leben, als sei es ihr letzter, und ihre Freunde oder Phantom nie als selbstverständlich anzusehen. Sie wusste besser als die meisten anderen, wie schnell ihr das alles genommen werden konnte.

»Ich hab dich lieb, Kalee«, sagte Piper leise.

»Ich hab dich auch lieb«, erwiderte Kalee.

Sie wusste nicht, was das Leben in der Zukunft für sie bereithielt, aber sie wusste ohne Zweifel, dass es gut sein würde. Wie sollte es auch anders sein?

*

Ich hoffe, Ihnen allen hat die Legacy-Reihe gefallen. Und ja, Mustang und sein Team haben auch eine Serie! »Die SEALs von Hawaii« beginnt mit Mustangs Geschichte *Die Suche nach Elodie*. Jetzt erhältlich! (Weiter unten finden Sie die Buchbeschreibung für Mustangs Geschichte.)

Vielleicht sind Ihnen auch schon Storm North (der Kommandant) und Jane, die Postangestellte, aufgefallen, deren Geschichte in _Ein Beschützer für Jane_ erzählt wird.

Ebenso können Sie alles über Trigger und sein Team von Delta-Force-Soldaten lesen, die bei Phantoms Disziplinarverfahren aufgetaucht sind. Das erste Buch _Ein Held für Gillian_ handelt von Triggers Geschichte.

BÜCHER VON SUSAN STOKER

SEALs of Protection: Legacy
Ein Beschützer für Caite
Ein Beschützer für Brenae
Ein Beschützer für Sidney
Ein Beschützer für Piper
Ein Beschützer für Zoey
Ein Beschützer für Avery
Ein Beschützer für Kalee (1 Mar 2024)
Ein Beschützer für Jane (1 Apr)

Die SEALs von Hawaii:
Die Suche nach Elodie
Die Suche nach Lexie
Die Suche nach Kenna
Die Suche nach Monica
Die Suche nach Carly
Die Suche nach Ashlyn
Die Suche nach Jodelle

Das Bergungsteam vom Eagle Point

Ein Retter für Lilly
Ein Retter für Elsie
Ein Retter für Bristol
Ein Retter für Caryn
Ein Retter für Finley
Ein Retter für Heather
Ein Retter für Khloe

Die Zuflucht in den Bergen
Zuflucht für Alaska
Zuflucht für Henley
Zuflucht für Reese
Zuflucht für Cora
Zuflucht für Lara
Zuflucht für Maisy
Zuflucht für Ryleigh

Delta Team Zwei
Ein Held für Gillian
Ein Held für Kinley
Ein Held für Aspen
Ein Held für Jayme
Ein Held für Riley
Ein Held für Devyn
Ein Held für Ember
Ein Held für Sierra

Die Delta Force Heroes:
Die Rettung von Rayne
Die Rettung von Emily
Die Rettung von Harley
Die Hochzeit von Emily
Die Rettung von Kassie
Die Rettung von Bryn

Die Rettung von Casey
Die Rettung von Wendy
Die Rettung von Sadie
Die Rettung von Mary
Die Rettung von Macie
Die Rettung von Annie

Mountain Mercenaries:
Die Befreiung von Allye
Die Befreiung von Chloe
Die Befreiung von Morgan
Die Befreiung von Harlow
Die Befreiung von Everly
Die Befreiung von Zara
Die Befreiung von Raven

Ace Security Reihe:
Anspruch auf Grace
Anspruch auf Alexis
Anspruch auf Bailey
Anspruch auf Felicity
Anspruch auf Sarah

SEALs of Protection:
Schutz für Caroline
Schutz für Alabama
Schutz für Fiona
Die Hochzeit von Caroline
Schutz für Summer
Schutz für Cheyenne
Schutz für Jessyka
Schutz für Julie
Schutz für Melody
Schutz für die Zukunft

SUSAN STOKER

Schutz für Kiera
Schutz für Alabamas Kinder
Schutz für Dakota

Eine Sammlung von Kurzgeschichten
Ein langer kurzer Augenblick

BIOGRAFIE

Susan Stoker ist die New York Times, USA Today und Wall Street Journal Bestsellerautorin der Buchreihen »Badge of Honor: Texas Heroes«, »SEAL of Protection«, »Die Delta Force Heroes« und einigen mehr. Stoker ist mit einem pensionierten Unteroffizier der US-Armee verheiratet und hat in ihrem Leben schon überall in den Vereinigten Staaten gelebt – von Missouri über Kalifornien bis hin zu Colorado. Zurzeit nennt sie die Region unter dem großen Himmel von Tennessee ihr Zuhause. Sie glaubt ganz und gar an Happy Ends und hat großen Spaß daran, Geschichten zu schreiben, in denen Romantik zu Liebe wird.

Besuchen Sie Susan im Netz!
www.stokeraces.com
facebook.com/authorsusanstoker
twitter.com/Susan_Stoker
bookbub.com/authors/susan-stoker

SUSAN STOKER

instagram.com/authorsusanstoker
Email: Susan@StokerAces.com

www.ingramcontent.com/pod-product-compliance
Lightning Source LLC
LaVergne TN
LVHW021650060526
838200LV00050B/2293